北京北

贝 加/著

中国文联出版社
http://www.clapnet.cn

图书在版编目（CIP）数据

北京北 ／ 贝加著 . - 北京：中国文联出版社，2014.9
ISBN 978 - 7 - 5059 - 8803 - 3

Ⅰ．①北… Ⅱ．①贝… Ⅲ．①短篇小说 - 小说集 - 中国 - 当代
②剧本 - 作品集 - 中国 - 当代 Ⅳ．① I217.2

中国版本图书馆 CIP 数据核字（2014）第 130577 号

北京北

著　　者：贝　加

出 版 人：朱　庆

终 审 人：奚耀华　　　　　　　复 审 人：邓友女

责任编辑：曹艺凡　　　　　　　责任校对：杨秋伟

封面设计：金　刚　　　　　　　责任印制：周　欣

出版发行：中国文联出版社

地　　址：北京市朝阳区农展馆南里 10 号，100125

电　　话：010-65389152（咨询）65067803（发行）65389150（邮购）

传　　真：010-65933115（总编室），010-65033859（发行部）

网　　址：http://www.clapnet.cn

E - mail：clap@clapnet.cn　　　caoyf@clapnet.cn

印　　刷：北京市玖仁伟业印刷有限公司

装　　订：北京市玖仁伟业印刷有限公司

法律顾问：北京市天驰洪范律师事务所徐波律师

本书如有破损、缺页、装订错误，请与本社联系调换

开　　本：710×1000　　　1/16

字　　数：293 千字　　　印 张：　20

版　　次：2014 年 9 月第 1 版　　　印　次：2014 年 9 月第 1 次印刷

书　　号：ISBN 978 - 7 - 5059 - 8803 - 3

定　　价：45.00 元

自 序

　　这个集子里边收录了我近十年来的创作成果；还有其他一些不甚满意之作或尚未修改，剔除在外了；其中，除了《泥沼》之外，都没有发表过。十年间只写了这区区二十来万字，实可谓薄产；不免时时暗自惶惑。当一个作家遇到了阻碍，特别是这一阻碍难以克服时，大都免不了这样惶惑的吧？

　　第一个阻碍便是深感时间的不足。写作是一项须大量时间消耗的工作，那些高产的大作家们都是每天写作十小时以上不间断的坚持数十年的。想一想这是一种何样的时间投入？每当听说某某人为了写作，辞去了工作，敬佩艳羡之心便油然而生，自愧不如。我实在是缺乏这种破釜沉舟的勇气；在敬佩艳羡之余，深为自己的五斗米而忧虑。因此，只好每天把一上午的大好时光贡献到课堂上，换取来生活的安定后，余下的时间才归属笔耕；而我又是不善于熬夜的，所剩也就只有下午那有限几小时了。要是从课堂上下来疲惫不堪（这几乎是一种生活常态），打个盹是必不可少的，那么这个下午便也几近于无。本来是完整的一块上好的牛皮，却由人分割了去，自己只落得些边角料，勉强拼凑起件夹克来，也是捉襟见肘。可见我写作处境之窘。我便时常想起卡夫卡的例子；他对于办公室对他的写作的根本性的侵占所感到的绝望，我真是深有体会。但卡夫卡却是个地道的"夜猫子"，惯于通宵达旦的；而于我，也只能将就着把余下的时间尽力朝着同一个方向集中：别人去旅游去聚会玩乐；我却独个坐在书桌前苦思冥索。

　　我的这一选择迫于无奈；但细想起来，也不失为理智：多少作家都过着这样一种双重生活啊！那种对写作的疯狂投入，未必就产生预期的结果，很可能还会适得其反。这样的事例在我们的生活中也屡见不鲜吧？这样一想，心里似乎获得一种平衡，也给自己找到了借口。其实对写作的阻碍，不仅仅来自于时间的不足，更来自于对生活现实的感受和体验；当这种感受和体验欠缺时，对一个作家来说无疑是一个灾难。对我而言，欠缺的并不是这种体验和感受，而是对这体验感受的完美表达；这同样是致命的，同样是令人绝望的。有关契诃夫的一个故事给我印象极深，有一次他的朋友科洛连珂去看他；他说："你知道我是怎样写小说的吗？瞧这个……"他随手拿起一个烟灰缸。"只要你愿意，明天我就可以写出一篇小说，名字就叫《烟灰缸》！"不得不承认这就是天才。我是不具备这种天才的；天才的不足只能靠勤奋去弥补。当我一旦被一个灵感所击中，它便形成一个胚胎留存在那儿，需要很长时间不断为它提供养料和温度，让它慢慢生长发育；直到感觉它呼之欲出了，才会小心翼翼地下笔将它请出，而这一阶段同样是艰难的，无异于女人的生产过程。这往往得花费小半年、乃至一年的苦熬。即使这样，有时会发现，生出来的却是一个死胎；或者根本没有发育完成，就半路夭折了。

　　此外，这些年来，我还深为一个问题所困扰，就是小说与现实的关系。其实这也是困扰所有作家的一个问题，只要你拿起笔来写小说，这个问题就会摆在你面前：它既是写作立场的问题，也是写作方法的问题；它既是一个道德问题，也是一个美学问题。往往因为一个作家对这个问题缺乏清醒的认识，而导致作品的失败。经过多年的读书、学习、思考与探索，我不妨给我的心得作一总结：对于一位小说家来说，现实是一团燃烧着的烈火，而小说却是一只想往着光与热的飞蛾；如果你让这只飞蛾直朝烈火扑去，它必然瞬时化为灰烬；但你要让它远离火焰，却又无法感知火的光和热。因此，当小说这只飞蛾向现实的火焰飞去时，它最好适时地停留在既可以感受到光和热，又不至于被化为灰烬的距离上。这一距离是须要小说家自己来谨慎把握的。我喜欢用纳博科夫的一句话来界定小说与现实的距离，他说："小说是对客观现实的戏谑模仿。"或者用弗吉尼亚·吾尔夫的话说，小说是客观现实在作家头脑中产生的印象。

多年来，我的飞蛾一直在寻求着现实的光明和热度；然而虽不断接受先师们的教诲和启示，真要自己把握起来却难，不是被它烧着遍体焦黑，便是迷失在黑暗中，冷得瑟瑟发抖。不过，在不懈的寻求的挣扎中，总算有所收获；这本集子中所收录的篇目，就是多年来自我探寻的一个结果，也算是对这一挣扎的一点抚慰吧。

这本集子中收录了我的一部戏剧。戏剧始终也是我所钟爱的一种文学形式，它与小说最为接近；或者可说，它们是文学形式中的一对姊妹花。不过，戏剧毕竟有其独具的魅力，是小说所无法比拟的。因此，小说家们在写小说之余，往往还要进行戏剧创作，比如契诃夫，比如贝克特和萨特。我一直觉得，戏剧未必一定要上舞台；戏剧的文本形式完全可以独立于舞台而自足，它是可以只读的。我的戏剧舞台便搭建在读者的头脑中；我的戏剧是为了阅读的戏剧。

此外，我想借此机会，对著名诗人、人天书店董事长邹进先生表达深深谢意；感谢他多年来对我的扶助和支持。我的这部作品集，正是在他的鼎力赞助下才得以面世，使我在凄清而孤独的写作征途上倍感温暖。

贝加

2014 年 3 月

3

目录
Contents

北
京 北

泥沼

一

路虽不算太远，骑车也就二十来分钟，可走起来却很绕。没有一趟直达的公共汽车；一路上人多，车多，机关、学校的大院多，高峰时间交通拥堵，车流总是扭作一团，就像纠缠到一起的麻绳，谁都动弹不得；吴昊天可不想受这份罪。骑车自由多了，任路怎么堵，只要有点空当就可以钻过去，甚至不妨闯红灯；不需任何花费，又可以锻炼身体。久而久之，自行车不仅仅是代步工具，而且成了他的依靠，成了他的一部分，成了两条腿。只要一出门，必定要骑车；离开自行车他便寸步难行。不过，此刻吴昊天并没骑在自行车上，而是坐在一辆出租车里。他一再催促司机：

"师傅，能再快点吗！"

"这已经够快的了，"司机很不耐烦。"你总不能叫我闯红灯吧？"

正值初春，春光格外明丽；微风拂面，恰似一只温润的手的轻柔抚摸，叫你在慵懒中生出淡淡困意，沉入快慰的迷蒙；空气中充溢着大地回春的芬芳，浸入肺腑：它来自路旁绽放的迎春与连翘；它来自柳梢头鲜亮的嫩叶；它来自脚下复苏的泥土；它来自街市上招摇的少女的腰身……不过，吴昊天显然无法融入这浓浓春意；他脸上笼罩着阴云，一副无动于衷的漠然，显得焦躁不安，只一味催促司机：

"师傅，能再快点吗？"

司机对他的催促已不以为然，散漫地看着路上行人在他车前面跑来跑去；他宁肯放慢速度让他们通过。一路上人车纷乱。正是午休时间，人们有的刚吃过饭出来闲逛，有的正在街头小饭铺里用餐，其中大部分是身穿校服的中小学生和在附近工地上干活的工人；小商贩们懒洋洋地吆喝着自己板车上那点时鲜货色；超市门前客流熙来攘往，自行车都摆到了马路上；行人三五成群，有的还相互拉扯着在马路上随意穿行。马路较窄，在人们眼里便失去了它的本意。

就在吴昊天的不住催促下，出租车司机不停地鸣着喇叭，躲闪着行人（有时不免对某个不长眼的家伙骂上一句），紧一阵慢一阵走完了这段路，拐进了一道大门，沿着一条主路走一段，拐上一条小道，终点便映入眼帘了。吴昊天急忙付了费，跳下车，奔了过去。那两扇蓝漆的大铁门紧紧地关着，像一张严守着某种承诺而拒不走漏一丝风声的嘴巴，更增添了一层午休的静谧。大铁门上画着的那光芒四射的红太阳和生长在太阳下的向日葵，以及花丛中翻飞的蝴蝶，都给人一种造作的天真美好；而这种造作的天真美好又因门上剥落的油漆和斑斑锈迹而显得面目可憎：就像一个满脸麻子的侏儒，本来已胡子拉碴，却硬要扮出一副童趣。每当面对这两扇大门，他都不禁对关在大门里的儿子的未来产生一种不可名状的担忧。水泥门柱上挂着好几块牌子：培训这个，实验那个，又是什么基地之类，他记得送孩子来报到那天，找了半天才从一块不起眼的牌子上看到"育才小学"的字样。

此刻，他端详着这样一副门面，突然觉得门上的图案恰似一张被毁坏的孩子的脸。

二

下了班刚一脱开身，吴昊天就急匆匆从办公楼上跑下来，时间不早了。或许学校都下课了吧？儿子是班上个子最小的，每天放学时都走在队伍最前头。背上那个书包一座小山似的，让他走起路来有些打晃；小脸儿上架着一副眼镜，左眼的镜片上遮了一块蓝布；大夫说他假性近视，需要治疗。一想到儿子晃里晃荡地走在放学队伍最前面的瘦小身影，吴昊天心里总涌出一股说不出的爱怜之情；总觉得自己在某方面没尽到做父亲的责任，使孩子受了委屈，非给他以加倍关爱才能得以补偿似的。因此，在接孩子放学这件事上，他严格遵守时间：总是在打放学铃之前站到学校大门口。要是迟到了，孩子出来找不到他，就会像只没头苍蝇似的四处乱窜，甚至会一个人跑到别处去玩。就发生过一次这种事：没接到孩子。差点把吴昊天两口子急疯了。

"要是没看见爸爸，你不能一个人到处乱跑，听见没有！"他一再嘱咐。"跟老师回到学校里，老老实实等着。"

"没事！我都六岁了，自己能找到家！"小家伙不服气，拿出一副长大了的样子。"我们老师说要学会独立做事情。"

"不行！"当妈的说。"路上那么乱，让车碰着怎么办？叫人贩子拐走了怎么办？"

这种担心不是没有道理。这种事就在他们周围实实在在发生过，并不新鲜。他们不敢有一丝放松。本来中午不接孩子，他在学校吃午饭。不过，今天下午吴昊天要带孩子去看眼睛，他跟大夫约好了的。

吴昊天从社长办公室出来时已差不多快十一点半了。他急忙跑到办公楼前的自行车棚，找到自己的自行车，习惯地把手伸进裤兜里去掏车钥匙，没有。又翻另一个口袋，也没有。浑身上下衣袋里翻遍了，还是没有。心里禁不住起急。极力回想早上锁车时的情景，可什么也想不起来，就跟没那回事似的。日复一日的重复，锁车早已成为一种下意识动作，根本不会在头脑里留下任何明晰印象。没时间回想，返身向楼上跑去；或许忘在办公室了。

编辑室主任于丽娜正在吃着她那由一片面包一杯酸奶加一个苹果构成的减肥午餐，一边随意地翻看着报纸。她从由书稿和各种参考书构筑起的掩体中抬起头，漫不经心地对急匆匆闯进来的吴昊天说："怎么又回来了？"

"车钥匙不见了。你看见我的车钥匙了吗？"他一边忙三火四地在自己办公桌上那堆东西里翻找一边问。"黄铜的钥匙，拴着一个红灯笼坠儿？"

"我上哪儿看见你的车钥匙去呀！"于丽娜嘴里含着吸管，眼睛盯着报纸说。

　　吴昊天把办公桌里外翻找了好几遍，又冲出了办公室。或许掉在社长办公室里了。他刚跟社长谈完话出来，决不想再进去；不过还是硬着头皮去敲了门。林社长还没走，正埋头批阅文件。吴昊天说明来意，就在刚才坐过的沙发上找了起来。他掀起沙发垫子，撅起屁股往沙发底下探，甚至在社长周围转了两圈（因为他刚才伏身在社长身旁看过一张工作量统计报表）。他道歉后急忙溜了出来；或许掉落在楼道里了。他低着头，把刚走过的路线搜寻了一遍，最后又回到了自行车棚，看着自行车的车锁一筹莫展。他急得抓耳挠腮地转磨，不禁愤恨地朝车锁踹了一脚。实在不行就得撬开了。可大中午的，到哪儿去找工具呢？

　　"那是你的车呀？"他身后突然有人说话了。

　　吴昊天扭头一看，原来是保卫处治安科刘科长。他正打车棚旁的小道上走过，向办公楼大门走去。

　　"跟我来吧！"刘科长头也没回地说。

　　吴昊天眼前呼啦一亮，心里全明白了。

三

　　他跟刘科长并不熟，仅仅是点头之交；因此，在一个办公楼里工作了这么多年，一直不清楚他叫刘什么，只听同事们（无论是上级还是下级，年长的还是年少的）一律叫他大刘。大刘是个复员军人，四十开外的年纪；小平头总是理得整整齐齐，有棱有角（这种发式可不是对时髦的刻意追求，而是脑袋的天然形状使然）；一双眼睛总是目光警觉，看人时直愣愣的，给人一种一往无前决不退让的气势；中等身材，肩宽背厚，走起路来步履稳健，坚实有力。

　　刘科长也算得上是这座大院里的名人。别看他官不大，管的事情可不少；

北京北

但凡关系到本大院安危冷暖的，一律在他统辖之下：防火防盗，交通安全，外来人员的注册登记及出入车辆的管理等等。他的一项重要工作就是每天早上站在大院门口值勤：督促机动车辆慢行（外单位车辆此时禁止入内，过了高峰时段方可放行）；督促骑自行车的人进门下车（这一项似乎比前一项艰巨得多）。尽管大门口明晃晃地立着一块"请出入下车"的提示牌，还是有好些人不自觉。他们娴熟地绕过那块牌子，毫无顾忌地轧过横在大门下的那条由铁管子焊接成的障碍物，任其发出哐啷哐啷两声山响，直接闯进门来。刘科长对这些家伙看不顺眼。他对这些人都一视同仁。不管你是什么官，是男女老少，是中国人还是外国人（本大院也算是个外事单位，经常有老外出入），他都会冲你伸出手，食指点着地叫道："下车！下车！你也不嫌硌屁股！"在他眼里，那几条铁管子就是规章制度，是秩序和法律；它要求于人们的是服从。对它的碾轧，无异于对法律和秩序的践踏，决不能容忍。不时地有年轻气盛的毛头小伙子给刘科长揪住训斥。挨他训可不舒服，刘科长不仅跟你讲道理，更会损人，那话讲得叫你很下不来台。也许正因为如此吧，只要他往大门口一戳，进门不下车几乎是没有的。有时他似乎有意要玩猫捉老鼠的游戏，躲在一个隐蔽的角落里观察门口的情况。一见他不在，人们都原形毕露了，尽管有门卫在执行监督。有的人不下车倒也罢了，却还要做出下车的样子，把屁股马马虎虎一抬了事；刘科长把这种假模假式的进门下车叫做行"屁股礼"。这不仅是对法规的践踏，而是一种挑衅和侮辱了。这让刘科长深深感叹人身上奴性的可悲。对这些家伙，只有加大执法力度；他便突然从藏身之处跳出来。吴昊天就由于行这种"屁股礼"被刘科长抓获，挨过训，因此也给他留下了不良印象。

他就像一只老猫戏弄一群老鼠一样，几乎回回得手。不过人毕竟比老鼠长记性；在被涮过几次之后，鼠辈们便知道可恶的"老猫"就潜伏在附近，于是便都乖觉了。这正是刘科长所预期的效果，也是他的业绩之一：人们遵守规章制度的自觉意识有所增强。由于刘科长卓有成效的工作，多次得到院方的表彰和嘉奖。

早上值过勤后，刘科长便开始执行下一项任务，带着仨俩保安到大院各处去巡视。大院面积比较大，大院里还套着几家小院；围墙多，犄角旮旯多，树高草密，容易隐藏安全隐患。一发现形迹可疑的人，立即上前盘查。有一段时间，几座办公楼里连续发生财物被盗案，包括外国专家公寓和一处驻华代办机构。这可是要造成国际影响的。这件事引起了有关上级领导的极大重视，责令他们加强防范，严禁此类案件再度发生。白日里的巡视仅仅是日常工作的一部分，更主要的是加强了夜里警戒。

夜里巡逻刘科长本来不必亲自上阵，安排手下的保安人员去执行就可以了，有情况打电话找他。不过，为确保稳妥，他隔三差五地值一回夜班。似乎刘科长具有相当的震慑力，加强了夜里的巡逻后，大院里太平起来，一个真正的罪犯也没抓到过；有时倒是碰到一些意想不到的人和事。

有一天半夜，他们巡逻到花房附近时，听到一个堆放花盆、铁锹等杂物的仓库里有异常响动。他们悄悄摸过去，听到一阵撕扭和压抑的喘息。刘科长一脚踢开那扇歪斜的木板门，领头闯了进去。几道雪亮的手电筒光柱同时直逼目标：一对男女衣衫不整地倒在铺得厚厚的草帘子上，惊骇地遮挡着手电筒的威逼。说不清为什么，他们身下那沓草帘子给刘科长心里留下了一种瘙痒感，就像患上了顽固的风疹似的，长久地骚扰着他。"妈的！还铺上了草帘子！"不定什么时候那草帘子就会打记忆深处冒出来，让他骚动一阵，叫他不得安宁。那草帘子是用来遮盖温室大棚的，怎么跟男女偷欢之事纠葛上了，他有点想不明白。有一次，他按捺不住，特地到花房去，把草帘子一层一层地铺在一起，躺上去感觉了一下，暄暄的暖暖的，的确舒服，但却伴随着一阵不安的骚动，令他愤怒。这愤怒之情同雪亮的手电筒的光柱一起倾注在那男人的大白屁股上和缠绕在他腰间那两条穿着黑丝袜的女人大腿上。

"那男的还知道用衣服给那女的遮着。啊！你说他妈的，怪不怪！"

每每作为谈资向人说起这个段子时，刘科长总忘不了强调一下这个细节，脸上现出冷冷的色迷迷的笑意；似乎这是尤为让他感到愤怒的地方。

这对男女被带到治安办公室受审。女的一直用双手捂着脸，一声不吭；男的则一口咬定他们是恋人，至于身份之类拒不交代。刘科长凭多年的经验，一

北京北

眼就看出其中有鬼。事关大院风纪与安危，定把事情查个水落石出不可。对付这种小白脸儿，他自有一套。于是他威胁说，他们不交代也行，那就按卖淫嫖娼，移交公安机关处理。就这一句话，那小白脸儿就绷不住了。原来，他是隔壁农业大学的教师，女的是外地来京进修的学员。看到这个大院环境优美，又清静，便时常来这里幽会；今晚一时冲动，便钻进花棚云雨起来。他一再低三下四地恳求刘科长高抬贵手，千万别张扬出去，他可是拉家带口的人，不为他着想也得考虑考虑他老婆孩子呀！甚至不惜流下了几滴眼泪。这更叫刘科长心里搓火，心说："就你这龟孙似的熊样还他妈搞女人？你有什么资格向我提要求？"本着尊师重教、整肃师德的精神，他当即一个电话打到农业大学保卫处反映情况，要校方来领人。

刘科长看见吴昊天踹自行车时，刚巡视完回来。

治安科的办公室在一层，尽把楼门口。刘科长一边掏钥匙开门一边问："知道我干吗叫你来？"。

"知道！"吴昊天跟着刘科长的屁股后进了屋。"我的车钥匙忘在车锁上了，没拔下来。"他一琢磨，准是这么回事。都好几回了，车钥匙哪儿都找不着，到楼下一看，在车锁上挂着呢。也邪了，自行车就是没丢。他回回感到庆幸。

"你还知道哇！"刘科长说。"就你那自行车特殊。瞧你放那地方！别人的自行车都摆得整整齐齐，你可倒好，往树上一靠，单论。你这一单论不要紧，差点扣我们的分。好几天全白忙活了。还是我们小赵看见了，把你的车摆好，把你的钥匙拔下来，收了起来。要不非叫人骑走了不可。"

"对不起！对不起！"吴昊天连忙点头哈腰。"多谢！多谢！"

吴昊天这才想起来，今天是市综合治理检查团来检查评比的日子。既然是综合，内容自然是多方面的：环境卫生，院容院貌，工作秩序，交通治安……手可触，目所及，几乎无所不包。任务一个多星期前就布置下来了。为迎接检查团的到来，大院里上上下下全体行动起来搞卫生，整治环境。擦窗户、抹玻璃、清理办公室；必须做到窗明几净，地面无尘，桌面干净整洁，不必要的东西全都拿掉；特别是门框上及柜顶得照顾到。据说，检查团的大人们都个个戴着雪白的手套，专往你意想不到的死角里下手。只要手套上一带灰，你的卫生就算不合格。为此，各单位各部门都没少下工夫。吴昊天他们办公室在室主任于丽娜的带领下，依靠集体的智慧来思考办公室里可能存在的卫生死角究竟应在何处。别人想不到的你先想到了，这就胜人一筹。令他们犯愁的是每人桌上那堆得小山似的书稿、参考书、资料什么的没处放；一商量，决定先放在桌子底下（只好委屈一下两条腿了），等检查完再拿出来。

厕所里的面貌更是焕然一新，大小便池全部用盐酸刷洗一新，光洁亮泽；并置放了芳香球，令人呼吸顺畅，清新宜人；管保戴白手套的大人们随便摸，也带不上一点异味（为此，大院领导号召大家在检察团到来之前尽可能少用或不用厕所）。

楼外也是一派欣欣向荣的新气象。整修了道路，修剪了树篱，铺了草坪，摆放了花坛，粉刷了布告栏及阅报栏，不宜展示出的人与物都不见的踪影；加强了对各大门口出入人员及车辆的监督和重点区域的警戒。一时间，大家都感谢起检查团来；要不是他们的光临，我们怎么能拥有这么一个良好舒适的工作环境呢？一切齐备之后，你便看到了路两旁招展的彩旗，及横在路上方的巨大条幅：热烈欢迎市领导光临指导！红底白字，分外醒目。

另外一种景观就是各办公楼前面的自行车。只要一见到那些自行车摆得齐刷刷的，像是要接受中央首长检阅的仪仗队似的，你就知道准是又有什么什么检查的来了。摆自行车也算是刘科长的一个绝活。自行车都是头顶头，屁股冲外，由大到小摆两排；然后用一根皮尺吊横线，均以后轮取齐。自行车经他这么一摆，真就显示出一种仪仗队的风采，仿佛一声号令就能齐刷刷地迈开正步走起来。一有什么检查，刘科长就会使出这手绝活，让检查团的领导们赏心悦目，给大院增光添彩。

由于他自行车摆得好，深得大院领导的赏识。

今天早上他刚带人把自行车摆好，一转身的工夫，就见大树底下孤零零地戳了那么一辆，就像一个开小差的士兵郎当在一边，与整体那种紧张严肃的气氛极不和谐。说起这事，刘科长就一肚子气。

"真该叫人把你的车骑走，好好给你一个教训。"刘科长一边不紧不慢地四处趔摸一边说。其实那把拴着红灯笼坠儿的车钥匙就在他口袋里揣着呢，小赵早上交给他的。不过，他不想马上还给车主，就像他说的那样，他要好好教训教训他。

"别介呀，大刘！那样的话我就谢不着您了不是！"吴昊天已经等不及了，恨不得马上拿了车钥匙走人。可是又不好紧催。人家不是在给你找吗？马上就会找到的。他有意把语调放得亲切而随意，并像其他人那样称呼他大刘。他称呼他大刘，这是第一次。他不知道称呼他什么好：刘科长？刘先生？刘师傅？刘老师？都够别扭的，似乎从没有人这样叫过他，只有大刘。不过这一称呼对吴昊天来说显得过于亲切，甚至有点亲昵了，就像一大块油炸年糕糊在嘴里，叫他腻口；因此，"大刘"两个字叫得有点含混。

"最近，咱们大院里连续发生了几起自行车被盗案，都没破呢。"刘科长在办公桌上趔摸着。"要不是我们小赵看见了，这准保又是一起。最近咱们大院里可不太平啊！"

吴昊天又是一阵鸡啄米似的称谢。

说实话，他有点憷刘科长。有一回他骑车带老婆闯红灯，正闯到警察眼皮底下。警察一张罚单传到单位，他被刘科长叫去好一顿训，说他破坏了单位与市交管部门达成的一个什么协议，损毁了单位好不容易才在社会上树立起的交通模范的形象，罚款一百元。任他怎么说好话、赔笑脸都没用。刘科长就认为他是明知故犯，不罚款不足以见实效。的确，刘科长在这方面没少做工作，动不动就给大家进行一次交通法规的普法教育。他把与大家密切相关的一些交通法规的知识制成试卷，发下去让大家做。有人会说，工作这么忙，谁有时间背那些条文？没关系，刘科长已经考虑到了这一点，标准答案同试卷一起发给大家，只要照抄一份（字迹要工整、清晰，一律用钢笔或签字笔），就算考试通过。为了调动大家答题的积极性，凡考试通过者，均可得到一袋洗衣粉作为奖励。常常是一大袋优惠装，半年都用不完，可实惠了；于是大家争相参加交通法规的考试。就是这样，还是有人违反交通规则，往单位脸上抹黑，刘科长能不生气吗？一经抓获，决不轻饶。那次罚款给吴昊天留下了深刻印象。

"唉！这小赵把车钥匙放哪儿去了？"刘科长开始拉开抽屉找。

"小赵去哪儿了？"吴昊天急忙问。

"他上区里开安全防火会议去了。"

"能放哪儿呢？"吴昊天也跟着翻找起来。

治安办公室的桌上简单多了，不像他们编辑室东西那么多那么乱。这也许就是刘科长的工作风格：整洁有序。靠墙并排摆了两张三屉桌，桌上的书挡中间夹着一些法规、文件和红头白皮的学习材料之类；最厚的一本是老版的《中小学生新华字典》，书脊已经开裂；旁边是一个陶瓷笔筒，是那种旅游名胜出产的货色，上面彩绘着几位我国历史上公认的明君的画像，每位旁边都题了一首赞美诗，名之曰"帝王谱"；笔筒里插了几管毛笔（刘科长爱好书法）和一些看起来已废旧的钢笔圆珠笔；笔筒旁并排放着两个文档盒，里面插着几本塑料皮的记事簿，用鞋带扎着；一个烟灰缸和一个结满茶垢的玻璃瓶；在写字台上方伸手可及之处，挂着一排钥匙（吴昊天一进屋就看见了，那显然不是私人物品，而是与大院里某些至关重要的门有关）；钥匙上方挂着一个条幅，上面写着"开拓进取，务真求实"，大概就是出自刘科长的手笔；条幅旁边是一排奖状，显示着刘科长的工作业绩。

"喂！我说，你别乱动行不行！"刘科长气哼哼地说。"我都没找到，你能找到？"

"那怎么办？"吴昊天绷不住了。

"我这不给你找呢吗？说不定小赵给锁到柜子里了，你等一会儿吧。"

"小赵什么时候能回来？"

北京北

"都中午了，也该回来了。你等一会儿吧！"

"问题是我等不了，我马上就得走。"吴昊天急赤白脸地说，不住地看手表。儿子那背着大书包的瘦小身影又出现在眼前：他已经走出校门了吧？他正在四处寻找爸爸吧？找不到爸爸又东游西逛了吧？"你可当心点啊，别出什么闪失！"临出差前，老婆的再三叮嘱又在耳边回响起来。自从上次出了那档子事，老婆对他总是不放心。"没事，能出什么闪失？"他还有点不耐烦呢。"你别迷迷糊糊的，机灵点！"老婆警告说。看来老婆说得没错，眼下这不就……吴昊天一时心急如焚。

"这叫什么事啊！你们做好事也不能耽误别人的事呀！这不是把好事变成坏事了吗？"

"怎么着！"一听这话，刘科长那张冷脸当时就撂下来了，哐当一声把抽屉推进去，直起腰，竖起两道浓眉，眼睛瞪得溜圆。"照你这么说，我们是在干坏事喽！"

"我没说你们在干坏事。我是说你们这种做事方式不得当。本来一片好心，反帮了倒忙。这种事还是不做的好。要不是你们这片好心，我早就骑上车走了，一切正常。"

"要不是我们这片好心，你的自行车早就见鬼去了。你还能看见它？"

"那可不见得！我的车钥匙忘在锁上也不是一次两次了，都没事。怎么单单这次就一定会丢车？"

刘科长一时语塞，顿住了。他没想到吴昊天来这么一句，心说：这混账东西，怎么这么不知好歹，你为他做了好事，他却反咬一口。这车钥匙没给他还真对了。一直压在心底那股火立刻撺上心头，便怒气冲冲地说："怎么不会丢？什么时候会丢，什么时候不会丢这我比你清楚。再说，就你那辆破车，丢不丢并不重要，关键是你这种态度！我们不图你的感激，可你把我们这点好心当成驴肝肺。有你这么不通情理的人吗？就是一只狗还知道谢恩呢！"

"我不是这个意思。"吴昊天连忙把口气缓和下来。毕竟车钥匙还在人家手里捏着呢。"我是说一个自行车钥匙，又不是什么贵重物品，没必要把它锁起来。"

"锁起来是应该的！这是一种对工作负责任的态度。随便扔到桌子上，没了怎么办？我们这里整天人来人往，这么乱？那才叫把好事办成坏事了呢。"

吴昊天一时无语。

五

要是他现在马上放弃骑自行车的念头，到街上打辆车去接孩子，也许一切都还来得及，后来那场惨剧就不会发生。事后吴昊天回想起这一时刻来，总不免悔恨得肝肠寸断，禁不住捶着自己的脑袋大骂："我怎么这么糊涂哇！我怎么这么愚蠢啊！"不过，悔恨之中却包含一团巨大的疑惑和不解：这灾祸怎么恰巧就在这时候降临到他头上呢？这怎么可能？他甚至有种如在梦中之感，他长久地沉浸在这种噩梦一般的情绪里，无法醒来。这是某种必然呢，还是偶然？于是他便陷入了那种要是我不怎么样怎么样就不会怎么样怎么样一长串徒劳的推论中，难以自拔。最后他不得不遁入宿命论中，以寻求解脱。

"这都是命啊！"当同事们试图宽慰他时，他总无奈地说。"命该如此！"

或许他的生活过于依赖自行车了。这不仅是一种生活习惯，更是一种心理状态。吴昊天对生活没有太多的奢望；名誉地位，升官发财之类都与他毫不相干；因此，人世间那些你争我夺，威逼利诱，欺诈压迫都不能令他忍受。他只想通过自己的工作求得一份温饱。别太紧张，别太劳累，安宁一些，平淡一些，甚至自由散漫一些；顺顺当当地把孩子养大成人。只要能这样，他便知足了。自行车恰好契合了这样一种生活理想。它的便捷、自如、悠闲、经济，几乎各方面都为他的生活提供了支持和保障。他有时跟人开玩笑说："我的生活是建立在自行车的两个轮子上的。"这么说并不过分，它就像一叶小舟，承载着一颗散淡的心，在北京这样一个大都市的喧嚣与躁动的浪潮之上，散漫随意地漂游着。

　　那天中午他的自行车被刘科长剥夺了，突然使他陷入一种困境。他感到就像陷入了一潭烂泥一样，只管挣扎却难以脱身。对自行车的习惯性需求把他羁留在那里：下午带孩子去医院必定是要骑自行车的。没自行车怎么去？再回来取一趟吗？多麻烦！还不如多等一会儿，一下取走算了。他可不想回来再谢一次刘科长。同时，对孩子的担心又迫使他想赶快离去，不能再多耽搁一分钟。这两股力量在他身上发生了激烈的交战，向两边撕裂着他。就在这时，刘科长的一粒定心丸决了胜负。刘科长让他看到了希望，并且他对刘科长也寄托了希望。糟糕就糟糕在这一点上。他事后大骂自己糊涂、愚蠢，就是这个意思。"寄托便意味着葬送"这句至理名言在他身上得到了印证。

　　刘科长知道他急着去接孩子，也并不想耽误他的事，所以已经给小赵发了信息，并解释说，小赵肯定在路上呢，要不了几分钟就能赶到，让他再耐心等一会儿。他还宽慰说："接孩子急什么？早一会儿晚一会儿不碍事，都上小学了！现在的孩子都娇惯得厉害，不能受一点委屈。这正好是个机会，叫他经受一次锻炼。"刘科长觉得自己占了上风，心头那股火气早已平息下去，语气中充满了真挚与关切。

　　这话说得中听多了。不错！能出什么事呢？他们夫妻俩不是一再叮嘱孩子，万一见不到爸爸来接，一定不要一个人乱跑，回到学校传达室等着吗？老师不也是这样嘱咐学生的吗？老师会把没人来接的学生领到传达室的，这也是常有的事；那就叫他在传达室等一会儿好了。他看了一下手表，快十二点半了，孩子多半已在传达室里等着了。他在心里说："孩子，再稍微等一会儿，爸爸马上去接你。"好像他能听见似的。

　　说来也怪，此刻，他那原本焦急的心情反倒平静下来。

六

刘科长对傻呆呆站在办公桌前瞪着墙上那张条幅的吴昊天说："坐下等，踏踏实实的。"

"没事，不累！整天净坐着了。"他嘴上这么说，可还是像给施了魔法似的，顺从地在椅子上坐下来。

"今天这事全怪你自己，你好好想想，是不是这么个理儿。"刘科长说。"别人把自行车摆得好好的，就你，来了往边上一靠，单不棱登的，跟整体那么不和谐，把那种步调一致井然有序的美感全给破坏了。虽说现在不再强调集体主义观念了，可你至少要顾全大局吧？至少要尊重别人的劳动吧？"

"是！是！"吴昊天点头应和着。"早上来的时候有点着急，没顾得上那么多。"

他知道这句辩解根本站不住脚，不过却是句大实话。他早上来上班时有些迟到了。这位林社长是他们外编局里新任命的。俗话说新官上任三把火嘛。这位新社长近几天正在放火：整饬工作纪律，记考勤；迟到了要扣钱的。据说还要搞打卡制，实行公司化管理。一时间闹得全社上下人心惶惶，鸡犬不宁。

"一个人不能光考虑自己方便，要多为别人着想。"刘科长语重心长地说。"你不是一个人生活在一个荒岛上，爱怎么耍就怎么耍；你是生活在一个社会当中，你离不开这个社会，这个社会也离不开我们每一个人。我们的国家是个大社会，我们的工作单位就是个小社会。是不是这么个理儿啊？你的一言一行都是要对社会产生影响的。你要是言行不当，就会给社会造成损害。重则影响到国家利益，轻则影响到单位的形象，特别是像我们这样一个外事单位。所以，不要以为，你所做的一切都是你个人的事。比如说吧，我们的一个运动健儿在奥运会上拿了金牌，他会感到一种无上的荣耀。他为什么会感到荣耀呢？仅仅是他个人的吗？绝不是！因为他背后有我们整个国家。是因为他给我们国家增了光，所以他个人的荣耀才显现出无上的价值。这是一种辩证关系。同样道理，我们单位在这次全市综合治理评比中获得好成绩，你不感到光荣吗？你把自行车摆放整齐了，这光荣里不也有你一份功劳吗？是不是这么个理儿？我们所做的一切不都是为了我们自己，更是为了我们国家和单位的利益。国家和单位繁荣兴旺了，我们个人才会从中受益；因此，我一直认为，一个人，无论对他人还是对社会，都应该怀有感恩的心。别人为你做了一件好事，哪怕一点点好事，你都应该心怀感激，并要想到回报。这样的人多了，那就说明我们的社会发展进步了，我们的生活也就变得更加美好。你琢磨琢磨，是不是这么个理儿？要都像你似的，只图自己方便，想怎么来就怎么来；别人帮了你，你不但不感激，还指责人家帮倒忙，做了坏事。你这不是不知好歹吗？你也是受过高等教育的人，怎么这么混呢？要都像你这么混起来，我们的国家我们的社会成什么样了？那不……那不成了一个好坏不分、香臭不辨的烂泥坑了？你琢磨琢磨是不是这么个理儿？"

刘科长一席话，字字句句敲在吴昊天心坎上，越发让他惶恐不安。本来吴昊天一上午就没得安生。新上任的社长刚跟他谈过话。先是招集编辑室主任一级的领导开的会；会一散，于丽娜回到办公室就叨咕开了："就我们编辑室没完成定额，我们编辑室就小吴没完成定额。一个人拖了整个编辑室的后腿。一个大老爷们还不顶一个女人。"她声明，最后这句话是她转述新社长对他的评价，一字不差。这句话很刺人，叫他心里很不是滋味。他觉得新上任的领导可能不了解情况，有必要跟他解释清楚。他们一编室一共四个编辑，除了编辑室主任于丽娜，另外两个也都是女的，一个是黄大姐，五十多岁，再过几年就退休了；另一个是小陈，新毕业的大学生。身处娘子军中，吴昊天不想显得太小气，接活时从不挑剔，所以那些难啃的书稿、难缠的作者全跑他手里来了。他审一部书稿得花别人两三倍的工夫，要是再碰上一个磨叽的主，还不定折腾到什么时候去呢。你还不能烦，还得仔细认真，不能出错。尽管有时也发发牢骚，但书稿的质量是有保障的。这些情况于丽娜都清楚。看样子她是没为自己说话。谁愿意为别人的事犯上呢？

他找到林社长说明了情况。林社长对他的解释并不感兴趣。他说："你不

泥沼

要强调客观原因，我只认一个指标：定额；定额完不成，说什么都没用。"他还说，他对他早有耳闻，他一贯松松垮垮，吊儿郎当，不求上进；不过是滥竽充数混饭吃，完不成定额也是意料之中的事。这种情况再也不能继续下去了。

林社长那张黑瘦阴酸的脸，看起来就像一个无情的判官，对他宣布了末日的审判；长久以来一直潜藏在他内心的忧惧突然间膨胀，将他撑满；而刘科长的一席话则使这忧惧沸腾起来，将他整个淹没了：自己确乎是做错了什么。做错了什么呢？错在哪儿呢？不甚明了，那仅仅是一种模糊而强烈的罪责感。

看着吴昊天那呆愣愣的傻样，刘科长一时觉得他既可笑又可怜。

"行了，大道理我也不跟你多讲了。"刘科长说着站起身，从腰里掏出一串钥匙，打开一个铁皮柜，从里面拿出一沓卷子。那是各单位刚交上来的，是刘科长为配合这次综合治理大检查搞的一次有关防火防盗安全知识问答。"咱们找找你们单位的。"他在那叠卷子里翻着。"在这儿呢。"他从里面抽出吴昊天前天刚抄过的那张答卷。"这是你的吧？瞧你这字写得，跟虫爬的似的，连一点认真的态度都没有。光想着那袋洗衣粉了吧？"他心说，这回那袋洗衣粉算是没你的份儿了。"对了，你还是你们办公室的防火责任人呢吧？考你一条，防火责任人的责任和义务都有哪几项？"

"有……"吴昊天被这猛丁一问，问得直发蒙，脑子里乱成一个蜂窝。"有……有人走关窗户……"

"什么人走关窗户！你这责任人是怎么当的？一看你就没认真答题。我最反对搞形式主义，办事走过场。要做咱就把事情做好，起到应有的作用。这样吧，反正在小赵回来之前你也没事，与其干等，不如找点事做。你把这张卷子再做一遍，要抄写工整啊，不能再应付了事。"

吴昊天乖乖接过一张空白卷子和一份标准答案，拿起笔，像一个刚学会写字的小学生似的，工工整整写上自己的名字，一笔一画地抄写起来。他觉得现在必须谨小慎微，凡事当心，一点马虎不得，否则他赖以生存的根基（已经开始动摇了）顷刻间就会崩塌；他必须得进行补救。他认真地抄写着，一丝不苟；他拿出当初习练钢笔字帖的劲头，每一个字都写得端端正正，刚劲有力，仿佛那每一横每一竖都是在给那业已摇动的根基垫上一块砖，揳进一根木桩，以给自己的双脚一个牢靠的落脚点。他不时地瞟一眼坐在旁边看报的刘科长。尽管他写得很认真，可他并不知道自己写的是什么。他的手不过是在进行着一种机械运动。他不停地写着，一笔一画工工整整地写着，写着……突然间，他心里一阵火烧火燎地疼，像是什么东西在那里烧灼了一下，猛然"哎哟"一声大叫，把他从梦一般的混沌中惊醒。他自言自语地说："我这是在哪儿？我这是在干什么？"他狠狠地把笔往桌上一摔，疯也似的夺门而去。刘科长在他身后喊道："喂，你去哪儿？不等车钥匙了？"

七

志新北路是一条不太宽的马路；马路中间划了一条黄线，外加两条白线，算是标明了机动车辆和自行车的行车道。事实上这几条线除了在发生交通事故时为强词夺理提供些依据外，基本上形同虚设。交通高峰时间，自行车全挤到机动车道上来了，便形成了汽车中间夹着自行车，自行车拥着汽车的场面；高峰时间一过，这条路还算畅通。路两旁都是小店铺，一家挨着一家，从经营餐饮食品、日用百货到美容美发、电器修理，样样齐全，给周围的居民生活提供了不少便利。不过，也有让他们头疼的地方。比如说，这条街上，有两家经营摩托车修理和销售、并带有俱乐部功能的车行，都是些二十多岁的愣头青。一入夜，整条路就变成了他们的飙车场，那些大马力的摩托车狂奔时发出的隆隆轰鸣，如沉重的低音炮此起彼伏，在宁静的夜空中回荡，使整个街区为之震撼。有时甚至大白天他们也会在街上逞威风，猛然与你擦身而过，把你吓出一身冷汗。附近居民对此都很有意见，向街道居委会反映了好几次；育才小学为此也特地在胡同口立了块牌子：前方有学校，车辆请慢行！可问题始终没得到解决。

吴昊天对着育才小学的大门怔怔地站了片刻，才向那个半掩着的侧门走去。一个身穿灰制服的门卫正在收发室门前闲逛。他看见吴昊天迟疑地探进身来，便问道：

泥沼

019

"你找谁呀？"

"我来接孩子。有一个孩子在这儿等人来接吗？"

"是个戴眼镜的，左眼上还挡了块蓝布的吗？"

"对！对！他在吗？"

"走了！"

"走了？什么时候走的？"

"走了有一会了吧。他在这儿等了半天，就自己出去了。他说找他爸爸去。他爸爸在院门口等他。我不让他去，他说他跟爸爸说好了的；我说爸爸要是不在，你再回来。他也没回来。你是孩子的爸爸？"

"是啊！"

"这么说你没接到他？"

"没有啊！我这不刚到嘛！"

"哎呀，那他去哪儿了？"保安现出惊讶神色。

"没事，我去找找吧！"

吴昊天想，这小家伙准是又一个人摸回家去了。学校离家不太远，走路只需十分钟。他常表现出一种独立性，想摆脱父母的看护，得机会就逞能。他自己倒是能找到家，就是这一路叫人不放心。

他一面琢磨着，走出了胡同口。他马上嗅出志新北路的气氛不对头，交通几乎瘫痪，汽车排成了一长串，后面的车不住地鸣笛企图强行通过；有的司机干脆从车上下来不走了；车在路中间停在一起，人也扎成一堆一堆的。是交通事故吧？管他呢！吴昊天不是个爱凑热闹的人，特别是今天被单位里的烂事搅得心绪烦乱，更没这个心思。还是马上回家，找孩子要紧。他不由加快了脚步，忽听身旁三三两两的路人在议论：

"怎么撞的？"

"那摩托车骑得才疯呢！好家伙，不要命似的！"

"八成喝了点酒。"

"是吗？"

"我眼瞅那孩子从胡同口那儿出来，想过马路；犹豫了半天，突然往过跑，这下可好……"

　　"好像就是这小学校的学生，还穿着校服呢。"

　　"撞得可够惨的！"

　　"这孩子过马路哇，可得有人管。"

　　吴昊天心一沉，不由得扭头朝那边望，脚步也随之改变了方向；事故现场离胡同口有五、六十米的样子，只能看到一群人的后背，周边还散布着几辆车。他越往前走，心里越加不安；大祸临头之感就像暴风雨来临前的乌云，越积越厚，压得他喘不过气。马路上散落的一些东西映入他的眼帘：一个印着米老鼠图案的书包，一个文具盒，还有格尺，铅笔，课本，眼镜……这一切都太熟悉了。他一阵紧跑，不顾一切地挤进了围观的人群。马路中间四仰八叉横躺着一个小伙子，肢体粗壮；油污斑斑的工作服上沾满了灰土；除脑门上有一道擦伤，并没有明显的重创，那安详的神态仿佛是在劳累了一天之后的酣然沉睡。再远一点是一辆憨实笨重的摩托车，已摔得七零八落，满地碎片。再往前就是那个孩子，身上那套淡紫色校服已被扯烂，露出几处殷红的鲜肉；他躬着腰趴在那儿，两臂向前伸展开；一条腿压在身子底下，另一条腿向后弯着，光着脚，好像被两只巨手随意揉搓后丢弃在那儿似的；因为脸冲地，看不到面部，从胳膊肘底下流出一摊血。他身体还在抽搐，隔一会儿他喉咙里便发出一种打嗝似的声音，身子便抽动一下。一个半大孩子正伏下身子冲他叫：

　　"喂！你怎么样？能听见我说话吗？"

　　"去！一边玩去，别跟这儿添乱！"旁边一个中年人说。

　　吴昊天猛然抬起头，迎住他目光的是路边盛开着的一株桃花。他有生以来似乎从没见过如此鲜亮的颜色，粉嫩浓密，映日耀目，叫人不敢正视。它似乎就是要以这娇艳而短暂的生命来提醒人们：不要忽视了我，春天到了。

2002 年 5 月

露天表演

一

像往天一样，在日暮十分，五年级六班学生尚可嘉被妈妈接回了家。不过，今天她有些反常，往自行车上一堆，便闷着了；妈妈跟她说话，她也爱答不理；那张稚气的小脸板得就跟挂着霜的嫩冬瓜，小嘴噘得老高。妈妈一眼就看出：女儿今天在学校里肯定有事。直到进了家门，妈妈才若无其事地问她惯常问的一句话：

"嘉嘉，今天在学校过得怎么样啊？"

"不怎么样！"

她阴沉着脸，拖拽起沉重的书包就往自己房间里走。妈妈跟了过去。

"怎么不怎么样了？"她嬉皮笑脸地说。"唉，是不是老师批评你了？"

"没有！"女儿很不耐烦，一面从书包里往外掏书和本子，准备写作业。

"那是怎么了？跟妈妈说说呗？"她继续笑着，既亲切又耐心。她在床边坐下，准备倾听女儿的倾诉。她是一位大学教师，肩上扛着副教授的头衔；关于教育孩子，她可有一套自己的理念。她认为，要想教育好孩子，首先得跟孩子做朋友，跟他们平起平坐，取得他们的信任；只有这样他们才愿意向你倾诉，与你交心。与孩子保持心理沟通，是家庭教育的根本保证。也许她果真教育有方吧；也许女儿还小，还没到心里藏事的年纪，总之，到目前为止，她自以为跟女儿的沟通还比较顺畅。

"那什么，"果然，女儿闹腾一阵后开始说话了。"今天下午上自习的时候，刘老师把我叫到她们办公室去了。说是有什么检查的，要来我们班听课，让我做重点发言。还要我准备准备什么的。"

"什么检查？"妈妈不解地问道。

"我也不知道。反正她说了一大堆，谁搞得清。"

"还要到你们班去听课？让你做重点发言？"

女儿点了点头。

"就这事啊？"

女儿又点了点头。

"我以为什么事呢。"她那颗悬着的心才算有了着落。她有点明白了，自己的学校里近来不也是又检查又评估又听课，搅得乌烟瘴气的吗？八成就这么回事。"嗨，扯淡的事！孩子，为这事心烦太不值得了。别往心里去。"

"我就是心烦！"

"你烦什么呢？"

"我不想做那个重点发言。"

"做就做呗，那有什么难的？随便给它说两句不就完了吗？"

"不行！"女儿苦着脸，一副较真的样子。

"不行你就好好准备一下。再说，老师让你做重点发言，是对你的信任，也是个锻炼机会。从这个角度来说，这也是件好事。"

"啥好事啊！扯淡还是好事啊？"

"你说怎么不是好事了？"她站起身来，疼爱地把女儿搂在怀里。"你说说，怎么不是好事了？"

"就不是好事！"女儿固执地说。"我心里挺别扭的。"

"怎么别扭了，你说说？"

"就是别扭！"

"不管怎么说，既然老师这么信任你，你就不应该辜负了她对你的信任；另外，这个锻炼机会，你不该错过。你说呢？"

"刘老师说的那些检查之类的话，让人心里不舒服。"

"是让人心里不舒服。不过我想刘老师也是没办法。"妈妈安慰女儿说。

"你也甭管什么检查不检查的，只管配合刘老师，把你该做的做好，就算完成任务。知道了吗？"

"妈妈，他们为什么要检查呀？"

"不为什么，扯淡呗！"

"他们为什么要扯淡呀？"

"因为……"女儿的一连串"为什么"常会叫她张口结舌，她便随口说，"因为他们闲得没事，太无聊了。"

"为什么太无聊啊？"

"行了行了，你也别'为什么'了。"她一发急便拿出了家长作风。"你这辈子要扯的淡多着呢，等你长大以后就明白了。你赶紧写作业吧，妈妈该去做饭了。"

二

在班主任老师刘桂琴眼里，尚可嘉是个十分出色、全面的学生。她在班里各方面都是出类拔萃的：学习上数一数二，思维敏捷独特，且善于表达；在同学中富有亲和力，组织能力强；又具有个人的兴趣专长（比如弹得一手好钢琴）；身为班长，在管理班级和教学上她成为刘老师的一个得力助手。因此，刘老师把这次教学评估检查中的"重头戏"压在她身上，也是很自然的。她一接到任务，脑子里马上就闪出尚可嘉来，似乎唯有她才有资格担当这一重任。

在迎接这次教学评估的动员大会上，武校长的讲话严厉而富有威慑，让每一位教职员工都感到胆战心寒，岌岌可危；他不仅要大家都提高认识，端正态度，还要高度重视，严格要求，踏实工作；不得有任何的松懈和马虎。他一再强调指出（由于他调门过高、嗓音尖利，麦克风不断发出吱吱哇哇的怪叫）："都给我听好了，我在这里可事先跟各位打好招呼了，别到时候说我不讲情面，谁要是给我掉链子，我就砸了他的饭碗，毫不客气。"他的手坚定有力地当空一劈；那张肺痨样潮红的脸因为圆胖得缺少线条而又没有胡须，颇有些女人气；那双肉乎乎的小眯缝眼里射出阴冷严酷的目光，逼视着台下每一个人，似乎在搜寻着他将要砸掉的那个饭碗；目光所向，脑袋无不低垂下去，仿佛为利剑所斩。

为此，学校专门成立了一个工作组，武校长亲自挂帅，布置工作；刘桂琴作为市优秀教师，可说是武校长手中的一张王牌；在这次评估中，向评审团的专家们演示一堂观摩课的重任自然要落在她肩上。听武校长那意思，这一次成败的关键都在她这堂观摩课上了（她并不知道，其实武校长给谁布置工作都这么说），因此她心理压力特别大。人们平时只注意她头上那顶"优秀"的光环了，有谁关注过她内心的切实感受了吗？

这些年来，她一直处于一种惶恐不安的焦虑状态；有时跟关系比较贴心的同事闲聊天时，她就会小心地表露出这种心迹："真的，说不定什么时候我手里的饭碗就砸了。"同事就感到惊奇了："别胡扯了，砸谁的饭碗也不会砸你的呀！你是优秀教师，是学校的一块招牌；还指着你给我们大家做榜样呢！"刘老师就面带愁云地苦笑笑："别给我拔高了，什么优秀啊，榜样啊，全瞎掰呢！你还真信这套？不过是人家手里的一个工具，用得着你了你就优秀，用不着你了你就什么都不是。树大招风啊！你们都不理解我。真的，我就有这种感觉，说不定什么时候我这棵大树就会给人连根拔起，扔一边凉着了。"

说到刘老师的优秀，她自己都有些糊涂，不知打什么时候起，怎么就优秀了。她只依稀记得有一次学校要搞教学评比，武校长带着几名校领导挨班听课。她担心被听出毛病来，让领导不满，那阵子备课备得格外仔细用心。结果，领导们听完课后，她便一天比一天优秀起来，又是往区里报又是往市里报，一直优秀到今天这个地步。优秀的确带给她许多好处，比如工资就比常人高出一块；她不管到哪儿都招人高看一眼。可是人一优秀了事就多，什么事都落不下她。她感觉自己就像是一片草地上拔地而起的一棵孤树，无论刮什么风都把她摇上一阵；而她恰恰弱不禁风，是经不起这么摇的，三摇两摇就得摇倒在地。她更希望做她脚下草地上的一棵小草，平凡又自在。可是一旦给拔成一棵树了，怎么能够再做回一棵草去呢？而真要做回去了实在是一件更可怕的事。那不将预示着灭顶之灾吗？刘老师就这样一天天在风雨飘摇中苦苦支撑着。

她在给尚可嘉布置任务时，不知不觉就把内心这种惶恐传染给了她。师生二人都感到了什么地方不大对劲儿；可是到底怎么不对劲儿，谁也说不出个所以然来；那只是一种模糊不清的感觉而已。她心爱的学生虽然没说话，但从她那张稚气的脸上显露出的难色和那双灵秀的眼睛里流露出的疑虑上，刘老师不难看出她的所思所感：她很不情愿，跟她自己一个样。但刘老师毕竟是老师，是成年人，她很清楚什么样的意愿必须得到抑制，决不能表露出来。她便鼓励说："总之一句话，这是学校交给我们的一项艰巨任务；老师希望，同时也相信，你一定能把它完成好。"

尚可嘉一直低着头，绷着脸，闷声不响。别看她人不大，脑子里那主意正着呢，常会犯点拗什么的。刘老师知道她这脾气。她就担心她犯拗。

三

实际上，迎接这次教学评估检查的工作一年前就开始了，只是整顿的是学校的硬件设施，人们看到的是一系列大大小小的改造工程，都还以为是学校为改善教学环境所实施的举措，并没跟它背后的真实意图联系起来。有那么一段时间，校园里到处可以看到"施工给您的工作和学习带来不便，敬请谅解！"的提示牌，师生们没人在意。据说，上级给所有参加评估检查的学校都提供了一笔可观的经费，为接受检查做准备。不用白不用，这可真是一笔不错的买卖，怎么算都划得来。难怪武校长那么来劲儿，其中还有哪些好处，怕是一般人讲不清的。

学校的教学楼很破旧了，推倒重盖不太现实，重新装修还是可行的；坑坑洼洼的大操场铺上人工草皮和塑胶跑道；操场周边的运动器材大都已缺胳膊断腿了，全换上了颜色鲜亮、样式新颖的名牌产品；犬齿错落的校园围墙也修葺一新；围墙内侧又栽种上一圈树木；原先锈迹斑驳的铁校门，换上了不锈钢造型门，只要门卫一按电钮，便开关自如；紧迎校门，新建了一座古色古香的影壁，前后都刻上警句。

经过这样一整饬，校容校貌果然来了个大改观，就像一个七老八十的龙钟老太，经过一番整容手术，一夜之间变身为一个二十七八的大闺女，一时间大家都念起教学评估的好来。不过随着检查日期的一天天临近，特别是武校长做过那个动员报告后，都跟霜打了的茄子似的，谁也乐不起来了。人人给分派了任务，个个都忙了起来，因为这件事每个人都有份，谁也脱不了干系。比如，武校长在布置任务时就有这样的内容：每位教师必须备有近五年内讲授过的全部课程的完整教案一套，并配有相应的教学计划、教学安排、教学大纲、课程表、教学进度表等；此外，有高级职称的骨干教师及学科带头人还须准备好近五年内的主要教学成果或科研成果。所有这些内容都是这次评估考查的硬指标，一项都不能少，谁出了问题谁负责；另外，还抽调出一小部分能力强的教师写材料、收集整理图片（不足的要现拍）、布置展板、装饰校园，大力宣传展示学校近年来所取得的业绩和焕发出的新风新貌。一时间，全校上下一片紧张、躁动和忙乱；仿佛空气一下稀薄了，闷得人喘不过气来。

不过，我们要是拨开这层令人窒息的高气压，潜到下面去，潜到某个教研室、办公室，某个僻静的所在，或某个三五成群的人堆里，往往会听到下面这样一种对话；这种对话听起来一点都不憋闷；相反，倒是充满了轻松和戏谑。

"喂，张老师，五年前您上的什么课，还记得吗？"

"扯淡！你让我上哪儿记得去？"

"说的是！更别说什么课程表、课程进度了！"

"唉，我倒有个好主意，上教务去查一查。"

"你缺心眼儿吧！"

"你说谁缺心眼儿？"

"你缺心眼呗！不缺心眼能出这馊主意？"

"你们真是狗咬吕洞宾。我是为了叫你们省事。"

"你那叫省事啊？你那叫给你麦芒你当针（真）。"

"你别不是真当真了吧？"

"我告诉你们一种最省事的办法，就是编。"

"没错，给它一通胡编。只要他们一看有这堆东西就成，谁还给你一篇一篇看去？"

"还有教学大纲呢。那也不是我们编的事啊？"

"编！别说教学大纲，教育法我们都编得了！这事不明摆着吗？"

"这两年我也没什么成果，怎么办啊？真愁人！"

"李老师，别愁，我给你出一个主意。不是有那办证的吗？你花点钱，让他们给你做一个获奖证书，往那儿一摆。不就做个样子吗？我跟你说，做得棒着呢，跟真的似的。"

"真行？"

"绝对没问题！"

四

刘桂琴老师除了要承担一般老师都承担的那些任务外，还承担了演示一堂观摩课的任务。武校长一再强调，这是这次评估检查中的重头戏，要她务必演好；只准成功不准失败。几天来她感觉特别累，身心都很疲惫；一个人的时候，总不住地叹气，抱怨自己干吗充这个冤大头？要不省了多少麻烦。可不管怎么说，抱怨毫不济事，她只觉得自己是骑虎难下，只有硬着头皮往上冲了。根据武校长的指示，这堂观摩课她就不要上新课了；要她从以往上过的最成功的课中选出一堂来，精心准备，反复排练，力争达到完美精湛的地步，以展示出一位市优秀教师的教学水平及人格魅力。

武校长这么一指示，她心里有了点准谱。就现在她教的这个五年级六班，

露天表演

有一堂课她觉得自己上得特别好，令她久久难忘。在这堂课上，她真正地体会到了站在讲台前教书育人的快乐和幸福；这种感觉就好像在她心中存了一块蜜糖，那甜美滋味缓缓地长长久久地释出，温暖着她滋润着她。这种感觉在她二十年来的教学生涯中实在是少有的。同学们的课堂发言一个比一个精彩，特别是尚可嘉的发言尤其令她感动，把那美好的课堂气氛推向了高潮。因此，听武校长那么一说，她脑子里立即就闪现出了尚可嘉的形象。她要把这堂令她难忘的一课在观摩课上重现。她跟武校长讲了自己的构想，他很支持她。不过她有一个疑虑，就是班上有四个调皮捣蛋的学生，被同学们戏称为"四大天王"的，总是扰乱课堂秩序，她担心他们会破坏她的计划的实施。

"这还不容易！"武校长果断地把手一挥说。"不让他们来上课不就完了吗？到时候把他们赶出去。跟家长打好招呼，就说是教学工作的需要。"

"好吧，就这么办！"刘老师说。"有您这句话我就放心了。"

时间紧迫，她开始紧锣密鼓地为她这堂观摩课做准备。尚可嘉是她这堂课上的一个亮点，她要把这个亮点放大，让它放出十倍的光和热来。这天下课后，她又把尚可嘉叫到教研室，跟她布置观摩课中心发言的事。刘老师谈了自己的构想，向她交代了任务，该做什么，怎么做。尚可嘉还是先前那副不冷不热的样子；低着头，也不言语。

"听明白了吗？"刘老师问。"你有什么想法跟我说说，当然咱们可以互相讨论。"

"刘老师，我不想做中心发言。"她嘟囔着说，低着头，用脚尖蹭着地板上的一块污渍。

"什么？"刘老师不由自主地提高了嗓门；她不能相信自己的耳朵。"你再说一遍！"

"我不想做中心发言。"

刘老师的心一下凉了半截："为什么？到底怎么回事？"

"不为什么，我就是不想。"

"总得有个理由吧？跟老师说说，你心里到底怎么想的？"

"没什么，我就是觉得挺别扭的。"

"这也不成个理由啊！"刘老师把脸拉下来，发起了脾气。"不行，你必须做中心发言，这是学校交给我们的任务，我们必须完成。"

刘老师担心的事情终于发生了：尚可嘉犯起了拗。

五

刘桂琴觉得自己上得最好的、令她念念不忘的那堂课，在尚可嘉脑子里并没留下什么特别印象；她印象深刻的倒是，刘老师的课上永远都伴随着那"四大天王"的混作乱搅。正是由于这个班的这种特殊性，学校才把它交到刘老师手里。也许是刘老师威严得还不足以令他们降服，也许是他们着实作得有点没边了，总之，这四个坏小子在课堂上没有消停的时候。每个坏小子都有自己的一套"独门"。齐济以善接老师话把儿著称；课堂上他比谁的话都多，往往是不该讲的时候乱讲，特别是老师或某个同学的话让他产生了感想；而且总是跟别人唱反调，逗得同学们哈哈笑。范阳阳以捅鼓同学著称，上课时他周围的人谁也别想安生，不是捅这个说话，就是捅那个借铅笔，要不就传纸条或团纸团丢人；有一次竟然把一条毛毛虫放到前面的一个女同学的头发里。胡海涛则是一个大玩家，在课堂上他手里永远都在摆弄东西；他常把家里的玩具带到学校，比如电子游戏机；被老师没收了就摆弄文具，格尺、橡皮、铅笔、转笔刀全可以玩出各种花样。项天笑则集前三者之大成，可以说是无"恶"不作了。他们的共同点就是脸皮厚，不怕老师批评；用刘老师的话说就是"一锥子扎不出血来"。刘老师上课时，只要一转身（比如往黑板上写字），下面就开始有活动；她得不停地同他们进行斗争；不过常常是按下葫芦起来瓢。他们的家长三天两头地轮番被刘老师往学校请。说来奇怪，这四个坏小子不怕老师，却怕班长尚可嘉。只要她掐着腰往他们跟前一站，他们就都乖乖的了。她可以拧着他们的耳朵往课桌上按，就像掐住一只狗的头按到它撒的尿上一样，让他们尝到自己干的坏事的味道。

　　为了对抗刘老师的严厉管束，有一次这"四大天王"竟然联起手来成立了一个"反刘组织"。他们的第一项活动就是私下里串通同学们上课时拒绝举手发言。他们串通的对象首先是那些上课不爱发言的，其次是那些处于中间状态的。谁要是上课举了手，就对他（她）进行打击报复；谁要是不举手，就发糖果进行奖励。他们的活动很有成效。那一段时间，刘老师发觉课堂气氛格外沉闷，除了尚可嘉他们几个学习尖子，别的同学全都毫无反应；刘老师很是纳闷。直到那四个坏小子洋洋得意地打算向学习尖子们串通时，才终于露了马脚。尚可嘉向刘老师揭发了他们的"阴谋诡计"，这个暗藏的"反刘组织"才被瓦解掉。

　　因此刘老师觉得，把他们赶出观摩课的课堂合情合理；否则，要真闹出点事来，她刘桂琴可担不起。不过她也许并没意识到，她打算在观摩课上重现的那堂难忘的一课之所以令她难忘，是与他们的积极参与分不开的。

六

　　就在这个紧要关头，尚可嘉的妈妈被刘老师请到了学校。孩子上学以来，她还从未被老师这么"优待"过。她永远都是在家长会上被点名表扬的学生家长，甚至还在全体家长面前做过一次"如何教育孩子"的报告。只有那些调皮捣蛋的学生家长才会受到老师的特别召见；要不就是孩子在学校出了事。她能出什么事？接到刘老师的邀请，当妈的心里一直忐忑不安；下午课一结束，直奔孩子的学校而去。

　　"刘老师，我们嘉嘉怎么了？"一见面，她劈头就问。

　　"怎么了？"刘老师把脸一沉，"你们嘉嘉也太拗了，不是一般的拗。我真没见过这么拗的孩子。"

接着她把事情一五一十地说了一遍，又指着嘴角上的泡："瞧我这火上的，嘴也烂了，嗓子也肿了；跟您说，这两天我觉都睡不踏实，一闭眼净做噩梦，就担心你们嘉嘉给我掉链子。果不其然，真的就往下掉。嘉嘉这孩子哪儿都好，就是拗的邪乎；要是上来那股劲，两头牛都拉她不回来。您说她小小年纪，主意怎么就那么正啊！我老是纳闷，她那小脑袋瓜里究竟在想什么呢？要不还是年纪太小，不懂事？可是都小学五年级了呀。"说到这里，她也顾不上办公室里还有其他老师在场，竟抹着眼泪，抽抽搭搭哭起来。"说实话，这孩子真挺让人伤心的。她怎么这么不懂事啊！我做老师的，这么看重她，一心一意培养她；在她身上，我花的心思比别的孩子加一块都多；为她创造各种锻炼机会，到头来从她嘴里得到的就是一个'不'字……"刘老师哽咽得说不下去了。

她一哭，在场的老师们都好言相劝，你一言我一语。尚可嘉的妈妈被刘老师的洒泪诉说弄得不知所措，又是拍抚她的背，又是拿出纸巾来给她擦泪；一个劲儿替孩子道歉，一个劲儿做自我批评，把一切责任都揽到她这个当妈的身上。

刘老师终于收住了眼泪，抹着红肿的眼睛，尴尬地笑笑，推开尚可嘉的妈妈那双殷勤着的手。

"真不好意思，让您见笑了！今天请您来，不是让您同情我，而是想取得您的理解，协助我们做好学生的工作。学校的一切都是为了孩子，在这一点上我们和家长的目标是一致的。您说是吧？"

"是的！我能理解，完全能理解！"

"您知道我们现在的工作压力多大，"刘老师继续说。"一边上课一边还得应付这次检查，哪边都要劲，哪边都不能松。我这堂观摩课是这次检查的重头戏，你们嘉嘉又是这重中之重，全指望她了，她还老一劲儿给我掉链子，您说我能不急吗？最近我这心里老是慌慌张张的，老有种预感，就觉得这次我非演砸了不可。"她现出一脸的丧气。"要是演砸了，我的饭碗也就砸了。"

"不至于吧？"尚可嘉的妈妈吃惊地张大了嘴，半天合不拢。

"还不至于呢！您问问他们，"刘老师朝办公室里其他几位挥了挥手。"我们每人都跟校长立了'军令状'的。"

大家都一致称是。

尽管尚可嘉的妈妈觉得刘老师的话有些严重了，但她的心境她还是很能理解的；她的心近来不是也在同样地慌着吗？她所在的大学不是也在为迎接一批特殊身份的"观众"，大张旗鼓地精心策划着一场盛大"演出"吗？她不是也在其中扮演着一个不大不小不轻不重的"角色"吗？那情形，那氛围，如出一辙。她对刘老师真是太同情太理解了。与此同时，她对刘老师对自己女儿的如此看重，更心存了一层感激；也为女儿能在这样一场盛大的"演出"中出任重要"角色"怀着一丝骄傲。于是，她一手拍着刘老师的肩膀，一手拍着自己的胸脯说："刘老师，您放心，这事就包在我身上了。管保让嘉嘉帮您把这出重头戏演好。"

当妈的信誓旦旦。女儿是自己养的，是自己一手教育出来的，她不信她摆不平这小东西。

七

她并没有贸然行事。还是像往常一样，她把女儿从学校接回家，让她写作业，自己则进厨房去准备晚饭，就像什么事也没发生似的。直到吃完饭，孩子写完作业，她检查后，才一边在联系本上签字一边漫不经心地问："嘉嘉，最近在学校过得怎么样啊？"

"挺好的呀！"她直直地望着妈妈，一脸的单纯和坦白，目光明澈。

"挺好的？那天你说的那事怎么样了？"

"哪事啊？"

"就是什么检查的要去你们班听课，刘老师让你做中心发言的事？"

"那事啊！"女儿当时就苦了脸，小脸皱得就跟一片嫩绿的叶子被火烤了似的。"你净哪壶不开提哪壶！是不是刘老师跟你说什么了？"

"这小人精！什么都瞒不过你。"

"我一猜就是。这是刘老师的惯用伎俩。"

"那我们就打开窗户说亮话吧，"当妈的摆出一副要好好谈一谈的架势。"今天下午你们刘老师把我叫去跟我谈了。她说你拒绝在观摩课上做中心发言。你心里到底怎么想的，跟妈妈说说好不好？"

"我就是不想做中心发言！"她倔巴巴地说。

"为什么呀？"

"我心里觉得别扭。"

"怎么别扭了？能说得具体点吗？"

"根本不是那样的！"她突然大喊大叫起来。"根本不是那样的。他们竟骗人，还学校呢！还老师呢！那'四大天王'也是我们班同学，凭什么不让人家上课呀！还弄了几个别的班的好学生来充数。我们班上课根本不是那样的。"

"怎么又跟你们班的坏小子扯上了？这跟他们有什么关系？"

"当然有关系了！"

"有什么关系？"

"哎呀，算啦！"女儿烦了，拧着眉开始收拾书包。"不跟你说了。反正跟你说了你也不懂。"

跟女儿的沟通遭遇到了障碍，这可是从来没有过的事；自己一向这么熟悉和珍爱的孩子，突然变得陌生起来。虽说犯拗是女儿的脾气，但以往总能拗得让她明白究竟拗在什么地方。这次她是真搞不明白了，而且女儿似乎并不想让她搞明白。看着女儿那张充满烦闷的小脸，她心里琢磨：难道是自己哪儿处理不当失去了她的信任？难道那一直向她敞开的心扉，就此开始关闭了？或许是她自己也没搞明白，才有苦难言的吧？这一连串问题让她警觉起来。无论怎样，这事决不能操之过急；强压硬逼，只会迫使她们母女间一直顺畅的沟通彻底断绝。这是她最不愿意见到的结局。

"你听听妈妈的意见好不好？"她语气和缓地说。"其实不管你怎么想的，你完全可以保留自己的想法；但重要的是你要学会从别人的角度去考虑问题，为别人着想。你没见大家都在为这件事忙碌着吗？"

"他们忙碌，跟我有什么关系？"她嘟哝说。

"怎么没有关系？这不是某个人的事情，是所有人的事情；是你们学校的事情，也是我们学校的事情。它关系到我们每个人。这件事很重要。"

"前些天你不是这么说的。你说他们在扯淡。你就是这么说的，扯淡！"她嚷嚷起来。

她突然给揪住了把柄，一时语塞，不知该如何为自己辩解。随之而来的是一阵惊惧，一阵为女儿不知深浅的担忧及自己言语不慎的悔悟。她表情严正起来："孩子，这话你可不能出去说，听见没有？"

"为什么呀？"

"就是不许说。说了对你没有好处。"

"那我也不做中心发言。就是不做。"

当妈的有一种理屈词穷之感。其实从内心深处来讲，她并非不赞同女儿的做法的。但即明明是扯淡，却又须严肃认真，一本正经，这其中的奥妙又如何对一个十来岁的孩子讲得清？到头来还得用"等你长大就明白了"来敷衍；这只会显露出她的无能，不但于事无补，倒越发丧失了孩子对她的信任。不能晓之以理，只有动之以情了。

"就算这事跟你没关系吧，你帮刘老师一个忙行吗？"

"怎么样，你承认这事跟我没关系了吧？噢，我赢喽！"她欢呼起来。"别的什么都不用说喽！"

"嘉嘉！"妈妈板起了脸。"你怎么这么不懂事啊！你这么做叫刘老师多难过，你知不知道？就因为你，刘老师今天下午当我面都哭了，你知不知道？"

"真的！"嘉嘉果然吃了一惊。"刘老师真的哭了吗？"

"那还有假？妈妈什么时候骗过你？"

"我真想看看刘老师哭起来什么样。"她旋即现出调皮相。"妈妈，你说说，刘老师哭起来什么样啊？好玩吗？"

"瞧你这孩子，严肃点好不好？咱们现在谈正经事呢。妈妈对你说这事，就是要你学会遇事多替别人着想。你说说，刘老师平时对你怎么样？"

"挺好的啊！"

"就是啊！她对你那么好，现在刘老师遇到困难了，你帮她一个忙，成吗？也算你帮妈妈一个忙，成吗？"

"成！——"她拉着长腔，懒洋洋地打了个哈欠。

"不行，好好说！"妈妈搡着她在椅子上坐直。"你得下保证。"

"成，我保证！行了吧？"她又有些烦。

"好，你答应了啊！咱们说话可得算数。"

八

刘老师觉得自己上得最精彩的最令她难忘的那堂课的课文内容是这样的：永乐年间，一个名叫宋孝廉的书生参加科举考试；他拿到题目后，发现这个题目是自己做过的，就要求考官给他换一个题目。结果他仍旧高中榜眼。永乐皇帝得知此事后，对宋孝廉大加赞誉，并委以重任，还让他做了太子的老师。

这篇课文的中心思想再明了不过。讲完课文后，刘老师并没急着进行归纳总结，而是把主动权交给了学生们，想展开一场课堂讨论，让大家谈一谈自己的看法。叫她深感意外的是，同学们的讨论异常热烈，全班立即化分成两大阵营：其一是以"四大天王"为首的反对派，他们认为"这个叫宋孝廉的是中国有史以来最大的傻瓜"（齐济语）；其二是以尚可嘉为首的赞成派，他们认为"宋孝廉是个令人尊敬的诚实的好人"（尚可嘉语）。这两派唇枪舌剑，你来我往，各抒己见，争论得脸红脖子粗，都想驳倒对方。不时地有妙语迸发出来，引得全班哄堂大笑；也不时地有富于哲思的火花碰撞出来，赢得满堂的喝彩。每个同学都受到这种热烈气氛的感染，就连平时上课从不举手发言的学生都开了腔。这种人人争鸣的课堂景象让刘老师既吃惊又感动：看来孩子们真是不可小视的。

刘老师想在观摩课上重现的就是这样一堂课。这堂课上，尚可嘉显然是中心，是闪光点，就像是一场戏的主角，只要把她抓住，整场戏也就再现出来了。不过尚可嘉明显对老师的意图缺乏理解。经过妈妈的批评和劝说，她虽然不再对刘老师的要求断然拒绝，但仍没有像她所期望的那样跟她积极主动地配合。在这堂非比寻常的观摩课的筹备中，她多希望她也能像在那堂课上所表现的那样活跃、热情、善辩啊！相反，她显得消极而怠慢。她不断地念叨说：

"老师，不是那样的！"

刘老师对她这句话很反感。"你老说'不是那样的不是那样的'。到底不是哪样的？"

"'四大天王'不应该被赶出课堂。我们班不能没有他们。没有他们，我们五年级六班就不是五年级六班了。"

"那怎么成！"刘老师把眼睛瞪起来。"这堂观摩课不像我们平时上课，是上给别人看的。你知道来听课的都是什么人吗？都是国家教育部门的专家和领导。这四个坏小子要是在课堂上闹出点事来，你叫我怎么收场？我又如何消受得起？不行！绝对不行！"

"不是那样的！"尚可嘉固执地说。"根本不是那样的！"

"是不是那样的有什么关系？"刘老师厉声道。"没有他们难道我们还不上课了不成？"

刘老师这句话问到了点子上，一下子问得尚可嘉没了话；她低下了头。刘老师说得很有道理呀！但尚可嘉只是觉得什么地方不对劲。到底哪里不对劲，她却说不清道不明；只是有一种感觉在心里头翻腾。

其实，无论是刘老师还是尚可嘉，都没有明确认识到这四个坏小子在那堂课上的作用：正是由于他们所持的那种反叛的观点立场，才奠定了那堂课的基础；正是由于他们所持的那种肆意搞怪的表达方式，才活跃了课堂气氛，从而激发了同学们参与讨论的热情和才思。没有他们，也就无从谈起在刘老师的教学生涯中给她留下美好回忆的这堂课。或许是出于对这四个坏小子的本能反感，在她美好的回忆中，自然而然便把他们的功绩给抹杀掉了；而对尚可嘉来讲，他们的功绩又显得太隐晦，无法上升到意识的层面来加以言说，仅仅形成了一团模糊不清的感觉。但也正是这团模糊不清的感觉在支撑着她；而刘老师极力想重现的美好回忆，不过是一个被抽空了精髓的虚假外壳。

　　见尚可嘉不再言语，刘老师以为她服了软，便和缓起来，说："其实老师对你的要求很简单，只要你把那次的课堂发言在观摩课上再重复一遍就成了。"

　　"我说什么了？"尚可嘉皱着眉，一脸困惑地看着她的老师。

　　"你忘了？我还记得几句呢。你说'宋孝廉的诚实是我们人类崇高精神的体现'，是……是'楷模'什么的，"她绞尽脑汁回想着。"反正你说得特别精彩，特别叫人感动。"

　　"哎呀，老师，我真的忘了！"尚可嘉烦恼地摇着头。

　　"你回去好好回忆回忆，你当时是怎么说的。这可是你的任务啊！"

　　"我要是想不起来了呢？"

　　"你要实在想不起来了，就得老师给你写一篇，你背下来。要不你说怎么办？"刘老师一副无可奈何的样子。

　　"怎么会这样啊！"尚可嘉像是在自言自语。"根本不是这样的！"

　　"以后你就不要再说什么这样不这样的了，听见没有？"

　　"我怎么越来越觉得……像在表演节目啊？"

　　"对啦！差不多就是这个意思！"刘老师突然一阵惊喜，苍白虚胖的脸上泛起一层兴奋的红晕，伸出一根指头点着她。"有门！顺着这个思路往下想，我看你有点开窍了。"

九

　　的确，不论是刘老师还是她妈妈，都没有摸透尚可嘉那小脑袋瓜里究竟在打什么主意。就在她支应着刘老师的重托时，脑子里也在酝酿着一个行动计划。这绝对算得上是个不可告人的秘密。这个计划就像一粒种子在她心里萌芽了、生长了，时时鼓动着她激励着她；那是一种强烈的伸展的渴望；她觉得自己就像是一根给按下去的弹簧，心里头憋着一股劲；她要弹跳起来，把这股劲生发出来才痛快。

　　这天下午放学时，刘老师像往常一样把学生们送到指定的地点才解散。在确认每个孩子都有家长来接后，便准备转身离去。这时她发现，尚可嘉正和几个同学留在原地，围成一圈喊喊咕咕。

　　"尚可嘉，你怎么还不走？你妈妈来接你了吗？"

　　"啊，她说她有事，晚来一会儿！"尚可嘉转过身来答话。

　　"你们还有谁的家长没来的，都跟我回学校去等着。"

　　"不用了，刘老师，"尚可嘉说。"我们就在这儿等吧，没事！您回去吧！"

　　"你们不许乱跑啊，就跟这儿等着。"

　　"不会的，您放心！"

　　有尚可嘉在，刘老师总是放心的。不过，也许她并没留意，跟尚可嘉在一起的那几个学生，正是班里的那四个坏小子。他们是她事先打好招呼，要在散队后留下来的，说是有话跟他们说。等刘老师走远了，她拿着班长的架势说：

　　"知道为什么把你们留下来吗？"

　　"我们哪知道啊？"四个坏小子大眼瞪小眼地面面相觑。"我们又招谁惹谁了？"

　　"不是又招谁惹谁了。"她把四个头往一块拢了拢，神秘兮兮地。"我向你们宣布一个秘密：观摩课那天，你们将被赶出课堂，不许进教室上课。"

"啊，真的呀？"齐济说。"你听谁说的？"

"什么叫听谁说的呀！"尚可嘉白了他一眼。"老师知道的我全知道。什么事能瞒得了我？"

"她不就是我们的半拉老师吗？"项天笑亲亲热热地凑到她跟前叫起来。"尚半拉老师！"

"你别没皮没脸啊！"尚可嘉把他推开。"现在我跟你们说正经的呢。"

"什么正经的呀！"范阳阳说。"不让上课更好，我正不想上呢。玩去喽！"他高兴地把书包扔起来。

"不上课喽！玩去喽！"胡海涛应和着他，也把书包往天上抛。

"玩什么玩！笨蛋！就知道玩！"齐济认真起来，制止了他俩的耍闹，又转向尚可嘉说。"凭什么呀？凭什么不让我们上课？"

"就是，凭什么不让我们上课？"胡海涛说。"上课是我们的权利。"

"我就是为这事找你们的。"见他们都来了劲，尚可嘉又说。"想看看你们的态度。"

"尚可嘉，你怎么突然关心起我们来了？"范阳阳说。"我看你是黄鼠狼给鸡拜年！你该不是刘老师的密探吧？"

"范阳阳！"尚可嘉厉声说，怒视着他。"你这个没良心的！我是为了你们不被赶出课堂，你却这么说我。好了，我不管了，你们爱上课不上课，跟我有什么关系！"说着她就要走。

"闭嘴，你这个笨蛋！"齐济打了范阳阳一巴掌，拦住尚可嘉说。"你别生气，别听他瞎说白道的。我相信你。我们都相信你。我们都想去上课。"

"对，别听他瞎说。"项天笑也正经起来。"他是个没脑子的白痴。"

"你们都想去上课吗？"她表情严肃地问。"你们说真话。"

"对，我们都想上。"胡海涛一本正经地说。

"我们就去上课，"齐济说。"就不离开课堂，看他们能怎么着！"

"这么蛮干，恐怕不是好办法。"她说。"我倒有个好主意。"

"那你快说说！"四个人几乎同时叫道。

尚可嘉让他们伏耳上来，冲他们嘀咕了一阵。

"啊，这恐怕不行吧？"项天笑说。

"恐怕不等我们埋伏好，就给人抓住了。"范阳阳说。

"你们害怕了吧？"尚可嘉说。

"你们不仅是笨蛋，还是胆小鬼。"齐济说。

"谁是胆小鬼？"项天笑说。"我怕什么呀？"

"没错！有什么好怕的！"范阳阳也硬气起来。"不就是证明我们是这班的学生吗？证明就证明，有啥了不起！"

"好样的，这才像男子汉！"尚可嘉说。

"那我们就按尚可嘉说的办。谁也不许反悔，我们发誓。"齐济说。

"我发誓！"大家一起说。五只手叠握在一起。

"记住，这可是我们的秘密行动，决不准泄露出去。"尚可嘉警告说。"我们一定要把这个行动进行到底。"

十

尚可嘉的保密措施没有做好，这起"阴谋"（刘老师后来在处理她时用的就是这个词）很快就败露了。据范阳阳交代，是他泄露出去的。他在家里说走了嘴，给他爸爸立刻揪住，并及时报告给了刘老师。他总怕儿子在学校惹是生非；他给他惹的事太多了，他要负起做父亲的责任。他确是位称职的好父亲，连年被学校评为最能与学校积极配合的家长，尽管儿子总是不争气。

这件事是刘老师万万想不到的，她震惊了。开始她坚决不相信，认为是范阳阳这个坏小子诬陷尚可嘉。这天早上一到学校，她便把所有的当事人都叫到办公室，当面对质。对这一指控，尚可嘉供认不讳。

刘老师从声音到身体都颤抖了；那张虚胖的、没有血色的脸越发地苍白，嘴唇都白了。"你……你……"她"你"了半天也没吐出一句话。"你知道你这是什么行为吗？你这是在阴谋破坏……你这是……你知道你这么做的严重后果吗？怎么一下子变成这样了？今天的课你就不要上了，老实待在这儿给我反省。"

教研室里全乱了，就像一个忙碌劳作的蚁群里给投入了一件异物，阻碍了信息的正常传递似的。老师们都深感惊讶，围上来一看究竟：有指责批评的，有惋惜慨叹的，有好言相劝的，也有幸灾乐祸的。不过上课铃声一响，"蚂蚁"们也便纷纷走上了"正轨"，各自散去了，只留下尚可嘉一个人在哭。她哭了好长时间；后来眼泪哭干了，也就不哭了。课间刘老师来看过她两次，给她点水喝；中午，刘老师把饭给她端了过来，她也没吃；下午，妈妈又被请到了学校。一见到妈妈，她又不由自主地哭起来。

"嘉嘉怎么一下子变成这样？真是想不到的事。我真的很痛心！"刘老师对妈妈说。"这一上午我课都没上好，我没心思上课。我这胸口一剜一剜地疼。我一直在想,嘉嘉这么优秀的一个孩子,怎么会跟那四个坏小子搅到一起去了？我一直在问自己这个问题。是我什么地方工作没做好吗？我一直在检讨自己。"

"刘老师，您可别这么说，"尚可嘉的妈妈说。"主要责任还在我们做家长的。是我们跟孩子的沟通不到位。没有做到及时发现问题，充分地疏导。"

"是啊！我们之间沟通得也不够。这都是教训啊！"刘老师颇为感慨。"可是现在既然事情已经发生了，我一直在想，这件事该怎么处理。这可不是件小事。你说她怎么这么有主意呢？胆子怎么就这么大呢？幸亏发现及时，没有造成严重后果。按理说，我应该把这件事报到学校。武校长这个人的脾气你也是知道的；往学校一报，嘉嘉非给开除了不可。这样一来，孩子的前途就全毁了。可是要瞒着不报，这么严重的一件事……"

"哎呀，刘老师，别往学校里报，行吗？求您啦！"

"可是，万一上面追究下来，我可怎么交代呀？我担当不起这责任啊！"

"我们都严格保密，上面不会知道的，也就不会追究了。"当妈的天真地说。

"是啊！我也一直在犹豫。"刘老师苦笑笑。"作为老师，我真不愿意看到自己的学生落到那样一个结局，特别是像嘉嘉这样优秀的一个学生。说实话，我打心眼里舍不得她。"

"刘老师，您就给她一次机会吧。"当妈的鼻子一酸，禁不住落下泪来。"求您啦！看在您教她这么多年的份上。我相信她是一时糊涂才犯了这样的错误的。她还可以改好。"

"唉！——"刘老师长叹一声。"我说什么来着？我总有种要砸锅的预感。看来我的预感没有错。从一开始她就别别扭扭的。兴许我这回是看错人了。您知道吗，我开始考虑这次观摩课上的中心发言人的换人问题了，甚至她还能否进入观摩课的课堂问题。"

"哎呀，刘老师，您别这么想啊！"她一把鼻涕一把泪地哀求。"就算您给她一次戴罪立功的机会吧。人不说浪子回头金不换吗？嘉嘉经过了这件事，一定会把这个任务完成得更出色。是不是嘉嘉？"她推了一把闷坐在一旁的女儿。"你说话呀，快向老师表个态！"

尚可嘉已止住了哭，正专心听刘老师和妈妈谈话。妈妈的哭让她很不是滋味，也很纳闷；她不明白她干吗要哭，跟孩子似的。妈妈那么一推，叫她猝不及防，加上手劲大了点，她一个趔趄，差点从椅子上折下去。

"是！"她蔫不唧地说。

"不行，拿出点精神来！"妈妈不依不饶的。

"是！"她提高嗓音叫道。

"这样吧，"刘老师瞧了瞧尚可嘉，笑笑，又对她妈妈说。"我们先不考虑换人的事，也先不往学校报。武校长这个雷我替你们扛了。嘉嘉回去写份检讨，明天交上来。我手里有这份东西，就是上边追究下来，我也有的说，是吧？结果如何，全看她对这次错误的认识和态度了。"一边送她们母女俩往外走，又一边小声说道，"您瞧，我也算做到仁至义尽了吧？为了孩子，我可是把吃饭的家伙都别到裤腰带上了。"

十一

　　"你最近到底怎么回事？犯着哪根筋了，你说说？"一回到家，妈妈就对女儿大吼大叫起来，也顾不上一贯奉行的教育理念了，只管发泄心中的怨气。

　　"没两天的工夫，让老师往学校提溜两次了，你想气死我呀？怎么一下子变成这样了！还跟那四个坏小子搅和到一起去了。你到底想怎么着？"

　　"妈，我真的没做什么坏事。你不理解我！"女儿辩解道。

　　"还没做什么坏事？都搅闹起课堂来了，你还想干什么？把天捅个窟窿才算？什么样的学生才会搅闹课堂，你说说？"

　　"孩子，我理解你！"爸爸在一旁说话了。他碰巧刚出差回来，在家休息。"我觉得嘉嘉做得对。什么检查、评估的，全是扯淡呢，就给他搅和，搅成一锅粥！"

　　"行了，够乱的了！你就别跟着搅和了。"妈妈又冲爸爸吼起来。"你作为父亲就这么教育孩子吗？你这是教她好呢还是害她呢？"

　　"当然是教她好啦！我觉得嘉嘉做得很好，有个性。不该做的事就不做，我支持她。"

　　"狗屁个性！有你这么教育孩子的吗？你这是把她往火坑里推呢。一个女孩子家，学得那么叛逆干什么？瞧哪儿都不顺眼，逮谁跟谁对着干；有什么好处？你叫她往后怎么跟人相处？怎么立足于社会？"

　　"我觉得做人就得有个性，甭管男人还是女人；要都乖顺溜滑，个个跟面条似的，我们的社会成什么样了？"

　　"你好，你有个性！瞧你现在混这模样，都四十来岁的人了，还不是脚不沾地儿地给人家跑推销？你那个性有什么用？将来也让孩子跟你似的？"

"跑推销怎么啦？这活儿也不是人人都干得了的。"

"你得了吧！有本事谁干这个？"

趁着爸爸妈妈吵嘴，尚可嘉溜进了自己的房间，把门反锁了。她特别讨厌他们俩吵架，特别是为她的事吵。她常常觉得爸爸有理，可不知为什么他总像底气不足似的，从来吵不过妈妈，吵着吵着就叫她占了上风。瞧着爸爸那副灰溜溜的样子，她心里很不好受。因此，他们俩一吵，她能避开就避开。

见女儿进了屋，当妈的小声说："以后我教育孩子你别跟着瞎搅和。不帮忙不说，还帮倒帮，把我取得的那些成效全给抵消了。"

"我怎么帮倒忙了？你那种教育方式根本就不对！"

"你对，你教育，行了吧？往后我还不管了呢！"

"不就给你提了点意见，瞧你还生那么大的气！得！得！你教育你教育！"

"你说，孩子长这么大你管过吗？"她又翻起旧账薄来，眼泪也就跟着下来了。"从小到大，我一把屎一把尿地伺候；每天给她洗衣做饭，辅导功课，督促她学习；又带她学钢琴，又教她学舞蹈；冬天怕她冻着，夏天怕她热着；你管过什么了？把她培养到现在这程度，我容易吗？你一回家就说三道四，这不对那不对的。你有发言权吗？"

当爸的不说话了，只管闷头抽烟。

"你去向孩子承认错误，挽回不利影响。"

"承认什么错误？"他扭过头来看老婆。"我做错什么了？"

"承认你那话说得不对。"

"你给我留点面子好不好？我在孩子面前一点尊严都没了。"

"正好相反，勇于承认错误，知错就改，你在孩子面前会树立起好榜样。"

当爸的仍坐在那里，叼着烟，执执拗拗地不肯动窝。

"你去不去！"当妈的不耐烦起来。

"好好好！"当爸的把烟在烟缸里掐灭。"真是的，什么事呀！"

他去敲孩子的屋门。

"谁呀？"嘉嘉在里边问。

"是我！"

"是爸爸呀，只许你一个进来。"

"成，就我一个，开门吧！"

他一进门，女儿就叫起来："快把门关上。"然后用审视的目光打量着他。"怎么样，吵架又吵输了吧？我就知道会这样。"

"无所谓输赢。"当爸的摆了摆手，显出一副大度气派，在孩子面前的一把小椅子上坐下来。"爸爸不过是跟你妈讨论了一下你的问题，觉得你妈说得有些道理。爸爸的话有点欠考虑，对你那么说是不负责任，希望你不要太当真。我就顺嘴那么一说而已。"

"那爸爸说的理解我，也是顺嘴那么一说喽？"

"这个嘛，"他措着词。"爸爸说理解你一点不假，爸爸什么时候不理解你了？虽然你的想法不错，但你做事情的方式不对。这么做对你的前途极其不利。以后做事情一定要考虑方式方法，否则的话就会南辕北辙，知道了吗？所以还是按妈妈说的去做。"

女儿又矜鼻子又瞪眼地瞅着他，最终哼了声："真没劲！"

这时当妈的推门走进来，说："对，往后就听妈妈的，别听你爸的。"

"你们俩怎么都进来了，影响人家写作业了。"

"行了，你的任务完成了，可以走了。别影响孩子写作业。"当妈的对当爸的说。当爸的悻悻然起身离去了。当妈的又对孩子说，"对了嘉嘉，今天你还得把检查写出来呢，明天刘老师不是要吗？"

"检查怎么写呀？我不会写，作业还没写完呢。"女儿伏在桌上，头也不抬地说。

"不行，今天必须写出来。"

"我不写那玩意儿，要写你写。"

"这孩子！要不这样，检查我替你写了，但是有一样你得记好了，别再给我惹事，乖乖跟刘老师打好配合，把观摩课应付过去。我可是跟刘老师打了保票的，要不然的话，不仅刘老师得砸锅，你也得受牵累，听见没有？"

嘉嘉仍伏在桌上写，一声不吭。

"你怎么回事，妈妈跟你说话呢，听见没有？"她扒拉她一下。

"哎呀，听见了！瞧你，人家字都写错了！"女儿不耐烦地拿起橡皮，使劲在本子上蹭。

当妈的替女儿写起了检查，她写得很认真；女儿和丈夫都睡了，她还坐在电脑前敲键盘。检查写好并不容易，既得认识深刻入理，又得显出情真意切，因此字句非拿捏得恰到好处。所幸她是大学的教授，摆弄文字也算是她的老本行。她坐那儿搜肠刮肚，一直写到后半夜。

十二

第二天早上一到学校，尚可嘉便把一份打印得齐齐整整的带有她本人手写签名的检查交到了刘老师的手上。翻看着这沉甸甸的检讨书，刘老师没说什么。一切似乎又都恢复到了正常状态。上午照常上课，下午刘老师又对她的那堂观摩课进行了一次演练；尚可嘉还是照演她的中心发言人的角色。放学后，她还是像往常一样走在最前面领队。喊过"解散"，她扭头就走，忽听有人叫她。原来是齐济，身后跟着那仨同伙。

"尚可嘉，我们是来向你道歉的，"齐济说。

"有什么好道歉的！"她显出无所谓的样子。

"对不起，是我把秘密泄露出去的。"范阳阳惭愧地说。

"我们不能陪你把行动进行到底了。"齐济也显出惭愧模样。

"这我知道。"尚可嘉冷淡地说。"你们不说我也知道。不用道歉。"

"我想解释一下，不是我不想陪你，"齐济继续说。"是我爸他不让。他说那天他要把我锁在家里，我要是敢出门撒野就打断我的腿。"

"行了，不用再解释了。我算认识你们了，"尚可嘉恨恨地说。"成事不足，败事有余。没用的东西！胆小鬼！以后别再跟我说话。"说完转身就走。

"唉，别走哇！"齐济拉住她。"我的话还没说完呢。我想告诉你，我觉得你的那个秘密行动一点都不好玩。我爸说，他们全都知道不让我们上观摩课的事，所以根本不需要我们去证明什么，没人会吃惊。"

"你爸在骗人！"尚可嘉叫喊起来。

"不是骗人，"范阳阳也叫道。"我爸也是这么说的。"

"你爸在骗人！"她又冲范阳阳大叫。

"不是骗人，就是一点都不好玩。"四个坏小子一起大叫。

"就是在骗人！"尚可嘉脸涨红起来。"骗子！胆小鬼！"转身朝等在远处的妈妈跑去了。

"我们不是骗子！"四个坏小子在她身后扯脖子喊。"我们不是胆小鬼！"

回家路上，妈妈一边骑车一边问坐在身后的女儿："那四个坏小子又跟你说什么了？"

"没说什么。"

"往后你少搭理他们。"

"我没搭理他们。妈妈，你说他们知道他们四个被赶出课堂的事吗？"

"他们是谁呀？"

"就是那些来听观摩课的专家领导。"

"这个嘛……还真不太清楚。也许知道吧，也许不知道。你问这个干吗？"

"我就是随便问问。"

"他们知道不知道与你有什么关系？"妈妈说。"嘉嘉，我可警告你啊，你脑子里别再打什么歪主意，好好跟刘老师打好配合，别再让妈妈操心，听见没有？"

"哎呀，听见啦！这话你都说了好几百遍了。"

十三

"没有你们，我照样行！"她心里不住嘀咕着。"我照样行！"

她并没有死心。她打定主意，要把这个已公开的秘密行动进行到底了。她心中的那份伸展的渴望没有得到满足；相反，在老师和家长的一再压制下，那渴望闷得越发强烈了，仿佛淤积成了一座小小的火山，山中激荡的岩流炙胀得她快要爆炸了一般，非找到一个出口，喷涌而出不可。她已不能自已。她一边正儿八经地根据刘老师的要求，为那堂关系重大的观摩课做着准备，一边等待着那个最后"喷发"的时刻。

尚可嘉确乎忘记了自己在刘老师念念不忘的那堂课上的发言；不管她如何启发诱导，都无法再现当时那动人心弦的词句。刘老师只得作罢，干脆提笔自拟发言稿，让尚可嘉背出来。经过两个不眠之夜的苦熬，反复修改，一篇精彩的观摩课发言完成了；尚可嘉也很快就背了出来。

在观摩课的排练中，刘老师发觉尚可嘉的发言存在许多不足，与她理想中的完美一课相去甚远。比如，她太像是在背课文；她的语调刻板、机械；发言中缺乏饱满的情绪。刘老师对这些毛病一一指出，并给予正确的示范；其他一些同学或赞成或反对，营造出一种课堂辩论的气氛，与尚可嘉的发言相呼应，起到绿叶扶红花的作用。经过几次这么排演，刘老师觉得她这堂观摩课可以拿得出手了，便请武校长等校领导预先观摩了一次。武校长给予了积极评价，并提出了几点建议。

"刘老师，"尚可嘉说。"我怎么越来越觉得像在表演节目啊？"

"这种感觉就对了！"刘老师欣喜地拍着她心爱的学生。"这说明你已有所领悟了。你一定要保持住这种感觉，到时候你一定会有出色的表现。"

"这种感觉叫人有点恶心。"

"那有什么好恶心的？表演节目不是我们生活中的一项正常活动吗？你也不是没参加过？比如，唱唱歌、跳跳舞、弹个琴什么的，你会觉得恶心吗？"

"老师，不是那样的！"

"你又来了！你就把它当做是那样的不就完了！"

"可是……可是……"她不知该怎么说，只觉得心头泛起一阵阵恶心。这种恶心更加剧了她心中"喷发"的冲动。望着刘老师那张苍白虚胖的脸，她强按捺住心中的恶心感。老师再一次看到学生干瞪眼却没了话，心中油然荡起一阵胜利的喜悦，便和蔼耐心地劝慰道，"你呀，也别'可是可是'的了，听老师的，没错！"

刘老师肯定做梦也不会想到，在她最得意的这个学生的小脑袋瓜里，除了灌装着她那篇精彩的发言外，另一篇可能更加精彩的发言正酝酿成熟。尚可嘉一直怀着这样一个孩子式的逆反念头：反正我不会照她的话去说，我要把我心里的想法统统倒出来，看看他们到底是什么反应。那情景一定很好玩。

十四

随着检查评估日期的一天天临近，学校也日益呈现出一种平时罕见的新气象。校园内外整洁一新，原先聚集在学校周边做生意的小摊贩们被清理得一干二净，道路宽敞畅通了许多。树们也都棵棵振奋抖擞，绿得比往日精神。校园内，楼里楼外，凡人迹所至，不经意地一抬头，一块标语牌便映入眼帘，一句句闪光的警句名言既温馨又励志，感人肺腑，催人奋发，似乎这里果真是一所龙的摇篮，人人都将成就一番大事。

学校还特地印制了一本小册子《校绩手册》，师生人手一份；里面记载了本校的历史、现状、取得的成就、出过的名人、现有人才，堵如此类，供师生们学习。此外，学校还针对评估期间的要求，做了相关规定，以文件形式下发各教学年、组、班，以通达各位教师员工及学生：

一、教师员工及学生一律穿统一的校服；教师员工于左胸前佩戴校徽，学生胸前佩戴红领巾。

二、仪容仪表及校服一律要干净整洁；校徽要保持亮泽，不得有污渍及损毁；红领巾要干净、平整、鲜亮。

三、无论师生，都要做到举止温文尔雅，端庄有礼，始终面带微笑。

四、与人相见（无论是相识的还是陌生的，特别是陌生人）一律要主动热情地打招呼，微笑并问好。如师生相见，学生应首先打招呼：先行少先队礼，然后问"老师好"；老师也要回礼，并问"同学好"。

五、严禁在操场上、楼道里及教室内奔跑、追逐、打闹和大声喧哗（体育课上的正常教学需要除外）。

六、《校绩手册》师生们须认真学习、谨记在心。如遇有陌生人问及里边的相关内容，须对答如流。凡未能妥善应对者，要为此引起的后果承担责任。

七、评估检查期间，学校不再打上、下课铃，以免打扰专家组的工作。请各位老师自己注意上、下课时间。

八、以上规定，各位师生员工须严格遵守；有违规者，视情节及后果轻重，给予相应处理。

九、本规定从颁布之日起生效。

关于微笑，学校提出了一个口号：微笑是我们最好的名牌。可见学校对人的这种独特表情的重视程度。就在检查评估日的前一个星期，学校开展了一场"展示微笑名牌"活动。内容包括仪态举止训练和微笑训练。为了给这次活动起一个示范带头作用，武校长在校园网上展示出了第一块微笑名牌：一张他个人的标准微笑大头照，从而为微笑的尺寸和规格树立了一个样板。为达到统一的尺寸和规格，学校还制订了一套相应的训练手段：把一根筷子横衔在齿间，嘴唇微启，嘴角上挑，以双唇不碰到筷子为宜。那一段时间，每一位师生到校上课，书包里都须带一根筷子；课前老师带领着学生们练习微笑。老师在前面做示范，学生们跟着模仿；老师要挨个看学生们的嘴，纠正不当；学生们还要互相检查纠正。几天下来，人人都掌握了要领，只要一咧嘴，就能展示出一张合乎标准的笑脸。

十五

这一天终于挨到了。

尽管经过了学校的宣传、训练和教育，心理已有所准备，但校门口上方高悬的那条表示"欢迎光临指导"的巨型横幅；大门两侧站立着的由精选出的男、女生组成的迎宾队列；到处招展着的彩旗和浮动着的统一规格的笑脸；忙不迭地敬礼问好及轻柔悦耳的迎宾曲；蹑手蹑脚拿腔作态的言谈举止；教室里的静谧和正襟危坐，这种种异乎寻常的景象让尚可嘉感到一种莫名的惶恐。

刘老师的打扮使同学们吃了一惊。她的头发一贯都是散着的，显得有点乱；今天却扎了起来，在脑后挽成了一个发髻；似乎还抹了头油，看上去光光亮；脸没了陪衬，脸盘一下子大出一圈，也越发显得虚胖苍白了；不过她描了眉，画了眼，涂了唇，施了脂粉，耳朵上配了两个小小的耳坠。第一眼，谁都没认出她来；可是随即，教室里便抑制不住地爆出一阵哄堂大笑。

尚可嘉只觉得心在怦怦地狂跳。她脑子里那两篇完全不同的发言交替浮现，就像一对敌手似的争先要占据她的头脑，谁也不肯让步。直到武校长陪同评估团的专家领导们走进教室，她也跟同学们一道站起来热烈鼓掌欢迎，脑子里的这场争斗也渐白热化，却难分胜负。她心绪烦躁不安。

教室后面突然坐了黑压压一群人，就像教室上空给罩上了一层乌云，课堂气氛一下子变得紧张而压抑。刘老师虽然经过了精心准备，也不由得心情紧张

露天表演

起来。这些人个个都来者不善；一双双鹰眼警觉而又敏锐：他们就是来挑她毛病的。虽然她知道学校已经打点过了，面对她的毛病自会睁一只眼闭一只眼，得过且过；可万一发生点什么不测，出点什么硬伤呢？因此，她的一言一行都显得格外矜持、夸张，甚至有点笨拙，就像今天这身刻意的打扮拘得她无法行动自如似的。她拿腔作调，声音略微有点颤；没说几句话，头上就开始发汗，她只能拿着面巾纸在脸上轻轻摁一摁；她知道只要一擦，立刻就会变成一个花脸。她尽量避开打教室后面射过来的密集的目光，就像一个恐高症患者避免从悬崖峭壁上往下看一样；她把全部注意力都倾注在学生身上。好在所有程序都已事先设定好，也都演练过无数遍，只管按照设定程序往下走就是了；到哪一步该做什么该说什么都记得很清；学生们也都很长脸，轮到谁发言了，站起来就说，毫不迟疑，毫不打奔儿，发言稿全都烂熟于心。没言可发的也都腰板拔得溜直，把手举得老高，做出争先恐后的样子，虽然明知没自己什么事。一切都进行得有条不紊。不过这时，刘老师内心里却忽然感到了一种空虚，空虚得叫她害怕。这种空虚感是在她演练的过程中从未有过的。她忽然意识到这堂课着实缺了点什么：它太程式化，太刻板，太机械……尽管师生都在努力地去模拟去表现，仍远没有再现出她所预期的那份感动和美好。要是这些专家们……一阵深深的疲倦从那空虚中溢出，顷刻将她浸透了；她的腿有些软，眼前金星飞舞，恍惚如在梦中……她两手紧紧抓住讲台，以撑牢身体，集中精力，稳住心神；够了！实在是够了！爱谁谁吧！好在一切都在掌控之中，她只求别出什么岔子，赶紧把这无聊的表演应付过去，便万事大吉了……

当刘老师叫到她的名字时，尚可嘉仿佛给刺了一下似的一哆嗦，好像她脑子在溜号。其实她并没溜号，她是在一心一意地等待着这一刻的到来；因等得太过专心，这一刻果真到来时她有些承受不了。她缓缓站起身，心剧烈狂跳着，满脸涨得绯红；她不由自主地扭过头，朝坐在教室后面那排黑压压的人群看去。她看到了一张张除了秃顶、眼镜或皱纹之外、毫无面貌特征的脸孔；有的满面漠然，有的在交头接耳，有的在专注于敲打电脑，也有的在回望她，堆出一脸的笑。

"你不用回头看，"刘老师说。"看黑板！该怎么说就怎么说，跟平时上课一样。"

刘老师的鼓励并没起到应有的效果。那张化了妆的脸让尚可嘉觉得像一张面具，而它的笑容则显得面目可憎可怖了。她再次回过头去时，那一排排毫无特征的脸，一下子都挤到她面前冲她笑起来了；那不是一般的笑，而是那种探知了他人秘密后会意的窃笑，笑得令人心里发毛，笑得令人不寒而栗，像是在揭她的底："说吧说吧！随便说！其实你不说也罢，我们都知道你要说什么。"

她忽地想起了那四个坏小子的话，这使她猛醒：的确，他们没有说谎；眼前这挤作一堆的笑容分明在表示，他们什么都知道；只有她一个人给装在了闷罐里；她的秘密行动一点都不好玩，只会招来他们的哄堂大笑，那只会叫她无地自容……心里抖地一阵冰凉，那压抑了许久的热切的喷发冲动顿时消散得无影无踪，只落得个空洞冰冷的恐惧。当然，她还完全不清楚这种恐惧的含义。它是一份意味深广的精神遗产，经过漫长的历史的演义，由她的父母，由她的老师传授给了她；她也必将接受这一使命，将这一份珍贵的精神遗赠传承下去。对她来讲，这堂观摩课正是一个精神遗赠的交接仪式。真可以说这是颇具历史意义的时刻。不过，此时此刻她感到的只有恐惧。也许在将来长大成人的某一天，她回忆童年时，才会认识到这一时刻的历史意义。

刘老师还在鼓励她："说吧说吧，你不用看别人，该怎么说就怎么说。"

老师那张面具似的笑脸及其鼓励听来带有一种威胁意味。她一时惊慌得不知自己要说什么了，只有老师指给她的那一条道，明晃晃地还在；她只好顺着这一条道跑下去。恐惧似乎也具有激发人的才智的力量，她的表现要比任何一次演练都出色；她不仅情绪饱满，热情激扬，思维也异常活跃起来。她不光是背诵出了老师给她写的发言稿，还在此基础上进行了发挥和敷衍，把老师的那点思想阐释得淋漓尽致。刘老师一边听，一边会心地点头微笑，不住地说："好！好！太好了！"

十六

学校顺利通过了评估检查，并取得了意想不到的成功；在庆功会上，刘桂琴和尚可嘉同在被表彰之列；老师牵着她心爱的学生的手走上主席台领奖。武校长亲手为她们颁了奖。紧接着，学校便偃旗息鼓，一切都转入了常态，大家紧张了好多日子的神经终于可以松弛了：师生之间不必再那么拘于礼节；招展的彩旗和耀目的鲜花不见了；胸前那一时闪亮的校徽也不知丢到了何处；人们脸上的表情尽可以嬉笑怒骂地丰富了；红领巾尽可以油条似的绕在脖子上；学生们像松了绑的马驹子似的在校园里撒欢；老师们又恢复了那苍白的倦容；坏小子们在课堂上又故技重演……总之，演出结束了。

尚可嘉的妈妈对女儿的突出表现很是满意。"你说吧，你要什么？妈妈怎么奖励你？"

"我什么也不要。"女儿打了蔫。

"怎么这模样啊？你应该高兴才是。"

"我高兴不起来。"

"怎么高兴不起来？跟妈妈说说？"

"我不是早跟你说过了吗？我心里别扭。从一开始我就别扭。"

"还别扭啥！事情都过去了，不要再想它了！咱们去散散心，慢慢就好啦！"

妈妈硬拉着她去看了一场动画片，吃了一顿麦当劳。她并没把女儿的别扭当回事，以为她只是在闹小孩子脾气。不过很快，谁都发现尚可嘉在变。老师和同学们都说，尚可嘉变了。首先她变得沉默寡言，不仅上课不爱举手发言，连平时也不爱跟同学们说笑了，好像老在一个人闷头想心事。不久她就向刘老师提出，不想再当班长了。刘老师发现，尚可嘉的目光中增加了一种从前不曾见过的东西，冰冷而又锐利，像一片片闪闪发亮的玻璃碴儿似的扎人，鉴于这种情况，刘老师又跟尚可嘉的妈妈沟通了一次，双方达成一致，接受她辞去班长一职的请求。不过对刘老师来说，这已经不重要了，在她的教书生涯中，又不是头一次碰到这种事：有先进变后进的，也有后进变先进的。这本来就是优胜劣汰这一法则在教育上的体现。

妈妈发现跟女儿的沟通遇到了前所未有的障碍，她的心对她封闭起来。这似乎有点过早了。她不甘心，仍在努力，试图使那封闭的心重新向她敞开……

2008 年

露天表演

狗爸狗妈

一

　　戚大爷和吴老太是地道的黄昏夫妻，垂暮之年才牵的手。说起他们的牵手，戚大爷的狗儿子皮特还算得上是他们的媒人呢。那是小月河公园夏日的一个清晨，吴老太刚刚晨练结束，汗津津的脸颊绯红，两眼闪着兴奋的光。她正在收起红绸折扇，脱去身上那件丝质外套；这时戚大爷刚好牵着皮特沿着河边的小路走来。谁承想皮特突然大叫一声，挣脱开戚大爷的牵扯，朝吴老太扑过去；折扇和外套都按在了他的爪下，吴老太一屁股坐到了地上。戚大爷一边喝斥皮特，一边深表歉意地向吴老太伸出手去。

　　"您摔着没有？"

　　两只手就这样牵到了一起；这一牵，就再也没放开，竟牵至永远。皮特便成了他们俩共同的狗儿子。戚大爷常会这样说："去，找你妈去！"吴老太也习惯这样说："去，找你爸去！"

　　皮特果真乖觉得很，叫他找谁就找谁。

　　皮特是一只再普通不过的狗，即农家所谓的"笨狗"或"土狗"那种；在乡下常被唤作阿黄或大黄之类。戚大爷觉得这类名字太土，就给他起了个洋名；名字虽洋，却掩饰不住他的土出身。他的确浑身土黄，只在左半拉脸上有一块白斑，尾巴上有几撮白毛。在当今各种名种犬走红的时代，这种狗在城里就极为罕见了；也许只配成为人们桌上的美餐。

　　皮特是戚大爷的二女儿惠仙出国前送给他的。

戚大爷膝下有两个女儿，惠娟和惠仙。老伴儿死得早，他一人把两个女儿拉扯大；不过他跟两个女儿的关系并不和睦；他们之间总是硌硌棱棱，有着说不清道不明的龃龉。他对大女儿打小就有点膈应，老觉着不是他亲生的，可又说不出个所以然来，就那么在心里怄着。二女儿出生后，他把全部的感情都倾注到她身上；特别是老伴死后，这种偏心更加毫不掩饰地表露出来。惠娟深感父亲的白眼，早早便离开家，开始了独立生活。戚大爷只想把惠仙留在身边，也算是晚年的一个依靠；惠仙大学毕业后却一门心思想出国，认为父亲要留她在身边是不为她着想，是在毁掉她的前程。父女俩不断发生争执，后来女儿一气之下搬了出去。出国前，她想请求父亲理解和原谅；戚大爷拒不相见，任她在家门外哭。

待门外边平静下去，戚大爷却听到了断续的狗叫，叫声纤嫩。他好奇地从门镜向外窥视，已不见了女儿的踪影。他打开门，发现门把手上拴着一只小狗崽，一个金黄的绒毛球在地上滚来滚去；一见戚大爷便往他脚面上扑，惹得他顿生爱怜。门上还贴着一张便笺，上面写着几句话："爸，请原谅女儿不孝吧。等我以后发达了，定会回来报答你。你多保重！送你只小狗，让它陪你做伴吧！"

戚大爷接受了狗，却并没原谅女儿。

戚大爷跟吴老太牵了手时，皮特已经两岁多。戚大爷对狗这种动物其实一无所知。当初见到它时，只觉得毛绒绒一团，耷拉着耳朵卷翘着尾巴，叫起来尖声细气，一对乌溜溜纯净的眼睛，特别惹人怜爱，但并不知是什么狗，以为不会长多大。可是没两年的功夫，就跟气吹的似的，它已长过了他的膝盖了。戚大爷也进一步确认了它的性别：这是一只公狗。

自打皮特见了吴老太，就显得格外亲热。只要一见她人影，老远就奔过去，扑到她身上，伸舌头舔她的脸和手；摇头尾巴晃地围着她打转。用戚大爷的话说，就跟见了亲妈似的。经过短暂的接触，吴老太终于理解并接受了皮特这种爱意的表达。

"不是一家人不进一家门。"戚大爷说。"这就是缘分啊！不光人跟人之

北京北

间有缘分，人与狗之间也是有缘分的。"

吴老太进了戚大爷的家门，皮特对她更是亲热有加，整天围着她转，她走到哪儿，他就跟到哪儿；她坐哪儿，他就卧到她身旁。他还特别有眼力见，她要出门，他会扑上去开门；她拿起报纸，他就会给她拿眼镜。

"看咱们狗儿子对你多好，"戚大爷说。"比你那亲儿子可强多了！"

戚大爷一句本来赞叹的话，吴老太听着可大不顺耳。她回嘴说："你那亲闺女好！还俩闺女呢，不是一样把你一扔了事？"

戚大爷并不生气，反倒顺着她说："哼，俩闺女也不顶我这一个狗儿子！"

吴老太对自己的亲生儿子就没有这么坦然，每每说起心中总是不平。

儿子茂茂五岁那年，老公撇下妻儿只身闯去了深圳，从此音讯杳然，三年两载能有点消息就算不错。据说他开了一家电器工厂，发了大财。十年之后他终于要回来了；当然不是一个人，是带着那边的老婆孩子一起回来。他是回来办离婚的，顺便带着新家眷逛一逛京城。

五月初的一天下午，正值京城春花似锦、风和日丽的时节，吴老太和儿子茂茂终于见到了阔别多年的丈夫和父亲。茂茂见到父亲连声"爸"也没叫；对他送过来的礼物更是冷眼相向。父亲的新妻一身的珠光宝气，像是首饰店里的模特，妖媚芳香；在短暂的会见中，她一直在不停地照着小镜子涂脂抹粉修眉，时而呵斥几声绕膝纠缠的儿子。吴老太见到丈夫，没哭也没闹，利利爽爽地在离婚协议书上签了字。他把北京的这套住房留给了她，另外拍出了三十万元现金，算是对他们母子俩的一点补偿。当天晚上，一家人吃了一顿散伙饭，便各奔东西，从此再无相见。

茂茂是跟着母亲长大的，饭来张口衣来伸手成习惯了，直到成了家也改不了。婚后跟母亲过，却非要在经济上跟母亲划清界限，日常生活消费各付各的账；柴米油盐自己用自己买，饭自己吃自己做，互不搭界；装修房子，吴老太那间就不在预算内，要装她自己掏钱。用他的话说："厨房厕所的装修没用她出钱就算不错了。"他一直惦记着父亲给的那三十万，认为他应该与母亲平分。诸如此类的，儿子整日价跟她计较，让吴老太格外伤心；她禁不住骂道："混账东西，怎么跟你那缺爹一个德性！"

跟戚大爷相识后，他们的交往受到了儿子的强烈反对。有一次戚大爷去她家里看她，茂茂对他很不客气："滚出去！哪来的野汉子！"还说他母亲："你都多大岁数了，还往家里领男人！"一纸诉状把母亲告上法庭，要求对房屋财产的继承权。

儿子的作为让吴老太最终痛下决心，进了戚大爷的家门。

她常感叹自己的命运：怎么就摊上那么个没心肝的男人，又养下这么个孽种？后来她在佛那里找到了答案：这都是前世的因缘未了，今生在进行还报。

佛使她心里敞亮了许多。

二

有一件事一直让吴老太耿耿于怀：她虽然进了戚大爷的家门，却并没办理结婚登记，属非法同居。尽管戚大爷待她是一心一意，她心里仍不免忐忑。想起来她便要磨叨。

"你说我在你这儿就这么住着，不当不正的，也没个名分，算怎么回事啊？整天偷偷摸摸就跟做贼似的。你没觉得，我们一出门，邻居们都在戳我们的脊梁骨？"

"谁爱戳戳去！都这岁数了还怕人戳脊梁骨？"戚大爷老是一副满不在乎的架势。"再说了，都什么时代了，你没见那小年轻的，一对上眼就往一块睡，啥结婚不结婚的？我们这，算不了什么！"

"你这死老头子，还想跟人家小年轻的学是怎么着？你真是人老心不老！

我告诉你,我可不是你放骚的对象。"

"唉,老婆子!"戚大爷眼里闪出一种调侃和狡黠。"说实话,你是不是怕我甩了你呀?"

"你想甩我!老戚头,你趁早打消这个念头。"吴老太急了。"我告诉你,既然我进了你的家门,就甭想把我轰出去,要不我就死给你看!"

"太好了!太好了!我就想听这句话。"戚大爷笑了。"这也算是爱的表白吧?到头来能有个女人要为我死一回,也算我这辈子没白活。就让我们在有生之年,往死里爱一回?"

吴老太自知上了他的套,竟也像大姑娘似的羞红了脸。

"你这死老头子,别这么没正经!"她说。"我可是跟你说真格的呢。我们不能就这样不清不白地过,你得给我一个名分。"

"啥名分不名分的!五号楼那老王头跟老张太太也没领证,不也这么过吗?现在都这样,就这社会风气。所谓名分,不过一纸空文,有啥用?你那宝贝儿子的缺爹倒是给了你一个名分,结果怎么样啊?"

"那总比没有强!"吴老太禁不住提高了嗓门。

"老伴儿!"戚大爷拉住她的手,颇有些动情。"那玩意儿不管有没有,你永远都是我的老伴!"

这事倒成了他们日常生活里一件磨牙的嚼活儿,想起来就互相斗几句;直到后来吴老太信了佛,认为她这样做是在造孽,而把她的中风看成是业报,戚大爷才认真起来。

三

两人一出门,必定手牵着手;他们牵手的样子很有些特别,不像年轻人那样并排走,而是一前一后:戚大爷脚步急些,吴老太落后一步,就好像一个在引领着另一个。他们的狗儿子则前前后后地跑跳。这成了滨河小区里时常上演的一幕动人情景。

每天早上八九点钟，这一幕情景就会出现在小区的道路上。这一家三口并非在简单地散步；他们的散步有一定的方向性和目的性，就是对摆在路边的那二十来个垃圾桶进行逐一搜查，捡出一切对他们有价值的物品。

随手捡些矿泉水瓶带回家本来是吴老太多年的一个生活习惯；进了戚大爷的家门后，她也把这个习惯带了进来。对此，戚大爷当初很不能接受，甚或很反感。他责备她说，"你拣这些垃圾干吗？"她说，"这都是钱啊！"戚大爷很有些不屑。当她最终把积攒了一口袋的矿泉水瓶子拿去换了十几块钱时，他着实瞪了眼：这几乎就是他们一天的饭钱。他突然开了窍似的，"我怎么就没想到呢？"从此，他也积极地参与到捡拾废品的活动中。随着他的参与，他们捡拾的内容也由单一的矿泉水瓶扩展到硬纸板和废铜烂铁之类，凡是能卖钱的，他们统统捡回家。

他们每天的这一例行搜查总会有所收获，有时甚至还会满载而归：戚大爷拖着一个一人高的电冰箱包装箱，吴老太掐着一叠书本报纸和几个一拉罐，皮特嘴里叼着三五个踏扁的矿泉水瓶或可乐瓶。皮特是很灵敏的，让他叼住一个矿泉水瓶并不是什么难事。戚大爷常与他进行这样的戏耍：他捡到一个瓶子后，向空中一抛，大叫一声："皮特，接着！"他向上一窜，瓶子便衔在嘴里了。要是想让他叼住第二个就难了，他总要先把第一个从嘴里甩掉。戚大爷无论如何训练他也不济事，只得作罢，不无遗憾地摇头："唉，到底是只狗啊！"他便把几个瓶子压扁，叫他同时叼住。不过皮特做事很不专心，总会被路遇的其他狗狗勾引过去，甚或会跟着人家跑，他爸他妈就叫："皮特，回来！"他已经钻进路边的树丛里去了。等他回来，叼在嘴里的瓶子却不见了。他爸就生气："瓶子呢？去，把瓶子给我找回来。找不回瓶子今天你就甭吃饭！"皮特乖觉地转身又钻进树丛。

于是家里便专门辟出一个房间，也就是皮特的狗窝的所在，来存放这些捡回来的宝贝。等数量积攒得差不多了，就把在小区门口收废品的娄师傅叫上来。娄师傅每次上楼来并不进屋，只站在他们家门口。吴老太就不停地往屋里让："请进请进！进来吧，没关系！"娄师傅才迟疑着迈进门。他并不是客气，他是嫌屋子里那股味；那是一股什么东西在密闭的环境下长期发酵沤制散发出的气味，且浓度很高，吸一口几乎可以把你闷倒。尽管他也是在废品堆里刨食的，免不了经常领受到各种不良气味，但这股味还是叫他闻而却步。进到屋里，他尽可能地屏着呼吸。房间里很乱，任何一件物品都放的不是地方。比如，拖鞋放在了沙发上；饭桌上的吃食中间放着花盆，甚至还搭着两条裤子；屋中间一只凳子上担着一只旧皮箱，半敞着盖，里面的衣物向外溢出。第一次进屋时他就好奇地问："你们要搬家呀？"来了两次后，发现他们家就这样。因为屏着气，他尽可能少说话，只说必要的；比如报出他数出的瓶子的数量或称出的纸壳的重量，再报出钱数。

　　吴老太要亲眼盯着他数数和称重的；每次他报出钱数，她都要讨价还价，多要那么三块两块。只要她出的价钱可以接受，娄师傅懒得跟她计较，赶紧往他惯常随身携带的满是泥污的硕大编织袋里收拾东西。皮特常常一声不响地在一旁观瞧着这一过程。一见娄师傅开始收拾东西，他便叼起一个个瓶子往编织袋里送。

　　"哦，真乖！"娄师傅摩挲着狗头夸赞。"真乖！"

　　戚大爷总会因为别人对皮特的夸奖而高兴起来。"我们皮特，乖着呢。来，叫娄叔叔。叫一个！"

　　皮特就冲娄师傅"汪－汪－"地两声。

　　"来，给娄叔叔作个揖。"戚大爷又说。

　　他便用两条后腿立起来，抱着两只前爪一阵捣。这一举动把娄师傅逗乐了，又不禁连连夸赞。娄师傅要走了，戚大爷会说：

　　"跟娄叔叔再见！"

　　皮特便又冲他作一次揖，外带两声"汪汪"。

四

戚大爷自以为很了解皮特的叫声：不同的叫声表达不同的含义。他把他的叫声大致分为两种：一种短促而高亢，表达兴奋、满足、反感或抗议等情绪；一种纤细而绵长，表达哀伤、饥饿、无聊或乞求等。戚大爷总是根据他狗儿子的叫声来判断其意图。

有一段时间，皮特老在夜里吠叫不止。楼板很薄，毫不隔音；他一叫，楼上楼下左邻右舍都听得见。皮特房间的隔壁住着一个姓曹的老头，脾气很酸。他对狗的叫声很敏感。只要皮特一叫，他就敲墙；要是不管用，他就会找上门来。开始戚大爷对他还很客气，后来找得次数多了，戚大爷跟人家急了，吵起来。他极力维护养狗及狗吠的权利。曹老头就指控他扰民。居委会出面进行了调解。这件事叫吴老太虚得慌，担心人家会扯到他们未婚同居的问题上来；因此皮特一叫，她就对戚大爷吼："你能不能不让他叫啊？"戚大爷就对皮特瞪眼："别叫啦！"或者给他一块他最爱吃的牛肝（对狗儿子，戚大爷是很舍得花钱的）。这种连哄带吓的手段有时不是很有效，戚大爷就把他领到他们的卧室，跟他们一起睡在双人床上，以便随时加以制止。

第二天早上，在电梯里遇到邻居，人家就会问："皮特昨晚上又叫了吧？"

"可不！"戚大爷抱歉道。"打扰你们了！"

"叫得还挺厉害的，一直叫到下半夜。"邻居说，一面伸手去逗弄皮特。"你叫啥？你说，你想怎么着？"

皮特瞪眼瞅着这位邻居，耳朵向后别了别，打嗓子眼里猎猎地咕哝几声。

"这臭小子老想下楼，"戚大爷说。"不让他下楼他就叫。"

"皮特，爸爸呢？哪是爸爸？"电梯工每次见到他也都会逗上几句。"告诉我，妈妈呢？妈妈在哪儿？"

皮特当真就用长嘴巴点点这个又拱拱那个。

"他心里明白着呢，跟孩子一样。"吴老太说。"就是不会说话！"

戚大爷认为皮特夜里吠叫是想下楼；他下楼的目的是去找花花。

花花是一只白色母贵宾犬，捯饬得宛如一只绵羊，浑身长毛给烫成了卷，头上终日顶着花饰，香气扑鼻；她妈觉得这很有一种贵妇气派。花花她妈是个三十几岁的女人，烫着卷发，扎着发卡，皮肤白皙，细胳膊细腿细眉细眼。嘴里总是叼着一支烟。皮特一见到花花明显地兴奋，等不及戚大爷松开皮带，就紧着要挣脱出来。

狗们相会是异常亲热的，就像分别了几个世纪一般，相互耳鬓厮磨，前后上下闻个够；他们欢蹦着，相互舔着、叫着、咬着、追逐着。常常因为狗子狗女们的欢聚，狗爸狗妈们也相熟乃至相亲起来。小区里边的一些居民就是这样地成为了狗友。他们往往不由自主地扎成一堆，念起狗经。

皮特的行为引起了花花她妈的关注。她一再对戚大爷说："瞧瞧你们家皮特多不像话，盯着我们丫头的屁股后头闻，没完没了。"

一句话把戚大爷逗乐了，"喜欢你们家花花还不好。唉，要不咱们做个亲，怎么样？"

"才不呢！我们家花花得找个门当户对的。"

虽是一句玩笑话，却触到了戚大爷的痛处，鼻子眼睛都有点错位；心说：有啥了不起的，不就是一只破贵宾犬嘛！我们还不稀罕呢！

皮特可不管什么门当户对，更不理会他爸的难言之隐，当着各位家长的面骑到花花背上，便动作起来，要把生米做成熟饭。花花妈立即变了脸，一边往下轰（就差下脚踹了）一边冲戚大爷叫："你拴着他点，别让他这么撒野啊！"

戚大爷一脚把他蹬了下去，骂道："没出息的东西，净丢人现眼！瞧我回家怎么收拾你！"

皮特躲进树丛里，任他爸怎么叫也不出来。不过他似乎并不长记性，下次见到花花照样起秧子；戚大爷就把狗带给他拴上。要是狮狮在场，戚大爷就可以免操这份心了。狮狮是一只雄性松狮犬，长得肥硕威猛，把皮特整个装进去还富富有余；一身棕色长毛，油光滑亮。狮狮他爸是一个胖大的中年汉子，穿着考究；手腕上戴一条粗大的黄金手链。狮狮也对花花兴趣浓厚，大老远就会奔过来，围着她转；只要他在，其他的狗儿子们就别想靠近花花半步。他威武地往她身边一站，俨然一位"护花勇士"。皮特是明显害怕狮狮的，他一来，他便夹着尾巴从她身边逃开，眼巴巴地站一边望着。这场狗儿狗女的三角恋爱，在小区的狗友们中间竟传为一味趣谈。

戚大爷认为，皮特在为花花害着相思呢。要是有一天没见到她，这天晚上他准闹得凶，拉着长调低猎；那调调里透着一股凄楚。

"别让他叫了，"吴老太说。"干脆你带他下楼去算了。"

"他想去找花花。"

"让他去找。找不到他也就死心了。"

"别叫了！"戚大爷转过去安慰皮特。"花花回家了，下去你也见不着。天太晚了。明天吧，明天咱们去找花花玩。"

皮特两眼一眨不眨地盯着他爸，嗓子眼里拉着长音。

"别叫了！"吴老太在一旁帮腔道。"再叫狮狮来了。"

"狮狮来了，你怕不怕？"戚大爷爱怜地抚弄着狗儿子的头。"别叫了！再说，那个花花有什么好，等爸爸给你找个比花花好的姑娘。"

皮特垂头耷拉尾地钻进床底下，卧在里边哼唧。

五

狗儿子皮特没少给他爸他妈惹麻烦。

狗狗有一种习性，就是到处撒尿。这大概是其祖先遗传下来的本能，以标记其领地，证明自己的存在。在伴随着人类文明的进步走到今天，狗儿的这一原始本能却仍然保留着，只不过他们把标记的对象由树干改为了汽车轮子。或许每位现代狗儿在遵从老祖宗冥冥中的遗训时，脑袋里还转着一种全新的观念，那就是："老子不尿你！"

至少，戚大爷是这么想的。

戚大爷牵着皮特在小区里遛弯时，皮特朝沿路停着的那一溜汽车的轱辘上撒尿，他是不会制止的；他叫他由着性撒。他先是趴那儿闻，然后抬起一条腿滋出一股尿。有时一路走过去，每个轮子都会照顾到，一个不落；有时只有个别的受到他的垂青，其他的只是闻闻就略过。戚大爷自不懂其中奥义，有时深为他略过的佳处感到遗憾，便硬扯着狗带把他往回拉："皮特，这里这里，你落下一个！"皮特已经有了新的目标，正抬起一条后腿。戚大爷便产生一种冲动，替狗儿子补上这一遗漏才痛快。

一次，皮特正冲着一个车轮子行事，冷不防一个干瘦的中年男人走过来，用脚把皮特踢开，对戚大爷吼道："你怎么叫他往车轱辘上撒尿？"

勾当被捉了个现形，戚大爷道了声"对不起"，讪不搭地拉了皮特就走。瘦干不依不饶，非让他把狗尿擦干净。戚大爷说不是他干的，凭什么让他擦？瘦干就说他无赖，俩人大吵。他们一吵，围上来不少瞧热闹的。大家七嘴八舌地劝。一个小区里住着，有的面熟，甚或相识。戚大爷就在人群中看到了邻居老曹头。瘦干反复对众人说："他的狗往人家车上撒尿，我让他给擦干净了，这事在理儿吧？"

戚大爷就说："他往你车上撒尿，你踢了他一脚，你们两清了，谁也不欠谁的。碍得着我什么事？"

瘦干就嚷："你耍赖是吧？我抽你丫的！"说着扬胳臂就冲上来，被邻居们拦下了。

"嘿，你要打人是怎么着！"戚大爷也不示弱。这时他看见狮狮他爸牵着他正沿路走来，戚大爷突然有种得到增援之感；虽说皮特与狮狮在恋爱上是情敌，但在尿车轱辘这场前赴后继的永久战役中却是天然盟友。戚大爷跳着高地

狗爸狗妈

叫："明告诉你，老子不尿你！"

大家纷纷地劝解。老曹头拉住瘦干："别跟他一般见识！老戚头就这样，特犟性，小区里谁不知道？你惹他干吗？"

"太气人了！"瘦干仍愤愤的。

"还说我耍赖。"戚大爷对狮狮他爸说。"他放完臭屁，叫我们大家闻！"

小区里对养狗者多有限制。比如，何时及如何带狗儿乘电梯等，都有明文规定。戚大爷对这些规定是一概不理的，甚或就一概不知；他何时及如何带皮特乘电梯完全随意；电梯司机和邻居们对他们爷俩也习以为常，似乎一切都很自然。

一天，戚大爷正牵着皮特在小区的花园里遛，忽听有人大喊："喂，遛狗的，出去！不许带狗进花园。"

戚大爷没有反应过来，等那叫喊直冲他来时，他才扭头撒睄。

"瞅啥，就说你呢！"

只见一个老大爷一个老大妈外带一个大叔正转进花园的小门，冲他走过来。他们每人的胳膊上都戴着一个红胳膊箍，显得神气十足。

"不许带狗进入花园，你不知道哇？"箍爷吆喝说。"赶紧出去！"

"我天天在这儿遛，怎么不许了？"戚大爷把脖子一梗。"哪儿写着呢，不许带狗进花园？"

"我们国家开会呢，你不知道啊？"箍爷指了指自己臂上的箍。"昨个儿还许进，今儿就不许进了。"

小区里不定期地有些戴红箍的四处游逛；他们既是你的邻居，又是你的监视者；有必要时，他们招之即来，不必要时挥之即去；那红箍如同某种法宝，可以使他们隐身和现形，赋予他们一种特殊的权能。戚大爷每每见到本相熟的，一套上这红箍，就好像变了一个人。

"戚师傅，你看这花园里谁带着狗呢？"箍妈说。"咱们得自觉遵守规定不是！"

"谁晓得你们那些规定？一天一个令，跟抽风似的！"

"你怎么说话呢！"箍爷酸了脸。他很看不惯戚大爷的倔。"让你出去怎么的？就你特殊？"

"别跟我人五人六的。你当是戴了箍儿我就怕你！"

"唉，老戚头，你叫板是不是？"

"甭跟他废话！"一直旁观的箍叔抢上一步就夺戚大爷手里的狗带。戚大爷跟他撕扯起来。见这情形，箍爷也立即出手。受狗带的牵扯，皮特纠缠在三个人混乱杂踏的脚下，惊恐万状，狂吠不止；慌乱中，他不顾一切地冲着一个撞在他脸上的腿肚子就咬下去，只听一声惨叫，三个人散开；皮特咬住了箍爷，死不松口。

"狗咬人啦！狗咬人啦！"箍妈惊呼着跑开。"街里街坊的，这是何苦哟！"

"你还让狗咬人！"箍叔叫道。

戚大爷也慌了神，一边向后拉他一边叫："皮特，松口！"

箍爷被咬得跪到了地上，扭身挥拳猛击皮特头部；箍叔从后边对着他的屁股飞起一脚。皮特掉过头来，狂吠乱窜，冲戚大爷扑过来，吓得他也直躲。他只得死死抓住狗带，企图控制住他。皮特两眼通红，见人就扑。

"他疯了！他疯了！"箍叔叫道。

"皮特！安静，皮特！"戚大爷试图安抚他。

箍妈带着两个保安赶到了。一个保安手里挑着一个巨大的网兜，他跟皮特对峙了几个回合，瞅准机会，一举把皮特网住。

"走，跟我们去保安室！"

警察也给叫来了。戚大爷受到了全面审查，包括皮特的户口和狂犬疫苗注谢证明。他受到了治安处罚，并包付了箍爷的精神损失费和全部医药费。皮特也给带走了。

"你们不会把他怎么样吧？"戚大爷的语气中充满了恳求。

"不过是收容观察，"片警于说。"这也是为了你的安全。要是没问题，过两天你就可以把他领回来。"

听着皮特远去的哀号，戚大爷一下子显得异常茫然和衰老。

是吴老太去领的皮特。一个女警官接待了她。在交验证件时，警察问道："你跟户主什么关系？"

她没想到会遭遇这个问题，心里一惊，造了个大红脸，吞吞吐吐了半天："我们是夫妻。"

"夫妻？"女警察疑惑地打量着她，又回过头去盯着电脑屏幕。"这个地址上没有你的信息啊！"

"那什么，我的户口不是没迁过来嘛！"

"夫妻户口怎么不在一块啊？"女警官更加生疑起来，锐利的目光刺得吴老太无处躲藏。

"那什么……我们不是还没正式办手续嘛！"

"什么！"女警官瞪大了眼。"非法同居呀！"

吴老太的脸登时就没处放了；她低下了头，偷偷地四下环顾，人们都在办自己的事，似乎并没人注意她。女警察似乎也不知道该怎么办好了，向旁边张望着，想要求助什么人。这时正好片警于走过来。

"他们是未婚同居的，你看这行吗？"

片警于看了看吴老太，"来领狗的，是吧？"又对女警察说，"算了，给她办了吧。这是戚大爷的老伴儿。"

"谢谢啦！"吴老太感激地说。

"吴大妈，您跟戚大爷还那么吊着呢？还不赶紧把事办了，都这岁数了！"

"您认识我？"

"瞧您说的，我是干什么的呀！"

"唉，说起来丢人啊！这老戚头倔得跟驴似的，我一点辙都没有。"

回到家，吴老太免不了又把这件嚼活儿拎出来磨牙。皮特见了老爸禁不住跟他起腻；戚大爷气仍没消，他正摩挲着皮特，查验他分别这两天来有无异常。听了吴老太的唠叨，又把他的火给勾起来。

"未婚同居我乐意！我招谁惹谁了？说我非法，姥姥！有本事你们把我抓起来！我正没地儿吃饭呢！"

"行了行了！我看你就是鸭子上案板，死都嘴硬。"

六

早上，吴老太起得比戚大爷早。起来后她先去小月河边上练扇子，然后才回家吃饭，然后才开始一家三口例行的垃圾桶巡查。这是每日固定的生活程式。

吴老太的善缘，就得从她练扇子说起。在扇子队里，有一个姓高的老太太，人称高姐的。她信佛信得极诚，常常在队友们中间宣讲佛法，讲信佛的种种好处。开始吴老太不信，她是个朴素的唯物主义者，她认为那都是迷信。高姐说："佛可不是迷信，佛是一种信仰。信仰你懂吧？它跟迷信完全是两回事。我们现代人缺的就是信仰。"吴老太似懂非懂。不过高姐有一句话叫她很震动，她说："现世的一切福祸都是有缘起的，我们每个人都要为这个缘起负责。"这话既让她欣慰，又叫她恐惧。后来有一回，高姐随团去外地旅游，他们乘坐的大巴车在盘山路上翻进了山谷，车上的人死的死，伤的伤，只有高姐一人毫发无损地回来了。什么话都不用再说了，扇子队的姐妹们集体归入佛门。

信佛后，吴老太吃了素，再就是每天例行的烧香念经。她特地从潭柘寺请来了一尊佛像，设了香案，一日三炷香，跪在佛像前念念有词。上香前，她必定是要先洗手的。她大有把皮特拉入佛门的意思，每次礼佛她都会叫上皮特，"来，儿子，给佛磕头去！用心拜佛，好脱胎换骨，下辈子托生成人。"不知是他真具有灵性，还是日久天长条件反射，只要吴老太把垫子往佛像前一放，皮特就会扑过去，卧在他妈旁边，头还一点一点地，随着她的念诵，嗓子眼里也发出呜呜的喉音。戚大爷瞧着直乐："瞧这母子俩！"

吴老太把她狗儿子的现象对高姐说了。高姐说："这很正常。万物皆有佛性；佛普度众生灵。佛经上就有关于猕猴、水牛修炼成人的记载。只要心诚，皆可成佛。"她鼓励她好好修行。她经常招集会众举行法会；有时请来法师或喇嘛为会众讲经灌顶。她还组织过几次集体的进香朝拜。

戚大爷对老伴儿的信佛抱着一种不干涉不盲从的态度；她信她的，他是决不信的，任她如何说法。不过有一件事叫戚大爷心里不痛快，就是高姐老拿他们的未婚同居说事；她说这是在造恶业，是吴老太修行道路上的一个障碍；得消业。这更增强了她打一过门就耿于怀的那种忧虑。

"怎么样，佛也说这事不好吧？"吴老太像是找到了强有力的根据。"我这辈子怎么净作孽呀！"

"你念佛就念佛，干结婚屁事！"他说。"念着玩玩就算了，还当真了是怎么的？"

老两口顶起牛来。吴老太越较真，戚大爷越拗；有一阵竟闹得谁也不理谁了。吴老太甚至扬言要搬出去；戚大爷也不服软："你搬！有本事你就搬！"

她没下文了，只是一个劲烧香磕头。

吴老太的一大爱好就是侍弄花草。屋里摆满了大大小小的花盆，里面栽种着各色花草：仙人掌，秋海棠，美人蕉，天竺葵，芦荟，串红之属。有的已长得很大，有的刚栽上幼苗。她侍弄花草很精心，浇水、培土、施肥不住地招呼。她自己发明了一种有机肥，就是把厨余的下脚料、残羹剩饭、臭鱼烂虾之类，再混以皮特的狗屎狗尿，经沤制发酵而成。隔一段时间，她就给花点上一点儿花肥。尽管如此，花长得还是不好，一盆盆的全都蔫哩咕唧半死不活，要叶没叶；要花没花。信佛后有很长一段时间，她心思全用在了念佛上，对那些花草失去了热情，疏于管理；有一些花掉光了叶子，只剩下干枝的，她全部堆进了皮特的房间，混迹于那些捡来的废品中。

一天，戚大爷正在厨房里弄晚饭，吴老太忽然兴冲冲地闯进去，拉住他就往外走。戚大爷不解，很不耐烦："我正做饭呢，你这是搞什么名堂！"

"狗儿他爸，快去看，佛祖显灵了！"

"又来这一套！"

他们走进皮特的房间。在那一堆干巴花和废品中间，赫然耸立着一丛新绿，那是一根巴西木，早已掉光了老叶，只剩一根木棍挺在花盆里；它早已从主人的视野里消失。可是几乎就在一夜之间，那木棍上吐出了几处新芽，嫩绿嫩绿的，甚是惹人喜爱，呈现出茁壮成长的态势。一时，戚大爷也被眼前的景象惊呆了。

"你求佛祖让巴西木长叶来着？"戚大爷干巴巴地问。

"当然……我也没这么明确……我……"吴老太也结巴了。"我只是……"

突然戚大爷哈哈大笑起来："什么佛祖显灵，那花盆不过成了皮特的尿盆！"

房间里的确散着一股浓重的尿臊味；那花盆里的土湿乎乎的。戚大爷笑着返身出去，留下吴老太一个人呆呆地面对着卧在狗窝里的皮特。

"皮特！"吴老太突然叫道，吓得他一哆嗦。"你往巴西木上撒尿了？"

皮特懵然回望着他妈，一脸的无辜；只把两只耳朵向后别着，嗓子眼儿里发出那种惯常的咕噜。

如果说巴西木的长叶戚大爷找到了现实的根据的话，那么那株水仙的开花却是他无论如何也解释不了的。那是扔在皮特房间窗台上一个瓷碗里的一个水仙疙瘩，本来是吴老太年前买来的，准备一过年就看到一盆鲜灵灵的水仙；谁知水仙连芽都没发出来。吴老太的指望落了空，她也没根究，就把它忘到了脑后；瓷碗里的水干了，水仙头干了，它被吴老太和那些干巴花草一起撒进了皮特的房间。也几乎是在一夜之间，那个干巴巴的水仙疙瘩竟神不知鬼不觉地抽了芽，开出了一朵朵白白净净的小花。吴老太自然认为这是她的功德的表征。不过她的话戚大爷无论如何也不信。

"世界上解释不清的现象多了去了，都是佛祖显灵啊？"他说。"甭说别的，你要是能把你那宝贝儿子变得像咱们皮特对你这么亲，我就信佛祖显灵！"

"你这话说得损不损啊？"吴老太说。

"损啥！我这话很实在！"

七

一天夜里，吴老太起夜，不慎摔倒在厕所。戚大爷睡得死，没听到动静；还是皮特冲进屋来，把他给叫醒。

吴老太太腿骨折，住了将近一个月的院。她这一住院，把戚大爷可忙坏了，家里医院两头跑。白天在医院照顾老伴，他惦记独自在家的皮特；晚上回到家，他又惦记住院的老伴。他陪她在医院里捱时光时，他们之间谈得最多的就是皮特；谈他在生活中的种种细节和表现。有时一个往往被忽略的小事，一谈起来竟逗得彼此哈哈大笑。吴老太也想念皮特，要不是医院里不允许狗进入，她早让戚大爷把皮特领来了。见他们讲得热闹，临床的病友还以为他们在说亲生儿子。

为了给戚大爷替把手，吴老太无奈给茂茂打了电话。戚大爷不让她打，她非打不可。

"我不乐意见他！"

"不让你见他。他来了你就回家歇着去。"吴老太说。"我怕把你累个好歹，痛风再犯了可怎么办？"

"累不出个好歹，倒气出个好歹了！你那龟儿子一来，没别的，就是要钱。"

戚大爷说得没错。茂茂偶尔也来看他妈，来了就张口要钱。不是做生意亏了本，就是孩子要上学，总有借口。这回三千下回二千；总说是借的，有钱就还；到现在没见还一个子儿。用戚大爷的话说，"就是有你那三十万勾着呢，要不他才不来呢！等他把你那点钱掏空了，他跟你这妈也就拉倒了。"吴老太明知是这么回事，每次儿子张口，却从不拒绝，甚至还为孙子着想呢，戚大爷死活拦不住，这是最叫他生气的。他总是说："你就犯贱吧！有你后悔那一天。"

吴老太哀叹说："那你叫我怎么办？他总也是我的亲生儿子啊！"

茂茂来看他妈了，拎了一兜子便宜水果，算是见面礼；屁股在床头还没坐热就张口要钱了。吴老太这回留了个心眼，没马上把钱给他，想抻他一抻。可是抻两天就抻不住了，她架不住儿子这份磨。他一拿到钱，就借口生意太忙，溜了；再没见他人影。

　　高姐来看她时，吴老太禁不住就把腹中这份苦水倾吐出来。

　　"你这真不算什么！"高姐说。"甭说别人，大刘就比你苦得多！"

　　"大刘怎么苦了？我看她整天欢蹦乱跳，乐呵着呢！"

　　"你看她整天乐呵呵的吧？她那事可多呢。她老头先死的，三闺女刚结婚就叫人给杀了；二儿子因为贪污给判了二十年，现在还在监狱里蹲着呢；大闺女一直没结婚，后来好容易嫁人了，老公待她也不错，谁想一场车祸两口子全没了，给她撂下一个三四岁的外孙；身边就剩一个老闺女，整天还疯疯癫癫的，她自己还有糖尿病，连养老金也没有……"

　　"哎哟，这大刘还真够不幸的！"吴老太说。"平常一点都看不出来。"

　　"看不出来吧？这就是心气儿。信佛后她心气儿更足了，她信得很诚；她说人生中的什么苦她都乐呵呵地受着，这是佛祖在考验她呢；她现世受的苦越深重，来生得到的报偿越丰厚。你看人家这境界，是不是很高啊？你再想想当年唐玄奘去西天取经，经历了九九八十一难，才修成正果。你当是成佛容易呢？"

　　"这么说，"吴老太陷入了困惑。"我一心拜佛礼佛，也会得到恶报了？"

　　"那也不能这么说，你得分什么情况。比如，你不能造业，造了业你就得消，不消就不好。"

　　一听这话，吴老太变了脸色，面子上讪不搭的。

　　"哎呀，你是不是许过什么愿啊？"高姐马上转开话题。

　　"许过。佛徒哪有不许愿的？"

　　"你还了没有？"

　　"我寻思着……那什么……还有时间不是……"吴老太支吾了。

　　"你看，这就是了！"高姐用手一指，仿佛一个高明的医生找到了病灶的所在。

八

　　吴老太总算出了院，一家三口又团聚了；皮特跟他妈久别重逢，又不免一番亲热。

　　这天晚上，一家三口刚吃过饭，正坐那儿看电视，忽听得有人敲门，敲得山响；敲门声伴着一个女人的尖叫："老戚头在家吗？给我出来！"老两口面面相觑；皮特马上支棱起耳朵。这个家，除了那个收废品的娄师傅，几乎是无人光顾的。不过戚大爷马上听出来了，来人是花花她妈；吃饭前戚大爷还念道呢，怎么几天没见花花了？这不，刚念道完，人家就找上门来了。看样子还来者不善。

　　戚大爷马上开了门，只见花花她妈正站在门口，一脸怒色；怀里抱着她闺女。花花浑身哆嗦着，嗓子眼里发出阵阵哀鸣。戚大爷满脸堆笑地往屋里让。花花她妈往那儿一戳，把眉一横。

　　"我告诉你，我们花花怀孕了，是你们家皮特干的！我刚给她做完人工流产，你得赔偿我们经济和精神损失。"说着递过来一张单据。

　　他的确注意到花花后屁股上裹着白纱布，这才恍然大悟；下意识地接过单据瞥了一眼，并不以为意。"嗨，我当是怎么着了呢！狗狗之间的事，谁咬了谁一口，谁跟谁配了，不就是个玩闹吗？也值不当做个人工流产啊！你还真拿他们当孩子呢？"

　　"照你的意思我们花花就该给你们养下这杂种？"

　　"你这是怎么说话呢？"戚大爷一听这话，也翻了脸。

　　"就是这话！跟谁配也不跟这种劣等货配呀！撒泡狗尿照照自己什么德行，想占我的便宜！"

　　皮特一头从他爸腿底下钻出来，冲花花仰着脑袋直叫，被戚大爷一脚给踢回屋去了，关上了房门。他死不承认这是皮特干的，他要证据。她似乎早有准备，从挎包里掏出一个小纸包，递给戚大爷；他打开一看，是一张化验单，里面包着一块粉色的肉团似的东西，还带着血迹。他觑着老眼在楼道昏暗的灯光下仔细察看，也没搞清到底是什么东西。

"这就是那狗胎和 DNA 化验单，证明就是你们家皮特的种。高科技准确无误，谁也甭想抵赖。"

"少拿高科技来吓唬人！"戚大爷把纸包掼在地上，"你想讹人？别跟我来这一套，告诉你，老子不尿你！"

"想耍蛮！你跟别人耍行啊，老娘可不怕你！你干的好事，别想赖账！赔钱，赔偿损失！"那白皙的脸子涨红起来，细眉细眼上下翻舞。

他们的争吵，也带动了狗叫；花花在她妈怀里叫，皮特在他家门里相呼应；邻居们也都出来了；楼道里围了一帮子人；也有上来好言相劝的。一时间，人嚷狗吠，好不热闹。一个拒不认账，一个大骂强奸犯，声言要告官。

"别在这儿撒泼！有本事你告去，我正没地吃饭呢。"

"你个老不正经的！老天巴地的还轧姘头，小区里谁不知道你？窝里藏奸。啥爹啥儿子。养个狗儿子也不正经……"

"你再骂一句！……要不看你是女的我抽丫的！"

邻居们劝了这个劝那个。这时戚大爷家门开了，吴老太走出来；皮特似乎是被闹嚷嚷的人群吓坏了，只抻着头从门里向外大叫。吴老太走到花花妈跟前。

"求求你姑奶奶别吵了，我们赔你钱还不行吗？你说赔多少？"

"五百！"

吴老太被"五百"这个数给吓着了，想还还价。花花妈指指地上那两张单子，一句话给她噎回去。戚大爷还想抗辩，被吴老太喝住。"算了算了！不就五百块钱嘛，我赔就是。"吴老太打怀里取出一个信封，小心地从里面抽出五张百元大钞来。

花花妈接过钱，点了点，两眼一抹搭，"不赔行吗！"

这天晚上，老两口在床上久久地翻腾，无法入睡；吴老太不停地唉声叹气。戚大爷一会儿躺下，一会儿又坐起身。

"我老戚头活了一辈子，没这么被人欺负过。真窝得慌！"

"还不是你那张破嘴！你说你跟人家吵什么！"

"还怨我跟她吵？那是个泼妇！"

"你知道她是这种人还跟她吵？"

"对这种人你就不能服软。你不应该把钱给她。"

"那就叫人家堵着门口骂？我这张老脸都丢尽了。算了吧，宁可给她钱，买个清静。不就五百块钱嘛，我多勤快两趟就挣出来了。"

"不行，我咽不下这口气。"戚大爷在黑暗中又坐起身，恨恨地说。"我要告她！"

"你告人家什么呀？"

"我告她敲诈！"

"人家就是法院的，你告人家？"吴老太不屑地说。"再说，我总觉得她来找咱们也不是无中生有；这事十有八九就是皮特干的。"

"我说，你怎么胳膊肘向外拐？"

"我不是胳膊肘向外拐，我在说实情。"吴老太也从床上坐起身。

"你有什么证据能证明就是皮特干的？"其实戚大爷也拿不准；他就是在气头上，不服软罢了。

"还要啥证据，皮特那叫声就是证据。"吴老太的话使戚大爷心里一颤。"你跟花花她妈在外面吵，皮特就在屋里边嚎；嚎得我抓心挠肺的。我就知道这里边肯定有事。"

戚大爷不说话了。

"我在想，皮特这事不解决，以后也不得消停；早晚还得出事。"

"那你说该怎么办？"

"我看干脆一了百了，把他割了算了。"

"割了？"戚大爷紧着摆手。"不行不行！那怎么行呢？"

"怎么不行？你还真等着抱孙子啊！"吴老太戏谑道。"真当是亲儿子哪？"

"那可不！跟亲儿子也差不多。"

"哪头轻哪头重，这你可得掂量好了。再说，割了他也还是你的亲儿子，就连他将来投胎转世都不受影响。轮回的是灵魂，肉身是带不走的。形尽神不灭嘛！在我们老家，要是骟牲口太闹腾，不好好干活又不上膘，都给割了；一割了立马就踏实了。皮特要是不割，你瞧着吧，麻烦还在后头呢。"

戚大爷只管两眼直瞪瞪发呆，不言声。

第二天早上，他们惯常的巡查路线突然发生了改变，折出小区的北门，向小月河方向去了。皮特似乎意识到什么不测将要发生，死拖着不肯往前走；他爸他妈连哄带拽，最后戚大爷只好把他抱起来。皮特一路嚎叫挣扎，引得路人都回过头来瞧；在兽医院门口，皮特狠命抵抗起来，乱咬狂叫，他爸他妈一齐出手都揢制不住；幸亏兽医过来，一针下去，解决了问题。皮特躺在手术台上闭眼前的那种眼神，让戚大爷一阵心酸。

兽医是个年轻小伙子，瘦高个，戴副眼镜，白净又斯文；不过下手却很利落：切开蛋囊，只轻轻一挤，便取了出来；然后缝合，包扎伤口，打消炎针，前后不过十五分钟。吴老太没敢看，一直在门外等着；戚大爷则观看了全过程，直看得他目瞪口呆。叫他特别好奇的是摊在托盘中的那两枚卵子儿，粉嘟嘟的，上面布满了血丝。他趴那儿仔细研究了好半天。

"老爷子，给您打包装起来吧？"兽医一边收拾现场，一边跟他调侃。"拿回去当下酒菜。"

"这玩意儿，能吃吗？"他用手指翻弄着。

"能吃吗？瞧您说的！这可是好东西，大补元气，壮阳。"

"我这把年纪了，还壮哪门子阳！你小伙子留着受用吧！"戚大爷打趣说，一面仍好奇地用手拈住，拎起来。"这玩意儿，这玩意儿，跟人的差不多吧？"

"人的？"兽医洗着手，回头道。"人的，没见过。估计也就这样吧！"

皮特醒来时，差不多已近中午了。他不停地拉着长音嘶叫，那叫声里别有

狗
爸
狗
妈

一番滋味，是戚大爷从前没有听到过的；听得他心里很是凄楚。他试图安慰他；可他一靠近，他便转身逃开，撇拉着两条后腿，好像不会走路了似的；最后他钻进了床下，任戚大爷怎么哄也不出来；即使拿他最爱吃的牛肝来逗引也不济事。戚大爷后悔了，他怀疑自己是不是做错了事。

"就怨你，出这馊主意！"他埋怨起老伴来。"这不是把皮特给毁了吗？"

"你放心，毁不了！"吴老太说。"过两天就好了。你没见从前那穷人家把儿子割了送进宫里当太监的？都活得欢实着呢；有的还光宗耀祖了呢。"

正如吴老太所愿，去势后的皮特发生了很大变化。他安稳多了，夜里不再那么狂叫；叫声也变得喑哑尖细；他变得胆小，特别怕见生人，就像一个害羞的小姑娘；变得乖顺了，出门遛弯时不再到处乱跑，而是亦步亦趋地不离他爸他妈左右；对其他狗狗也好像失去了兴趣，见了谁也不上前打招呼，尤其见了花花，就像不认识似的；而对他爸他妈的指令则执行得勤勉有加，比如在捡拾废品时，他一次能叼住更多的矿泉水瓶而不会丢三落四；更叫吴老太惊喜的是，他对拜佛明显增强了主动意识，不等他妈叫他便准点把垫子叼到佛龛前面卧在那儿等着，随着她一直行完全部大礼才起身离开，这在以前是绝对不可想象的；有时甚至他会自个在佛龛前面舞舞扎扎做出许多动作，一看就是在模仿他妈拜佛。每看到这种情景，都会逗得老两口哈哈大笑。

"我们皮特越来越灵性了。"戚大爷说。

"那敢情！"吴老太说。"还得说我调教得好。"

"这么说，狗儿果然有知？"

"那当然！佛说过，万物皆有灵，包括花草树木，何况狗儿了？"

"我就纳闷了，你说他这脑子里在想什么呢？"近来，戚大爷望着皮特，常常陷入一种妄想。"要是真能有这么个儿子……"

"你呀！"吴老太叹息说。"你没这个命！"

"你求观音给咱们送一个儿子来不就得了？"戚大爷笑嘻嘻地说。"既然你心那么诚？人们不是常说送子观音，有求必应吗？你就求观音给咱们送一个儿子来。"

"瞎说八道!"吴老太嗔怪说。"人都是刚过门的新媳妇才拜送子观音呢。我们都这数岁了,你也不嫌寒碜?"

"你不是还有个亲生儿子吗?求观音点化他也成啊!叫他浪子回头,不也算是得一子吗?"

"你怎么不说点化你闺女呢?你还俩闺女呢!"

"得得得,我不跟你抬杠!"戚大爷摆摆手。"那你求观音点化咱狗儿子总可以吧?把他点化成人?"

"你呀!"吴老太听出戚大爷又在拿她调侃,便气哼哼地说。"你呀,你等下辈子吧!"

九

戚大爷患有高血压和痛风,特别是痛风,让他手脚关节都变了形,一疼起来要死要活的,路都走不了,只能在床上躺着。他一犯病吴老太就给惠娟打电话。并不是她不想照顾他,而是怕万一有个三长两短的落下埋怨;他们又是这种不明不白的关系,毕竟人家是有女儿。惠娟住清河,离城里不算太远,可平日几乎不跟父亲来往;甚至连个电话都没有。不过,要是接到吴老太的招呼,她还是会来;买些吃的喝的,床上地下地照应,也还周到。

戚大爷一向反对吴老太给惠娟打电话;吴老太就偷偷打。戚大爷那脸子吊得才难看呢,见了惠娟跟见了仇家似的;吴老太就两边说好话,在中间打圆场;一边劝女儿不要生气,替她爸开脱,一边企图激发出当爹的对女儿应有的情感。惠娟似乎早经习惯,并不以为意,该干吗干吗;倒是戚大爷仍转不过这磨,对她的关切有一搭没一搭。他挂嘴边就一句:"你回去吧,我没事!不用你操心!"

惠娟一走,吴老太就骂他:"你这个倔老头子,真绝户啊!多好的闺女,你干吗看不上她？她欠你什么了？这辈子都还不清了？"

戚大爷也不吭气，嘴噘得老高，默默地听她唠叨；临了他总是淡淡地说："往后你别给她打电话！"

惠仙出国多年之后，回来过一次；还带回来一个大鼻子蓝眼睛的老外，说是她的男朋友。姐俩一块来的。一听说俩闺女要来（外带一个老外），吴老太既紧张又满心欢喜。她头一天就开始拾掇屋子，把存在家里的破烂都卖了；该扔的扔，该归置的归置，洗洗擦擦忙活了一天。戚大爷仍不免犯倔，又吊起了脸子；他甚至都不打算让她们姐妹俩进门。还是吴老太去开的门。那是惠仙第一次和吴老太见面。见面那一刻，两人不由得相互打量了一番。

"您就是吴大妈吧？"惠仙说。

"是！是！"吴老太满脸笑着，忙不迭点头。"多好的闺女呀！"

她忽然觉出惠仙的目光中包含着某种不可言传的意味，让她终于经受不住，讪不搭地垂下头。只听惠仙说："谢谢您这些年来对我父亲的照顾！"

"哪里话，谢啥！"一句话又说得她不知如何来承受了。

惠仙冲身后说了一句谁也不懂的外国话，那是在招呼她男朋友。他长得又瘦又高，一头乱蓬蓬黄色卷发，大尖鼻子上架副眼镜。

在屋里对他们一行表示热烈欢迎的是皮特，只见他兴奋得摇头尾巴晃，冲来人哑着嗓狂叫。他还是第一次见到家里一下子来了这么多人。他一见到惠仙，就像当初见到吴老太一样，朝她就扑过去。惠仙猛丁真吓了一跳，不由得失声尖叫。

"别怕别怕，他不咬！他见你亲呢。"她爸把他拦住了，"这是你二姐，认识吗？叫二姐！"

"汪——汪——汪——！"皮特叫道。

"爸，这就是当年我送你的那条狗吧？长这么大了！"惠仙也觉亲近起来，俯下身去抚摸他的脑袋。"你好啊！你还认识我吗？"又站起身来说，"爸，这是马克！"

她转头一瞧，人不见了。就在他们一进屋，见到屋子当间站着大叫的皮特，马克用生硬的中国话惊呼一声"我怕狗！"，便噌地窜到了屋外，死活不进屋了。

一家人就这样见了面。用惠仙的话说，她是回来接父亲出国享清福的。在整个会见当中，戚大爷反应十分冷淡。他反复说："我过得很好，不用你们操心！"她们临走，他连大门都没迈。不过，隔着防盗门，他听到了姐妹俩的对话。

"你住这么近，也不常过来照顾照顾咱爸！你瞧他过的这是啥日子啊！这房子哪是人住的，简直就是狗窝！"

"你好意思说我！我又不是他亲生的。你是他亲生的，你干吗跑美国去不回来啊？你倒是来照顾他呀！"

"姐啊，咱爸都这么大岁数了，你怎么还跟他计较这事啊？他脑子糊涂，你也糊涂啊？你就不能原谅他吗？"

"不是我不原谅他，是他一直就不认我这个闺女。我做错什么了？我命里就跟他犯相；我就不该出生；我吃奶的时候他就该把我掐死；我这辈子欠他的，下辈子都还不清……"

"姐啊，你怎么能这么说呢？我知道你心里很苦……你也是过了快半辈子的人了，这些恩怨你就在心里化解了吧！咱爸过得也不容易。"

"他活该！这是他自找的！在他眼里，我都不如他那条狗……"

戚大爷还想继续听，这时传来电梯开门关门声，楼道里落得一片沉寂。

"多好的闺女，"吴老太感叹说。"我要是有这样的闺女，那真是烧了八辈子高香了。"

戚大爷拉着脸子，不言声。

"跟你闺女出国吧！到外国去享几年清福，见见世面；趁现在腿脚还算利落，等你走不动了，想去也去不成了。"

"不去！"他那吊丧的脸子还没放下。"我哪儿都不去。出哪门子国呀，受那洋罪！"

"去吧去吧！"吴老太紧着鼓动。"我要是你，我就去。全世界逛逛，看看西洋景，多好！我看你那洋女婿人也不错，文文气气。"

"我走了，你怎么办？"

"你就不用为我操心了。反正我们俩也没结婚，在一起算是缘分，分开谁也不碍谁的事。你在外国要是呆得好就待下去，呆不好就再回来；到那时候，我们的缘分还没了的话，还能续。"说着话，吴老太眼圈里便涌上泪来。

"不去！我哪儿都不去。出国？遭那洋罪呢……再说了，我走了，皮特怎么办？我还舍不得我这狗儿子呢。我就守着他过完这辈子拉倒。"

"唉——！"吴老太长叹一声。

十

一天夜里，吴老太再次摔倒在卫生间；仍然是皮特先听到了动静，起来叫醒了戚大爷。她这次是中了风；虽然人抢救过来，但不能走路了，瘫在了床上。

她在医院的病床上清醒过来后，见到老伴的第一件事，就是请求他为她消业。她紧紧拉住戚大爷的手不放松，语音含混不清："这是佛祖在惩罚我呀！我可不想带着这样的业绩下地狱，那太可怕了。"他把耳朵贴到她嘴上。

仿佛已到生死关头，戚大爷不想（也没有心思）再跟她打别，满口答应："好！好！"

"你保证？"手还是紧紧抓着。

"我保证！"

"说话算话？"

"好，说话算话！"

这次对老伴的照顾，比上次艰难得多。上次她是躺在床上不能动，这次是躺在床上必须活动，以利恢复。戚大爷每天给她按摩、抬腿、弯胳膊，进行一定数量的康复训练。这是个体力活儿，几天下来他就感到体力不支了。他决心谁也不找，就一个人咬牙挺着。还是在老伴的一再央告下，他才勉强同意雇了一个护工，算是给他替了把手。他真的差点累犯了病。好歹熬到了老伴出院。她拄着拐能颤颤巍巍地走上两步了。大夫说，她的康复是一个长期的过程，弄不好也许就这样了。

她坐了轮椅。一出院，戚大爷就用轮椅推着她去了小月河街道办事处，正式办理了结婚登记手续。他们还去影楼照了一张结婚照：戚大爷穿着西装打着领带，吴老太穿着婚纱，头上戴了顶花冠；两张涂了粉的老脸都尽情地绽出笑容；皮特挤在他们俩中间，露出大半个上身，愣头愣脑地看着镜头，似乎在闪光灯一闪的一刹那想知道到底发生了什么事。一拿到照片，戚大爷就把它挂到了屋里的正墙上。

婚后的生活，一切一如既往；只是吴老太心中的一块石头总算落了地，拜起佛来或在她那些佛徒中间说起话来更有底气；但戚大爷看去更显出衰垂，脚步越发地蹒跚，体力也大不如从前了；他的老毛病一犯再犯，一次比一次重。他们的狗儿子却越发显出灵性，添了不少新节目。比如，谁也没教他，他却会推轮椅，推着他妈满处走；他们一家进行每天例行的垃圾桶巡查时，他会用嘴叼着绳子拉着轮椅跑，乐得她妈坐在轮椅上手舞足蹈。

一次戚大爷又发了痛风，疼得他直哼唧，吃了药也不顶事，只能躺在床上慢慢苦熬。这一天，他躺着躺着，忽然坐起身来，对吴老太说："狗儿他妈，我要立遗嘱。"

"什么？立遗嘱？"吴老太正在剥青豆，立马转动轮椅来到床前。"好好的立哪门子遗嘱啊！你不是在说梦话吧？"

"什么梦话，我清醒得很！"他抚开老伴伸过来摸他头的手。

"人都要死了才立遗嘱呢，你现在立遗嘱，多不吉利。"

"有啥不吉利的？我就怕到时候想立都来不及了。趁现在脑子还清楚，立了完事，省得扔下一屁股糊涂账。你没见现在为遗产打官司的有多少？那都是因为没立好遗嘱。"

"你还当自个是百万富翁啊！"吴老太把嘴一撇。"你有啥遗产啊，还值当立个遗嘱！"

"我这房子不是遗产啊？我那养老金不是遗产啊？这些东西总得有个归属，不能就这么搁着，对不对？"

"这倒也是！"吴老太琢磨着。"我怎么没想过这个问题呢？"

"你太缺乏法制观念。"戚大爷说。"而且要立，咱们俩得一块立。现在咱们是法定夫妻了，这房子是我们共同的财产，你也有份。法律上是这么规定的。"

"那你说，你想把遗产留给谁呀？"

"当然是留给我们最亲近的人啦！想想谁跟我们最亲啊？"

"当然是我们的皮特啦！"

"对呀，就是皮特！他就是我们的法定继承人。"

"可是……可是……"吴老太含糊起来。

"可是什么？"

"可是，皮特不是人啊！他是条狗啊！"

"哪家王法规定狗不能继承遗产了？你没见电视上说，人家外国一条流浪狗找到了一份看大门的工作，天天上班挣口粮呢。外国流浪狗能就业拿工钱，我们家皮特就不能继承遗产吗？不要忘了，我们皮特可是有户口的，是我们的家庭成员，甭管是人是狗，都是我们的儿子，那就是法定继承人。"

"嘿，老头子！没看出来，你这脑筋还真不一般！"

戚大爷的病一见好转，他就开始行动了。他首先咨询了律师，并请他帮着起草了一份正式规范的遗嘱文本；夫妻俩都在文本上签字画押。为了确保遗嘱的有效性和严肃性，他们还特地去了公证机关进行了公证。

一时间，有一则消息在各大媒体上传为奇谈：一七旬老公母俩，把巨额财产遗赠给他们的一只爱犬云云……当然，越传越离谱。

北京北

十一

在这个世界上，有些人的消失和存在丝毫不会引起人们的注意，即使他们是近邻，就住在隔壁或楼上楼下；他们明明近在眼前，人们对他们却视而不见；他们消失了，也绝不会有人想到他们，因为他们并不曾存在过。何况在这幢住宅楼里，出租房越来越多，住户都如流水的兵，今天住着，明天就不定在不在了；都不过是电梯里的一面之交，谁知道谁呀！

也不知从什么时候起，楼里便住了一个名叫皮特的中年人；模样长得颇有些怪，一头的黄毛乱蓬蓬的，就像追求时髦而特地染成的；他的肤色也泛着土黄，像是患了黄疸病；只是在他左半拉脸上，生着一块巴掌大的白癜风似的斑，异常惹眼；嘴巴子尖尖的，上唇生着一些稀拉拉的胡子；两眼分得很开，看人时两只黑眼珠死个钉地对着你，给人一种呆相；他嗓音尖细，又有些沙哑，一说话或者一笑便露出一嘴参差不齐的黄牙；似乎也是为了时髦，脖子上戴着一个皮项圈。

皮特孤身一人住着，总是独来独往；邻居们不曾见他有过什么伴儿或访客。终日陪在他身边的只有他的两条狗。那是两条京巴犬，一只浑身灰白的杂毛，看上去脏兮兮的，好像没洗净似的；另一只浑身倒是白毛，可那毛色一点不见白，黑乎乎的不知多久没洗过澡了。白狗屁股底下垫着一只孩子玩的四轴辘滑轮鞋，两条后腿在滑轮两旁郎当着；不过两条前腿很灵便，活动起来倒也自如。两条狗明显年纪不小了，身上的毛呈现出不同程度的斑秃。有意思的是，皮特管这两只狗叫爸叫妈。

每天早上，皮特都带着这两只狗出去遛弯。一上电梯，电梯司机就会逗他。

"皮特，爸爸呢？"电梯司机说。"告诉我，哪是爸爸？"

皮特用手指了指那只灰白杂毛狗，龇牙一笑，"这是爸爸。"

"妈妈呢？哪是妈妈呀？"

他又指指那只坐在滑轮上的白毛狗，"这是妈妈。"

"不对吧？你说错了，"电梯司机故意跟他拧劲。"这是爸爸，这是妈妈。"

"不对，这是爸爸，这是妈妈！"皮特尖着嗓子，维护自己的主张。

"我就说这是爸爸，这是妈妈，不行吗？"电梯司机说。

"不行！"皮特脸上那块白斑都变红了，嗓子越发尖细嘶哑。

"怎么不行？谁是爸爸谁是妈妈有什么关系？"

"有关系！"

"有什么关系？"

"就是有关系！"皮特一对黑眼珠恶狠狠死盯住她。

"他不傻，心里明白着呢！"旁边一个邻居大妈看着直乐，小声说。"就是有点浑。你再跟他别下去，他非咬你不可？"

电梯司机忙改口说："我说错了，还是皮特说得对，这是爸爸，这是妈妈，是吧？"

不过没两天，电梯司机又会故伎重演。"皮特，爸爸呢？快告诉我……"她乐此不疲。

皮特每天的一项工作，就是牵了他爸他妈沿着小区的道路巡行，把路边那些垃圾桶挨着个翻一遍。人们常常见到他们满载而归的情景：皮特夹着一摞纸壳，一手拎了一口袋一拉罐；他的狗爸狗妈各叼了几个踩扁的矿泉水瓶。因为手占着没法牵他们，他只好一边走一边回身吆喝着，省得他们分心走神，丢三落四。

隔一段时间，皮特就会把在小区里收废品的娄师傅叫上来。娄师傅不想进屋，每次只站在门口；皮特充满热情地直往屋里让："请进请进！"屋子里又酸又臭，又脏又乱；娄师傅捏着鼻子进来，该过秤的捆好过称，该计数的一一数清，收进编织袋中。皮特总要在钱上与他计较一番，娄师傅便让他三块两块的；临走，皮特总要对他的狗爸狗妈说：

"来，跟儿子拜拜！"

他们果然有所动作，灰白杂毛那只立刻用两条后腿立起身，抱着两只前爪冲他直捣。白毛那只立不起来，但却挥动一只前爪，外带两声汪汪。

娄师傅也不跟他计较，笑嘻嘻地说："唉，真乖！真乖！"连忙跨出门去。

皮特是信佛的，且信得虔诚。在窗户对面的墙上设着一个佛龛和香案。他一日三炷香；上香前必定要洗手。每次拜佛他都会拉上他爸他妈："来，给佛磕头了。好好拜佛，将来好脱胎换骨，托生成人。"两只狗狗也甚是乖巧，学着他的样子，五体投地趴在佛龛前面，不住点头，嗓子眼里哼哼唧唧。

皮特有一个师傅，就是一个人称高姐的老太太。人们都唤她作高师太。高师太有时会跨进皮特的家门，来给他讲经说法，开悟佛理；皮特他爸他妈也跟着卧在她面前，三对黑眼珠一动不动地盯着她，让她深深陶醉在自己演讲的魅力中。临了，她总不由自主地把目光投到墙上挂着的那张全家福上：那是皮特和他的狗爸狗妈的合影。皮特给夹在了当间，一只狗身上套着黑礼服，脖子上打着红领结；另一只身上套着白纱裙，头上顶着一个硕大的头花；他们都龇着牙，仿佛在笑，表情看上去很幸福；皮特身穿大花格子衫，显得愣头愣脑，脸绷着，一副无所适从的样子。

高师太每每要对着这张照片端相良久，然后说："这张照片照得很有意思！"

"这是爸爸。"皮特总是用手指给她看。"这是妈妈。"

曾进过皮特家门的，似乎就只有这两个人：一个为了生计，谋得一点蝇头小利；一个为积德行善，普度众生，在佛祖的功劳薄上多添上几条灵魂。至于那道防盗门里面，皮特一个人过着怎么样的生活，那就不得而知了。据电梯司机说，皮特有两个姐姐，一个住在城北，一个在美国，还有一个弟弟。不过，邻居们谁也没见他们来过，就连电梯司机也没见过。最近，也是据电梯司机说，皮特怕是要惹上一场遗产官司了。

2010 年

狗爸狗妈

病房中

病房里很静，一只苍蝇在哼唱；它一会儿撞在天花板上，一会儿撞在窗户玻璃上；它在玻璃上撞得梆梆响，不停地发出嗡嗡的叫声。

"饿了吗？"一个年轻女人的声音在冲着病床上叫。"饿了吗？饿了告诉我。饿了就捏一下我的手。"

病床上发出一阵含糊不清的呜啦，声音干枯嘶哑。

"听不清你说什么。"年轻女人说。"别说话，捏我的手。你饿不饿？"

"嗡——！"苍蝇在唱。

又是一阵呜啦，其中夹带着气喘。

声音是从一张洞开的嘴里发出的；这嘴似乎压根就这样张着的，从未合上过；张开的嘴里看不到牙，黑洞一个；两腮瘪塌着，在面颊上形成了两个坑。黑洞上方并不见鼻子，代之以厚厚的纱布和横七竖八的胶带；从纱布底下伸出两根塑料管子。在这一小堆白色医疗用品上方，是两只深陷的眼睛；眼球似乎已凝固在眼眶中无法转动，眼皮也眨动不了，因此这双眼看人时须转动头，看见了便鱼眼一般死盯。此时，被这双眼睛盯住的是伏在床前的年轻女人的脸。

"不用说话，捏我的手就行。"年轻女人抖了抖那只枯手。"想吃饭吗？想吃就捏一下我的手。"

没有任何反应；那阵含糊的呜啦也没有了，只有冲她洞开的嘴巴和死盯的眼睛。

"你不想吃啊？你不吃我吃了？我可饿了！"

"嗡——！"苍蝇在唱。

她把床头方桌上那堆得满满的东西归置一下，打开手提塑料袋，拿出一个方便饭盒，在小方桌上放平，又拿出一双一次性筷子，用手掰开。就在这时，那只苍蝇"嗡"地打她头上飞过。苍蝇硕大健壮，浑身宝蓝，劲头十足，活像一架微型飞机。

"苍蝇——！"年轻女人大叫，连忙扣上打开了的饭盒。"护士！护士！"

"唉，来啦！"一个戴眼镜的护士从隔壁房里走过来；脚步在地板上踏出一连串轻快有力的节奏；那件白大褂显得有些肥大，仍掩饰不住里面那极富曲线的腰身的扭动。"什么事啊？"

"苍蝇！"

"你别一惊一乍地好不好！"护士说。"我还当出了什么事呢！"

"这还不算事啊！医院里怎么能有苍蝇呢？再说了，这里是重症监护室，怎么能让苍蝇进来呢？"

"你行了吧！是我让它进来的？这事你跟我说得着吗？"

"那最起码，你应该管管吧？"

护士顺手从病床上拿起一份报纸，卷了两卷，冲着苍蝇就过去了。她在窗玻璃上一通拍打，拍得活不见蝇死不见尸。

"好了，没有了！"她把报纸一扔。"以后跟患者无关的事不要乱叫啊！"

"饭也不让人吃消停了！"年轻女人嘟哝说，把凳子拉近小方桌。"你们医院的饭特难吃！"

"难吃你别吃啊，"护士走到隔壁间的门口，转回身来说。"谁也没请你来吃！"

"是他儿子请我来的。你当是我自己愿意来呢？还不是为了那俩钱？"

"他儿子给你多少钱啊？"

"一小时十五块。你说是不是不算多？"

"你知足吧。一般的护理员才十块呢。"

"他儿子特有钱！"女护理员说。"你见过他儿子吧？开一辆宝马。"

"见过两次。"

"他儿子特有钱。越有钱越抠门儿。人有的家属都三十、四十地给。我们干护理员的容易吗？我跟他说了好几次，他死活不给涨。真是越有钱越抠门儿！"

"你就知足吧！"眼镜护士走出去。

年轻女护理员坐下，开始吃饭。病房里很静，满病房里回响着有滋有味又有力的吧唧。突然吧唧声停止了，她一眼瞧见病床上的白被子下面正伸出一只枯手；这只手正悄悄地向鼻子方向爬行，就像一名准备偷袭的士兵。

"你手干吗呢？"她叫起来。"你手干吗呢？"

那只行进中的手停住了，正停在那洞开的嘴巴边上；头慢慢转过来，把两眼死对住她，就像两眼枯井，枯却幽深。

"听话啊！"她站起身，掀开被子，把那只不老实的手放回被子里，又把被子盖好。"乖，咱不拔啊！拔了有生命危险，知道吗？拔了还得再插上。"

她又坐下吃饭；那两眼枯井一直对着她，一动不动。

"你要不吃饭就睡一会儿吧。"她说。"睡醒了再吃。"

白被子底下有什么在移动，接着两只枯手出现了，抱在瘪塌的胸前作起揖来。

"手怎么又拿出来了？快放回去！再不老实把你捆上了！"

作揖一刻也没有停。

"真闹腾！等我把饭吃完了好不好？"

"嗡——！"

苍蝇东山再起，叫得比方才更加雄壮，劲头也更足；它横冲直撞，如入无人之境。

"真烦人！"她咕哝说，盖上吃了半截的饭，转向病床。"你到底想怎么着？你想谢我呀？是想谢我吗？"

直勾勾地注视，不停地作揖。

"你就不用谢我了。只要你乖乖听话，就是对我最好的感谢……是想儿子了吧？你儿子几天没来了？"

"嗡——！"

枯手鸡鹐米似的捣着。她抓住那手，按了下去。

"行了，你就别捣了。是不是想儿子了？想儿子了就捏一个我的手。"

她感到那只手绵软无力地战了一下。

"还是想儿子了。我跟你说，你儿子太忙，没时间来看你。等我吃了饭，给他打个电话，告诉他你想他了，行吗？但是现在你要乖，听话。听见了吗？"

毫无反应。那架小飞机似乎进入了战斗状态，开足了马力，"嗡"地飞过来，"嗡"地飞过去，进行着俯冲。她忽然意识到什么地方不对劲，抬头四处嗅了嗅，嗅到一股不寻常的气味。她猛地掀开那床白被子，露出被子底下赤裸的身体；那身体枯瘦蜡黄的，胸上缠着绷带，绷带下伸出一条管子；干瘪的屁股底下压着一摊黄褐色的东西。

"哎呀我的妈呀！"女护工尖叫起来。"你怎么拉被窝了？我不是跟你说过，要拉屎告诉我吗？怎不言声啊！尿管也给拔了。你这不是……护士——！"

一位个头高挑的护士应声从间壁房里走出，"来啦来啦！又怎么了？"

"瞧他，把尿管给拔了。幸亏引流管没拔。"

护士看到病床上的情景，不禁皱起眉来。"你这是怎么护理的！"

"我怎么护理的！就吃饭这工夫……饭都不让人吃消停！"

"算啦算啦，赶紧收拾吧！床单被罩全换了。"

抓屎，擦洗屁股，换铺盖；一边拾掇她嘴里一边嘟囔。床上那个身体倒是柔顺，轻得仿佛一团用得破旧的棉胎，由她摆布：分开，合上，翻过来，掉过去，抬起来，放下。一切收拾停当，护士又走过来，手里端着一个托盘。

"小蔡，你吃完了吗？吃完过来一下。"

"唉！"

病房里又响起一阵年轻女人特有的那种轻快有力的足音。先前那位戴眼镜的护士来到病床前。

"你给我扶一下他的腿。对，弯起来，叉开，别让他动。好就这样。可能有点疼，忍一下啊。"

个头高挑的护士伸出两根鲜竹笋般的玉指，捏住干瘪的胯下那个蔫茄子纽似的龟头，很麻利地把一根塑料管子顺尿道插进去。那张洞开的嘴巴顿时扭歪了，嘴角不住地抽搐，打黑洞深处发出一阵含混的呻吟。

"别再拔了！"她警告说。"拔了还得再遭回罪。"

护士们进行工作的同时，年轻女护工则在同那只"小飞机"作战。她挥舞着那叠报纸，满病房对它进行围追堵截；不停地拍打着，叫喊着："叫你唱，叫你飞，叫你跑；我看你往哪儿跑；打死你！打死你！"

开始时，苍蝇还显示出相当的战斗力，明显胜出一畴。它躲闪灵活，神出鬼没，她根本打不着；再者，病房中净是些怕碰的东西，吊瓶啦，监测仪器啦，病人啦什么的；苍蝇净在这些怕碰的东西周围转悠，女护工并不敢真下手，只不过虚张声势而已。不过，它天然的劣性很快就使它误入歧途：在受惊吓后，它总是往玻璃窗上扎，那里是一片可以自由飞翔的广阔天地，是唯一的逃生之生路。它每次不顾一切朝那希望扑去时，总受到一种无形又无法逾越的阻碍，因此哼唱得也就越发悲壮凄切，似乎在暗自纳闷吧：明明是一条坦途，怎么就飞不过去呢？精神（如果苍蝇有精神的话）和肉体的耗损很快就使它陷入迷乱，在报纸的无情扑打下，徒然乍着两翅钉着窗玻璃上下狂舞，哀鸣不已。绝望中，它突然直冲着对手的面门撞来，女护工吓得"嗷"的一声缩了脖子。

蔡护士正在给她的重症患者做吸引。她拿着一根塑料管子，管子的一头连接着病床上方的吸引管道的接口，另一头插在病床上那个洞开的口中；她一边往里插一边搅和，那黑洞深处发出阵阵痉挛和剧烈的呕咳。

"对，用力咳！把痰都咳出来，不要咽下去！"蔡护士一边操作一边说。末了她撤下管子，向女护工展示她的工作成果。"瞧瞧，这么多！这要是不吸出来，很危险。"

只见女护工突然惊叫一声，"哎呀妈呀！"伸手朝她一指。

"你干吗老一惊一乍！又怎么啦？"

病床上那副枯瘦骨架剧烈地颤抖扭动，一阵长咳却没有咳出，脸已憋得酱紫；一双枯手当空无助地四处乱抓。

"怎么回事？"蔡护士不禁一阵惊慌。"出什么事了！"

"苍蝇！"年轻女护工仍伸手指着，哆嗦的唇里终于叫出来。"苍蝇，在他嘴里！快吸，快吸呀！"

"啊！"

蔡护士毫不迟疑地再次投入了工作；高挑个头也闻声奔过来。经过一阵紧张忙乱，一个硕壮宝蓝的苍蝇尸体从那洞开的口腔深处拖出来；随之是一阵空洞的干咳和有气无力的粗喘。

"都是你干的好事！"蔡护士气哼哼说。

"怎么是我干的！是我叫苍蝇跑他嘴里去的？你们医院不卫生还怪人家。"

"得了吧你！我可告诉你啊，你要是再跟这儿添乱，别说我让他儿子把你开了！"

病房里又恢复了安静，安静得不受一丝骚扰。看着床头柜上那吃了半截的饭，年轻女护工感觉有点恶心，再没胃口。她俯身在病床上。

"你拉也拉了，尿也尿了，这回该吃了吧？"

同样的眼神，同样的注视；洞开的嘴巴里呜哇了一阵。

"不用说话，捏我的手就行。你要吃饭吗？捏一下我的手。"

两只枯手又抱在胸前作起揖来。

"你要谢我，是吗？不用谢。你把饭吃了就算谢我了。"她握住那手。"你想吃饭吗？不吃啊？是不是想你儿子了？我去给他打个电话好不好？"说着她站起身来。"我去给他打个电话，不知道他有没有时间；他能不能来我可不敢保证。"

走到门口，她又折回身，站在那里好像忘了什么事似的。她看见那两只枯手又抱在一起揖起来，两眼直瞪瞪地盯着天花板，固执的目光似乎要一直穿透一层层的楼板，进入天空。那枯井底里分明渗出一汪清水。

"你又谢谁呢？快把手放回去，听话，乖啊！"她站在床头略一思忖。"不行，还是得把你捆上。护士！"

病房里响起一阵年轻女人特有的那种轻快有力的脚步声。高挑个头出现在间壁房门口。

"又怎么了？"

"他的手总不老实。"

"那就捆上吧！"

北京北

104

那双枯手分别捆在了病床左右的护栏上。她开门出去了。她们谁都没注意，那两眼枯井底里渗出的水正慢慢充盈起来。

2008 年 6 月初稿

2013 年 3 月定稿

病房中

里外都是戏

一接到报案，我就带着人过去了。一进门，胡老板正当门坐着呢；看见我他先笑，龇着一口大黄板牙，一面忙不迭恭敬起身。他一见我就是这副模样，脸上那盘丰满的肉生往一块挤，老像心里有鬼似的，真叫人起腻。

　　"哟，米警官，这深更半夜的，又惊动您啦！辛苦您跑一趟，真不好意思！"

　　"不辛苦不辛苦，工作嘛！"我说。店堂里乱糟糟的，桌椅一律都歪歪斜斜；有的椅子翻倒在地上，有的撂在了桌上；有一些桌子还拼到了一起；满地烟头和酒瓶；酒水洒了一地，踩上去黏糊糊的；桌上也是杯盘狼藉。看样子这一宿客人没少闹腾。"哪位报的案啊？"

　　话音未落，只见从吧台里窜出一个人来。黑灯瞎火的，等我看清楚，人也到眼前了：是个年轻姑娘。她个头不太高，长得娇秀玲珑，穿戴打扮很时尚，气质不俗，一看就是个搞文艺的。她上来就抓住我的胳膊，瞪着一双惊魂未定的眼睛，气喘吁吁，像是刚跑了一场马拉松，终于跑到了终点似的。"警官先生，快去抓罪犯啊，他就在楼上呢。他扣住了受害人，您快上去逮捕他。"

　　"是你报的案吗？"我问她。

　　她只顾点头。"您快去抓罪犯救人啊！"说着她就把我往楼上拉。

　　"别急别急，"我说，"先把事情说说清楚。"

　　"米警官，"胡老板这时在一旁笑着开了腔。"我觉得这位小妹妹可能有些误会，事情并不像……"

　　"根本就不是误会，"她冲胡老板瞪起了眼。"当时我就在现场，亲耳听到……"

　　"你仅仅是听到而已。刚才我们不是上去看过了吗？"他不紧不慢地说。"里边一点动静都没有。要是像你说的那种情况，里面不可能这么安静的。"

　　"开始不是安静的！"她嚷起来。"我亲耳听到受害人呼救来着。现在安静了，说明受害人已经到了危急关头，声音都发不出来了。没准儿罪犯已逃离了现场呢；要是那样的话，你就是同谋犯。"

"你别乱咬人啊！"他也有些激动，脸涨红起来。"我还跟你说，你就是闹误会了，在我的店里不可能发生那种事！不信你问问米警官，他对我这儿的情况最了解了。"

"就不是误会！就不是误会！"她扯脖子嚷。

"你这是在无理取闹，你知道不知道……"

眼瞅着他们吵起来。

"胡老板！"我说。"是你报的案啊，还是她报的案啊？"

"是她报的案。"

"她报的案，你跟着瞎搅和什么？把嘴给我闭上，现在没你的事。听报案人讲，好吧？"

"好好！我不说了！"他脸上那盘丰满的肉又往一块挤了一回，这回挤得颇为卖力气，像要挤出多余的水分。"让她讲，让她讲。"

"报案人姓名？"我转向那年轻姑娘，同时对身旁的小储说："你做一下笔录。"

"我叫赵姝妹。"

"赵什么妹？"小储手里拿着笔愣在那里。

"姝。'女'字旁加一个'朱'字，美好的意思。"

"这名叫得好，"小储讪笑道。"我都不会写。来，你自己写。"

他把笔连同本子一起递了过去。她把本子按在了身旁的酒桌上；拿笔的那只手在抖。

"请出示一下你的身份证！"我又说。

"哎呀！"她慌忙浑身上下乱摸起来。"身份证放宾馆了，没带。今天出来玩的，寻思用不着，带着又怕弄丢了，就没带。"

"身份证要随身携带的，这点常识都没有吗？"我说。"要不遇到事情怎么能证明你的身份呢？"

"实在对不起，警官先生！"

"职业？"

"演员。"她迟疑了一下，"电影演员。"

果然是个文艺工作者；我这眼力，看人一看一个准儿。

"户口所在地？"

"北京。"

"你这次不带身份证我就不追究了。记住，以后身份证要随身携带，听见没有？"

"听见了！"

"好了，到底怎么回事，你把事情的经过说一说。"

"要详细说吗？"她瞟了我一眼，一副无所适从的样子。

"当然，越详细越好。"

打一入春我老觉着乏得慌，一到晚上特没精神。或许就是这换季给闹的。往年我可不这样，糗一冬了，一开春，我立马就来了精神。现在感觉是一年不如一年了，或许真是老了。

十来点钟我就上床歇了。店里的事撂给了一个伙计。睡得正香，突然给伙计叫醒了，说是店里出事了。我出去一瞧，已是客去店空，估摸着时候不早，该关门了。这时候那丫头就冲我过来了，满身的酒气，还急赤白脸地直嚷嚷，就听她叫我拿钥匙上楼开门什么的，半天我也没闹明白她什么意思。可有一点我搞清楚了，她就是前晚半晌儿到店里来喝酒的那俩演电影的丫头当中的一个。我也不知道她们演过什么，反正像是有人知道，要不也不会那么闹腾。嗬！又是签名，又是拍照，又是献花，又是唱又是跳，那气氛别提多热烈多火爆了；我这店里还从没出现过这种场面，反正酒真是没少往上招呼。我也凑了个热闹，上去讨了个签名，还送给他们一瓶酒，是个意思；毕竟有明星光临，对本店来说是件好事。谁承想，这会儿她这副模样来见我。她嚷了半天，我总算从她嘴里听到了一个关键词；这词儿叫人极不舒服；特别是打她这样一个令人赏心悦目的姑娘嘴里说出来。

里外都是戏

我怀疑是自己听差了："什么……什么？"要不是为了弄清事实，我决不会当她面说出这么个不堪入耳的字眼；即使说出来了，也是心里发着虚，嘴上打着撺。

"我师姐在楼上的包房里呢！"她冲我吼道。"就是这么回事！"

我浑身一阵战栗。在这样一个春意融融的夜晚，在这样一个春花宜人的时节，她这一声吼一下子唤回了离去未远的冰雪严冬，那凛冽的西北风顿时把我吹了个透心凉。

"这不可能！"我说。"在我的店里，客人的人身安全还是有保障的。可以这么说，在我的店里，客人连一分钱都没丢过，怎么可能发生这种事？"

"事情已经发生了，你还说不可能？"她只是嚷。"罪犯还在上边呢。你赶快上去！你上去一看就知道了。"

我跟她上去了。她指着一间包房的门说："就是这儿！"

门关得紧紧的，我拧了拧门把手，转不动；门从里面反锁上了。

"里面有人吗？"我在门上敲了敲。"请开一下门！"我又趴在门上听了听；里面鸦雀无声，一片死寂。

"还问什么有人没人，打开门闯进去就是了！"她叫道。

"要像是你说的那种情况，里面怎么可能这么安静？"我说。"你闹误会了吧？你们喝了多少酒？"

"闹什么误会，我的神智很清醒。你赶快把门打开！"

"里面反锁着呢，没法打开。"

"那你就踹开！"

她口气很强硬。还没有哪个黄毛丫头跟我这么说过话。我也急了，正色道："小姑娘，不能单凭你的一面之词，想怎么着就怎么着；我们店里也是有规定的，顾客在正常使用包间时有权利上锁，没有顾客允许，工作人员不得擅自闯入。这也是为了尽可能地保护顾客权益。"

"顾客权益正在受到侵害，你还谈什么保护顾客权益？"

"你现在情绪太激动，我不跟你争辩。"我说。"你不是报了警了吗？咱们等警察来了再说，看他们怎么处理，好吧？"

她没了脾气，乖乖跟我下了楼。

"要是等警察这工夫让罪犯跑了，或生出什么严重后果，你得负全部责任。"她气咻咻地说。

"我负责！我负责！"我心说：小丫头片子，没必要跟你斗这份气。来到楼下，我指着墙上一块牌子说："瞧见没有，我们店可是'警民共建社会治安先进单位'，你当是这块牌子白挂的呢？"

她抬头看了看那块明晃晃的牌子（它在昏暗的灯光下也闪闪发光，十分醒目），不屑地把嘴一撇："咻，这不说明任何问题！"

这小丫头片子，还挺世故！

"今天晚上……哦，不对！"她看了一下手表。"确切地说应该是昨天晚上了。昨天晚上七、八点钟吧，我跟我师姐那菲来到这家酒吧喝酒。是她带我来这儿的，她说这里的环境如何如何有气氛，'误秋风'这个店名也让她喜欢。我无所谓，不过是出来散散心而已。我们正在拍一部戏。这是她第一部担当女主角的戏，我觉得她压力挺大的。她演得特卖力气，可就是不顺，心情挺郁闷。昨晚收工后，我说陪她出来散散心。我觉得我菲姐挺不容易的，出道这么多年了，一直没闯出来。其实她各方面条件都不错，无论内在素质还是外在形象，都不比那些当红的明星差。命运真是太不公平了……"

"你说这些与本案有什么关系？"米警官打断她说。

"你不是要我详细说吗？"她一脸的无辜，错处倒好像都在米警官。

"详细说是让你说案情。"

不管怎么样，她的话我都尽量往下记，少有遗漏；说不定哪句话对案情关系重大呢。

"你听我说呀！"她倒不耐烦了。"我们不是坐下喝酒了吗？"她特地拍了拍身边的桌子，好像她们当时坐的就是她现在坐的这张桌子。"我们边喝边聊着呢，忽听背后有人嘀咕那菲的名字。我给她使了个眼色，看她有什么反应。

显然她也听到了。她神色一下紧张起来，把帽檐也拉低了，把墨镜又戴上了。我就觉得特好笑，心说你紧张什么呀！她一出门就帽子墨镜全戴上，捂得严严的，生怕别人认出她来。其实她特希望能有人把她认出来。您能理解这种心情吧，米警官？”

“能理解！”他板着脸，点点头。我觉得他并不理解，或者说根本不想理解；他之所以这么说，不过是要督促她快点接着往下说。

“我就特理解她这种心理。您想啊，一个演员，辛辛苦苦演了些角色，谁不希望得到观众们的认可啊？可是哪位又愿意把自己的脸暴露在大庭广众之下任人参观呢？还是藏着点感觉比较安全。再者说了，你藏着，观众们还能把你认出来，那才说明你有足够的魅力吧？她出道这么多年了，一次也没被认出来过。或许是她藏得太深了，也许是观众们眼太拙了。不过话说回来，她也没演过什么叫得响的角色，根本没机会叫她施展魅力，观众对她能有什么印象？可是昨天晚上，就有人把她给认出来了。那女孩子眼睛真够毒的，不仅叫出了她的名字，还说出了她在哪部片子里扮演过什么角色。我都感到吃惊；同时也为我菲姐感到高兴。这说明她在银幕上的形象还是很有光彩的。我们老师给我们上课时总是教导我们，作为一个演员，你的心思主要得放在角色上，努力演好每一个角色，哪怕是一个小小的配角；别的事情不要去想；只要你下功夫了，自然会受到观众们的认可。您瞧，这句话终于在她身上得到印证了不是？”

“你不要加这么多个人评论好不好？”米警官说。“你要抓住要点，叙述事件过程。懂不懂？”

“我知道，我这不正在叙述吗？”

米警官一眼看到我写在本子上的密密麻麻的笔录，就对我说：“她抓不着重点，你也抓不着啊？记得倒是挺认真！要都像你这么做笔录，非得累死。记要点啊！工作要讲究方法，要突出重点。”又转向她，“后来什么情况，你接着说，不要加评论啊！”

我不好意思起来。初学乍练地这也是难免，只管听就是了；就像我爸告诉我的，要多听、多看、多记、少言。

"那女孩子在我们背后跟男朋友嘀咕了一阵，突然跳到我们的桌旁来，指认出那菲；说她如何喜欢她，说她演得如何好，如何找到她演过的片子反复看，就连她拍的广告也看。她这么一叫，整个酒吧都给轰动起来了。人呼啦一下围了上来，又是签名，又是献花，又是拍照，那气氛真叫人感动。要不是有俩影迷主动站出来维持秩序，她非给挤扁了不可。不过我得承认，这里边真正知道她的是少数，大部分人是出于好奇，瞎凑热闹。可不管怎么说吧，这对她来讲是件好事，这也许就是她迈向成功的一个序曲，一个预兆呢。也是她应得的一个报偿吧。毕竟她付出了那么多的努力。看得出来，她是真高兴了。我跟她认识这么多年来，还真没见她这么高兴过呢。你一看她那表情就知道，脸上笑得跟一朵玫瑰花似的，就是人们常说的那种心里的花朵在脸上绽放出来。您明白我的意思吧，米警官？"

"行了！行了！你就不要再发表评论了。"米警官真的不耐烦了。"你要陈述事实，懂不懂？"

"我就是在陈述事实啊！"她一脸茫然。

"你陈述的是什么事实？什么你承认，你看，你觉得，你认为，这些都没用。"

"怎么没用？这就是事实！这是一系列的因果关系：要不是她事业不顺，我们昨晚就不会来这儿喝酒；不来这儿喝酒就不会碰上那个女孩；要是不碰上那个女孩，她就不会被认出来；不被认出来，她就不会受到影迷们的围攻；不受到影迷们的围攻，她也就不会感受到那种被认可的喜悦；不感受到那种被认可的喜悦，她也就……"

"行了！行了！"米警官挥手打断她。"你就简短节说，后来怎么回事吧？"

"后来就开始喝酒。影迷们围着她，挨着个给她敬酒。胡老板还敬酒来着呢。他还免费赠送了我们一瓶酒呢。"

她这句话使我们同时扭过头去，把目光集中到呆在一旁的胡老板身上。他立时惊慌失措起来，连忙站起身："怎么笔录做得好好的，一下子扯到我身上来了？我跟这事可不相干啊，米警官，咱们……"

"胡老板，你送他们一瓶酒，有这事吧？"米警官问。

"这事有！"

"你为什么要送他们酒呢，这跟你一贯的做派可不相符？"

"米警官，"他脸上堆出甜腻腻的笑。"跟您说实话，这不过是讨好顾客的一种手段。他们在我这儿喝了那么多酒，我送他们一瓶算得了什么呢？他们一高兴，回头多来两次不就全有了吗？这您应该明白。"

"米警官，"我说。"胡老板送酒这事要不要记上？"

"记上记上！"胡老板嚷道。"我身正不怕影子斜。"

"你先记上吧！"米警官收回审视的目光，略一思忖，转过头来。"好吧，你接着说。喝酒怎么了？"

"这人吧，都架不住吹捧。"她说。"一到这时候谁都很难把握自己了，就像一个被风吹起来的气球，她当时就飘了。其实有些影迷那话说得挺肉麻的，什么中国未来影后、奥斯卡得主、当代第一美女、心中最爱之类，可她喜欢听啊；一听到吹捧她就喝酒。我就意识到这个地方不可久留；再说，我们出来时也没想玩这么晚。何导演有令，晚上谁都不许外出，我们是偷偷溜出来的；这要是叫他逮着了，可够我们受的。我提醒她好几次该走了，她总是说再待一会，再待一会；她就像是一位误入了一座有魔力的城堡的公主，无论如何也走不出来了似的；我能理解……"

"行了，你也别理解了。"米警官再次打断她。"你就直说，后来到底怎么样了吧？"

"后来我们又去唱歌。"她抬手往楼上一指。

"净跟你这儿瞎耽误工夫，"米警官没好气地站起身；我们也全跟着站起来。"带我去现场。"

"米警官，我还没说完呢。"她追着他屁股后说。

"你也甭说了，全是废话！"

"怎么是废话？我说的都是事实。"

"米警官，这么边请！"胡老板在头前带路。"当心脚下啊，楼梯上太黑！"

我们都跟了上去。

"胡老板，你这生意经可真是念到家了，"米警官打趣说。"楼梯上也忘不了省电。"

"米警官，这您就不懂了，"胡老板笑说。"这叫黑灯说鬼，要的就是这气氛。您别说，我这主意还真招人待见，谁来了谁说好。"

木板楼梯在我们一行人脚下给踏得"咕咚咕咚"山响；楼梯很窄，我们只能鱼贯而行；二层楼道也很窄，上去后只好一字排开，沿墙根站成一溜。

"就是这间包房。"胡老板指着尽里边一扇门说。

包房门关得严严实实。米警官试了试门把手，又伏耳在门上。

"里边肯定有人？"

"肯定有人，我菲姐还在里边呢。"她说。"还有那个罪犯，要是没逃走的话。"她盯了胡老板一眼。

"逃走是不可能的。"胡老板说。"这幢房子只有一个出口，就是大门。我们不是一直在门口守着来着，你见有人出去吗？"

"有钥匙吗？把门打开。"我说。

"有钥匙也没用，里面反锁着呢。"胡老板开始砸门。"快开门，我们知道你们在里面，再不开门我们可就不客气了，警察来了！"

"开门吧，派出所的！"米警官叫道。

她斜仰在沙发上，叉着两条长腿，短裙紧绷在大腿上，样子很不雅。他就站在屋中间，来回转着磨，跟没事人似的。我把她那条撑在地上的腿抬起来放到沙发扶手上，把她的裙子往下拉了拉，使劲摇她。

"菲姐，你醒醒啊，咱们该回去了！"

"我哪儿也不去，就跟这儿睡了，别烦我！"她拉着长音，柔腔软语的，仿佛在念京戏道白。她嘴角始终挂着笑，在两颊上挤出浅浅的笑靥；红唇间含珠衔玉般的牙齿，宛如一弯新月；酒晕从柔美的脸蛋一直爬上光洁的眉头；黑漆漆的两眼似闭不闭，仿佛正从那长睫毛下流溢出晶晶亮的眼波，你刻意去捕捉时却又毫无收获，让你觉得扑朔迷离；松懈的身子软瘫在沙发上，一副娇弱无力任你摆布的姿态，叫人生出无限爱怜。美女就是美女，连醉酒都醉得这么百媚千娇，难怪当年的唐明皇对会醉酒的杨贵妃那么情有独钟。此时我更生出了对她的羡妒。往常我老跟她开玩笑说："跟你在一起，我都想变成一个男人。"她就回敬说："那你去做变性手术啊！"于是我们俩都哈哈大笑。

"菲姐，你不能睡，醒醒，我们该走了！"

"你走吧！你回去跟导演说我在这儿睡了。我很开心！真开心！我不回去了。"

"你叫不醒她的。"他说。"喝多了就得睡，叫也没用。"

"都怪你，非让她喝酒！"我回过身去，没好气地冲他嚷。

"你该感谢我才是。"他嬉皮笑脸地说。"你没见我给她挡了多少驾，替她喝了多少杯？都犯了众怒了。要不，还不知她得醉成什么样呢。"

这倒是实话，喝酒的时候他极力袒护她，深得她的好感；后来他跟她套得越来越近乎，没见他俩跳舞时那个黏糊劲，就跟相好的似的。不过，我可不买他的账。也不知怎么的，我对他有种本能的反感。

"我可跟你说啊，你得负责把我们送回去。"

"没问题！我说话算话。"他洒脱地一挥手。"送醉酒的朋友回家是我的老本行。"

"这么说你常出来喝酒了？"

"没错！"他又洒脱地把手一挥，浓眉大眼都绽出笑意，雪白的牙齿在灯下闪着光。小伙子倒是挺帅气，可不知为什么，就是不讨人喜欢。

我感到内急，都憋了半天了。于是我对他说；"我去趟洗手间，回来咱们就走。"走到门口，我又转回身去叮了他一句："你在这儿老实待着，可不许一个人先溜哇！"

"你放心吧！"他仍嬉笑着。"唉，顺便到门口叫辆车。"

楼道里黑咕隆咚；先前还没觉得有这么黑呢。我深一脚浅一脚地摸进洗手间；从洗手间出来，又来到酒吧门口。向两头一望，只见一溜的大红灯笼照着一条空荡荡的巷子，京城这条以繁闹著称的酒吧街已归于沉寂了；春夜的凉风冷飕飕地穿过胡同，叫我直打寒噤。两辆人力三轮车还在门口的斜对面蹲着。两个烟头鬼火似的一明一灭。

"喂，小姐！要车吗？"一个车夫问。

"去哪儿啊？"另一个问。

"不要不要！"我说。"我要出租车。"

"出租车？这时候了，甭想！"

"出租车地根儿不往里来！"

"你们几个人啊？路远吗？"

"三个呢！"

"那不正好吗，两辆车！"

"要我进去帮你把人弄出来？是男的是女的呀？"

"最好是女的，我们进去一人一个就给抱出来了。"

"不要不要！"我冲他们直挥手，心说："贫劲儿的！烦不烦啊！"

我心里感到一阵惴惴不安，好像自己做错了什么事似的。我这才猛然意识到，把醉酒的那菲撂给一个陌生男人十分不妥。我赶紧往回跑。跑到包房门口，发现门已经锁上了。就听她在里边叫；那不是好叫，就像在宰一头给捆住了蹄子和嘴的猪，任怎么踢蹬也无济于事，只能在嗓子眼里玩命哼哼。我脑子里当时"轰"地一下，就像爆开了一颗炸弹；我这才意识到，最可怕的事情发生了。我不顾一切地擂门："无赖，臭流氓！不许你碰她！快开门，给我滚出来！"手擂疼了我又下脚踹；用力过猛，自己还坐了个屁股蹲儿。那门怎么那么结实啊！它就像一道铜墙铁壁似的挡在我面前，我就是把胳膊擂断了，脚脖子踹折了也奈何不了它；我在它面前是那么的微不足道。可是我必须救她！情急之下我不由自主地喊起来："来人啊！"一边喊一边往楼下跑，"救命啊！"跑错了方向，一头撞在墙上，也顾不上疼了，摸着黑跌跌撞撞地奔下楼梯。

这时我才注意到，酒吧里几乎空无一人了。先前闹闹嚷嚷满堂的人，忽然一下子都钻进地底下去了似的。我的叫声在空房子的黑夜里发出回响，我立时害怕起来。我突然觉得好像在梦中梦见过这种情景：四周是一片黑沉沉的死寂，不论我转向哪里，不论我怎么大叫，都得不到一点回应，看到的只是虚空，听到的只是我自己的回声……我忽然发现门外的台阶上蹲着一个人，我直奔过去；谢天谢地那不是一个幻影，是酒吧的一个招待，正蹲那儿抽烟。我真纳闷，我喊了那么半天，他怎么一点没听见。

"来人啊，快救命啊！"我仍旧是喊。

他向我转过身来，仰起头看我。"你喊什么？怎么啦？"

"我师姐在你们的楼上……"我喘得说不出话来。"有一个流氓……"

他这才慢慢站起身，把烟从嘴上拿开，一缕青烟打鼻孔里喷出；他瞪了我半天，才反应过来："是吗？有这事？那你赶快报警啊！"

"对！对！报警……怎么报？"

"打110啊！"

"对，打110！瞧我糊涂的！"

我拿出手机，按了半天；就这仨数，怎么也按不对。

我觉得她的想法太偏执，难怪到现在她还只演配角。我得尽力拉她一把，谁让我是她男朋友呢。我多方为她寻找机会，创造条件，给她引介导演。

这不，正好何大壮在为他的新片四处物色女主角，叫我给撞上了。多好的机会呀，打着灯笼都难找；况且何导对她也挺满意的。你猜她怎么说？她说她担心这部戏会坏了她的戏路子。你说可笑不可笑？

"不可取！不可取！"我把头摇得跟拨浪鼓似的。"非常不可取！你这种担心完全没有必要，只会毁掉自己。作为一个演员必须是一个百变金刚，什么角色都能演；而且要演什么像什么，那才成。"其实这种话我不知跟她说过多少遍了。"话又说回来了，到目前为止，你只演了一些小角色而已，能谈得上什么戏路子？要是现在你就把自己限制在一条道上，你的路子会越走越窄，到最后只有死路一条。"我越发地语重心长起来。"说实话，你现在还没有资格挑戏，只要有戏就上。等你以后真成了大腕，再摆谱也不迟啊！"

"哼！"她不忿地把那美丽的翘鼻子一扬。"你少刺激我啊！"

我的话奏效了。要想拿住一个女人，就得戳到她的痛处，尽管我不忍心这么做，但也是不得已而为之呀。谁叫她这么倔来着。雪上加霜之后，来一番阳光雨露的滋润是极其必要的。我温柔地把她揽在怀里，和风细雨起来：

"菲菲，我觉得你还是很有潜力的，可以说是个大牌明星的坯子。你缺少的就是一个机遇。那些一夜之间走红的，靠的是什么？他们比谁强到哪儿去了？不就是一个机遇吗？我尽力给你创造机会；你呢，每一个到手的机会都要抓住，决不放过，充分展示自己。何大壮也算是一个大导演了吧，捧红过不少演员呢。对于一个演员来说，跟对一个导演是至关重要的。"

"我觉得跟他就没跟对。"她执拗地说。

"你也没跟他合作过，你怎么知道对不对？只有合作过之后才知道。"

"不用合作我就知道。"

"你凭什么这么说？"

"凭直觉。"

"你有什么直觉？"

"说实话，我不喜欢这个人！"她直视着我。

"又是你这该死的脾气！"我真想臭骂她一顿。"菲菲，我真得好好说你几句！你的脾气必须得改一改了！你总是以个人的好恶来对待人和事，太孩子气了。这是极其有害的，只会毁了你。你知道对一个演员来说，最高境界是什么吗？"

"是什么？"

"世界著名的电影表演艺术家奥利弗听说过吧？"

"不就是英国的那个奥利弗吗？演哈姆雷特那个？"

"你还真知道啊？"

"考谁呢？咱也是科班毕业呀！"

"那他的那句名言你知道吗？"

"哪句？"

"当然是关于演员的最高境界那句？"

她被问住了，看着我直瞪眼。

"他是这么说的，他说：'一位电影演员的最高境界就是无我。他永远都像一张白纸，任何一支笔都可以在上面绘出最新最美的图画。'怎么样，这话说得精辟吧？"

"这话我怎么听着这么耳熟啊？好像在哪儿听过。"

"你不熟才怪呢，要不怎么能体现出你也是科班出身啊！"

"你少挤兑我！"她嗔怒道。"我可告诉你，近来我心情不好，你别惹我啊。"

"瞧你，还真生气了！"我把她搂得更紧一些，在她面颊上亲了一下。"怎么一点幽默感都没了？我给你引用这位艺术家的话，就是想说明，当你面对一位导演时，你首先想到的不应该是喜欢不喜欢他，而是他能把你塑造成什么。毕竟，电影是导演的艺术，演员只有通过导演才能实现自身的价值。因此，不论你曾经是什么，面对一位导演时，你都得把自己抹去，任他重新在上面挥洒。这就是电影演员。"

她开始用心听；看来我的话对她起作用了。

"何大壮，我看行。他在电影界还是很有影响的，他拍的片子获奖率很高啊；又是金鸡奖又是百花奖的。只要片子一获奖，主角立马就红了。没准儿这部片子他就让你一炮走红，这也是保不齐的事。"

"我不喜欢他的片子，老在起高调似的；我觉着特别扭。"她现出忧虑。"你说我拍这种片子合适吗？"

"那有什么不合适的？起不起高调那是导演的事，演员只管演戏；你只要按照他的意图把角色演好了，你就算成功。这没什么可顾虑的。只是……只是……"

一时我拿不准下面的话该说不该说。关于这个问题我曾考虑再三，也许她有所耳闻，也许她并不十分清楚。我最终决定还是应该把她可能面临的处境讲清楚，也算给她提个醒；这也是我的责任吧。可话到了嘴边，真有些难于启齿。

"只是什么？……快说！我就讨厌吞吞吐吐。"

"只是……我也有一点担忧。你知道何大壮也是个有名的大花棍，他用过的女演员没跟他有一腿的怕是绝无仅有。你要好自为之啊！"

"你什么意思啊？"她一听就炸了，一把推开我，把那双凤眼瞪成了牛眼。"你明知道他什么人还把我推荐给他？你这不是把我往虎口里送吗？魏天霖，你安的什么心！"

"菲菲，你听我解释，"我耐心劝导说。

到底是警察有威慑力，米警官就一嗓子，门里便有了动静。门锁"咔嗒"一响，我便推门冲了进去。门先是拌了一下，像是撞到了来开门的人，接着便一下子洞开了。那个坏小子就在门边站着呢，腰板挺直，一手还扶在门把手上，另一只手规规矩矩垂在体侧，那姿态倒很像一位训练有素的宾馆服务员在迎接客人；低着头不看人，脸上似笑非笑，跟没事人似的。这流氓！

"就是他！"我立即向随后冲进门来的警察指认罪犯。

"姝妹，你干什么！"

这时我才顾及到她。只见她不慌不忙地从沙发上站起身，款步向我走过来。她神采飘逸，步履轻盈，长发在肩头微微颠动着；脸上带着一种我很少见的冷峻的笑，既像是一种嘲讽，又表现出一股凌然傲气，仿佛是从某本时尚杂志中走出来的一位模特，真可谓是仪态万方。这是我万万没有想到的。我急忙迎上前去。

"菲姐，你没事吧？"我说。

"我好好的，能有什么事？"她冷冷地看了我一眼。"瞧你这咋唬！"

我本想上去给她一个拥抱，安慰安慰她；谁知她竟一把将我推开了，向我身后的米警官走去。

"警官先生，"那语气是甜美而娇媚的。"误会了，真是对不起！"

一走进误秋风酒肆，只觉得眼前唿啦一亮，晃得人眼晕；就像某种爆炸物在引爆的那一刹那间产生的强烈闪光，我甚至感到了那股冲击波的强大威力，只是听不到那声巨响而已。我常称之为无声的爆炸。这是一种预兆或者说信号。我的心立即悬了起来。凭借着我多年的"专业"敏感，我马上意识到，我又将度过一个不平凡的夜晚。

我随即锁定了爆炸源：两个超级美女。

她们坐在尽里边靠窗户的角落里；一个扎着马尾辫，背冲着大门，那背影！那是什么样的背影啊！足以叫你看得扭断脖子，直到撞上电线杆子还醒不过来；她对面那位梳着披肩长发，正好叫我看了个正着。别看我是个"品花大师"（朋友们都这样称呼我），而当我面对一个真正的美女时，我常常处于一种失语状态；我无法用语言描摹出眼前的美色和对这美色的感受；任何语言都废掉了；我能做的只有敞开心灵之窗，让那美色深深地直接撞进我的心灵，把我撞疼，撞伤，撞流血。此刻正是这样，只一个照面，她就狠狠地把我给撞了一家伙；这下撞得可不轻，够我喘半年的。这在我的"品花"生涯中实属罕有。而她却跟没事人似的，胳膊肘挂在桌上，手托着下巴，一副百无聊赖的神气，懒懒散散的样子，似乎对周围的一切毫不在意、漠不关心，根本没注意到自己身上散发出的光彩，正把这间昏暗敝陋的酒吧店堂映得熠熠生辉；更没注意到她身上那股极富杀伤力的冲击波重创了一个无辜的可怜虫。

我捂着胸口，昏头花眼地忍着心头的阵阵创痛，拣了一个离"爆炸源"距离最远的座位（也就是她们的斜对角的座位）坐下。我只觉得仿佛是在逆着那股"冲击波"前行，本想接近目标反而被吹得远离了目标。

"从这个角度进行观察也许更安全些。"我自慰说。"离目标越远越便于接近目标。往往是这样。"

我点了一杯马爹利干邑，一边自酌自饮，一边远远地观察欣赏着她们。对我（一位品花大师）来说，这往往是一段最为美妙因此也是最为短暂的时光：让美酒就着美色入口。我让这种酒、色混合成的美味在口中尽可能地流连：舌面、舌底、舌根、舌两侧，直到香溢满口才徐徐下咽；我尽量控制着咽喉因条件反射而促发的吞咽冲动，让这一小股珍贵的流体自然下滑；这时我的嗓子眼里开始感到一阵灼热；灼热感迅速向下蔓延，浇入创痛的心头，就像一泼油浇在闷烧着的火炭上，胸中猛地燃起一阵火辣辣的心痛。我的视线顿时模糊了。

"太美了！"我禁不住叹息。"这酒色之美！"它总能激起我对生活的强烈憧憬和热爱。

就在我用心品味这热爱的滋味时，脑子并没闲着；我在盘算着下一步的行动方案。尽管我有着无数次的成功经验，心中仍不免打鼓；就像一个好猎手面对一个强大的猎物时，仍免不了要紧张一样。况且她们是两个人，无论我选中哪一个下手（其实我已暗自倾心于那位披肩发），另一个都会从中掣肘；或者干脆两个一网打尽？我不得不承认，在我的品花生涯中尚未取得过这样辉煌的战绩，我担心弄不好很可能会鸡飞蛋打。一时间我陷入了一种两难的困境，一筹莫展。

就在这时，酒客中一个男学生突然跳起来，指着我正心仪的对象大叫。店堂里所有的脑袋都扭过去，我的心也跟着一惊，店堂里一下子就乱起来；有些人已经离开座位围了上去。原来是个影星啊，我说怎么这么亮呢！只听满店堂流传起一个名字：那菲。那菲？我倒真没听说过。不过，那迷人的面容细一端详，倒真有种似曾相识之感了；似乎在某部看得没头没尾的电视剧里见到过；也许在某个洗衣粉或卫生巾的广告里见到过。可也未必，这年头，电视里美女如云，一个赛一个地美，叫你分不清谁是谁。不是有这么句话嘛：美女都是相似的，而丑女各有其丑。不过她们要是从屏幕里走出来，进入现实生活，那就是另外一回事了。美女毕竟是美女。

我心里一下释然了，一股喜悦之情也随之油然而生。真可以说是天助我也：我总是在陷入山重水复之时，意外遭逢柳暗花明。按理说我真应该信个上帝、佛祖或老天爷什么的，时时向他们祷告，求他们保佑；至少在这一时刻说个"谢"字。可是我总拿不定主意信他们哪一个能给我带来更多的实惠；因此每每时来运转之时，我连"谢天谢地"这句最通俗的大白话都没说过。我生怕谢错了地方，显得我这个人不通情理，倒适得其反。也许暗中助我的是魔鬼呢，这也未可知；一个信上帝的朋友曾对我说过，魔鬼助人是从来不图回报的。他的话越发使我心安理得、处之坦然了。

于是我抓住时机，也混进满店堂乱哄哄的人群，跟着他们排起了队；趁排队这工夫，我还跑到街上，在附近的一家花店里买了一大束鲜花，外加十块钱买个特漂亮的本子。等轮到我时，我把一直藏在身后的鲜花猛然捧到她面前，同时清晰响亮地报出自己的大名：

"你最忠实的粉丝汪大卫向你致意！"

这束花果然起到了意想不到的效果。满店堂顿时掌声雷动，欢呼声唿哨声响成一片。那张早已深深印入我的心魂的面容，那张被影迷们捧成了桃花的面容，一下子被我这一大束繁盛的鲜花点燃了，红得就像燃烧的火焰，红得就像西天的云霞，红得就像我献给她的玫瑰。她给我签名时，她的手不停地在颤抖，抖得笔画一波三折。我发现我在跟她一起抖：我们在按照同一节律一起颤抖。

她在递还我本子时，我是连同她的手一同接住的；一同接住的还有她那热烈的目光。就在我们四目相接时，我适时使出我的看家本事"勾魂眼"（这是我在多年的品花生涯中修炼成的法术，没有哪个女人能逃得过它的魔力），就像一条蛇慑住一只可爱的小白兔；立时我们的目光交织纠缠在一处，难解难分；同时伴着电火花的噼啪飞溅，一股强电流在我俩之间往来传递。心中的那个伤痛就像一个孕育成熟了的生命，迫不及待地要实现它的自由意志似的，打我嘴里脱口而出；又像一条蛇在获取猎物时喷射出的致命毒液：

"菲菲，我爱你！"

我再一次赢得了满堂喝彩。可我对这种廉价的喝彩是十分不屑的。他们是在为我喝彩吗？深深压在他们每个人心底里的欲望，在我口中获得了表达，如此而已。

这群面瓜，真没用！

我曾明确向她表示过，我这部新片的女一号非她莫属了，好叫她踏踏实实地安下心来拍戏。可我老觉得她意意思思的，叫人不爽。我以为她是缺乏自信的缘故；毕竟是个演惯了配角的演员，叫她从惯有的角色意识中走出来不是件容易的事。以前我也遇到过这种情况。造就一位新人得下工夫啊！我不停地启发她，鼓励她，诱导她。我对她还是充满信心的。

　　我对这部新片寄予了厚望。就剧本而言，它应该是近年来同类题材中的翘楚。它说的是儿科医生秦琼不图私利，忘我工作，克服了常人难以想象的压力和困难，以救死扶伤为己任，一心为患儿着想，使一个个危病中的孩子重获新生的感人故事。我在导演阐述中这样写道："该片质朴无华，源于生活（它取材于真人真事）又高度凝练；情节舒缓而又紧凑；故事内容贴近现实（都是发生在人们身边的凡人琐事），给人一种浓重的现实感；但是在这表面平淡无奇的生活流下，却涌动着一股热爱生命的激情，昂扬着一种奋发向上的崇高精神。正是这股激情和这种精神动人心弦，催人泪下……"影片要是拍摄成功，将赚足观众的眼泪。这正是我所期望的。

　　这部戏对演员（特别是女主角）的要求很高：她的表演要自然、准确、到位，同时又不能留下一丝一毫造作的痕迹；她必须做到内在与外在的高度统一。我之所以选中她做该片的女主角，是因为她的气质与我心目中的秦琼医生十分契合。

　　我的副导演和摄影师从一开始就对我的选择抱有微词。他们说我选演员只看脸蛋（他们是背着我这么说的。他们背着我说什么我都知道）。以往的事实无数次证明了我的选择的正确性，因此我不在乎人们说我什么。我的片子我自己做主。我倒要叫他们看看我选演员是不是只看脸蛋。我特意在镜头前磨去她身上那种无关紧要的漂亮，以适合人物的需要。不过让我想不到的是，一开机，她着实给我来了个下马威：她的感觉完全不对头。我估计他们都看出来了。

　　"你不要老端着架子，"我说。"怎么老跟刘胡兰英勇就义似的！把感觉放平了。"

　　"导演，您不是说要表现出人物的崇高感吗？"她说。

　　"这话没错。"我说，直视着她的眼睛；我给演员说戏时都是这样，这便于与他们进行心对心的交流。作为一个导演，不仅要做到嘴到、眼到，更要心到。只有同演员由内而外地相契合，他们才能更好地把你的思想表达出来。"不过这种崇高感不表现在人物的举手投足上。你要是这么理解的话，就太表面化，太肤浅了。秦医生的崇高是她内心世界的一种自然而然的外化；她根本没有觉得自己是崇高的。所以你一刻意去表现它就不对了。"

"您不是说秦医生是我们时代的英雄吗？"她回望着我。她的眼神中流露出一种倔强和执拗，就像一匹没被驯化的野马对它的新主人的那种怀疑的惕视（这对于一位演员来说是最要不得的，我得尽快帮她克服掉）。"既是英雄，在言谈举止上总不该像我们一般人那样水水塌塌的吧？"

"你心目中的英雄什么样？是不是一开口就是豪言壮语，一抬手就能排山倒海那种？"我调侃说，"小那同志，你说你年纪轻轻的，关于英雄的观念也未免太陈旧了吧？"

"这都是我们受的教育好！"她调皮地一吐舌头，样子十分可爱。

"不行啊！"我半开玩笑地说。"你首先得转变观念啊！你以为只有战争年代有英雄，和平年代就没有英雄吗？"

"和平年代也有英雄？"她笑着试探地问。

"当然！每个时代都有每个时代的英雄。不过每个时代关于英雄的概念是不同的。我们这个时代的英雄你不可能要求他去用身体堵枪眼或面对敌人屠刀挺身而出救群众。他没有那种社会环境。他面对的是日常工作和生活，所以他跟我们普通人没什么两样；或者说他就是一个普通人。他跟我们一样每天上班，下班，吃喝拉撒，儿女情长；你见谁生活中整天雄赳赳气昂昂的，跟要英勇就义似的？你那样生活吗？傻不傻呀？"

她被我给说乐了。

"秦琼大夫就是一个普通人，一个我们生活中随处可见的普通劳动者。你在表现这一人物的时候，切不可刻意拔高，生活中什么样就什么样，越朴实越好。"

"可是导演，"她天真而又不屈地看着我。"您不是说在整部影片中那种崇高感无处不在吗？要是越朴实越好的话，如何才能见崇高呢？"

"这个问题问得好！"我大声说，以示鼓励。"这说明你在动脑思考，也说明我的话你都记住了。可是你只记住了上半句，还有下半句呢？"

"下半句？"她仰起头来眨着眼想。"无处在？"

"你把整句话连起来说。"

"无处不在，无处在。"

"这回就对了！"我说。"这句话必须说完整，否则意思就变了。"

"导演，"她语调中掺入了娇嗔的恳求，"我还是不明白。"

"好吧，我再跟你强调一遍啊！"我目光坚定地看着她的眼睛，一直看进那乌眸的深处。"秦医生是个当代英雄，这没问题；但首先她是个普通人，是个跟你我一样的普通人。你在表现这一人物时千万不能把她跟什么英雄人物联系起来。那就太虚假了。她没有任何惊天动地的壮举，没有任何掷地有声的豪言壮语；她平凡得在我们周围随处可见。但同时她又是崇高的；她崇高就崇高在对工作的兢兢业业上和默默奉献上；不图名不图利。她这种敬业精神达到了忘我的境界，这是我们一般人做不到的，但这对她来说却是自然而然的事。因此，你在她身上看不到什么我们所谓崇高的东西；你一看她，只不过是个普通的中年妇女，甚至还一脸的憔悴和疲惫；但你一旦了解了她的事迹，你心中就不由得对她肃然起敬，那种动人的崇高感便像空气一样均匀地弥散在她周围……"

我就这样不厌其烦地翻来覆去跟她说，就像一个碎嘴的老婆婆。这种情况以前我也遇到过，可是像她这么不开悟这么难缠的女演员我还是头一次碰到。大多时候我们在镜头前不是在拍戏，而是在说戏；有时一个一分钟的镜头得说上一个来小时。有时说得他们都离开现场一边凉快去了，就剩下我们俩人在那儿说。我发觉在她的思维观念中存在着一种难以去除的固执。但这并不意味着（就像有些人说的那样，我知道他们都在看我的笑话），我的选择是一个错误；正相反，从那种固执底下，我看到了一种超乎寻常的巨大潜能；那种固执就像一块顽石一样压制住了这份潜能的发挥。我的工作就是磨掉顽石，焕发出潜能。到那时，呈现在我眼前（特别是观众们眼前）的，将是一颗光彩夺目的明星。我对她，也对我自己，充满信心。造就一颗明星容易吗！都说导演无限风光，有谁知道他们经受的磨难？当然，成功的喜悦的大小总是与经受磨难的程度成正比的。我终会得到报偿。

有时候说了一天的戏，我似乎还嫌不够；为了保证第二天的拍摄，我想把说戏的工作安排在当晚收工后来进行。这样我不得不跟她单独约时间。

"菲菲，"晚饭后我叫住她。"休息一下，一会儿你到我那里去，我再给你说说戏。"

"哎呀，导演！"她竟失声惊呼了；脸涨红起来，红得像一朵热情的玫瑰。

我就知道这戏远没说到时候，还得继续说啊。

门里一有动静，赵姝妹噌地一下就钻到我前面去了，猴急猴急的，想拦她都不给我工夫。我刚想说："大家都往后靠啊！"她已经冲过去了。依我多年公安的经验，在这种情况下是十分不宜贸然挺进的：假如犯罪分子负隅顽抗的话，冲在头里的肯定是最危险的。可是她已经冲上去了，我们还能往后靠吗？

一股污浊的酒气从屋里迎面扑来。屋里是开着灯的，灯光昏暗，不过一切都还看得清。她指着来开门的人就嚷："就是他！"

我朝那个被指认的罪犯看去。小伙子一米八的个头，长得浓眉大眼，头发浓密而又卷曲，颇为帅气。他看我一眼就低下了头，像个挨了霜的茄子，又蔫又瘪，一副垂头丧气的样子；脸上似笑不笑，既像是要讨好人又像时刻准备着挨抽。与其说他是个罪犯，倒不如说他是个自知做错了事的乖孩子。

屋里陈设很简单：一张长沙发（上面正端坐着一位漂亮姑娘），一个茶几，对面是一套卡拉OK的音响设备；屋角里立着一个衣帽架；茶几上很乱，杯子盘子酒瓶子及吃剩下的东西，乱糟糟的一堆。这屋子里没有窗户，墙上挂了个窗框子，那是装饰。这里的地形我很熟，这一带的地形我都很熟。胡老板说得对，任何一个罪犯在这间房里都只能是笼中之鸟，有翅难逃。不过，屋子里并没有明显施暴的痕迹。

一见我们进来，坐在沙发上的那个漂亮姑娘就站起来了。显然她对赵姝妹的指认颇为不满，冲她嚷起来："姝妹，你干什么！"我刚要查验那小伙子的身份，她已经走到我面前。

"警官先生，真对不起，这实在是一场误会！"

我一时没搞清楚她脸上的红晕是喝酒喝的，还是因为情绪激动；只是觉得看我的那双眼睛极为媚气，甚至可以说是妖媚；我感到那眼波的侵袭，令我眼晕，就像突然面临一道万丈深渊。我稳住心神，拿出警察特有的生冷：

"误会？你们俩到底什么关系？"

"我们俩是朋友！"她媚笑道。

"你的名字？"

"我叫那菲！"媚眼发出更热切的眼波，似乎坚决要把我的生冷煮成熟饭。

"职业？"

"演员。"

"你的名字？"我转向那个小伙子。

"他叫汪大卫！"她抢言道。

"我没问你，"我厉声道。"他会不会说话？叫他自己说。你的名字？"

他仍旧低着头，一脸的讪笑，就像一个明知自己做了坏事被当场逮住又想抵赖的顽童。她一把抓住他的胳膊摇着说："熊样！刚才那股劲头都哪儿去了？说话呀！警官问你话呢！"

他抬头看了看她，又看了看我，才说："我叫汪大卫！"

"职业？"

他又吞吐了一阵，"造型师。"

"身份证！"我不耐烦起来。"你们俩的。"

他们两人又翻口袋又翻包，翻了半天才掏出各自的身份证递给我；我接过来看了看，又转递给身边的小储。"你做一下记录。"接着又转向两位当事人。"你们既然是朋友关系，为什么又要报案？"

"警官先生，一定是误会了。"那眼波一汩汩地荡过来，我就是那眼波中一只随波漂荡的孤舟。

"菲姐，这到底是怎么回事啊？"赵姝妹在一旁叫道。

"姝妹，都是你！"她责怪她说。"听风就是雨，也不问个青红皂白，净给警察添乱。"然后又转向我说，"警官先生，是这么回事：今天晚上我跟我这位妹妹来这儿喝酒，谁承想遇到了汪大卫；一见面我们都有种触电之感；一晚上我们相处得很愉快，再加上喝了点酒，言行都有点过火，我这位妹妹就错误地理解了事情的含义。是这么回事吧，大卫？"

她仰起头来，含情脉脉地望他。

"是这么回事！"他深情地回望着她。

"这么说你们是自愿的了？"我问。

"警官先生，您这话问得十分不得体。"一直羞不嗒嗒的汪大卫突然慷慨起来。"什么叫自愿的？我们是一见钟情。我很爱她，她也爱我。"

"还轮不到你说话呢！"我厉声说。

"轮到轮不到都是这么回事。"

"大卫，你别跟警官先生顶嘴！"她说。"警官先生，我承认这事我们做得有些莽撞了，但人在感情冲动时往往就不那么理智了，我希望您能理解并凉解我们……再者说，他很吸引我。您不觉得他很帅吗，警官先生？"

她脸上又飞起一层更深的红晕，送出一阵俏皮挑逗的眼波。

我冷着脸扭过头去，稳了稳心神，顽强抵抗着她的侵扰。

"可是，菲姐……"赵姝妹在一旁说。

"可是什么？你还不向警官先生道歉？本来平安无事，这个乱子都是你惹起来的。"

"我……我……"

"瞧瞧，我说什么来着！"一直没言声的胡老板在一旁摊着手说。"我说什么来着！"

我白了他一眼，转向赵姝妹，"在整个这一晚上的活动中，你发现那菲和汪大卫的关系超出了和一般影迷的关系吗？"

"我当时没往这方面想。现在回想起来……好像是有那么点……"

"你别好像。能不能举几个具体例子，说明他们俩关系非同一般？"

"比如说签名的时候，他突然捧出一大抱鲜花来，让她特别兴奋，眼睛直放光，还和他拥抱了呢。他是她唯一拥抱的影迷。还有就是，喝酒的时候，别的影迷给她敬酒，他老是护着她；后来跳舞的时候，他俩一直撵在一起，我几次想叫她走都插不上话；我看出来，别的影迷大受冷落，都挺没趣的。可是我没想那菲姐会对他有什么意思，只是觉得这小子挺能黏糊的，属于赖皮缠那种……"

"你说谁是赖皮缠？"汪大卫不乐意了，冲她瞪起了眼。

"不管说你是赖皮缠还是癞蛤蟆你先听着，还轮不到你说话呢。"我说。"胡老板，现在该轮到你说了。据你的观察，你觉得他们俩到底有没有那种意思？"

他还没说话，鼻子眼睛先挤到了一块，咧着大嘴，点头哈腰的。

"米警官，您问我这问题，正是我想跟您说的。要我怎么一听这小妹妹说那事，我觉得不可能呢。他们俩在一块那叫一个近乎，我都不敢拿正眼瞧他们；开始我就以为他们俩是一对儿。我给他们上酒的时候……"

这时候，我的手机响了。

他们把桌子拼了起来，围成一圈，喝起来热闹。那演电影的丫头被拥为上座，她那什么妹妹坐她右首，她男朋友坐她左首；其他人依次就座。这酒喝得这叫一个闹；我这店里从没这么闹过。闹归闹，我心里这乐呀！酒不是论杯往上招呼了，而是一瓶一瓶的；真没见过这么喝酒的。一瓶酒上去，转圈一轮，没了；再来一瓶……举杯，吆喝，劝酒，拍照、合影。没的说，都是冲那电影明星去的。不行，我得表示表示，我要让他们知道知道我胡老板：我胡老板可是个有情有义的人。我当即拎瓶酒就过去了。我一寻思，既然做人情就做到底，这酒我得亲自给他们斟到杯子里。那么这酒从哪儿开始斟就有个讲究。无疑的，这酒桌上那位电影明星丫头占主位，当然是得从她这儿开始啊！我就拎着酒瓶子奔她去了。她正好背冲着吧台坐着，我走到她身后。这酒桌上正你来我往大呼小叫喝得热闹。其实我也没想到，就不经意间瞥了一眼；我本来是想瞄一眼脚底下，别磕着绊着什么的。就这一眼不要紧，你们猜我看到什么了？这事我本来不想说，但为了澄清事实，我又不得不说：那小子的右手正放在她的大腿上，插在她裙子底下摩摩挲挲。当时给我臊得，真想找个地缝钻进去。我多倒霉，这事怎么就让我给撞见了！弄得我进退两难，怎么都不是。可是我又走到这儿了，只好讪着脸皮，装作什么都没看见。

"来来来，各位！"我把酒瓶举起来。"作为'误秋风'的老板，对深受广大影迷钟爱的明星那菲小姐光临本店表示热烈欢迎；也对各位朋友给小店的支持深表感谢。我特地为大家奉上一份薄礼，一瓶上好的苏格兰威士忌，供大家享用。来来来，让我给大家把酒斟上。"

我先拿起她的杯子。她麻溜站起来；我留意到她打掉了粘在她大腿上的那只手。她脸色通红，不知是喝酒喝的还是因为意识到我可能看见了她大腿上那只手。她双手捧住杯子，对我笑着。那笑别提多好看了，我几乎当即就昏了头。

"您就是'误秋风'的老板呀！我来过几次了，今天真是幸会。您这家店搞得真不错，名气越来越大了。"

"哪里呀！还不都亏了您的支持。往后还请多多光临。"

"请问您贵姓？"她问。

"免贵姓胡。您就叫我胡老板好啦！"

"好！多谢胡老板款待。祝您生意兴隆！"她举杯示意。

"多谢多谢！"

我把酒依次斟下去，最后又回到她另一侧；我也拿过一个杯子，倒了点酒，举起来。我一搭眼，那只手又回到她大腿上了。我假装什么都没看见，一副若无其事的样子。

"来吧，"我说。"为今天的欢聚，共度这美好春宵，干杯！"

"谢谢胡老板！"

"干杯！"

"干杯！"

店堂响起一片呼应。我们还一起合了个影。一回头我心里这个气。你说他们也都是有身份的人，怎么就大庭广众之下干这事呢？你们愿意相好，回去找个地方爱怎么搞怎么搞，谁都管不着，也不至于急得……最关键的，这是在我的店里；要搁别的事，比如说偷包行窃、打架斗殴什么的，我肯定二话不说站出来，当众制止。可偏偏是这种恶心事，我说得出口吗？捅出来叫谁脸上都挂不住。

她着实叫我吃了一惊。她竟是这种人，这是我最没想到的事。我们交往这么些年了，我还很自信，以为在这个世界上我是最了解她的人呢；甚至于她的男朋友（无论是过去的还是现在的）都不如我了解她。这回我的这种自信受到了沉重打击。从前要是有人说她干出这种事来，我无论如何也不信；可现在是我亲眼所见，亲耳所闻，又是她亲口承认，我还有什么理由不信的？

叫我吃惊的不是她是哪种人或干了什么事，而是她的变化，确切地说是她前后的反差。这种反差如此强烈，这是我没想到的。好像我所认识的那菲跟眼前的那菲是完全不相干的两个人。我所认识的那菲绝不是个好感情冲动的人；她可不像我们一般的女孩子那样，会为一个帅哥一类的男人所颠倒，更不会为男人们那火炭般焦灼的目光所点燃，要不她早给烧死了，还能活到今天？至于说随便跟哪个男人上床，那只能是笑谈。在我们圈子里认识她的人都知道她是个冰美人：让别人去燃烧吧，我自冷若冰霜。其实这是人们对她的误解，关于这方面的问题我们没少探讨。对她来讲，情感跟肉体是一体的，是不可分割的；她不可能不动感情地把肉体献出去；而能够叫她动感情的男人少之又少，因此她也就绝少肉体的付出。有多少不顾她的感情而只想品尝她这块天鹅肉的导演碰了她的钉子啊！可是导演们仍旧不屈不挠，前赴后继，顽强拼搏，非要把这道美味吃到嘴不可。真是精神可嘉呀！

就说我们的何导演吧，虽然口口声声说一切都是为了拍戏，可是谁看不出来他一门心思都用在了她身上？那哪叫拍戏呀？光看他跟她在摄影机前面没完没了地说；你看他那眼睛，直勾勾地盯着她，直冒绿光，恨不能一口把她活吞了。我觉得大家都抱着一种看热闹的心态，就像在看一场激烈的竞赛；甚至有人下了赌注，有的赌他准输，有的赌他能得手；还有人赌她到底能坚持多久。

我把在她背后发生的这些事统统都告诉她了。她听后，只在她那迷人的鼻子里哼了一声："真无聊！"

她时常跟我说，她太累了，真想甩手不干了，去过一种清静平淡的日子。可我知道，她不过在说气话而已。她是在不忿，她是在气不过。凭什么她就不能成功？她太渴望成功了；她太渴望鲜花、掌声和闪光灯了；这种渴望太强烈，她想不干都不成，她由不得自己。今天她不就是进行了一次成功的演练吗？你瞧她那劲头，你瞧她那表情，脸蛋都乐成了一朵玫瑰花。我没见她这么高兴过，都快不认识她了。可话又说回来，原来我就认识她吗？我脑子里突然产生了这个疑问。对这个问题我就像一只被扎了一锥子的气球，瘪了；我变得一点没有自信。我开始问自己："她嘴上说的和心里想的是一回事吗？或者说她心里想的和实际上做的是一回事吗？"人是具有多面性的，他那真实的自我往往是深藏不露，时常连他自己也认识不到的；要不哲学家们怎么会教导人们要努力认识自己呢？只有在特殊情况下，比如受到外界的强烈冲击时，才能剥去平日的伪装，显露出本来面目。这么说来，我以往对她的了解只是一个表象？今天她才撕去假面，向我露出真容？麻烦的是我现在不知道该怎么对待她了，甚至不知道怎么跟她相处了。我以为是在帮助她呢，而实际却是在给她找麻烦，甚或是在害她。今儿这事不就是一个明显的例子吗？人俩是在相好呢，而我却扮演了个搅局的角色。我怎么这么没眼力见儿啊！明摆着，是我把事给搞砸了。她让我出面道歉挽回局面，一点都不为过。那就踏踏实实认个错吧。

"米警官，实在对不起！是我……"

这时我的手机响了。我掏出来一看，是我老婆的电话；我刚"喂"了两声，突然就断掉了，手机没电了。胡老板、赵姝妹和小储几乎同时把电话递了过来。我接过小储的电话，打了回去。

"你赶紧过来吧！"她焦急地说，声音很响；似乎是寂静的夜把电话的声音放大了，使整个房间里都听得见。"咱爸又不行了！"

"那你赶快叫大夫啊！"

"叫了，正忙着抢救呢！"

"那不就行了吗！医院里那么多医生护士呢，其实我过去也起不了什么作用。我这儿正忙着呢。"

"你还是过来吧。我看这次挺玄的。万一过不来呢？"

"有你在那儿就行了。我这儿有一起案子……"

"你少啰嗦，是你爸又不是我爸！"她跟我急了。"在这节骨眼儿上，你当儿子的不在跟前算怎么回事啊？赶紧过来！"

"好吧！我正处理一起报安，等处理完……"

我话说了半截，电话那头已经挂了。我把手机还给小储。

"怎么啦，米警官？"胡老板关切地问。"是不是家里有病人啊？"

"唉，我们家老爷子！"我说。"这不，前些日子刚住进去嘛！都抢救好几回了。身边整天离不开个人，最近我净在医院泡着了。白天刚在那边上完班，晚上这不就跑你这儿上班来了。"

"瞧这不巧劲儿的！"他又满脸挤出笑来。"看来今天真是不该打扰您。我代表本小店向您道歉。您挺忙的，今天就不多留您了，照顾老爷子要紧。等哪天您闲了再过来，我请您喝酒。"

我不喜欢他跟我套近乎，摆手笑道，"喝酒就免了吧。"又转向几位当事人说，"我看要不这样吧，你们几个跟我到所里走一趟，把事情经过再进一步说说清楚，做个详细的笔录。胡老板，你也一起去，毕竟事情是在你的店里发生的，怎么样？"

其实我心里明镜似的，我不会把他们任何一位往所里带；带去了又能怎么样？做了详细笔录又能怎么样？我不能把他们中的任何一位怎么样，只能是徒然地给我们本来已经很繁重的工作增加一份负担。我不过这么一说。我还必须这么说。这是工作程序的需要，这预示着我已给本案画上了一个句号，我要体面地打本案中脱身了；另一方面，我要看看他们的反应；我知道我的话是有分量的，这分量压在他们身上会产生不同的效果，特别是在她身上产生的效果，叫我心旷神怡。果然，我预期的效果立马显现出来。

"哎呀，米警官！"她惊呼起来；这惊呼娇柔妩媚之极，我的心酥地一阵麻热，立刻就软了；我已在这天下至柔的妩媚中化掉，而挺立着的不过是一个刚健的躯壳。"我看这就不必了吧？事情不是已经很清楚了吗？这实在是一场误会。就不给您添麻烦了，您家里还有急事，赶快忙您的去。这件事就到此为止，不必再追究了，行吗？求您了！"她抓住我的胳膊，那眼波从睫毛底下一汩汩向我荡来，我就是那波浪上一只飘摇着的无依无靠的孤舟。

胡老板也笑嘻嘻插嘴说："米警官，事情已然很清楚，这就是一场误会。这位小妹妹太冲动了。刚才我还跟她说呢，我这小店是咱这片的治安模范单位；在我的店里，顾客的权益完全是有保障的，绝不会发生那种事情……米警官啊，您看这样成不成，您要是信得过我，也看在咱们这么些年交情的份上，我替我这三位客人向您求个情，今儿这事就到此为止。您工作挺忙的，家里还有急事，天也这么晚了，您就不必费心了。事情都是这位小妹妹引起的，叫她给您道个歉。您看行吗？"

到底是胡老板，真会做人，给我搭了一个这么完美的台阶，叫我能舒舒服服地走下去。不过我还是应该显得深沉一点。我仍绷着脸，一句话不说。

"赶紧向米警官道歉。"胡老板捅着赵姝妹。

"是啊，姝妹，还不赶紧向米警官道歉！"那菲摇着我的胳膊。

"米警官，真对不起，是我搞错了，误报了案情，给您添麻烦了，请您原谅！"她正儿八经地给我来了个九十度的鞠躬。

我这才笑着摆了摆手："胡老板我当然信得过。不过，我也得批评你们几句。110是件严肃的事情，不能当做儿戏，更不是娱乐热线，可以随便打着玩。谎报案情是要负法律责任的。你们都是成年人，应该明白这个道理。今天这事也算给你们一个教训。都记住了？"

"记住了！"他们齐声做答。

"好啦，时间不早了，你们赶快回去吧！"我转向小储。"我们走！"

我毅然转身走出门去。那股媚气仍旧在心里深深把我缠绕，想把我拉回去；可我很清楚，必须理智，无论她多么妩媚妖娆，都与我毫不相干；我必须毫不留情地斩断她的"魔爪"。她最后向我发出了道别的动人召唤，我头都没回。

胡老板颠儿巴颠儿巴地跟出来，还在我耳边嘟啵："今儿这事啊，说破大天，顶多算得上一场风花雪月的事，都是年轻人嘛，可以理解。在我这店里，您放心，绝对安全。我这块牌子可不是白挂的。"

来到楼下，他特意指着那块让他自豪的牌子给我看。那块牌子也的确醒目，在幽暗的夜色中闪闪发光。

"您记得不记得，这块牌子还是您亲手挂上去的呢？"

"是吗？"我说。

其实我脑子很清楚，就是身体动弹不得；就好像睡觉没睡好，魇住了似的；我觉得这是一场梦魇，或者说，我希望这是一场梦魇：一睁开眼，一切都烟消云散了，一切都不曾发生。可是我脑子很清楚。

发生梦魇的时候，往往会产生一种灵魂与肉体脱离之感，那个身体好像是别人的，跟你毫无联系；而你只能在一旁看着，一点也奈何不了它。这时，我发现在一个角落里一个模样怪异的彪形大汉正觊觎着我。我怕极了，想抽身跑开，可是浑身像被定住了一样，手脚都一动不能动。再说，那彪形大汉像影子一样，行动相当迅速；我刚一想到要跑他已经向我压下来。我便惊恐地大叫起来。根据我的经验，只要我一喊出来，梦魇就会给打破，我就会醒过来。我可嗓子喊，并努力蹬腿睁眼。我也不知道喊出来没有，或许眼睛本来就是睁着的，而身体却一动不能动。总之，我这么一挣扎不要紧，反倒好像脱掉了一身衣服似的：我把身体留下了，而自己却溜走了。那个与我密切相关又毫无联系的身体被压住了。我要把他搬开；我的手臂之于他就像一根羽毛之于一块磐石，他自岿然不动。我知道我难逃这一劫了。我很清楚他要干什么。他的目标不过是我留下的那具肉体，而我自己已经安全逃离了，我没必要害怕，我这样安慰自己；就像看着事情发生在别人身上一样，而事情一旦切实地发生了，也就没什么可怕的了。这就好比是蹦极：当你站在高处向脚下望去时，那极大的落差叫你心惊胆战、头晕目眩；而你一旦跳下去，就会感到激情澎湃的快乐。人们都

里外都是戏

139

这么说。我一直想蹦极，体验一下这种现代极限运动的乐趣，可是始终克服不了那种恐惧感。那就让他一脚把我踹下去吧。事情到了这一步，只能豁出去了。那些人不都是这样开始蹦极的吗？我眼睁睁地看着他把我的身体踹了下去，可我自己同样感受到了疾速的坠落，不由得尖叫起来。

他那张面具似的苍白的脸开始上下晃动，灯在晃动，屋顶在晃动；一上一下，一上一下。我的心随着上上下下地忽悠起来。

有人在叫，声音极远极弱，可是却听得相当真切。我脑子很清楚，我知道她要干什么。我对她说，你不用叫，叫也没用；再叫，全世界都知道了。不过也许是我自己在叫吧。我脑子很清楚。我知道这都是因为喝酒，是喝酒惹的祸。我觉得很对不住他。

我错了！我主动承认错误。我再不喝酒了！

喝就喝了吧，没什么大不了的！他冲我抬起头来，脸上温和宽厚地笑着；那把特有艺术气质的大胡子上沾着啤酒沫（或者说看起来像啤酒沫）；光秃秃的头顶反射着亮光。他竟没有生气！是因为他自己也喝酒了吗？他待人一向很温和，又有耐心，特别是给我导戏的时候尤其如此；为了让我更好地表现他的构想，一个镜头他能跟我说上十遍百遍。不过我们大家都知道，在那温和背后，隐藏着一种威严，那是决不容冒犯的。有见过他发怒的人，说那简直就是一头狮子，可一般情况下他只是一只温存的大猫。大导演都这样。我不敢看他的眼睛。那是狮子的眼睛。

我还是听见她在远处大喊大叫。别叫了，我对她说，没用的！只能把事情搞糟。你想让全世界都知道啊？可是我自己也禁不住大喊大叫。我看着自己的身体坠落下去，又弹起来，又坠落下去，荡秋千似的上下颠荡。这全由他来操控。他说他要我尝尝那种滋味。我的心跟着上下直忽悠。我真担心他把我的身体给搞坏了，我那世上唯一的、美丽的、娇贵的肉身；我的无价的财宝。我吓死了，不停地叫：行了！行了！够了！

不行！他说。还远远不够！

灯在上下晃悠，那张脸（像一个用绳子吊着的面具）也在上下晃悠，整个屋顶都在晃悠。我尽力避免看那双眼睛。

还不够吗？我说。你看我究竟差在哪儿呢？

我觉得问题的关键在于你对角色的理解不够透彻，他说。

我也发觉是这么回事。我说。作为一个女人，怎么能做出那些事来呢？我也是个女人，那些事我连想都没想过。我觉得不可能。

不是那些事，他纠正说。是那些事迹。

对，是事迹！我说。对不起！我感到有些惭愧。

这就是崇高和凡俗之间的差别！他说。而且你也不感到钦佩，是不是？

钦佩是钦佩，我尴尬起来。但是我不会那么做。我做不到。

你发现没有？你在谈论角色时总是"我"、"我"的；"我"怎么样怎么样，他说。你在角色中总是带着你那个"自我"的意识。你这样怎么能理解角色呢？更何谈进入角色？

那怎样才能进入角色呢？我焦急起来；演了这么多年的戏，突然发觉自己原来一直是个外行。

摈弃你那一己自我！他目光坚定地盯住我，口气同样坚定地说。把自己变成一张白纸，一张可以反复擦写的白纸。

每一次都可以在上面绘出最新最美的图画！我有所领悟地接言道。

对喽！他满意地笑了。这样你就可以进入角色，很好地表现角色了。

那么，怎样才能摈弃自我呢？

这是一个最根本的问题，嗯……他现出沉思状；那张脸停止了晃动，秃头上那块光斑也静止了。咱们打个比方吧。你蹦过极吗？

没有！其实我一直想尝试一下，可是我一想就害怕。

咱们想象一下啊，你现在已站在那个高台子上了，正准备起跳。请你告诉我，你有什么感觉？

我感到头晕，我说，晕得厉害。我恶心；不行我支持不住了；我要完蛋了！那张苍白的面具似的脸又晃动起来，一上一下；灯在晃动，房顶在晃动，整个世界都在晃动。我的心上下直忽悠。

这就对了！他说。这就是我们通常所说的恐高症。面对崇高我们会产生同样的晕眩感。在这种情况下向前跨出一步是需要极大的勇气的。你跨出了这一步，也就彻底摆脱了你那狭小的自我的束缚，你会发觉在你眼前豁然展现出一片前所未有的新天地。你感觉好像是在向下坠落，其实你是在向上飞升，向着崇高飞升。

既坠落也飞升。落下去，升起来，景物在我眼前全都变了形，给拉成了一条条线。我不敢睁眼；我晕得厉害；我觉得恶心；我快要不行了。我不停地叫：够了够了，你有完没完！

不行！这才哪儿到哪儿啊？还差得远呢！

但最起码，通过今天这件事，我增强了自信心。我表示说，我明白了该如何演好自己的角色。

我本来对你就是充满信心的，他说。其实你不光是在演好这个角色，对你自己的人生也是一次提升。我相信通过拍这部片子，你会得到一次心灵上的洗礼。凡是跟我拍过片子的演员都说，在片子拍完后，他们都感觉到经受了一次灵魂上的洗礼。

我也能经受一次这样的洗礼吗？我问。

怎么不能？我对你充满信心。

那太好了！我也要，我也要！

不过，他温厚地笑起来，冲我抬起长满大胡子的脸，目光深邃而坚定。菲菲，你又不能把受洗礼当做一个既定目标。它其实是一个副产品，它是随着演员对角色体验的深入而实现的。你把这个角色演成功了，自然而然会得到这一结果。

啊，我明白了！我说。你讲得真好！

现在感觉怎么样了？

嗯！现在感觉好多了。

灯在晃动，屋顶在晃动，那张苍白的面具脸在晃动；不过我的心不那么上下忽悠了，头也不那么晕了。我开始有点喜欢这张脸了。可是我还是听见有人在叫。别再叫了！再叫全世界都知道了！是我自己在叫吗？

你叫得真好听！他说。

是吗？我说。你再跟我讲一讲吧，你的话对我很有启发。

好啊！

夜就像一潭被搅混的死水，待脚步声远去了，在楼道里落下一串空荡荡的足音，夜幕才又四合，抹掉了世上的一切印迹，耳际瞬间干净了，除了人的鼻息和心跳。我们仨在屋子当间呆立不动，谁也不看谁，仿佛被这浓重的沉寂给镇住了。

我撑不住了，不禁轻轻地叫了一声："哦，亲爱的！"

谁知这一声轻轻的，竟如雷贯耳。只觉得耳畔刮起一阵风似的，她的手又凉又软从我脸上掠过，接着是一声嘹亮的脆响，把深沉的夜撕开了一道口子，从这道裂口中散落出无数的星星。手掠过处留下了又麻又烫的感觉。

"戏演完了！"她厉声吼道，恶狠狠地瞪着我，跟她一分钟前的那副娇媚模样截然相反。她的脸相变换如此之迅速，真令我吃惊。不过话说回来，她变出何种脸相都迷人，我都喜欢；每种脸相都有其独特的韵味。

"你干吗打我？"我捂着腮帮子委屈地说。"我可都是按你的要求做的呀。我们配合得不是很好吗？"

"好你个鬼！臭流氓，想占我的便宜，没那么容易！我要叫你领教领教姑奶奶的厉害！"她指着我的鼻子大骂。"妹妹，把门关上！"

"菲姐，这到底是怎么回事啊？"

这一响亮的大嘴巴，与其说打蒙了我，不如说打蒙了赵妹妹。瞧她晕头晕脑站在那里，好像明知世界乾坤颠倒而又闷得说不出个所以然的傻样，真是又可乐又可爱。我真想连她一块疏弄了。不过又一想，这妞儿也挺可恨。要不是她这一晚上老在旁边碍手碍脚，我跟她菲姐也不至于在这间破包房的沙发上受委屈，我早把她带到我那张宽敞舒适的大床上去了，就像我无数次带上去的姑娘们一样；说不准我们此刻还在枕衾间辗转缠绵呢，也不至于叫警察训一晚上。

想到这股晦气，我气儿就不打一处来，禁不住对她吼道：

"让你关你就关！"

"菲姐，我们该走了！"她没理会我，仍怯声怯气提醒她。

"闭嘴，这儿没你说话的地方！"她对我恶吼，接着又转向她，"你哪来那么多废话，把门关上！"

姝妹顺从地执行了命令。

不知为什么（只能说以我"品花大师"的直觉吧，而这种直觉往往是最可靠的），我觉得戏并没演完，她仍在戏里；只不过刚才的戏是演给警察看的，而现在的戏是演给我看的，是演给姝妹看的，甚至是演给她自己看的；我还得继续跟她打好配合，把我的角色演下去。就在我一愣神的当口，那阵冷风又"嗖"地刮过来，还没等我有所反应，另半边脸挨了她另一只又凉又软的巴掌。从我脸上的感觉和她甩手咧嘴的动作上可以知道，她使了多大的力气。

"瞧瞧，把手打疼了吧！"我顾不上自己的脸。"你的手怎么这么凉啊，真叫人心疼！来，我给你暖一暖！"说着我就去抓她的手。

"流氓！"她躲开我的手，冲我的脸发起了猛攻。她抡圆了胳膊，左右开弓，一下是一下；于是整个包房里便回荡起一声声噼里啪啦的脆响。我心说：宝贝啊，咱演戏呢，下手可悠着点！不过这话不能说出来，一说就穿帮了。我觉得这时表示一下忏悔倒很得体，便说：

"菲菲，如果说我做了什么对不起你的事，那全是因为我爱你。我情不自禁。请你原谅！"

"呸！"她一口啐在我脸上。"臭无赖！你也配说'爱'这个字！"

我抹了一把脸，那唾液竟然十分丰富；我放到嘴里尝了尝，说："真是又香又甜！菲菲，你直接吐我嘴里吧，我渴望用你的甘露来解除我的干渴！"

"流氓！你真叫人恶心！"

别看她那么纤纤柔柔的，还真有把子力气；她抡开的手掌上呼呼生风，雨点似的砸在我脸上，又凉又软。我并不抵挡，也不躲闪，而是挺着脸。这双纤柔的手太招人爱了，我渴望与它亲密接触，无论哪一种形式，都足以令人心醉，叫人亢奋。我不禁嚷起来："打得好！打吧，打是亲骂是爱！使劲打，菲菲，我爱你！"

"闭上你的臭嘴！流氓！无赖！"她骂着，下手越发地狠。"叫你再说！叫你再说！"

就像先前她在我的强力逼迫下最终屈服一样，在她的猛烈攻势下，我也同样屈服了；我不由自主地跪在她面前，仰起脸，闭上眼，以便更好地迎接她那叫人爱不够的纤纤玉手。我只感到一阵阵的畅快淋漓。可很快的，那巴掌的来势明显弱下去了；就像一个吃惯了地道的麻辣烫的人，作料少一点都嫌不过瘾似的。

"再加把劲啊，亲爱的！再加把劲！"我叫道。

"闭嘴！叫你再说！叫你再说！"

她再怎么下手，也只能是温柔地抚摸了。她气喘吁吁，满脸涨红（她脸一红更加娇艳动人），甩动着手臂，气急败坏地对姝妹说："别光看着呀，你来打！我胳膊都酸了，手也麻了，实在打不动了。"

"菲姐，这到底是怎么回事啊？"

她早已被眼前发生的一切弄呆了，只有干瞪眼的份儿。她的突如其来的要求才使她恢复了神智。

"什么怎么回事？叫你打你就打！"她吼起来。"快点动手啊！"

"我不敢！"她胆怯地说。

我膝行到她面前哀求道："来吧姝妹，打我！劲头越大越好。快动手吧！"

我知道，一定是我这张青肿的脸吓着她了，她"嗷"的一声跳开，躲到她身后去了。

"流氓，你也太猖狂了！"她又迎上来。"我就不信，今天我打不服你！"

她又动起手来。

"不管你怎么打、怎么骂，我都不在乎，我就是爱你！我爱你！"我觉得我真正表现出了一位品花大师应有的风范；为此我深感自豪。

"别再打了！"姝妹上前来拉她。"他都流血了。"

里外都是戏

"你还可怜他了！窝囊废，一边待着去，一会儿跟你算账！"

她冲她吼道，回过头来仍旧是打。手没劲了就开始上脚：她先转过身去，然后猛回身抬起那叫人着迷的秀腿，飞起一脚，给我来了个扁踹；动作干净利落，俨然是个武林高手。我相信她这一招儿一定是在拍哪部不入流的武打片时学来的。那只叫人爱不够的小脚正踹在我脸上，我眼前立时一阵群星灿烂，只觉得天旋地转，一头栽倒在地，浑身颤抖不已；我亢奋到了极点（当然，这多少有一些表演的成分），禁不住叫起来：

"菲菲，我爱你！"

就拿今天拍的这场戏来说吧。我再三强调，这场戏在整个影片来讲，算得上一场重头戏。剧情是这样的：秦医生做完了一例重大手术，才拖着疲惫的身躯赶到急救病房，可是这时女儿已陷入深度昏迷，奄奄一息。女医生再也抑制不住内心的悲痛，抱住孩子失声痛哭。一边哭一边来了一场道白。这场戏充分展示了秦医生这一人物形象的多面性和内心世界的丰富性、复杂性，揭示出掩藏在女医生冷静沉着外表下那深沉强烈的母爱。这是一场情感迸发的戏，特别能煽情，我指望它赚取观众们大把的眼泪；从整部戏来看，这一情节是一个不可或缺的高潮。

说起来这场戏情节很简单。可就这么几个简单的镜头，整折腾了一天也没拍下来。我对她说了那么多，不停地跟她说，嘴皮子都磨掉了一层皮，结果全白说了。无论我怎么启发她诱导她，她就是不开窍。本来是一场很煽情的戏，被她搞得水水汤汤，一点也不来情绪。我不知道究竟差在哪儿；我总觉得我们俩之间始终隔了一层看不见的膜似的，怎么也捅不破。她怎么就不明白我的良苦用心呢？按说她的哭功还是相当不错的，我看过她以前拍的几部戏，尽管净是些小角色，但都演得声情并茂；比如：在一部古装片中，她作为一个丫鬟哭过大小姐的奶妈；在一部喜剧片中，她作为一个村姑哭过一只乌龟；在一部警匪片中，她作为一个妓女哭过一个相好的嫖客。每个角色她都哭得情真意切。可是在我的片子中，作一个母亲哭自己的孩子，却只干打雷不下雨。

"我要的是眼泪，姑奶奶！眼泪！"我第一次跟她急了，几乎都哀求她了。"我要的是'泪飞顿作倾盆雨！'"

作为导演，要是演员不给你来劲，那你干得还有什么意思？你恨不得管她叫娘。别说叫娘，要是管用，叫祖奶奶都成，谁叫你是干这个的来着？不过我决不放弃。这不符合我一贯的性格和作风。我是那种撞了南墙，也要把南墙撞倒的人，岂有回头之理！我要继续对她进行启发、诱导，直到她开窍为止，即使她是一块顽石。

"菲菲，"我心里虽急但表现得相当耐心。"我觉得你还是在端着架子，没有放下来。"

"没有啊！"她说。"从你给我指出来后，我已经改了好多了。"

"那你为什么哭不出来？哭出来也并不真诚？"我说。"你自己可能没有意识到，但你欺骗不了镜头。从镜头里一看，那种感觉特明显，不信你自己看看。摄影，给她回放一下刚拍的那两条。"

那是个特写镜头，由远而近慢慢推上去的，一张悲痛的面孔：悲痛在逐渐扭曲着这张美丽的脸，嘴角在抽动，眼泪无声地从眼角上滚落。不过明眼人一眼就看出来，那眼泪不是从内心深处涌出的，而是直接从眼角滚下来的：那是化妆师用眼药水点上去的；那是一眼无源之泉。那悲痛扭绞的仅仅是面孔，而不是内心；悲痛不过是一个找不到躯体的幽灵在表面上飘浮着，落不到实处。这样的镜头只会引人发笑。

她看完以后，不说话了。

"怎么样，你自己也看出来了吧？"

"我就觉得吧，秦医生这时见到孩子不应该哭。"她说。

"为什么呢？"

"首先，她不是个普通的家庭妇女，更有别于一般的职业妇女，"她有板有眼、振振有词地说。"她不仅爱岗敬业，甚至可以说是自我牺牲了：因为工作她常把孩子一个人锁在家里，几乎没带她逛过公园看过电影，没给她买过一件新衣服；她把节假日都花在病房里和患者身上；为了她的手术台她可以不计一切个人得失。她是那种达到了崇高精神境界的女人。对吧，导演？"

"对，没错！"我说。

"其次，她是个外科医生，见到血脸不变色心不跳，是敢于给人下刀子的。有这样的思想境界和职业素质的女人，在这危急时刻，她的第一反应不应该是哭，而是行动。叫她哭不仅有损于人物的崇高精神，也有悖于人物的性格逻辑。导演，您说我说得对吗？"

"你说得很好！"我首先鼓励她。"作为一位演员能对所扮演的角色提出自己的见解，这是好事。不过，我不得不告诉你，菲菲，你对人物的理解还是有很大的偏差的。你还是在以你那菲之心在揣度人物，你没有融入角色。还是那句我跟你重复过无数遍的老话，你在把秦医生当做英雄人物来看待了。"

"她在我心目中就是个英雄！"她说。"您也是这么跟我说的。"

"对，不错！我是这么说的，她也的确称得上是英雄。"我紧盯着她的眼睛，恨不得一股脑地把我的意志灌注进去，就像输入电脑程序一样简便快捷。"但是你不要忘了，我们的目的不在于塑造一个英雄人物，这样的人物在我们以往的电影中已表现得太多了，再无谓地增加一个有什么必要呢？我们要表现的是人。我们不管她有什么精神境界也好，有什么职业素质也好，她首先是个女人，一个在日常生活中普普通通的女人。她不应该只是某种概念的空壳，而是要生活在一个有血有肉的女人的躯体里。一个普通女人所具有的特点，甚至缺点她全都具备。这样的人物才鲜活感人，这样的女人才可爱，而这种人身上所具有的崇高品质也才可亲可敬。你说对不对？"

"导演，从理论上我完全理解您的意图，但在表演上，我怎么也无法把普通和崇高这两个对立面在秦医生这一人物身上拿捏得天衣无缝。也许是我的水平太低了，我第一次担当主角，就碰上这样难以把握的角色，我真有点力不从心。我感觉我在被从当间一劈两半，给扯开了似的。"

瞧着她那副困惑难当的样子，我顿生爱怜，可同时又直想乐。

"这不是水平问题，菲菲，"我还是以鼓励为主。"完全不是。只是你磨得还不够。这个角色的确很具有挑战性；任何一个演员遇到这样的角色都得费一番琢磨，何况你是第一次担当主角。一定不要灰心，我觉得你能行。你记住一点就成，心中不要存有什么崇高的感觉，你的表演越平实越贴近生活越好。"

全是这些车轱辘话，翻过来调过去地说，磨磨叨叨，没完没了；还不能烦。我不烦，作为一位导演，给演员说戏是他的天职，怎么能烦呢？我一点都不烦，甚至称得上是兴味盎然。每重复一句我先前说过无数次的话，都像道出了一个新鲜出炉的思想一样带着它应有的温度和芳香。这全在于我心中怀有的信念。我相信她，更相信自己。我相信我的话是有力量的，就像穿石之水一样，（或者不谦虚地说）就像某种强酸性物质一样（比如硝酸之类）。我相信我能把她塑造成我所需要的形象，哪怕她是一块顽石。她身上的每一点小小的进步都让我心中充满喜悦：我知道我离我的目标又近了一步。

我不只在主角身上下工夫，我还特别注重演员之间的相互配合与协作。在营造戏的氛围方面，演员之间的相互影响十分重要；作为导演必须有效地协调他们之间的关系。就拿今天拍的这场戏来说吧，那个饰演秦医生女儿的小姑娘，平常在剧组里挺乖挺文静的，可是一入戏毛病就来了，老搅戏；按戏的要求她本该躺那儿一动不动的，可今儿一天她都没消停，不是抠抠这儿，就是挠挠那儿；再不就不停地咯咯笑。那菲一开始哭，她就咯咯笑，拐得她也老跟着破涕为笑。让我把她们好一顿训。

"你不要笑，"我说。"你一笑，把戏的气氛都给破坏了。你现在已经奄奄一息，不能动的。你要跟妈妈配戏，懂不懂！"

"导演，我妈妈一哭就像挠我痒痒似的，我控制不住！"

小姑娘说得也不是没有道理。也许根子还是在那菲身上，她哭得不真切，做戏的痕迹太明显，所以叫人发笑。我只好反过来再说她。就这样翻来覆去地折腾了一天。拍下的那俩镜头全得重拍。我拍片子一向要拍到尽善尽美，绝不凑合。

收工时我对她说："菲菲，你今天的戏可不成啊，还不如以前了；吃过饭你到我那儿去，我再好好给你说说！"

她把脸一红，说："哎呀，导演！"

好像她知道，只要脸一红我就没辙了似的。我还真就喜欢看她脸红的样子。

俗话说，请神容易送神难。总算把这两位"神"打发走了。我就不愿意看见这些穿制服、戴大盖帽的；他们一到哪儿，准没好事。夜猫子进宅嘛！还是少跟他们这号人打交道，可是你又不得不哈着他们。难啊！

我乏得慌；刚才陪那几个小祖宗挨训，我恨不能站那儿就睡着了；只是春夜的寒气一次次地袭上身来，把我给激灵过来。送"神"送到大门外，眼瞅着他们的车在夜幕中消失，我这心里才算踏实了；转回身进了屋，准备再打发走那仨"祖宗"，我好上床睡觉。

就在这时，楼上爆出了意想不到的动静。先是一声打板子的脆响，仿佛整个寂静的夜晚就像一件极珍贵的黑釉瓷顷刻间给砸成了无数碎片，接着便是那女明星的高声叫骂。我心里咯噔一下，差点一屁股坐地下，心说："小祖宗啊，别再给我惹事了！我好容易把'神'送走了！"不行，我得上去瞧瞧去。我那俩小伙计直眉瞪眼地瞧着我，我示意他们回屋呆着去，别出声。

我刚踏上两级台阶，又站住了。幸亏我多留了个心眼，没有莽撞行事。我最好先听听他们的动静，然后再决定如何举动。我站那儿支棱着耳朵，屏住气，生怕漏掉一丝一毫的细枝末节。只听那浑小子哎哟哎哟直叫，呜啦呜啦说着什么，像在告饶似的；而那女明星的声音则尖利高亢，极富穿透力，穿过墙壁和关着的房门，穿过浓重的黑夜，直灌入我支棱着的耳朵。

"你这个臭流氓，不要脸的东西，想占姑奶奶的便宜，没那么容易……"

尖利的叫骂声混杂着呜啦呜啦的低语声和打板子声，在这深夜中听起来极其不堪入耳。我忽然意识到，那脆响不是在打板子，而是在掌嘴。在那叫骂声中夹带着挥胳膊用力的气喘：嘿……噼哧啪嚓嘿……噼哧啪嚓嘿，这丫头片子真有把子力气，好像练过手上的功夫，嘴巴掌得一听就很专业，一下是一下，结实有力，就像一件件珍贵的黑釉瓷随便拿起来往地上摔：噼哧啪嚓噼哧啪嚓……摔得人既心疼又深感痛快；摔得人心惊肉跳。我一边听一边心下暗暗跟着使劲：用力砸！猛劲打！嘿！嘿！

150

这下我全明白了：他们之间在清账。这完全是一件私人事务，决不希望任何人来打扰。谁清账的时候，愿意有一个不相干的人在一旁看着？设身处地地想想，那对谁都是件十分尴尬的事。我轻手轻脚地退着从那两级台阶上下来，忽然撞到一个人身上，吓了我一跳，差点叫出声来；原来不止我一个在冲楼上支棱耳朵。我一边示意他俩别出声，一边轰他们回屋睡觉。我自己则绕进吧台里面，仰在靠背椅上，两只手托在脑后，迷迷糊糊闭上了眼。也仅仅是迷糊而已，想睡着是不可能的。我这人睡觉特挑，必须脱光了，钻进暖暖和和的被窝里撂平了，心里还不能有事，何况我这颗心正悬着呢？我暗自乞求老天保佑，他们清账归清账；清完立马滚蛋，别再给我捅娄子。楼上的掌嘴和叫骂仍在继续，好端端一个春宵就这样给搅了，搅得七零八碎；我的心情也跟这春夜一样，想安宁而不可得。不过同时我又觉得挺痛快，就像自己动手在摔在打在砸似的，心里禁不住暗暗跟着使劲：嘿！嘿！

　　不知过了多久，也许仅仅是一瞬，我感觉吧台前黑乎乎地站了一个人。我猛然坐起身，那人影一晃，便消失在门外；我赶紧追出去，只听脚步在深夜的胡同里刷啦刷啦地响；那背影在昏黄的红灯笼的光影里晃了两晃，便隐没在前面一个拐弯处的夜色中。我禁不住感到一阵失落，责怪自己如此反常，竟迷糊到近乎睡去；本该欣赏到那副被如此掌嘴后的尊容的。

　　"呸！"我冲那背影啐上一口。"活该！熊包一个！叫人一顿好打不是？有本事你再干她一次。"

　　我转回身，只听楼上那俩丫头在嘀咕什么。这回我该上去了。我一边咳嗽一边把楼梯踩得山响。包房的门虚掩着，我轻轻把门推开。那位姐姐正在整饬容妆，手里拿面小镜子在照，那仔细劲儿，就像一个临上轿前的新嫁娘；那位妹妹一见我就扭过身去，看也不看我一眼。

　　"哎哟！"我故作惊讶道。"二位还在哪啊！"

　　"我们马上就走。"女明星收起镜子，含笑说。"胡老板，今天多亏了您的帮忙，真是太感谢了！"

　　"哪里的话，这都是我应该做的。"我回笑说。"要说谢的应该是我。像您这样的大明星能光临小店，叫我感到蓬荜生辉，荣幸之至。欢迎您以后多多光临！"

"胡老板真是太客气啦！"她说，随手将一个什么东西塞在我手里。"拿着，是个意思，别嫌太少就行了。"

我一瞧，是一张百元大钞。"您这是干什么呀？不是都结过账了吗？"我执意要塞回她手里。"这算怎么回事，我不能收啊！"

"一点小费而已，就算是对您今天帮忙的感谢吧。"

"这可不行！这可不行！"

我要还给她，她极力往外推。我们俩在屋子当间撕扯起来。

"胡老板该不是瞧不起我吧？要不就是不愿意我再来了？"

"哪里话！像您这样的名人我请还请不来呢。"

"那您就笑纳了吧。我们不要再为这点事争执了。今天给您添了一大堆麻烦，实在不好意思。您看，今天这事……"

我马上会意。"您放心！我这个人啊，眼又瞎耳又聋，什么都没看见没听见；我这根口条也是个不中用的东西，回头我就嚼巴嚼巴咽肚里了。您只管放心吧！。"

"瞧您说的！"她被我给说乐了，"行，有您这句话我就放心了！"

"没问题，您只管放心！"

握手、道别、相送，又是一通客套。我习惯性地把那张百元大钞对着灯光查验起来。谁承想她并没走出门去，正站在门口转回身来盯着我；我马上收了钱，脸上不由得发讪。

"我送送您！"

"滚！"她吼道。"别再让我看见你！"

那无赖一骨碌从地上爬起来，遛出门去；身影刚在黑漆漆的门洞里消失了，却又探进上半身来，把一张紫里毫青、血迹斑斑的脸映在灯影里，一双眼依旧一往情深。

"菲菲，我只想对你说，请不要怪我，我这么做都是因为爱你。你真的让我感觉太妙了。这辈子我都不会忘记你。希望我们后会有期。"

"见你的鬼吧！快滚！"

他伸出两只手在耳旁做扇翅状，又吐舌头做了个鬼脸："记住，我永远爱你！"

"滚你妈的蛋！"她声嘶力竭了。

他送了个飞吻就不见了。真叫人恶心，我从来没遇到过这么叫人恶心的事。

她气急败坏起来，像是要哭，但终于没哭出来，只是站那儿咬牙切齿，又是跺脚又是扯头发。我第一次见她这副惨样，真叫我心里难过。

"菲姐，就这么让他走了？"我怯怯地说。我觉得该安慰安慰她，但又不知说什么才好。

她突然向我转过身来，吓了我一大跳。那是我从没见过的那菲，两道月牙眉倒竖着，那双杏眼里喷射出怒火。

"阴谋！"她大叫。"你们大家合起伙来害我！"

我没明白她这话是什么意思，我脑子全乱了；见她这副模样，吓得我直往后退；一步还没迈出去，耳畔就又传来一声刚已听惯了的脆响；我还以为是幻听，而脸上的一阵阵麻热却让我感受到了它的现实性。

"还有你！"她逼近一步，指着我的鼻子。"还把警察给招来了。你想毁了我呀你！"

"你打我！"我捂着脸，怎么也不能接受眼前的事实，泪水禁不住夺眶而出。"你打我！"

"你还不该打吗？打你还委屈你啦？"她恶狠狠地说。

楼梯上响起了脚步声和咳嗽声，我们都住了口。她赶紧整理容装。胡老板已不慌不忙地走了进来。我马上转过脸去，眼泪止不住地往下流。刚才她对我还是凶神恶煞呢，可是一扭脸便对胡老板笑脸相迎，千恩万谢了；那语调热情得就是一块冰坨子也能给化掉了；那脸上的表情不用看我就知道有多媚人。到底是个演员啊！而且是个优秀的演员！今天我算是真正见识了她的表演才能。

可是我脑子里始终有个疑问：她是我所认识的那菲吗？或者说我真的认识那菲吗？还是说我今天才真正认识了那菲呢？哪一种说法更贴近真实呢？这一晚上发生的一切，一幕幕地在我眼前闪现，比我看过的任何一部电影都更加惊心动魄，更加出人意料；而其主角正是她，那菲。她还从来没有如此成功地扮演过这样一个角色呢；作为一名演员，我真该恭喜她了。不过也许这并不是在演戏，而正是赤裸裸的现实吧。她常跟我说："妹妹啊，你刚出道，这圈里的事太复杂了，你得处处小心啊！"说实话，我一直没体会出她所谓"复杂"的含义，我见到的只有满眼的风光。这下她是不是就让我领教了一回呢？可我们并没在圈里啊！……哎呀，我脑子全乱了，乱成了一锅烂粥。不管怎么说，她打我没有道理，而且打得那么凶狠。她这是狗咬吕洞宾，是把一个朋友的爱心当成了驴肝肺。我胸中溢满了愤恨。我恨！我恨！

一出门我便哆嗦起来，才知道身上的衣衫多么单薄；似乎在教训我，春夜的严酷并不比寒冬逊色。我却毫无抵御能力，只有把身上现有的外套裹一裹紧，瑟瑟地尽可能往里面缩。泪虽不再流了（似乎是被心中升起的恨给烤干了），可是泪痕却巴在脸上，让夜风一吹，一层膜似的把脸皮往一块抽。

街上不见一个人影；街两旁的店铺大都已打了烊；有的虽还亮着灯，但客人早经散去，伙计们正在收拾店面；只有个别店里还残留着一两个酒客，明显都酒兴阑珊；之所以还赖着不走，只因已醺醺然不知身在何处，让人感到一种曲终席散的怅然和凄冷。唯有店铺门前那一排红灯笼像对此视而不见似的，依旧红红火火地闹着，整齐地排成一条线，一直延伸到街的尽处，使这条原本狭窄的胡同一下子宽了不少。

我们的影子拖在地上，一前一后的摇晃着。我故意落在后面，不愿意跟她并齐，甚至连她地上的影子都不愿意碰到。

"快点走，别磨蹭！"她回过头来说。

我反而站住脚，怒视她。"你凭什么打我？人家一片好心，得到的却是你的一个嘴巴；你不知好歹呀？你都浑到这份上了你！"

她倒平静了，定睛看了我一会说："好吧，我承认打你不对，姐向你道歉；

刚才我是在气头上，一时冲动，请你原谅！”

听她这么一说，我一时语塞，不知再说什么好了；只是站那儿发愣。

“可是你也要认识到，你做事太莽撞。”她走近我身边。“你知道吗，你差点把事搞砸了？幸亏我随机应变。事情可不像你想象的那么简单。”

“我不明白这事有什么复杂的。”我理直气壮地说。“你受到了人身伤害；他犯了罪，理应受到法律制裁。”

“话是这么说。可是你想过后果吗？”

“什么后果？一切后果自然都由他来负。他自作自受。”

“妹妹呀，你脑子怎么就不会转个弯呢？他是什么下场我不关心。一枪崩了他才好呢。我说的是我。你替我想过没有？”

“我就是在替你想啊！让罪犯受到应有的惩罚，为你讨回公道。”

“妹妹呀妹妹，你真是三岁孩子！”她说。“依你的逻辑，我们就该三更半夜跟着警察到派出所去录口供，然后通知咱们剧组去领人，再把魏天霖也提溜去；第二天就上了报纸上了网，闹得全世界都知道……让我出个特大的名，是不是这样？”

“应该是这样吧！”我嗫嚅道，似乎意识到了哪儿有些不对劲。

“还应该是这样！”她打鼻子里哼了一声。“假如我是遭了抢劫，假如我是遭了殴打，假如我是遭了诈骗，我都会毫不犹豫地拿起法律的武器，来为自己讨回公道。可是……可是……”说着她哽咽了。“这对于一个女人来说意味着什么，你知道吗？这是一个奇耻大辱，一种最见不得人的永远也洗涮不掉的丑闻，你知道吗？我只能像一只丧家狗一样，偷偷地舔着自己的伤口慢慢痊愈。”她再也抑制不住，失声痛哭起来。

“菲姐，你别说了，我懂你的心思。”我抱住她，也哭起来。我们就站在这寒风袭人的春夜里，站在这空寂无人的胡同中抱头痛哭。

“这事要是传出去，我还怎么在圈里混？谁愿意用一个出过这种丑闻的女演员？你愿意用吗？你说！你说呀！”

“菲姐，你不要太绝望了。事情未必会像你想象的那么糟。”我安慰她说。

"我们的社会在进步，人们的观念越来越开放，越来越宽容，对这种事人们不会太计较的，反而会同情你，毕竟你是个受害者呀。"

"这种冠冕堂皇的话我越来越不信了。"她长长叹出口气，满目空茫。"没错，现在的女孩子傍高官傍大款的已司空见惯；先当妓女再出人头地的也屡见不鲜；为了寻求刺激，随便找个男人过一夜，也不足为怪了。但是你决不能出这种丑闻啊。不信咱们今天要是按你的逻辑来处理这件事，你看何导对我会是什么态度。他不一脚把我踹了才怪呢！还有魏天霖，他要是知道了这事，你想他还会要我吗？这些男人……"

"菲姐，真对不起！"我终于认识到自己的错误所在，诚恳地承认错误了。"都怪我呆头呆脑，一时糊涂，差点给你惹出大麻烦。要是能让你解气的话，你再打我几下吧！"说着拿起她的手往我自己脸上扇。

"好妹妹，其实我并不生你的气。"她抚摸着我的面颊。"我知道你是为我好。你以为我真的这点道理都不懂了吗？姐只是气你不能理解我面临的处境。"

"嗯，我现在能理解了！"

我挎起她的胳膊，又慢慢向前走。我们的影子合在了一起；我们的身体紧紧相依相偎，彼此感到了互助的温暖，以抵御这春夜的寒气。

"当时我醉得晕头胀脑，浑身一点力气也没有。这流氓，我都哇哇吐了，他一刻也不肯罢手。说来也怪，一瞬间我脑子变得格外清楚；你都想象不出当时我脑子转得多么快，就那一会工夫，我便把这事前前后后想了好几个来回，立马拿定了主意该如何应对。"

"菲姐，你真行！"我由衷地钦佩她了。"这事要搁我身上，不用说，肯定就彻底交代了。就是……就是太便宜那臭小子了。"

"你觉得便宜他了吗？"她扭转头来看我。"我打他打得还不够吗？你想想，即使把他送进监狱又能怎么样？还不是关几天就放出来了？还不如我亲自动手解解恨痛快呢！"

"说的倒也是！"

我们一时无语，默默地走着，走得很慢，才发觉腿脚都沉得抬不起来了，只能在地上拖；眼前的胡同又深又空，似乎长得没有尽头；耳畔回响着我们自己疲惫的足音。

"嗨！其实话说回来，我也想明白了。"她目视前方，望向胡同黑暗的尽头。"甭管强迫的还是自愿的，男人跟女人不都那么回事吗？本质上有什么差别？就看你怎么看了。正像胡老板说的，不过是一场风花雪月的事。他这句话给我很大触动。你仔细想一想，不是没有道理。"

她再次叫我吃惊了；我站住脚，使劲瞪眼看她。"菲姐，你真这么想？"

她还在朝前走，就像在前方的黑暗中已选定了目标，要坚定地朝它走下去似的；我相信要不是我叫她这一嗓子，她会不停地走下去。她转过身来，眼里反射出昏暗的灯光。

"干吗这样看我，好像我变成了母老虎似的？我就那么一说，瞧把你吓的！好了好了，咱不说它了。"她亲昵地把手搭在我肩上，把我的头发捋到耳后。"我怎么想并不重要，姐只求你一件事，今儿这事你一定要保密，决不能从你嘴里漏出去，听到没有？"

"这你只管放心，你的事不就是我的事吗？"

"好，一言为定！"

转悠了一晚上，也没拉到几个活儿，最后我趴在了后海；这也是没办法。不管多晚，在这儿你总能碰上几个找不着北的醉鬼。哪个出租车司机也不愿意拉醉鬼，可是在拉不到活儿的情况下，醉鬼就成了香饽饽。

在这儿趴活儿的还真不止我一个。我张眼这么一瞧，在桥对面，在我前后都趴着好几辆呢。可也不知是我趴这地方不好，还是今儿合该我走背字儿，不多一会人家都陆陆续续拉上活儿走了；我扭头左右这么一撒眸，敢情就把我老哥儿一个给撂这儿了。我就不信这邪，我拉不着活儿！我还就跟这儿趴着；我要发扬坐穿牢底的大无畏精神，非把后海之滨趴出一座坟来。我就不信我拉不着活儿。

像我这种拉夜活儿的，一年四季在夜里跑，自然对夜色感触最深。我觉得初春的夜色是最黑的，是那种浓黑，浓得像一团化解不开的墨；在这团浓墨中正孕育着某种东西，等待诞生。它把那孕育中的气味撒播到夜色里。我敞开车窗，尽情呼吸着这股气味；观赏着后海——京城中这片著名的大水——春夜的景致。也许是夜色太浓的关系，那水面黑洞洞的，倒像一个朝天张开的巨口，要把整个世界都吞了似的；在见得到灯光的亮处，也不过乌蒙蒙的一片，把岸边一小块夜景或头顶上的一小块夜空映入水中；只有水面上那蒸腾着的袅袅水气见得分明。那水气婀娜多姿，变幻莫测；有的像一群飞奔的野马，转瞬又成了白鹤展翅；有的像仙女们在云端翩然起舞，有的则像忧凄的孤魂野鬼独自徘徊……这些景象随生随灭，随灭随生。我面对的是一个瞬息万变的世界，我看到的仿佛是一群群急急赶赴还阳的幽灵。

我正忘情于眼前的景致，耳际突然响起了歌声。我循声看过去，便看到了那唱歌的人，是两个姑娘，就站在我左前方的银锭桥上。她们是背着我，在冲后海唱。其实我也看不清唱歌的到底是什么人，我之所以说那是两个姑娘，是从唱歌的嗓音上来判断的。我心里一时得意：瞧瞧，等着了不是？心诚则灵嘛！为了吸引她们的注意，我打开了车灯；为了更好地听她们唱，我把头伸到了窗外。一定是俩喝醉酒的丫头，等她们撒够了酒风，准保直奔我而来；我只管守株待兔就是了。

真别说，她们歌唱得还蛮不错呢，我都听出专业的味道来了。什么"该出手时就出手"啦；什么"百灵鸟从蓝天飞过"啦；什么"美酒加咖啡"啦；什么"团结就是力量"啦，也没个准普。你想，醉鬼唱歌还不逮着哪出唱哪出？可是甭管人家唱哪出，都唱得是那么回事：该铿锵有力的铿锵有力，该高亢嘹亮的高亢嘹亮，该柔情婉转的柔情婉转，可以说句句唱得字正腔圆。她们的歌声在黑漆漆的水面上飘荡，仿佛是在给那些舞动的幽灵们伴奏，为他们壮行。这喇叭形的水道简直就是一个天然的立体声系统，将她们的歌声吸纳又放送出去，也不知放大了多少倍；我从来没有听到过如此动人的音响效果，好像整个世界都在发出共鸣。

接着她们调门一转，又唱起了戏。我不大懂戏，只听出了阿庆嫂和刁德一，别的就什么也听不懂了，戏词也听不清（别说她们唱，就是电视里唱我也往往听不清唱的是什么）；只听得一声声柔腔软调，咿咿呀呀拖着烂面条似的长音儿，听得我连座都坐不住了，直想往方向盘底下出溜。

听着听着，我就觉着不大对劲儿，越听越不是味了。那抽筋扒骨的软调调里怎么还带着哭腔啊？悲悲切切，呜呜咽咽，仿佛在倾吐满腹的冤屈。莫非她们唱的是一出苦戏？那也不对，她们唱就唱吧，哪来的锣鼓点儿啊？我听得可是真儿真儿的，有锣鼓点和胡琴在伴奏，骗你我是孙子。就跟我小时候听那露天的戏班子唱戏的动静一模一样。难道她们还带着家伙和班底呢？这深更半夜的，专门跑这儿唱戏来了？就算是吧，可操家伙那几位在哪儿呢？我怎么一个看不见呢？我越想越觉着不对劲，越想越觉得瘆得慌……

那唱腔已明显不成调，已是地地道道的哭号了。你想想吧，在这深更半夜，又是在这么个可疑的地方，听到有女人哭号，会有什么感觉？我四下里一撒眸，周围空荡荡的越发的漆黑了，一个人影也没有。我不由得感到后脊梁一阵酥麻。再看那两个女子，她们已不站在桥上，而是站在水里，跟水面上弥漫的水汽融为一体；她们披头散发地正从那水气中走出来。她们在向我走来。

"我的妈呀！"我禁不住惊呼一声，倒吸一口凉气，从头皮一直凉到脚后跟，浑身抖得跟发疟子似的；尽管我已软成了一摊烂泥，但还是铆足了劲，踩下了油门。

她是最后一个到现场的。

大家都在做着开拍前的准备工作。她一到我就发觉她有点不对头：满面倦容，脸色灰黄；两眼暗淡无光，透出一股说不出的沮丧；好像一夜没合眼似的。或许是我昨天的话说得太重了。不过这样也好，就是要她记取点教训，要不老不给你当回事。我抽着烟，一边跟身边的人闲聊。她也不跟我打招呼，也不看任何人，只是绕开屋里的机器、设备、道具什么的（好像我们都不过是机器设备和道具），径直朝屋里边走。我便盯住她看，脑袋也随着她从屋子这头走到那头转了个一百八十度，就好像剧组里突然来了个陌生人，直到她在尽里边的那张沙发上落了座。我掐灭烟斗跟了过去。

"菲菲，昨晚没睡好吧？"

她蹙着眉，点了点头，也不看我，一副无精打采的样子。

"那就对了！"我嬉笑说。

"什么那就对了？"她猛然冲我抬起头；无论是语气还是眼神，都透着一股火药味。我心说：哟嗬，还没怎么着呢，就要起大牌来了！

不过我并没跟她计较。见她这种情绪，马上解释说：

"没事没事！我的意思是，你现在这种状态跟我们今天要拍的这场戏倒是挺吻合的。"

这时正好副导演在外面叫道，"演员马上化妆、换服装，各部门做好准备啦！今天的任务还是很重的，大家抓点紧啊！"

"怎么样，还行吗？"我说。

"没事！"她淡淡地说。

我便拍了拍她的肩头，"那好，换衣服去吧。"

她便起身出去了。

一切就绪。我站到了摄影机旁，环视着现场。"还是接着昨天那场戏拍。我说过的话就不再重复了，都记住了没有？"

"记住了！"从各个角落里响起回应。

"好！那我就不再啰嗦了。演员都准备好情绪，我们先把戏走一遍。预备，走！"

儿科大夫秦琼推开病房的门走进来，在场的医生、护士全都把目光投向她。

"秦医生！手术做完了？"

她点点头，问："情况怎么样？"

"不太好，已陷入昏迷。"

她来到女儿的病床前。她刚弯下腰去……

"停！"我叫道，下意识地捋着胸前的大胡子。我发现她与昨天相比来了个大跳水：那种端架子的英勇就义气概的确没有了，可代之以泄了气的皮球，瘪瘪的，给人一种萎靡不振，意气消沉之感。看来我昨天打压得是有点过头了，以至于矫枉过正；不过总比没有效果强。我鼓励她说："不错，比昨天好多了。那种身心疲惫的感觉你把握得很好，但精神头要往上再提一提；秦医生虽然疲惫，但决不意志消沉，她是怀有崇高精神境界的人。她的疲惫之中只是带有一种焦急。你要好好体会一下得知孩子病重的母亲那种心情。明白了吗？"

她嘟囔了一句什么，我没听清。

"你说什么？"

"没什么！"她说，不耐烦似的。

"好，再走一遍！"我说。

几乎可以说，我与她的相遇和结合是一种历史的必然；当然这是从宏观上来讲。但具体来说，这全得归功于何大壮导演。他的说戏是那么的坚强有力，那么的不屈不挠，说得通俗点，死人都能叫他给说活了，何况一个弱女子？因此，这也可以说是一种必然；只是一个时间的问题。我这才意识到，我一直渴盼的这一时刻终于到来了。

当她赤条条出现在我面前时，显得异常惊慌，忙不迭地用手来遮挡她的女性特征（因为这里没有一丝一毫可以用来遮羞的东西），一时顾得了上面顾不了下面。我禁不住哑然失笑。

你大可不必如此慌乱，我说，我也是女人；其实我比你赤裸得更彻底，我连肉体都没有，还只是一具灵魂。你不觉得赤裸的灵魂比赤裸的肉体更加令人难堪吗？

我欣赏着眼前这具绝美的肉身。

你是谁？她问，口气生硬，显得很不友好。

我们相处了这么久，你居然不认识我？我笑道，我就是秦琼医生，你在戏里所扮演的那个人物。

是你吗？她有些惊讶。我们怎么会在这里见面？

是啊！我在这里等你好久了。我知道你早晚得来见我；我早晚能在这儿见到你。

等我吗？她更惊讶了，你也在等我吗？你怎么知道我在找你？我一直在找你，可是怎么也找不到。

你这不是找到了吗？这是一种宿命；或者说是一种历史的规定和绝对要求；其实你大可不必着急，我们的相会是必然的。

这我倒没想过，我只是特别想见到你，看看你到底什么模样；我觉得只有见到你，我才能真正进入角色。

你这话算是说对了！

我发现我们俩原来很像唉！她忽然高兴起来，走近我，似乎要与我亲热似的。就像亲姐妹；不，简直就是一对双胞胎。

不，比这还要近，我们俩本来就是一个人；或者说，我就是特地为你量身打造的。

为我量身打造的？她现出疑惑的神情。我不懂你的话。

算啦！你不懂也没关系。你想见到我是不是？你想进入我这个角色是不是？

她诚恳地点了点头。

这就够了，我说。现在有一件事你必须明白，你要想进入我这个角色，我必须首先进入你的身体。等我进入你的身体之后，你便一切都明白了。

我情不自禁地，甚至是贪婪地欣赏起我的这个新居来；它太美了，美得都耀人眼目：那每一寸肌肤都那么细腻亮泽，洁白无瑕；线条是那么屈曲流畅，宛如一首凝固的乐章；只要它稍微一活动，比如一举手一投足，一抬头一扭胯之类，一支优美的旋律便会倾泻而出，令人心荡神驰。此曲只应天上有啊！拥有这样一具肉身，谁能不为之情迷魂消。

本来我们已相处得像老朋友一样了，她的神与形都处于一种完全放松自如的状态，以致使我能很好地欣赏她。可是一听我这话，她立即警觉起来，身体也绷紧了。

进入我的身体？她两臂抱在胸前，向后退了一步，似乎生怕自己拥有的宝

162

贝给人抢走似的。凭什么？

你不是想演好我这个角色吗？你不是想获得成功吗？

她再次诚恳地点了点头。

这不结了！你要想进入我这个角色，我必须首先进入你的身体，这是最基本的必要条件；这样我们俩才能做到灵与肉的结合，从而达到内在与外在的高度统一。明白了吗？

她又点点头，我们导演也是这么说的。不过双臂并没从胸前放开，仍怀疑地看着我。没错，你说得对！可这并不是真的，是在演戏。

孩子呀孩子！我不觉笑起来，什么是真的？什么是演戏？你连这个问题都没搞清楚，如何演好戏？当你入戏时，戏就是真实的；当你从戏里出来时，你就是在演戏。我们的人生就是一场大戏，但又绝对真实……你们导演没对你说过？

不用他说，她高傲地一甩头发，把那张迷人的脸蛋一扬。这谁都懂！

你未必真的懂吧？我笑对她的自负。如果你真的懂，也就不必大老远地跑来见我了，我也就不必跟你费这口舌了。

她默然不语了，只是依旧抱着双臂，头依旧不屈地昂着。但我看得出我已经捏住了她的短处。

要我告诉你，你不懂在哪儿吗？我故意打住话头，给她留点时间自己琢磨；然后才单刀直入，我想你自己心里也清楚，你太固执于你内在的那个私我，就是它在妨碍你真正地入戏，甚至可以说妨碍了你的现实人生，叫你戏里戏外两层皮，令你里外都不得意。你必须把那个私我去除掉。

你们都这么说！

没错吧？大家都这么说，那肯定就是对的。我笑着说，真理掌握在多数人手里嘛！

其实长久以来，我也一直在思考：去除还是保留？这仍是个问题。

你还犹豫什么？

说实话，我有点害怕。

163

你到底怕什么呢?

就是说,你进入我的身体,把我给挤出去,是这样吗?

这就好比是一幢华美的豪宅换了新主人。

那么我在哪儿呢?她惊恐地叫起来。

我就是你,你就是我啊!接受我吧,让我们融为一体!我几乎下贱地乞求起来。你的这个新我比你那个旧我更能让你感到快乐。

不行,我还没想好!说着她转身要走。

别再犹豫了,就是现在吧!我冲她喊,她头也不回。

到嘴的美餐再吐出去不成!我紧赶两步追上去,拉住她的双臂,奋力向前一跃,就感觉像落入了一个滑软温暖的囊中,随之而来的是一阵令人战栗的狂喜……

"菲姐,"我对她说,"你今天就在屋休息一天,我帮你向导演请个假。"

"不行!"她说,"今天定好了要接着拍昨天那场戏的,我不到场导演非跟我急了不可。"

"就你这种状态,到场导演也是要跟你急,你何必呢?"

"那是另外一回事。"

她走起路来人直打晃,两只眼睛迷迷瞪瞪,脸整个一个死人色儿。一到现场大家都看她;肯定谁都看出来了,她不在状态。她谁也不理,进了屋一个人往角落里一坐,眼睛直勾勾地发呆;周围的一切、眼前来回忙乱的人影都如同在梦中一般。何导跟她说话,她也是带搭不理。她整个人就跟陷进沙发里再也出不来了似的。我只能在门口守望她,不便进屋去打搅。直到换服装时,我悄悄地跟进了更衣室。我走到她身边,好像才把她从梦中惊醒。

"菲姐,我看你今天要实在不行,请个假回去算了,别硬撑着。"

"嘘——!"她示意我别声张,一边换衣服。"我不能回去。无论如何我都要顶下来。"

"你能行吗?"

"只有这样了。"她用力握了一下我的手，出去了。

走戏时她整个感觉都不对，在场的人都看出来了，难道导演就没看出来？为什么他非要坚持拍，还说比昨天强？

接下来发生的事，却是我始料不及的。就在走过第二遍戏，导演大叫试拍时，只见她手扶门框，身体呈蛇形摆动。我还以为她想拾起掉在地上的什么东西，而又弯不下腰呢；等我明白过来，她的身体已经开始向后仰；就在这一瞬间，我惊叫一声："菲姐！"向前跨出一大步。幸而她倒在了我怀里。"她晕过去了！"我不顾一切地大叫起来。

现场全乱了，大家从四下里围拢来，何导也从屋里跑出来。只听她嘴里说梦话似的嘟囔着，谁也听不清她说的是什么；脸上现出惊恐的表情。

"把她抱起来，抱到床上去。"有人在叫。

"快打电话叫急救车。"也有人说。

"不要动她！"何导颇在行地说。"千万不要动！来，把她给我。"

他轻轻地小心地把她从我怀里接过去，就像抱过一个初生的婴儿，嘴里不停地轻声呼唤着："菲菲……菲菲……！"

我再也控制不住自己的情绪，冲他大声喊叫起来："都怨你！非得拍，拍！你没见她今天状态不好吗？她昨天晚上一夜没合眼，今天早上一口饭没吃，一口水没喝就跑来了，你知道不知道？她正……"

他茫然地瞪着我，下巴上那把大胡子一抖一抖地在动，跟没事人似的。突然我哽咽了，好像有一只无形的手掐住了我的脖子，让我无法发出声来。我马上意识到自己又冲动起来，又在犯同样的错误，立即闭了嘴，而让余下的话变成眼泪涌出来。我转过身去抹眼泪。

"菲菲！菲菲！"

"菲菲……菲菲……"大家都在叫。

"要不赶紧叫车吧。"

"……"

"她动了！"

"她眼睛在动！"

"菲菲……菲菲……"

"她睁开眼了，她醒过来了！"

"醒过来了！醒过来了！没事了！"

"菲菲，你还好吗？没事吧？"

我这才又转身围上去；只见她长长地吐了一口气，眨眼向周围张望，一张脸一张脸地望过去，现出一脸的陌生，像是不知自己身在何处，周围的人谁也不认得似的。

"你可把我们大家给吓死了。"何导说。"感觉怎么样，还行吗？"

"我没事！"她挣扎着要坐起来。

"别动别动！"他小心地把她抱到床上。"好好躺着！菲菲，不吃早餐怎么行啊！我说的嘛！晚上没睡好觉，再不吃早餐，不晕才怪呢。剧务，快去拿份早餐来！"

"我真的没事了，还是工作要紧！"她仍在挣扎。

一下了手术台，我便急忙往病房赶，身上的手术服都顾不上换；两条腿又僵又沉，跟灌满了铅似的。进手术室之前我就得知女儿病重，可是手术早就定好了的（并且是患者家属亲自点的我），医生的职责患者的信任，我能临场推脱吗？只好把女儿托付给其他医生。手术十分艰巨而复杂，还出现了两次意外；忘记了时间，忘记了饥饿，世上的一切都忘记了。手术一完，我再也支持不住了，往那儿一坐就成了一摊泥，昏昏沉沉只想睡去。要不是有人来叫我，我已完全把女儿忘在脑后了。

我心里很急，但却步履蹒跚；从手术室到急诊病房要从医院这头走到那头，上楼下楼，拐好几个弯；好容易走到病房。见我进来，围在床前正忙活的林医生和两位护士都抬起头来。

"秦大夫，手术做完了？"林大夫说。

我点点头，问："情况怎么样？"

"不太好！"林大夫说。"已陷入深度昏迷，脉搏很弱。"

我注意到，监测仪上的电脉冲几乎都拉成一条直线了。

他们给我腾出地方，让我在女儿病床前坐下。我这才仔细地端详起她来。我忽然发觉眼前这张熟悉的面容竟然有些陌生了，我才发觉我有多久没仔细看过孩子的脸了：她明显长大了。原先圆圆的脸拉长了，显得又黑又瘦；鼻子也显得又尖又细，插在鼻子里的管子都嫌太粗了；两只眼睛紧紧闭着，长睫毛跟失去了水分的花须一样蔫在眼睑上；眼球在眼皮底下高高地凸出来，偶或一轮，才显示出生命仍在挣扎；紧抿的嘴唇上爆起一层干皮；脖颈细得像一个稻草人；一头黄发乱乱的，脑袋底下露出大半截松散的辫子，那是她自己亲手编的。我没时间给她编辫子，她早早就学会了自己编，尽管编得不太好。她常说："妈妈，我什么都不用你操心！"是啊，她学习上，生活上都不用我操心。是我没时间为她操心啊！

我握住她冰凉的小手，细瘦的手腕子上青筋清晰可见，护士给她扎点滴时一定再容易不过了。无论上学还是在家，她身上永远都是那身肥大的蓝校服；前襟和裤管上总有一些污渍，那是她自己没能洗净的，就永久留在上面了。这是一个没妈的孩子吗？我禁不住这样自问。我一阵心痛，不由得泪如泉涌。

"媛媛，妈妈看你来了。你睁开眼啊！"我哽咽着说："……妈妈对不起你。妈妈平时只顾忙工作，几乎没时间照顾你；给你的关心太少太少了，让你病成了这样，妈妈对不起你呀！"我的絮说被一阵抽泣打断了。"孩子，你不能走！没有你妈妈怎么活呀！其实妈妈是爱你的。妈妈这么努力地工作，也全都是为了你，为了像你一样的所有的孩子。因为有你，妈妈的工作才有意义。妈妈不能失去你呀，孩子……"絮说再次被哽咽打断。"媛媛，你怪妈妈吗？你能理解妈妈吗？妈妈一直觉得你生活得不错，还有多少孩子远不如你……我一直觉得，妈妈将来还有的是时间来关爱你。现在看来妈妈想错了，妈妈太忽视你了……你一定要挺住，妈妈来救你了！妈妈要不惜一切代价把你救过来。往后妈妈要好好照顾你，补偿你……孩子，你一定挺住啊……"

我失声痛哭起来，再也说不下去了，扑在孩子身上，紧紧把她抱在怀里……

里外都是戏

167

"演员情绪上来了，抓紧拍！"我高声叫着，两眼紧盯着监视器，情绪也跟着激动起来。摄影机围着演员一阵紧忙活，不停地调换角度，不停地推、拉、摇；中景、远景、近景、特写。"太棒了！多拍几条；好，再来一条；再来一条，太棒了！"

　　现场气氛紧张而有序，完全进入了我所预设的情境；她终于在镜头前活起来了。我注意到现场的人都被她在这场戏中真挚的表演感动了，不少人都禁不住在抹眼泪。这正是我想要的。我让这一情境尽可能地向前延伸，就像看到了我期待已久的昙花终于盛开了似的，我要尽可能地延长它的花期，尽情地观赏它的美色，尽情地吸吮它的芳香，直至嗅出它即将衰败那一刻。

　　"OK！"我适时地大叫道。"OK 了！"

　　谁都清楚我这一声"OK"的分量和含义：它是我对演员表演的最高奖赏；同时我这声"OK"把现场从剧情里解放出来。大家终于松出一口气，所有的工作人员，摄影啦，灯光啦，录音啦，全都放下手中的机器设备，现场发出一片"OK"声和掌声。只有她对我的这一最高奖赏毫不理会，仍抱着那个与她配戏的小演员大哭不止；也就在我把戏叫停那一刻，那个小演员再也绷不住了，"哇"的一声大哭起来，紧紧抱住她的脖子："妈妈，我挺得住，我挺得住！"

　　秦医生母女俩抱头痛哭。现场气氛一下子又被拉回到戏中。

　　我走到病床前，温情地展开双臂把她们母女俩搂在怀里，轻轻地抚慰着："好了好了！一切都 OK 了！一切都 OK 了！太棒了！"

　　她松开小演员，抬起满面泪痕的脸，一头扑到我怀中，哭着说："我的孩子死掉了！我的孩子死掉了！"

　　小姑娘仍缠住她不放，哭叫着："妈妈，我没有死，我在这里！"她不依不饶，大有把她从我怀里夺走的意思。

　　"姝妹！"我环顾现场，嚷道。"姝妹！"

　　"哎，我在这儿！"她应声从门口挤过来，抱起小姑娘："来，宝贝儿，到阿姨这儿来！"

　　孩子给抱走了，她可以毫无挂碍地伏在我怀里了。

我轻轻拍着她的背，抚慰着她："好了好了，全都 OK 了。"

她的哭已收敛了许多，只剩下啜泣："导演，您看我的表演还行吗？"

"还行吗？简直是太棒了，我们大家都被你感动了。"我轻轻抚摸着她的脊背。"远远超乎我的预期和想象。跟昨天相比，你简直是来了一个飞跃。我已看到一颗新星在冉冉升起。"

"那今天晚上您再给我说说戏行吗？"她向我仰起满眼泪花的笑脸。

2007 年初稿

2013 年定稿

里外都是戏

激杀

不知前面出了什么事，车流又凝住，就像硬化的动脉骤然栓塞。

"大周六的也他妈堵！"路丙烯心里暗咒了一句；又一想，"这再正常不过了。"便下意识地摸出手机。每天在京城的路上跑车，他早已磨就了一种耐力十足的心性，不急也不恼；而手机就是他最好的消遣。人在等待时，特别是在焦急等待时，时间就显出无限漫长，长得让人惶恐；每到这时，手机就成了一台时间加速器，它会把那每一分每一秒的空闲全部填满，让你感觉不到它们的存在。路丙烯就是这样来填满他的全部时间空闲的，或者玩玩游戏，或者上网浏览点什么。

今天他倒没什么可急的，既不要上班，也无重要约会须赶赴；他是陪老婆出来遛车的。家里新添了一辆奥迪Ｑ５，这是他近两年血拼苦干的成果，老婆自然喜不自胜。周六一大清早（所谓一清早已是八点钟），老婆就把他撺掇醒了。

"别睡了，赶紧起来吃饭；吃了饭出去遛遛车。"

"真烧包！"他在床上翻了个身，迷迷瞪瞪咕哝一句，可也没辙。他好熬夜，老婆嫌他闹腾，就分屋睡了，谁也碍不着谁。他熬夜也没别的，就是上网搓麻。他有几个网友，晚上没事就凑一块玩，玩的倒也不大（这一点他把持得住），一把三块两块的，图一乐；可要是玩一通宵，输个三五百也是常事。老婆对他这一嗜好很不待见，可他总是说："我忙一天了，晚上放松一下有啥了？"老公的确辛苦，老婆也没话好说；反正他也玩不大，这一点她还信得过。星期五傍晚他刚出差回来，吃完饭几个网友又凑到了一块；其中有一位新手，从前没见过；一开局这位就连连和牌，招数又狠又损，带着一股阴气，他直觉这八成是个女人。他想往回翻本，可是越翻输得越惨；那两位好像有意在帮她，老给她点炮。他一气不玩了，躺下却睡不着，那牌局在脑子里过电影似的死缠着他不放；后来便梦见一位撒泼的婆娘化上了他，他打也不是骂也不是。老婆一大早来撺掇他时，他正要发狠，对那个泼妇下手。

他本想应付老婆一下就完事，他坐副驾驶上，让她新鲜新鲜。她不肯，非要一个人开。她嫌他坐旁边老瞎指挥，弄得她都不知所措。她说他开家里原先那辆马6跟着就行。七岁的儿子乐颠颠地跟着妈妈爬上了新奥迪，被她给打发回来。

"儿子，你别坐这辆车，跟你爸走。新车有味，看熏着你。等味散没了你再坐。"

"来儿子，"路丙烯说。"你是不能坐她的车。熏着倒是小事，你妈那二把刀，别再把你甩出去。"

"小看我！"老婆不忿。

"你给我悠着点吧！"

他还没把儿子安顿好，老婆已经开出小区了，他在后面紧追。这符合她的脾气；刚上路那会儿，有一次她一连撞翻路边两个垃圾桶，眼皮眨都不眨，照开不误；当时他就在旁边坐着，说多了她还跟他急。汇入马路上的车流，再跟她不是很容易；她似乎是想向老公显示一下自己并非松包，把车开得又快又贼，不停地来回并线超车；好再是周六，路况比平时好些。

"你悠着点！"他通过手机发布指令。

"老公，这车太爽了！"传来老婆兴奋的声音。"感觉就是不一样，到底是奥迪！"

那是当然的了！路丙烯心下悦然。要我干吗每天挣命似的！他是搞工程设计的，一年到头不停地测量，制图，实施，跑现场，往来奔波；特别是施工现场出问题时，他得钉在那里，吃不好也睡不踏实。一个项目完工，紧接着就搞下一个；地点也不固定，上一个在保定，下一个兴许就跑武昌去了。他挣到的第一笔钱，没有买房子，先买了一辆捷达。他爱车，一开就迷上了。他时常感叹：汽车这玩意，真算得上是人类最伟大的一项发明了。明明是一架机器，却感觉能与人息息相通。他已达到人车合一的境界：那发动机就是他奔腾的心，那四个轮子就是他的腿脚；那方向盘就是他的眼睛。他往驾驶座上一坐，他身体上每一根神经便深深扎入汽车每一个零部件，与它融为一体；他柔弱的肉身便获得了一副钢铁躯壳，他也便瞬即获得速度和力量，去跨越时间和空间的巨大沟壑……他还感觉到，他所能获得的能量的大小，是与汽车的档次和排量成正比的；汽车档次和排量越高，他所获得的能量就越大。他要变得更快更高更强。他像一名永不知足的攀岩者一样，不断登临一个又一个为自己设定的崇高目标：下一辆他打算买陆虎，再下一辆恐怕就是汗马了……

老婆在家周边地区遛了两圈，突然调转车头，沿学府路往北，向城外方向扎去。

"喂，你想干吗？"他又呼叫道。

"你跟紧了啊，"她很是得意。"别把我跟丢了。"

"我看你今天烧包烧得邪乎。悠着点！"

"你瞧好吧！"

看来老婆是想过过瘾。的确，在城里开车心里堵得慌，车密路挤；他总觉得他所获得的能量使不出，憋在他那躯壳里，找不到一个出口，简直想爆炸。不过大周六往城外扎明显犯了一个错误：平常车都进城；周末车都出城。他们正赶上出城高峰。等明白过来有点晚了，他们已身陷汽车的洪流。他远远看见她向左转了，他也赶紧并入左转线。

前面是志新桥，左弯待转车辆在桥下挤出两三排，有的相互交错在一起。北京的初夏，天气正宜人；路边的树木都盈着鲜绿；头晌午阳光已经很艳，照得高架桥水泥立面白花花地眩目；正头顶的天是一片灰蓝，往四方以降，渐呈雾蒙蒙的灰色；空气中散着一股温热撩人的气息，鼓噪得你拼命想干点什么；要不是弥漫的雾霾和汽车尾气，真算得是空气清新了；特别是在这种汽车扎堆的时候，那股尾气简直令人窒息。路丙烯关上车窗；他和坐在身后的儿子各自摆弄着手机。

路丙烯戴副金丝边眼镜，镜片使他的两眼有些变形，看东西时显得过于专注；他面皮白净，脸上总是似笑不笑；一笑起来嘴角露出一颗银牙，给人一种亲善感。

"爸爸，怎么不走了？"儿子从手机上抬起头来问。

"我们在等绿灯。"爸爸头也不抬地说。

"妈妈呢？"

"她在前边。"

"你跟不上她了吧？"儿子说。"她把你给甩了。"

"谁说的！拐过弯我就追上她。我不过让她发发飙，想甩我可没那么容易。"

"爸爸，绿灯了！"

车流并没有动；倒像是河道被堵塞，河水漫出河堤似的，车流突然向车道两旁散去，分明是要绕开前面的障碍物。路丙烯这才意识到，的确出事了。

"看，妈妈！"儿子眼尖，探出头伸手朝前方指着。

路丙烯也看见了。车流朝两边散开后，露出了他家新买的那辆白色奥迪Q5圆朵朵的迷人的屁股；他老婆正在车头前跟什么人指手画脚。他赶紧把车提到近前；下车前他嘱咐儿子："跟车里坐着，别乱动，听见没有？"

地上坐着一个胖女人，五十多岁的样子，肉咕嘟的大脸，染着一头黄发，耳朵上戴俩翠绿的耳环；她一边捂着腰一边娇声娇气地"哎哟"；她身旁一个精瘦的男人，穿一件肥大的红色T恤衫，嘴吻向前凸着，两道深长的鼻翅纹一直勒到下巴；尖秃的头顶散着几根杂毛，看上去就像一只大刀螂。他正在跟路丙烯老婆掰扯。他走上前去劈头就问：

"怎么回事？"

"唉，你是谁呀？"大刀螂反问道，语气很冲。

"他是我爱人。"

"你来得正好！你老婆把人给撞了，你看怎么解决吧！"

"我让你悠着点……"路丙烯就想对老婆发火。

"我根本没撞着她。"老婆一脸的委屈。"绿灯该我左转弯，她非抢道，我嘀了她一下，她就坐地上了。我根本没碰着她。"

"我在后面看得真真的，车头都挨到她身上了，你还说没碰着。你还想怎么碰？"刀螂扯嗓门叫。

"她一过来我就把车踩住了。"老婆竭力辩解。"即使挨着她也不是我撞倒的，是她自己倒的。我看倒是她想撞我的车。"

"放你妈的屁！你撞了人还反咬一口。"

"你干吗那么大声嘀我呀！"胖女人哭丧道。"你这一吓比撞还厉害呢。你吓死我了，我心脏不好。哎哟我的妈呀！"

她的发髻散开了，遮盖了半个脸；描得贼黑的眉毛把眼睛磨叽成了熊猫眼；嘟噜着的大脸蛋子上蹭了一抹口红。路丙烯突然觉得这个女人似曾相识；他极力在记忆中搜索，可是怎么也想不起在哪儿见过；他只是感觉这种似曾相识伴着一种强烈的不快，不快到憎恶的程度。他顶恨撒泼的女人。

"不该你走，你干吗抢道啊？"路丙烯说。

"抢道怎么了？"刀螂叫道。"抢道你就往人身上撞啊？这马路上抢道的多了去了。"

"这事就是你们的责任。"路丙烯慢声拉语道。"是她不守规矩。这种情况要搁国外，撞了都白撞。"

"耶，你丫的！"刀螂眼登时成了金鱼眼，他一把揪住路丙烯的衬衣领。"你撞了人还想白撞！我抽你这小白脸！"

路丙烯脸涨红起来；他顶讨厌别人叫他小白脸。他心里翻腾起一股情绪，一下子把他从眼下的情境中推离开去，推得又高又远，让他得以超然反观，成了一个他自己的旁观者。他注意到周围已经聚了一大堆人，车道被堵塞了；车在他们身后排了一长溜，有的司机干脆下了车，凑上来打探情况。他儿子不知什么时候从车上下来了，站在一旁惊恐地关注着事态。

"你把手松开，"他似笑不笑地抚着刀螂的手，就像要抚掉一块沾到身上的脏东西。"我不想跟你打架。"

"你不能打人啊！"老婆上来拉劝。"有话说话嘛！"

"哎哟，我这腰疼啊！我这心慌啊！"地上的胖女人添油加醋。"我站不起来了！"

"你听他说什么了吗？他说的是人话吗？"

"他那么一说，打个比方而已。你不动手行吗？咱们该上医院上医院，该赔钱赔钱；有话好商量，行吗？"

刀螂揪着路丙烯脖领不放；儿子突然哭叫着朝刀螂扑过去，"不许打我爸爸！"

"这是谁家小崽仔！"他一抬脚把他踢倒在地。

"儿子，一边待着去，这儿没你事！"路丙烯冲儿子叫，又冲老婆说。"你看好他。打电话叫警察，咱不赔钱，一分都不赔。"

"你们自己说要赔钱的！"刀螂被激怒了。"有钱是不是？以为有俩臭钱就可以横冲直撞了，是不是？我就讨厌你这种人！"

我有钱是我玩命挣的，你没钱活该！路丙烯心说；不过他仍淡淡一笑：

"把手拿开行吗？我不想跟你打架。"

"熊样！"刀螂扬着的拳头放下了。"认熊了是不是？我还真不稀罕你那臭钱。你必须跟我道歉！"

"我有什么好道歉的？这种情况要搁国外就是像我说的，撞了白撞；警察来了我也这么说。"

"耶，你丫的！"刀螂眼又吊起来。"老子今天就让你白撞一回。我就不信这邪了。你要不撞就不是人揍的！"

"我撞你干吗？你又没挡我道。"

"我他妈的就挡你道了，你不撞我今天就甭想过去！"说着他走到奥迪Q5前面，对他老婆说。"你给我滚开，我就站这儿，看他撞我！"他老婆一骨碌爬起来，溜到一边，似乎并不知道发生了什么事。"过来撞！你丫的！"

"一边玩去，没工夫跟你闹！"路丙烯朝他挥挥手。"没意思！"

"今天你要不撞你就不是人揍的！就乖乖给我磕头。"

路丙烯咬了咬牙，腮帮子上鼓起两道棱子，对刀螂似笑不笑地一咧嘴，露出那颗令人亲善的银牙。

"好小子，有种你站那儿别动！"

"我不动，就站这儿等着！"刀螂一拍他那干瘦的胸脯。

路丙烯说着就要上车。现场气氛顿时紧张起来，围观者都瞪大了眼睛，就像拭目以待，见证一场奇迹。人群中掀起一阵骚动；有人开始起哄："撞！撞啊！"

老婆一把抓住他："别跟他一般见识，理他干吗？"

"我吓唬吓唬他。"他小声对老婆说。

"不行！你不能这么干！"她揪着他不放。

"你放心！"

他态度很坚决；紧抓住他的那只手松开了，她相信他，就像相信他在网上玩牌玩不大一样。大刀螂站在车头前不停叫嚣，鼓动现场气氛。路丙烯坐进他心爱的奥迪 Q5，先稳了稳神，然后启动了发动机。开了这么多年车，他对自己的车技还是很有自信的；就在与爱车融为一体那瞬间，他感觉自己浑身获得了无穷能量，可以供他去跨越去飞升，想怎么走就怎么走，想走多快就走多快，想停哪儿就停哪儿。盯着车前头的大刀螂，他内心不禁一阵喧嚣，仿佛一扇门呼啦打开，那始终憋闷的东西冒出来，那是一种厌烦和憎恶，就像胃里淤积过久而无法消化的食物，泛着一股酸腐：他憎恶这个大得没边没沿的城市，憎恶城里涌动的人潮和车流；憎恶头顶上那锅盖似的灰不出溜的天空和刺鼻的空气；憎恶一切影响他自由驰骋的障碍；憎恶自身无处释放的能量；憎恶被淹没的难以喘息的感觉，憎恶内心涌动的欲望；他憎恶这种憎恶……他不觉笑了，看见后视镜中映出自己嘴角上的那颗银牙；他笑得亲切而恬淡。

"真是一只大刀螂！"他心说。"看你这螳螂挡得住我这小白脸的车轮。"

他把车向后倒去，拉出一段冲刺距离，然后稳稳把车停住；车周围人们向后散开，散成一个扇形；不断有后续的人和车加进来。一个身穿红色 T 恤的刀螂似的中年男人孤傲地站在扇面之外，像一个胸有成竹的斗牛士，在轻蔑地注视着将要向他袭来的公牛。人群鸦雀无声，每个人都瞪大了眼，静候好戏的开场。令人意想不到的是，那只白色铁公牛竟在瞬间把速度提升得如此迅猛，人群中的惊呼在喉咙里还没有发出，那个刀螂"斗牛士"已经飞出去，当空划出一条鲜红的弧线……尖利的刹车声骤然撕破了北京初夏气闷的灰乎乎的空气。

路丙烯稳稳把车倒回来。他打开车门，从车上下来，朝远处趴在马路中间那个瘦长的人体望了一眼，扶了扶眼镜，嘴角露出那颗银牙；他的脸比先前更白了。人群齐齐地向他行着注目礼。

"不过是只螳螂而已！"他自语道。他在人群中寻到老婆和孩子，走到他们身边，把车钥匙放入她手心，"拿着！帮我个忙，打电话报警吧！"

车钥匙从她手里掉落到地上。

2012 年 12 月初稿

2013 年 3 月改毕

北京北

伤口

哎！我也只能这样，对一切都很满足。
我带着一个美丽的伤口来到这个世界上，
这是我的全部陪嫁。

——《乡村医生》弗兰茨·卡夫卡

坐在酒店底层的咖啡厅里，隔着左手边敞亮的落地玻璃窗，不时地向远处的海滩丢一眼；随着客人的进进出出，耳畔反复回荡起忽高忽低的涛声。望着对面小伙子漂亮而健康的脸，刚打定的主意一时有些动摇。他就是在不断与疑虑的斗争中打定主意的，现在那疑虑又占了上风。毕竟他们才认识一个来星期，又是在这天涯海角的亚龙湾偶遇：这真算得上一种缘分了。其实他很不喜欢这词儿；说起来就像食物中猛地吃出了一粒细沙——牙碜。不过几天来他们一直都在反复咀嚼这粒细沙，已把它嚼碎，美滋滋地吞下了肚。同在北京，同在海淀，乃至同在五道口住了那么多年都不曾遇着（即使遇到了也是擦肩而过，那茫茫人海知道谁是谁呀？），反倒跑天涯海角这儿相识来了，这不是缘分又是什么？似乎也找不到更恰切的说法；此外"相见恨晚"之类也冒了出来。反正几天来他们一直在同游同乐（更确切地说，应该是他陪着他们夫妻俩到处游玩），相处甚欢。可要让他一下子把那念头和盘托出，还深感哽塞，尽管他已考虑再三。他是个男人，一个年轻小伙——在他眼里他就是个小伙子，毕竟他比自己小上十好几岁呢。他深知自己的弱点，不太善于跟男人打交道；相反，要是跟女人在一起，他便如鱼得水，收放自如，在短暂的接触中便可做到无话不谈，甚而更进一步……要是他愿意或有那个兴趣的话。没错，他经历过不少女人，各式各样的女人；他正在经历，还将继续经历，直到有一天他心里那道伤口完全愈合，从此他的心静如止水……不过跟男人在一起，特别是这样单独在一起，总叫他感到有些生涩。

"这都是为了她！"他心里反复磨叨着。"不！也不全是。也为我自己。"

小伙子的确漂亮，一头浓密卷发，油黑中泛出一种棕褐的光泽；眼睛往里抠着却又不至于深陷；鼻梁直挺，嘴唇饱满红润；脸型既显出西方人那种棱角，又为东方的柔和所消融；一笑起来，两颊的笑靥配合着一口整齐洁白的牙齿，看着就叫人赏心悦目，尽管他对男色毫无嗜好。一点不错，见他第一面，猛丁一眼还以为他是个老外。当时他正夹着帆板冲上海滩，从头到脚往下淌着水；而他跟妻子则是第一天来到亚龙湾，正躺在阳伞下沐浴着阳光和海风。他似乎在跟一个同伴追逐嬉戏，匆乱中帆板的尖头正戳到他们头顶的伞盖上，造成伞仰人翻的惨剧。更令他吃惊的是，接下来的慌忙道歉竟操得一口地道的东北话，先前那点"老外"的幻觉也即刻化为泡影。谁也想不到的是，这次海滩上的遭遇竟拉开了他们交往的序幕。

"我爷爷是俄罗斯人。"后来他解释说。"八年抗战那阵儿，作为一名苏联军官带着部队进入东北战场打小日本；有一次负了伤，在战地医院里认识了我奶；后来他阵亡时，我爸才三岁。在长春人民广场苏军纪念塔上还刻有他的名字呢。"

此时，他一边轻轻搅动杯子里的咖啡，一边扭头望向窗外，在咖啡厅幽暗的背景上恰好映衬出他头部的完美侧影，真像是那种印在外国钱币上的一个人物头像。他似乎看得很入神，得以让他好好欣赏眼前这幅人物剪影。他又朝窗外丢了一眼；热带午后的骄阳把大海也驯服了，波涛翻滚得异常慵懒；天空是透亮的蓝，白沙滩泛出刺目的光，海滨大道两旁椰林成行，人群（大都是游客）散布其间；浪涛之上点点白帆竞渡……

"你好多年没参加比赛了吧？"他打破沉默。他必须说话；这个下午把他约出来，不是来相面的。他端起杯子，喝了一口咖啡；杯子已见了底。

他也收回视线。"那还参加啥了，岁数大了。"他爽朗一笑，"帆板这玩意就玩个年轻。老老实实在学校里教教课得了。"

"你拿过奖吧？"

"拿过一个亚帆赛的冠军。"

"就拿了一个？"

"拿一个还不够？"

"接着拿呀！"他逗趣地说。

"不行了，干不过人家！年纪一大你就觉着身子发沉，翻跟头都翻不过来。"

"我看你翻得挺利索的呀！"

"偶尔翻那么一两个还行，就靠那点底子了；底子一耗光也就完了。跟那些小年轻的比，真干不过人家。"他又爽朗一笑；那浅浅的笑靥中溢满了凄然，端起杯子，把杯里的咖啡一饮而尽，然后抱起双臂；这个简单动作使他衬衫底下隐隐显现出胳膊和胸脯上发达坚实的肌肉。

"反正我是外行，我看不出来；我就看你翻得挺精彩，我都看傻了。"他把目光盯在他那鼓动起伏的胸脯上；那目光竟透出一股贪婪。

"其实这没啥，你也行！"他不以为然地说。"你看有的帆板高手，也不是啥专业的，就一爱好，四五十岁了还照样翻呢！"

"我！"他指着自己鼻子，几乎大笑起来，笑得浑身的肉直颤。"你别胳肢我了！"

"真的，唐哥，我不胳肢你。你练练真行。"他一脸正经。他把两个杯子排在咖啡壶下，拧开那个极其精致的黄铜小龙头；然后在两个杯子里分别加了奶和糖，把他那只推过来。

每当他叫他唐哥，都让他心里一阵暖烘烘的；他就叫他成皓老弟，就像他们早已是多年的老朋友。是他先叫他唐哥的。他很少跟男人这样称兄道弟；他似乎生来不会这套。

"成皓老弟，"经过几天来的不断招呼，这一称呼也叫顺嘴了。"你知道我这辈子最缺的就是运动细胞。"

"那你还真不如嫂子呢。我一拉，她嗖就上来了，灵巧得很！"

"那敢情，远远不如！她大学时是校花样游泳队的，我这两下狗刨还是她

伤口

教的；你就可想而知……"他咧着大嘴尽情地自嘲。

他提高喉咙（高到足以压过轰鸣于耳畔的浪涛声）大叫道："你上来！"
她从水中挺起上身，把手伸过去。借着浪头的冲劲，就在从她身边滑过那一瞬，
他一手拉住帆杆，一侧身抓住她伸过来的手；她便海豚似的一跃而起，站到了
他的帆板上。他就带着她在滚滚浪涛上飞驰了。这是一种全新体验，以前从未
有过，尽管她深谙水性。对他而言，这"跑马圈羊"的绝活虽是他的拿手，但
要求合作者的紧密配合。他们俩一次次地反复练习，他甚至带她试着在浪尖上
翻了跟头。为了更好地保持平衡，他必须把她拥在怀中，前胸紧贴她后背，两
人合为一体，以便于他自如操纵帆的拉杆。经过两三天练习，她便配合自如了；
亏她身手敏捷，真不像个四十好几的女人，更不像刚动过手术的病人；苍白的
脸上也绽出久违的笑容，面颊上升起一层红晕。她连连大呼过瘾，就是感觉疲
劳和气短。每次运动后，马上回酒店呼呼大睡。唐棣不得不告诫老婆不要体力
消耗太大，要适度。

"你嫉妒了吧？"她歪起头看他，笑眼中闪动着一股狡黠和调皮；结婚这
么多年，他觉得她当年做姑娘时的那种性情又回来了，这实在是难得。有一次
在餐桌上，她当着成皓的面就调侃："看咱俩滑得那么好，你唐哥都嫉妒了！"

"不至于吧，唐哥！"他一脸天真。"你真嫉妒吗？"

他恬淡一笑，"嫉妒啥，老夫老妻的了！"

想不到的是，那笑意并没在脸上就此收住，而是铺展蔓延开来，有演变成
哈哈大笑之势；可他又觉得这笑颇有些猥亵，不宜示人，便想到要收敛，于是
一个流了产的笑摆在了脸上。这个笑就是由他们俩在浪涛之上乘着帆板飞驰的
情景触发的，那个念头便打头脑中一闪而过，开始纠缠他。

"你笑啥吗？"老婆婧好没好气地瞪他一眼。"真讨厌！"

"没事，没事！"他捂上嘴咳嗽起来，假装没吃好呛到了。

她收回疑惑的目光，转向身旁的成皓，打趣道："瞧你唐哥吧，一脸坏笑，
不定又憋着啥馊主意呢！"

"我有啥馊主意！"他再也憋不住，竟毫不掩饰地哈哈笑起来。"看你玩

得那么开心，我高兴呗。"

让她开心，不正是这趟三亚之旅的目的吗？要是没碰上他，他还真不知该如何哄老婆开心。这样说来，他应感谢他才是。他不仅带着他们在海中戏水，他几乎成了他们这次三亚之旅的义务导游。就在那次海滩遭遇的第二天，他们误入当地海鲜陷阱；就在那把宰人的"屠刀"架到他们脖子上的时候，恰巧给他撞个正着（这是他们之间缘分的又一佐证），他出手相救。

"事先一点功课都不做，就敢一头扎到三亚来？"事后他取笑说。"宰的就是你们这样的愣头青。"

他可是个三亚通。他说他们首都体育大学在这儿有一个水上项目训练基地，每年都得小半年驻扎在这边。他们撞上他算是撞对人了。就是看在五道口同乡的面子上也不能坐视不管啊！他不仅带他们品尝了货真价实的海鲜和地方特色美食，什么蒸海胆啦，生吃龙虾啦，黎苗风味啦，还进行了游览观光，什么蝴蝶谷啦，贝壳馆啦，图腾广场啦……她表现出很高的兴致。往往总是他们俩走在头里：一个对各景点的背景知识了解得十分透彻，讲得绘声绘色；一个则事事好奇，不住地问这问那，听得入神。唐棣倒乐得错后一步，给他们留出一定空间，兀自拿着相机东照西照；其实他对拍照没有多大兴趣，不过做做样子。他暗自释然，要仅仅是他们夫妻俩独步这些景点，那效果想必差得多了。

"嫂子体力真不错，这么多天，又冲浪又到处逛，一天不落都钉下来了。我都觉着有点吃不消。"

"她要是不得病，比现在还强呢。"他眼神一时有些暗淡。"往常走路我都赶不上她。"

"嫂子得的什么病啊？"

他迟疑了一下。"你想知道？她不愿让别人知道……不过跟你说也没关系……而且我觉得应该告诉你。她得了乳腺癌，一年前做的手术。"

"哦！"他脸一沉。"看样子她恢复得不错。手术做得很成功吧？"

"本来的方案是乳房整个切除，可是她坚决不同意，最后光切了肿块，尽可能切得彻底吧。你知道，她自己就是医生，她很清楚这意味着什么。"

"嫂子真有个性，很令人佩服。"

"那管啥用！"他很有些不以为然。"最近一次复查发现，已经转移了。"

"是吗！"那双漂亮的眼睛瞪起来。"当时要是整个切了……"

他摇了摇头。"那谁说得准！"

一时他们都不知再说什么好，默默地端起杯子。午后的咖啡馆里较为安静，零星地坐着几位散客，大部分旅游者都聚集在海滩或景点；花竹窗帘把炙热的阳光挡在了外面，在屋内投下了一片阴凉；有两个人在上网，一个角落里几个老外在扎堆闲聊，唧哩呱啦说个不停；其中一个一脸大胡子的站起身走出去了，在开门的瞬间，海浪声猛地涌进来。

"这些年我感觉亏欠她很多！"他压低声音叹息着，像是怕人听到，又像是他自己内心的独白。他看着手里的咖啡杯，杯子十分精巧。说这些干什么？表示忏悔吗？东拉西扯了半天仍没进入正题；这一切似乎都跟正题毫不相关，又似乎是进入正题的必经之路，绕道是绕不过去的。

"所以一得知转移了，马上带她跑这儿来了？"他声音一下子变得有些生冷，又带着点揶揄。"还订了间豪华海景套？"

谁告诉他的？她肯定不会说这种事。他的这种灵犀洞见和尖锐坦言叫他很不受用，同时又感到气恼。难道他早已把我看了个底掉？他现出毫不为意的样子，把那一丝不快轻轻抚去了，就像抚去挂到脸上的一张蛛网。

"是啊！我们很少像这样一起出来玩。她忙我也忙，有一天忽然意识到……"他拉着长调感叹，继续闲扯着。"你知道，我跟你嫂子是大学同学，"

"哦！"他神情专注起来，在位子里调整了一下坐姿，以便于倾听。

其实他的故事也没什么出奇的，不过是人群中那种极其普通平凡的人生经历而已。他们是协和医科大学的同学。梁婧好一入校，就十分惹人注目，很快被拥戴为校花。唐棣跟她同班，可谓是近水楼台，便开始了漫长的追求历程；整个大学五年他都是在艰苦卓绝的追求中度过的，把其他爱慕者全都挡在了圈外，只能眼巴巴看着，就像看着一头狮子守护着自己的猎获物。大毕业后他们双双上了研究生，在读期间结了婚；研究生毕业后，又一同进入了协和医院当医生。不过，唐棣没干两年就辞职下海了，做起了医疗器械生意。先是给人打工，做销售；接着便成立了自己的公司，为法国一家医疗用品公司做中国代理。随着生意日隆，他的生活也发生了变化。他在家的时间越来越少：一年总有半年飘在外面，国内国外飞来飞去。就在这其间，他感觉内心中一种伤痛发作了。伤痛是他后来用的一种表达方式；这伤痛来源于内心中的一道伤口。他在一些书中反复读到"伤口"这个词，他立刻有所领悟，并深受触动：这词儿用到自己身上再贴切不过；是伤口就须治疗。他后来回想，当初对婧好的所谓爱情，就是这道伤口的大发作吧？只是当时他并没有达成这样一种明确认识。结婚后伤口平复了，就像一座活火山喷发后暂时恢复了平静；而后来的复发则让他措手不及，让他焦躁不安，让他成了一只丧家狗，惶惶不可终日。回首起来，他当时并不知道这就是那道旧伤口复发了。

更让他焦躁不安的是，老婆婧好这剂灵丹妙药，对他几乎不再具有治疗作用（或者说是他自身产生了某种抗药性），就像一眼丧失了魔力的魔泉，怎么喝也不解渴；甚而是越喝越渴了。就在这复发的伤痛逼迫下，他迷迷瞪瞪地开始寻求新的治疗，新的灵丹妙药，新的女人……直到有一天他猛然产生"伤口"的颖悟；随之而来的是一阵深深的恐惧：他害怕带着这道伤口死去，那将是一种不治而亡。

今天怎么了？感觉着了魔似的，把平日里最细微最隐秘的内心感受和体验一股脑吐露出来，特别是吐露给一个男人，尚且比自己年轻得多；这在他简直不可思议。好多话他跟老婆都没说过。这不仅在于关系的亲密，更在于心息的相通。从前他也曾试着与人深交，其中有男人也有女人，大多不过浅尝辄止，往往一触及最敏感之处，听者便摇起头来，脸上露出不以为意的笑，明明是在说："你太神经质了！"或者"这只是过敏性情感虚夸！"他便闭了嘴。有过几次这种经历后，他决意不再敞开这扇心门。这次与他的偶遇，仿佛是接收到了某种信号，他又不由自主起来。没错，从那眼神和表情上看，他对他的话完全心领神会。他一边听一边不住点头。

"唐哥，伤口这词儿你用得太好了！"他竖起大拇指。"形象又准确，我头一回听到这种说法，对我是个很大启示。这么说来，我们每人心中都有这么一道伤口，每人都须治疗喽？"

"那当然！"

"那你一定把女人也包括进去了？"

"这是肯定的！不过情况有很大的不同，女人的伤口是开在身体上的。"他迟疑了一下，"或者不妨说，女人内心的伤口直接绽放于身体的表面，而且一直在不停地流血。"

成皓禁不住朗声大笑，一时搅动起咖啡厅里午后凝重的静谧；那几位老外一齐扭过头来往这边瞧。他收住笑，向四周扫一眼，伏过身来压低声音道："唐哥的见地真是独特！看来你很有研究啊！"

他并没有笑，反倒一脸的严肃。"这就是为什么女人像花一样美丽，却又敏感、柔弱、易受伤害……"

"这么说，你伤害到嫂子了？"他忽然紧盯住他，就像检察官审案时在确认一个犯罪事实。"你一定把嫂子伤得不轻。"

"成皓老弟，你在指控我吗？"他淡然一笑，把那份凝重和严正轻轻化解了。

"中医认为，女人得乳腺癌都是由于浊气淤结于胸，经久不化所致。"检察官进逼不放。

"瞎说八道！"他沉不住气了，不禁厉声道。"她的乳腺癌是遗传来的。她妈就是得这病死的。我是学医出身，这点我可比你清楚。"

他不屑地咧了咧嘴，似笑不笑，露出了整齐白净的牙齿；那是他面容上很值得骄傲的一部分。"这么说你这种双重生活过得十分隐秘喽？没露出一点马脚？"他呷了一口已凉透的咖啡；他饮得很慢，像是在细细品味。"你刚才不是还说女人敏感吗？我想嫂子就是个超敏感的女人。"

"你说得很对！她是太敏感了，敏感得叫我心惊肉跳。"他苦笑道。"可想而知，我的双重生活过得容易吗？"他双手下意识地把空杯子转过来转过去；他垂下眼看手里的杯子，似乎在细细玩赏一件难得的艺术品；有些拔顶的额上渗出一层细小的汗珠。他从对面伸过手来，拿走他手里的杯子，放到咖啡壶的龙头下。"不，你先来……我不行……都喝两杯了……好，谢谢！"他照广东人的样扣了两下桌子，很无奈似的。

他也给自己的杯子添满，然后抬手叫道："服务员，加点水！"一位服务生过来在咖啡壶里加了开水。

服务生转身一离开，他马上接着说："你以为我愿意过这种双重生活？我恨不得把两处的生活并作一处，把掖着藏着的女人直接领到她面前告诉她，'瞧吧，就是她！'我甚至都想，干脆我们仁就在一块，同吃同住。"他为自己的说法忍俊不禁。

"想得倒美！"他现出一副幸灾乐祸的嘴脸。

"那我也不能憋着呀！"他一时有些气恼。"你知道，我真害怕憋死！"

"我不是这个意思……我是说……比如想办法跟她沟通，从内心深处，深层次的……"

"怎么沟通？就像咱俩似的，跟她说我们每人身上都有一道伤口？都在流血？你觉得她能理解吗？即使理解了，她能接受吗？"

"没错！"他泄了气。"对女人来说，特别是做妻子的，男人在这个问题上的任何解释都不过是个借口。"

他也觉得惊讶，这些年来，她丝毫没流露出洞悉了他隐秘生活的痕迹。她始终都活得那么淡然，那么平和，就像一条大河慢悠悠地流，波澜不惊，沉静而深邃。或许她决意封住自己的眼睛和耳朵，以处之超然；或许她太优雅太骄傲太矜持，容不得一点点歇斯底里的扭曲。他们一直过着那种通常为时光磨损得发白的夫妻生活。然而正是这种平静沉寂令他惊惧，他不知道这平静沉寂下面正酝酿着什么；也许某天他拖着疲惫的脚步从长途旅行中归来，一踏入家门，那条一贯波澜不惊的河会突然掀起狂涛巨浪将他淹没……没有，这种事一次都没发生过；每次定下神来回头一想，都不过是自己吓唬自己；但这并不说明下一次就不会发生。

"你知道，我老是有一种幻想，就是争取赶在那条大河发洪水之前使那道伤口痊愈，到那时一切便都可以坦然面对了；所以我总有种紧迫感，得加紧……"

伤
口

191

"这不太可能！"对面又是皱眉又是撇嘴。

"这不是不可能。"他争辩道。"我给你举个例子，是我自己的亲身体验。"他挪开杯子，定睛看了看那张撇歪的性感的嘴巴，似乎想从其中得到某种印证。"你知道，我小时候曾一度特别爱吃耳朵眼炸糕，吃起来没够，心里老惦着。我爸我妈不让我多吃，说那东西吃多了不好。有一次，我爸也不知发哪根神经，把我带到护国寺小吃店，一下买了冒尖一盘子的炸糕，往我面前一放，说：'你不是爱吃吗？今天就让你吃个够。'我真的一口气全给吃了，结果伤了胃，好几天不消化，不得不去医院。从那以后我再也不想吃炸糕了，一见炸糕就恶心。"他大笑起来。"你知道我有种什么感觉吗？我得救了！"

"得救？"对面投来疑惑的目光。"怎么得救了？"

"就是从欲望的压迫下解放出来了呀！"

"你把女人当炸糕？"他抚摸着他那很男性的下巴，乜斜着他；嘴角慢慢向上挑起，像是在完成一个会意的微笑，然而却停在了半路上，形成了一个嘲讽。"那怎么能一样呢？"

"我不过打个比方，其实质都是一样的。孔老夫子不是说过嘛，'食色，性也！'"

面对孔老夫子的助阵，他的手并没离开下巴，嘲讽，摇头，沉思。"我还是觉得……不可相提并论。"

"这么说吧，其本质都是人的欲望。欲望对人进行压榨和胁迫，使人产生痛苦；唯有破除它，才能从中解脱；而破除它的唯一有效办法就是满足它……"

医疗用品代理商终于找到了一个倾吐对象，要把长期以来囤积于胸的思想统统发表出来；他滔滔不绝，振振有词，有理有据。可说着说着，他品出一股酸腐的味道，似乎由于囤积过久，那些思想都有些受潮发霉。他心下发虚，便不由动摇起来：他无法自圆其说。事实也并不像他类比的那么简单：对单一油腻的炸糕的暴食使他获得了对它的终身免疫，而万种风情的女人却不那么容易叫他倒胃口（尽管这正是他所追求的终极目标），反倒越发贪馋得不知厌足，致使那道伤口反复化脓、流血、溃烂。这为他面对妻子时的惊惧平添了一重罪责和愧疚，于是便想到了要补偿。

若说补偿的话，当初也许他并没有这种意识，不过是出于最通常的动机：出差回来（特别是从国外回来），给老婆带件礼物。什么香水啦、首饰啦、箱包啦、时装啦，全是货真价实的世界名牌。有的干脆就是巴黎时装展示会上竞拍来的，从某某世界名模身上直接剥下，还带着她的体温和余味。十几年下来，家里足可以办一个世界奢侈品博览会了。刚开始她着实为那些罕见的精美物品兴奋欣喜了一阵，后来便毫不在意了。她常穿能用的也就那么有限的一部分，不少东西从买回来就一直放在那儿，连包装都没拆。她并不是那种对这类物品迷恋上瘾的女人。她一再对他讲，不要再买了，家里都成灾了，可是他却罢不了手。这似乎已成了他的一种习惯，一种内在的需要；旅行包里有了那几件礼物，也便有了迈进家门的特许通行证，无论在外面做了什么，全都可以一笔勾销了。有时在老婆生日之际，他带回来的礼物还要贵重得多，比如一块名表或一辆豪车。

她不再劝阻，她的接受变得自然而然，就像一个受贿老手的纳贿，对行贿者的意图心知肚明，而脸上却不显露一丝痕迹；这样一来，他倒显得机械生硬了，感到自己有几分下作；特别是在那个久别重逢之夜。不过毕竟也算是久经沙场，即便面对惊涛骇浪，也能处之如云淡风清。

他们早已分床就寝，各自拥有独立的房间，给彼此留出足够的空间享受个人自由；需要同房时再合归一处。只是这种需要年复一年地一再缩减，最后缩减为他每次出差归来之夜。这种同房便不免带上一股仪式味道，刻板而程式化：先关在自己屋里删除手机中有害信息；关机后去净身，洗去一路风尘和不洁（尽管已洗过，生怕有所残留）；然后带着一丝愧疚和隐隐不安，带着那种貌似小别胜新婚的急切，带着满足后的厌腻（这种厌腻往往给他一种伤口愈合的错觉，凭经验这种厌腻很快会过去），走向她的房间，先敲一敲门，问她是否准备停当；然后爬上她的床，就像饱餐过一顿山珍野味后又坐上了家常饭桌。要是表现不佳（这几乎成为一种常态），他常常有一个很好的理由：一路太累了。她总能理解……

伤口

"依我看，嫂子早就把你看透了！她愣是没表现出来，这得多强的心劲。要是换了另外一个女人，早跟你翻了！"他竟愤愤不平了。

他脸上一时讪不搭的。"我跟你说过，你嫂子这个人太骄傲、太优雅、太自尊……"

"这样的话，你伤她就伤得更厉害。"他声音不由拔高了八度，搅扰了咖啡厅里的静谧。他涨红着脸四处撒眸了一眼，那几个老外不知何时已离开，只剩一个小伙子坐在一个角落里，戴着耳机在上网。窗外，大海上空那轮似火骄阳已明显偏西，浸出几分暮色。他转回脸来对着他，表情激动又严肃。"真的，唐哥，你们不能再这样下去了，得想个解决办法。"

整个下午，医疗用品代理商都在暗暗观察这张英俊的面孔，想要从这英俊之下探出点什么来；即使在遭到他的抢白、反驳和嘲笑之时，这种观察也没有终止。此刻，好像终于看出了某种端倪，脸上禁不住绽出笑意，这回该他把嘴角挑起来了。"成皓老弟，生活不过是一个过程；生活本身是没有办法得到解决的。你倒真能为你嫂子着想啊！"

他毫不理会他的嘲讽意味，仍旧一副认真模样。"你想过跟她离婚吗？也许离婚对她倒是一种解脱。"

"我从来没想过要跟她离婚。"他异常坚定。"从前没想过；现在，在这个节骨眼儿上更不想了。我们是要白头偕老的，成皓老弟！"

"你不觉得你太自私了？"他口气中透出一种厌恶。

"你说得没错，我现在也认识到了。"他诚恳得就像一个虚心接受老师批评的小学生。"我原以为只自己身上是有伤口的，亟需治疗；没想过她同样……"他猛然哽咽了，余下的话全塞在嗓子眼里说不出。他把头扭向窗外，强忍着不让泪水掉下来。隔着桌子伸过来一只温暖的大手，握在他手上，握力强劲。

"对不起，唐哥！如果我的话说得不合适，请你原谅！"

"没事没事！"他从那温暖有力的大手中挣脱出来，从桌上拿起一张餐巾纸揉了揉眼角。一个男人的亲密接触叫他很是慌乱不适。他定了定神。"你的

194

话说得很好。今天下午我们聊得十分畅快。你知道吗，多年来我很少跟男人进行这样的畅聊，特别是你的话一次次叫我触动，真的很难得。"

"真的！"年轻漂亮的脸再次为笑容照亮了。"你这么说那我太高兴了。让我更高兴的是，我发现你并不是一个无情无义的男人，你对嫂子充满了同情……"

"岂止是同情！"他打断他。

"我用词不当啊，应该说……"

"你知道吧，我跟你嫂子就像……"他一时也找不到合适的词汇，打了磕巴。"就像……这么说吧，就像两棵树盘根错节长在了一起，骨肉相连，她中有我，我中有她。她的痛苦就是我的痛苦，谁也离不了谁。从她爸得病到她，她们一家三口我都伺候到了，我爹我妈我都没这么伺候。"

这话一点不假，岳父岳母得病住院，他都全程照顾，不惜把工作撂到一边。尤其是对岳母的照顾，叫他感触最深。他跟老婆轮班，日夜看护，寸步不离，整折腾了小半年。开始老太太只是说胯骨疼，后来一查，是乳腺癌晚期骨转移；这让作医生的女儿痛悔不已，马上进入治疗。她能动用的北京最好的医疗资源全都用上了；然而疗效仅维持了不到两个月就失控了，癌细胞已全面扩散，明显可以看到她身体上现出一个一个的肿块；随着肿块的增生，她的身体急剧消瘦下去，就像她体内潜伏着一个恶魔，一点一点吸干她的血肉，养肥自己，只给她剩下一张皮。

最令人揪心的还是那一刻不止的疼痛。老太太扭动着虚弱瘦削的身子，日夜发出呻吟；杜冷丁的剂量越用越大，时效也越来越短。做女儿的真恨不能一针下去，使母亲彻底摆脱折磨，但她无论如何也下不去手；她只能眼睁睁看着，默默承受着。唐棣更是不知如何相助，唯有尽他所能把看护做得更体贴更细致；夜深人静的时候挺起一只臂膀，供她伏在上面哭泣。母亲的病逝对婧好是一个沉重打击；身为医生，她自然对疾病和死亡有着非同常人的理解和认识，但当真具体落实到了母亲身上，以往那些理解认识似乎都另当别论了。几年来，母

伤口

亲的遗容一直深深烙在她脑海里，无论睡着醒着，不经意间便浮现于眼前，令她惊魂，令她痛悔。就在他们抵达亚龙湾的当天，刚下水游出不远，她便突然掉头往回游；上了岸躺在阳伞下喘了半天，她才解释说，在水底的白沙海床上清晰地映出了母亲的脸。他安抚了她好半天。就在这时，一个漂亮健壮的小伙子从海滩上闯进了他们的视线。

此刻，那小伙子就坐对面，朝他竖大拇指。"唐哥，够意思！经历了这些事，想必你感触也很多吧？"

"是啊！"他长叹道。"说到底，死亡本身并不可怕；可怕的是死得不甘心。"

"谁甘心死啊！这世上恐怕没有一个死得甘心的！"

他轻轻摇了摇头，现出莫名的笑："我就要死个甘心！——当然，这恐怕是我一辈子的事业了。"

"咋个死法？拿嫂子做垫背的？"他又忿忿然了，口气很冲。

他脸上依旧是笑，似乎已透彻了一直在探究的秘密。"当然，这也是我最担心的，也是我最不情愿的。"

他们又默默喝起了咖啡。窗外，斜阳已呈现沉落之势，正在慢慢收起它那炙烈的光和热；大海正由碧蓝过渡向青紫，很快那将是一片黛色的波涛了。海色的变化就像是一阵无声的警告，人们都不约而同收了玩兴，从波浪上撤回到沙滩上，聚集在那里最后地徜徉流连。咖啡馆里一时也暗淡了许多，先前那点光亮似乎也被正变得青紫的大海吸去了，呈现出入夜喧闹之前的沉寂。

"今天下午我咖啡可是没少喝。晚上甭想睡觉了。"他放下杯子说。

"不睡不睡吧，反正明天你也没事。"

"我就是怕影响你嫂子。你知道我们早就分床睡了，猛丁睡到一个床上很不习惯。这酒店的床又太软，我这边一翻身，她那边就忽悠。我真怕把她弄醒。说实话，出来这些天我都没太睡好。"

"今天我估计没事。你在她身边放炮都弄不醒她。滑水又滑了一上午，可把她累瘫了，弄不好就连轴睡下去了。"

"那也说不准，前天不是睡睡就醒了，晚上反倒精神了。她吃完午饭睡的吧，"他看了一下手表。"这都五个小时了，我看也差不多了……"

"唉，唐哥，你先别回去，让嫂子多睡一会儿；她且醒不了呢。"

他只那么一说，人并没动窝，他就急巴巴地伸手把他拦下。医疗用品代理商的脸上再次现出那种莫名的笑意。

"你倒真替你嫂子着想啊，凡事都站在她一边。"他有意把笑铺展得爽朗而诚挚，尽力抹去话语中那股嘲讽意味。他忽然意识到，坐这儿兜了一下午圈子，最后摊牌的时候到了；此时不摊，怕是再也没有机会和勇气。

那张年轻漂亮的脸蓦地涨红起来，他一时显得手足无措，抓挠了几下浓密的卷发，马上定下神来。"唐哥，你别误会啊！"

"我没误会。"他意味深长地望着他。"喜欢你嫂子吧？跟你唐哥说实话。"

他支吾起来："不……不喜欢……不是……我是说哪能呢……这不可能……"

"这怎么不可能？完全可能！"他欣赏着他的慌乱。

"唐哥，我可没做啥对不起你的事啊！"

"你误会了。我并不是在追究你啥错；你没做任何对不起我的事。我现在只要你一句实话，你喜欢你嫂子吗？这对我很重要；尤其对她。"他认真起来。

"不是……唐哥，你啥意思啊？"他瞪起了眼。

"我这意思还不清楚吗？……好吧，咱们这么说吧。你嫂子很喜欢你。明白了吧？"他直视着他。

"这是真话？"瞪圆的眼里立马闪出喜悦。

"你小子！"他伸出手去拍着那宽厚结实的肩头。"从你撞翻我们的阳伞开始道歉那一刻，我就看出你是啥心思。这种事瞒得过我！"他哈哈笑着。"不过，唐哥得感谢你。就这事，昨晚我们俩讨论了一晚上……你应该看出来吧，这几天她跟你玩得多欢，跟变了个人似的。她年轻时就这样，你让她恢复了青春。”

他表情一下子凝重起来，手托下巴，眉头紧拧，“跟你说吧唐哥，这些天我心里一直很纠结，怀疑我自己是不是做了件错事？”

“你没做错任何事。怎么？”他倒忧虑了。“你嫂子不可爱吗？嫌她老了，是不是？”

“不是！我不是这意思！”他连忙否认。“嫂子很可爱，不减当年，只是……”

医疗用品代理商打开一直放在旁边的手包，拿出两叠捆好的钱，推到他面前。“唐哥求你了！”

他像被烫了屁股似的，立刻从座位上跳起来，两只大手对着两叠钱不停地摆，“唐哥，你这是干啥！”

“瞧把你吓得，慌啥嘛！”他显得格外镇定。“坐下！听我说。这钱你收下。这些天来你一直不辞辛苦地陪我们到处玩，真是帮了大忙；要不是遇到你，还不知这次旅行会怎么样；这是你应得的报酬。再就是你嫂子，我希望你能爱她。你让她恢复了活力；她得病后，特别是这次得知复查结果后，她整个人都灰了，形将就木了似的。我不想看到她这样，我要让她知道她活着；让她感觉到她是活着的，还要继续活下去。只有你有这种力量，爱她吧，好好待她，使她的伤口得到抚慰……”

那张年轻漂亮的脸一时颜色难看，嘴角向下撇着；他把钱轻轻推了回来。“唐哥，你把我当啥人了！”

他脸上讪讪的，就像正图谋不轨给人捉了个现形，一边收起两大摞钱一边干笑道：“对不起，成皓老弟！……我不是那意思，就当我啥都没说啊，你能原谅我吗？”

难看的颜色有所松动。“嗯，好吧！”
“那你看……你嫂子这事……”

咖啡馆里一下子热闹起来，不断有人涌入；他们是被一股股强劲海风和浪涛推进来的，大海开始涨潮了。他真切地感受到那潮头正一浪高过一浪地涌来，轰然拍击着他的心岸。他一直坐那儿没动，隔着窗子，朝大海那边眺望。夕阳仿佛终于燃尽了它的光和热，正在把通红的余烬沉入大海；然而也似乎并不甘于最后就这样无声无息的寂灭，余烬也要尽情挥洒得壮丽辉煌，于是那西天的云和云下黛色的波涛都被浸染得一片金丝金鳞，金光灿灿……他这才发觉，自己在无声地流泪，也不知流了多久；他甚至不知他是何时离去的，丢下了他一个人。正是透过朦胧泪眼，这海上残照才显现出一种非同寻常的韵致吧。他没有烦劳去抹泪，任其自由畅流；也丝毫没有介意周围已是人群熙攘，人声嘈杂；他们完全属于另外一个世界，他们完全被排除在那涛声和金光之外，显得遥远而微不足道。他只有全身心投入到为泪水浸润的正不断涌起的金色浪潮中，方能品味出它别样的韵味：它夹带着大海的气息，又咸又腥，又苦又甜；悲伤中杂糅着喜悦；它是一阵阵痛楚快慰的波动，它是一泄千里又荡气回肠的无奈哀叹，为了我们身上那道难以治愈的伤口，为了我们最终的安宁和幸福……残阳终于耗尽余辉，只落下一片空荡荡黛青色的波涛……

直到一只温暖有力的大手轻轻放在他肩上，耳际响起一声熟悉的低语，他才从梦也似的失神中醒转来；然而仍旧遥远恍惚。

"唐哥，嫂子真是一个少有的好女人！"

凌晨，他被一阵清冷的海风吹醒。他微启睡眼，下意识朝窗上瞥去，那扇窗大敞四开。昨夜没关窗户？他想不起来了。那窗口正映现出一方青灰色天空，海风带着一股砭人凉意。他懒得起身，拉过毛巾被盖在赤裸的身上。也许忘了关，要不就是她又开的。她对屋内的空气十分讲究。入住酒店那天，一进房间她就说屋里有味，丢下行李就去开窗户。可恨的是酒店很抠搜，舍不得把窗户开大，只能欠那么一点点缝；而她是要呼吸海风的呀，这在北京无论如何也呼吸不到的；要不她坐飞机大老远飞过来，又订了这间豪华海景房图啥？她一定要把窗户开大，开到最大。他理解老婆此时的心境和情绪，便去找服务员；回来告诉她说酒店不允许。她便气呼呼地嚷："谁是上帝！"

他不想惹她不开心，便亲自去琢磨那窗扇。他发现窗扇开合的大小是由两根金属拉杆控制的；拉杆的一头则由螺丝钉固定在窗框上；只要把螺丝钉卸掉，窗扇便可尽情大开了。问题是没有改锥。他猛然想起，在他的钥匙包里有一把随身携带的瑞士军刀，里面各种工具一应俱全。说干就干，三下两下问题便解决了。她扑向大敞四开的窗口，把头伸出窗外，大口地呼吸着，连连说："这才痛快！"他跟她并排站在窗口前，一同呼吸清鲜的海风；的确痛快。不过，他伸头向下一望，海滩上的人群小得就跟蚂蚁似的，这种绝对高度令他不禁一阵眩晕。

仅仅打开了窗户并不足以消除房间内的气味；窗户不能关，关了她就憋闷得慌，就睡不下；她要开着窗户睡。这样一来，他反倒睡不踏实了。夜里海风很凉；再者，那向大海敞开的黑洞洞窗口，那不停地轰鸣的涛声，像是在时刻提醒他一个巨大的黑暗空间的存在，使他惴惴不安；他一闭眼就看见窗外蹲伏着一个巨怪，对着窗口大喘粗气，要把他从屋里吸出去。他是要关上窗户才能睡的；单等她睡着了，他便悄悄起身关上窗户。白天玩累了，她入睡倒是很快。不过早上醒来第一件事，她就去开窗迎接海风。

这样一连过了两天，他们的秘密被服务员发现了。第三天晚上回到房间，窗台上立了一块牌子，上面写着："温馨提示：为了您的安全，请不要擅自改变窗户的结构。谢谢合作！"螺钉被重新拧了回去，拧得贼死；这回他那把瑞士军刀便显得有气无力。他出了一身大汗，歇了好几气，军刀都扭弯了；要不是老婆在一边不停地催，他都想罢手了。这回他们学聪明了，早上出去玩之前，把螺钉拧回去；晚上回来再拧下来。

昨晚他是把窗户关好才睡的吗？……他的确记不清了。充斥了他记忆的是另外一些鲜亮而奇异的片段，就像一个不常喝酒的人，突然喝了些酒，对酒前酒后的那种记忆。他依稀记得跟老婆之间长期以来形成的那种冷战对峙打破了，同床的尴尬与不适消除了；她就像是一只破茧而出的蝴蝶，剥离了那层冰冷粗糙的外壳，重获鲜艳和美丽。她两眼明亮地闪烁着，仿佛透出火光，脸颊红润发热，身子沉浸于海浪般激越的震颤中，不断在他耳畔呢喃："……我活着……不是吗……他那个东西哟……又粗又大……我感觉我活着呢……"这不仅使他回想起了二十年前他们的初婚，他发觉她展示出了她另外的一面，那是他从未见到过的，奇异、新鲜又美丽；就像一个四处搜寻宝藏的人，突然在自家司空见惯的墙上打开了一道通向宝藏的门；她对他是如此珍贵。

他伸出一条胳膊搭过去，床铺那边是空的；她并不在床上，褥子上还带着她的一丝温热，也许她在卫生间。他翻了个身，浑身的疲乏几乎又让他迷蒙睡去。

2013 年

伤
口

大爷

风情渐老见春羞

——李煜《柳枝》

一

　　照习惯，校图书馆郑馆长一上班便先沏上一杯龙井；刚在办公桌前坐定，忽听一阵陌生的敲门声，两名身穿制服的警察走进来；他不由一愣。

　　"郑馆长吧？"前面胖胖的那位笑眯眯地说。"实在不好意思，一大早上就来打扰您了。我们是咱管片派出所的；我姓高，"又一指身后那位戴眼镜的，"这是我们刑侦科小梁。有点情况想跟您核实一下。"

　　郑馆长马上起身热情招待，又是看座又是让茶；两位警察推谢一番，落了座。高警官问道："郑馆长，咱图书馆是不是有一位叫马博礼的，在静安里小区住？"

　　"对，没错！"

　　"他近两天上班了吗？"梁警官追问道。

　　这一问，郑馆长倒含糊了，"应该上班了吧！——等一下，我给你们问问！"他随即拿起办公桌上的电话，拨通了图书馆采编部。"喂，谁呀？小黄啊，马博礼在吗？……什么，不在？……两天没来上班了？没来怎么不跟我打招呼？……我跟你说，你们采编部……出差？出什么差？最近有差要出吗？……行了行了，这事回头再说……"他撂下电话说，"这两天他没来上班。怎么，出什么事了吗？"

　　两位警官相互对视了一下，转向他。高警官说："那就说明问题了。静安

大爷

里小区那个修车的侯师傅的女儿前天夜里被杀，马博礼有重大嫌疑。现在到处找不到他。我们在他家门口守候了一天一宿……"

郑馆长眼珠子差点掉出来，"马博礼——杀人！不会吧？"

梁警官说："我们也希望仅仅是个嫌疑；但现在所有证据都指向他。只有找到他的人，一切才能真相大白。我们希望咱们单位能积极配合，一有线索及时与我们联系。"

"一定！一定！"

"郑馆长，马博礼平时在单位表现怎么样啊？"高警官又问。

"表现嘛！应该说工作上没什么问题，挺老实挺认真负责一人，就是有点闷，有点怪脾气，不大爱讲话；你也搞不清他脑子里整天都想什么。"

"他最近有什么异常举动吗？"

郑馆长极力回想，"没看出来！"

"他的业余生活您了解吗？"梁警官插言道。"比如说下班后都干些什么，跟谁来往比较密切什么的……"

"哎哟，这个……还真不是很清楚！要不我给你们找人问问？"

这一消息在图书馆上下掀起了轩然大波，特别是马博礼所在的采编部。一整天采编部也没得消停，人们纷至沓来；来打探实情，来挖掘内幕，来抒发感慨……其实采编部的人也并不比他们了解更多。不知为什么，也不知打哪传出来的，人们认定这是一起情杀案；马博礼与祝师傅的女儿有染。传得有鼻子有眼儿。

"这怎么可能？"待充满好奇的人们散尽了，部主任小黄关起门来，开始跟本部门的几个同事议论起来。"还是个残疾姑娘。"

"怎么不可能！"容姐坚决维护这一观点，"身体残疾，可人长得漂亮啊！"

"再怎么漂亮，她也是个残疾呀！"黄主任说。"你看老马挑对象跟挑鲜花似的，最后就挑中个残疾？"

"要说这方面，我比谁都了解他。"容姐摆出了权威的架势说。"就他那对象，我给他介绍了多少啊！见一个不成，见一个不成。那挑的，眉毛长得一高一低都看得真亮的。"

"是啊！不光残疾，不是说，还结婚有孩子吗？"阿媛在一旁说。

"那也说不准！"容姐说。"这人啊，年纪大了不结婚，就会出问题，甭管男人女人。"

"咱小黄儿也没结婚呀！"阿媛调皮地朝黄主任一努嘴。

"对了，小黄，这也算是对你的警告。我平常没少跟你唠叨吧！麻溜把婚结了，省得到最后像马博礼似的。"容姐说。她最年长，因此在部门里总像个家长。

"照您的意思，我最后也得讨个残疾姑娘凑合了？"黄主任挤眉弄眼地哈哈一笑。

"你俩可不一样。"阿媛评论说。"老马是挑花了眼，小黄是来者不拒。"

"别没大没小！"黄主任一本正经地用手点着她。"小黄是你叫的吗？你得叫我黄叔叔。"

"你得了吧，别跟我这捡便宜！叫你小黄怎么啦？说明你年轻。"阿媛不服气。"马博礼我倒叫他老马，他还不高兴呢。弄得我都不知该怎么称呼他。"

"唉，你们发现没？"容姐说。"马博礼这一年来变化确实特别大。"

"啥变化？我没看出来。"黄主任说。

"我就觉着他变得越来越怪。"阿媛说。

"他本来就够怪的！不是这样么？一会说语言有能量吧，一会又觉得地球转得快了吧；整天神神叨叨的。"

"你们眼光有问题，这都不是主要的。"容姐又拿出权威人士架势。"要不就是你们跟他天天在一块，麻木了。我出去这一年多，回来见他第一眼，大吃一惊。心说，'他怎么一下老成这样了！'后来我跟阿媛感叹，你记不记得？我说：'男人不结婚也变老啊！'他正好推门进来，可能听见了，老大不高兴；后来见我就不说话。"

"没错！"阿媛说。"有一次我一进办公室，见他一个人缩在座位上；你们猜他在那儿干吗？他正对着镜子薅鼻毛。一见我他不好意思了，赶忙收了手；弄得我也挺尴尬。"

"老马怪事多了！"黄主任笑说。"我现在纳闷的是，咱们离他这么近，也没听说他在搞啥恋爱，居然还情杀了！他能干出这种惊天动地的事来，这是我想不通的。"

"这叫什么恋爱呀！"容姐说。"照时髦的说法是婚外情，说白了就是通奸。你想，这种事他能跟外人说吗？这老马本来就是个闷葫芦。说实话，别看我们共事这么多年，要让我说说老马到底啥人，我真说不清。"

大家一琢磨，还真是；一时半晌无语。

他们的确对马博礼太缺乏了解；不要说他们，就说他自己吧，对自己又了解多少呢？这都很难说。可以肯定的是，情杀的传闻不过是公众舆论的自娱自乐；而容姐的一句"男人不结婚也变老啊"倒有几分贴近实际；不过这也只是一个表面现象，其中却另有隐情。

不知从什么时候起，人们把马博礼唤作大爷了。比如在超市里，年轻漂亮的女服务生会拉住他推销："大爷，这电动按摩椅新到的货，您老坐上试试？"或者走在路上，突然被一个大小伙子拦住去路，劈头问道："大爷，这附近有一家农业银行，您知道在哪儿吗？"被如此唤作大爷，总臊得他浑身一阵火烧火燎，特别是发现那呼唤者并不见得年轻，简直叫他怒火中烧了，恨不得对着那张充满期待的脸大吼一声："去你大爷的！啥眼神啊！看好了再叫！"不过，他一次也没对人这么吼过；这不符合他的禀性。不舒服归不舒服，真遇到那些问路之类要他帮忙的事，他倒还热心相助；对那些无聊的招呼，他不予理睬就是了。他把一切罪责归咎于我们民族文化中这种仿亲属称谓：你有什么权利把一个与你毫不相干的人放在叔叔、阿姨、大爷、大妈的位置上？他常这样想：这种虚情假意的亲热称呼其实是对人的不尊重，是对他人情感的肆意绑架和践踏。他更希望人们称他为先生，简单明了；然而他被唤作先生的时候绝无仅有。

最经常，也是最执著最畅快地喊他大爷的，是他所住小区的修车人侯师傅的女儿侯絮。他认为，一切都是从她开始的。

事情还得从静安里小区建收费自行车棚说起。

该小区曾一度自行车盗窃案频发，其中就包括马博礼的车。为了保障业主财产安全，小区物业决定修建一个收费车棚，指定专人管理，存车拿牌取车验牌；按时锁门开门。管理人就指定为在小区东门外支摊修车的侯师傅。马博礼在他那儿修过两次车，换过一个脚踏板；可是没用俩月脚踏板就蹬零碎了。他要求换一个新的。侯师傅不给换，说他这里没有包修包换的业务，两人便吵起来，闹得很不愉快。此后他再也不到侯师傅那儿修车了；每天上下班从他修车摊前经过，就像没看见一样。听说收费车棚管理员是侯师傅，他迟疑半晌，还是办了存车手序，把车存了进去。

一天早上，他取了车，刚走到车棚门口，忽听身后有人大叫："大爷！"声音尖利，还有些含混不清。他没理会，仍旧往外走。"大爷！"那声音又叫起来，尖利中分明透着急躁。车棚里没别人啊！他只好停下脚转回身，只见一个年轻姑娘正从车棚深处朝他走来；她长得又瘦又小，头向一边拧歪着；右腿明显细短，每向前跨一步，半边身子就猛一扭；一只手端在腰际钩子似的勾着；脸色苍白，颧骨凸起，嘴唇又薄又红；弯弯的月牙眉，一双眼睛十分灵秀。她脚步有点急，满车棚里回响着她那轻重不一的脚步声。见她这样走法，马博礼真担心她会栽倒。

"你是在叫我吗？"他问。

"对！叫——你！"她扭歪着头，说话含混吃力。"你——车牌呢？"

马博礼从口袋里掏出车牌；她接过去，核对了号码。

"你不能带走，要放在盒子里。"她指了指门口凳子上一个装车牌的纸盒。

"这有什么关系？"他说。"我回来时再挂到车上，一天进出好几次，来回来去地……"

"不——行！车牌不——能出车棚。"她一副认真相。"这是规定。"她用那只钩子手一指门口牌子上的《服务公约》。

"我跟侯师傅很熟的，我们……"

"那也不——行！"她把车牌笨磕磕捆到一起，扔到纸盒里，表情严正。

"你是侯师傅的女儿吧？"他没话找话。

"是！"

"以前没见过你。"

"我才——来的。"

"你叫什么呀？"

"侯絮。"

"今年多大了？"

苍白的脸子一下涨红起来，她扭转身去，"十九。"

他骑上车走了，那声尖利的招呼热切地打身后追上来："大爷再——见！"

有生以来他第一次听人喊他大爷。一整天他心里都热乎辣的不是滋味。一个二十来岁的姑娘（还是一个残疾）叫我大爷了！真他妈的，我有那么老？我还没结婚呢！坐在班上他心里犯了嘀咕，长长的分类书单，半天也录不进去一条；容姐他们跟他说话他也不走脑子，只是对着电脑发愣；显示屏上影影绰绰映出他的面相，他想看眼光又发飘，目力无法集中似的，脑子里不由得往这方面转念头：管我叫大爷！我身上有什么特质与这一称呼相配么？……去她大爷的，啥眼神啊！瞧她那模样，眼光也正常不了……不过看样子她并不傻，也许真的是我……一上午他就这么翻腾着。在学校食堂吃过午饭，回到办公室想尽快把那点活干完；可他终于坐不住了，跑进卫生间去照镜子（尽管他对自己的面相再熟悉不过），去寻找他所谓配得上这一称呼的特质。后来这成了他一块心病，一有人叫他大爷他便跑去照镜子。镜中人脸色暗黄，面皮松弛，不过若不笑的话脸上并没有明显的皱痕；头发尚黑，头顶虽已见谢（偶尔发现一根白发，他立刻拔掉）；鼻梁上一副大大的黑框眼镜把眼睛挤成两粒黑豆；背有点驼（这肯定跟长期在电脑上工作有关），但体形保持得还不错……他翻过来掉过去地打量自己，做出各种表情和动作。哪里有什么大爷的影子？他对自己的眼光还是很有自信的，便不禁想到了侯师傅，那张脸又黑又胖，肉鼓囊囊跟核桃皮似的嘟噜着；脑袋上没几根头发，还腆着个大肚子。我不会比她爸更惨吧？还管我叫大爷，瞧她那模样，眼神肯定也残疾。

他对着卫生间的窗户抽了一支烟，心里总算平复下来。

那一年马博礼四十五岁。他并没有老之将至之感，至少他觉得自己还不算老；正像俗话所说：男人四十一枝花；正当年。他一直在积极地找对象谈恋爱，打算尽快解决婚姻问题。尽管看来这事并不那么简单。我可得找个称心如意的；这么多年都熬过来了，到最后总不能随便找一个凑合了吧？见了不少，有的还正经谈了一阵；容姐给介绍的，他自己上网聊天聊上的，参加联谊会认识的；可交往一接触，总觉得合不来，总感觉像是鞋里进了砂粒或衣衫领子上扎了根头发茬儿，非将之剔除而后快。鞋中砂粒和衣领上头发茬儿都纯属偶然，要是谈恋爱中老有这种感觉就是你自己出了问题，容姐每每给他点中要害。可问题究竟出在哪儿呢？容姐却支吾，他自己也说不清楚。

马博礼大学一毕业就一头扎到校图书馆采编部，再没挪过窝。他的工作就是每年为图书馆订购一批新书；到货后，给新书进行分类，编目造册，登记入库；再就是定期盘库，掌握图书馆库存情况；有时还出差，参加个图书展销会订货会什么的。他工作不算太紧张，可也闲不着；就像当今生活在大城市里的多数人一样，进行着重复性的劳动，过着钟表规定下的刻板生活：早上按时上班，晚上按时下班；走着同样的路，吃着同样的饭，日复一日，年复一年。

每天早七点他准时被手机闹铃叫醒，吃点东西便骑上车去上班。办公室的工作气氛很是融洽，同事之间彼此亲热和气；每天相互之间都少不了要开个玩笑，扯些家常闲话；或者把当今国内外大事拿来讨论一番。容姐最年长，动不动就摆出老大姐的架势；部主任小黄倒丝毫没觉得自己是什么官，跟大家很有些哥们儿意气；阿媛则刚进馆没两年，身上学生气尚未脱净，说话做事不免有些愣。马博礼在办公室行二；不过无论年纪大小，馆内一律称他为老马。他并没觉得有何不妥，因为上大学时他便是"老马"了，便一直"老"了下来；这似乎仅仅出于一种习惯。

马博礼话不多，大都在埋头干活。在办公室的闲谈中，他是个旁听者，时而参与进会意的一笑；除非他有感而发，一般很少听到他的声音。午餐和晚餐他一般都在学校食堂解决了。下班回到家他便往屋里一猫，不再出门。他的业余时间都是在那六七十个平方的空间中度过的，陪伴他的是手里的书籍和香烟。在办公室里禁止吸烟（忍不住时就躲进厕所过把瘾），在家里他可以一支接一支地吸。他总是一边吸着烟一边看书。似乎是受到职业的影响，他对书有一种亲近感，常常手不释卷。他书读得很杂，历史传奇、流行小说、人物传记、经贸科普……凡是拿到手的东西就翻两页，能引起他兴趣就读下去，没有一定之规。有时他也看看电视，作为看书的调剂；或者上网找人聊聊天。当然他上网有一个最主要目的，就是找对象。网上能聊到一块去的不好碰，犹如大海里撒网；他唯一的感觉就是茫茫然；往往是聊来聊去聊得心灰意冷，整个屋里都冒出冷气，好久暖不过来。

他几乎没有什么社会活动，因此很少出门；除了上班就是呆在家里，而且一下了班，就连单位的同事也像断绝了联系似的，要是没事电话也不打一个。在他住的小区中，经常有一些与他年纪相仿的大老爷们，三三两两地聚在一起下棋、甩扑克，吆五喝六呼朋唤友；他从不与他们搭讪；在他眼里那些人是一群异类，与他毫不相干。他不善与人交往，在人群中他往往会不知所措；他总是独来独往……他的生活像是被安置在了一个圆形的轨道上，没完没了地转着圈滑行，同样的人物、景致一遍一遍地打眼前闪过。今天是昨天的重复，明天是今天的再现；或者说，根本不存在今天、昨天和明天，它们完全是同一天；这一天长得无穷无尽。他四周笼罩着深沉的寂寥；这寂寥是有重量的，它压得人喘不过气，无形中却又遮人耳目，妨碍视听，就仿佛他置身于群山峻岭之中；这寂寥便厚重如那群山，没有任何东西可以将它穿透；然而他却又丝毫感觉不到它的存在，对它视而不见听而不闻。

直到有一天，一个尖利含混的呼唤将它扯裂。

马博礼每天都避免不了要跟侯絮见上两面：早上去车棚取车；晚上到车棚

存车（更不要说走在小区里随时都可能与她迎面相遇了）。侯絮就守在车棚门口，或站或坐；见了他，脸上并没有什么特别的表情，只是把头扭的更歪一些，那钩子似的手在腰际蹭两蹭，接过他的车牌，启开薄唇片的大嘴巴含混又畅快地高叫一声"大爷！"出于礼貌，他打嗓子眼里哼一声，算是回应，便再无话；心里却老大的不快，直想指着她鼻子骂："滚一边去！谁是你大爷！"因为避免不了这样的见面，也便避免不了被如此地招呼。心里最初燃着的那阵阵羞愤，久而久之变成了闷烧的炭火，郁结于胸，使他对存车取车充满了焦虑，就像在过一道关卡似的，那是对一个决定性时刻的等待，直到她叫出了"大爷"，他内心的紧张才一下子得到舒缓。随后便是一阵气恼和自责，我怎么这么没出息啊！这点破事……可我干吗还哼哈答应她？好像我认可了似的，可我就是不由自主。我最好明明白白告诉她，往后不要再这么叫我。这个念头在他心里翻腾了好一阵子，下了好几次决心，可每次见她面后总是吐不出口，最终还是回应了她那声招呼完事。他总觉得，明令禁止一个小姑娘（又是这样一个姑娘）喊他大爷，几近于无礼；而且在发布命令时免不了要带着股火气，那非把人家姑娘给吓着不可。不！我可不能干这种事。人家叫你大爷不过是出于礼节，尽管她眼神不济；这是可以谅解的，她不正常嘛！何必跟一个孩子过不去呢！完全不必在意。她爱叫我啥，随她去；要怪只好去怪我们的传统习俗了——这可恶的访亲属称谓！她不过是遵从了这一习俗；她对别人也这么称呼（通过一段时间观察还真是，尽管其他被她唤作"大爷"的男人都名至实归，他不能与之为伍）。他心中一时获得了宽慰，就像一个死刑犯有了陪绑。

　　这个收费车棚是由原来的一个旧车棚改造的，它位于十三号楼前。本来每一栋楼前都有一个存车棚的，但疏于管理，都变得破烂不堪，里面堆满了废弃锈蚀的残车；而真正要存的车却放不进去，便随处乱放，挤占道路，以至于被盗。十三号楼前面的这个车棚是全小区中最大也是状况最完好的一个；建收费车棚的方案定下来后，便把车棚内的残车全都清理出来，重新铺了地面，加装了铁栅防护栏，更换了瓦楞板和存车架；整个车棚显得宽阔而幽深，如果不开灯，那尽里头便完全处于昏暗之中。车棚建好后，又在门口和尽里头各建了一个塑钢板房；门口这间小一点，自然是门房，而尽里头那间则成了一套居室，侯师傅一家便在里面安了身。每天早上他都推着三轮车到东门外支起修车摊；晚上再推着车把摊子收回来。这成了静安里小区日常生活中不可或缺的一幕场景。收费车棚建好后，小区居民似乎也多了一个消闲去处，一些老头老太和带孩子的小媳妇常在门口处扎堆儿。

侯师傅跟小区的人都混得很熟，特别是那些他的车棚的存车户。后来马博礼再找他修车，他显得格外客气，一口一个大哥地叫。他对侯师傅的"大哥"和他女儿的"大爷"一样硌硬；不过侯师傅对他的照应却让他很受用。有一次，他的车闸不灵了，侯师傅说得换新的。一对闸皮八块，他声称是市场上最好的，收了他六块。

"我六块钱进的，就赚个成本。一个小区住着，都是老熟人，不能蒙你。"

马博礼的车况不太好，小毛病不断。自行车就是他的两条腿，一出门无论远近必定跨上去，要不就走不了路。他一直想换辆新车，可是老下不了决心。侯师傅的照应似乎给了他一个有力保障。有这层关系罩着，侯絮再叫他大爷，他似乎也不那么羞愤，哼哈得也爽快了些。有两次跟她打照面，他竟还定睛打量了她一番，发现她长得并不难看：瓜子脸，翘鼻子，红红的大嘴巴很是性感，再配上那双灵秀的吊眼梢的眼睛和面颊上两个浅浅的酒窝，使整个面容看上去很是狐媚；只是那口参错不齐的黄牙，扭歪的头和身体的畸形破坏了她天然的美。看来她还真是个美人胚子，只可惜命运不济。他心里禁不住暗自惋惜，以至不由自主地常在脑子里勾画着她的复原图。令他惊讶的是，侯师傅那副长相竟能生出这样的女儿，真不可想象。八成不是他亲生的吧？

一个星期天的上午，正值清明左右，屋内阴冷难耐，屋外则是一片暖阳，天气好得叫人心里没着没落的；他准备骑车出去逛逛。他的所谓逛一般是没目的的，走哪儿算哪儿；看哪儿好兴许就坐下待会儿，掏出随身带的书看一阵；要不就东张西望地满街瞎转。车棚门口聚着一帮老头老太和带孩子的小媳妇，一边晒太阳一边闲聊；侯絮和她妈也坐在其中。一看见他，侯絮便咧开大嘴爽爽地高喊他一声"大爷"；这声招呼听起来比往常都尖利刺耳，她很有点当着众人的面显示一下自己的意思。他心里闷烧着的那股火腾地着起来，暗骂道："操，别把我跟你们往一块扯！"含糊地应了一声进了车棚。侯絮她妈矮胖，白净；细眉大眼，嘴角生着个大黑瘊子。人们老见她扎着脏兮兮的围裙，在门房后边的灶台上做饭，使车棚中弥散着一股浓重的酱油味。

"一见我，又帮我拎菜又给我拿东西，"那个带狗的老太太说。"待人可亲了。"

"在家也是，啥都干，一点不娇气。别看她这样……"

"多好的一个孩子啊，又聪明又懂事，咋就这样了呢？"一个胖大妈说。

"可别提了，我肠子都悔青了，到现在还老做噩梦呢。"

马博礼正好推车出来，听到她们的闲聊，突然产生一种莫名的兴趣，想知道她们到底在聊什么，他便把车支在一旁，从车座底下掏出一块抹布，假装擦车。

"她吃药吃的。"那带狗的老太太帮腔说。

"吃药！吃啥药哩？"一个老大爷不解地追问。

"就怀她那时候。我感了冒，发高烧，挺厉害的。去看大夫，大夫说得赶紧治，要不对胎儿不好。一说对孩子不好，咱就害怕了不是……现在想起那狗屁大夫我还恨呢。他开的那叫啥素来着，我也记不住；又打针又吃药，还没少吃，他开的那两盒全让我吃了。"

"那药可不能瞎吃。"

"咱一个乡下人，那时候也不懂啊！还是去的县人民医院呢。等孩子出来了，一看是两个。当时也不知道啊，一点也看不出来。长着长着，就发现这个大的不对劲了，那小的倒一点没事。你说同在一个娘胎里，怪不怪事。"

"咋没给她看看哪？"胖老太太说。

"咱一个乡下人，也没那条件啊，上哪儿看去啊！后来她大伯领到北京来看过两次，人专家说没法治，只能这样了。"

"这可惜了的！"胖老太说。"那小的一点没事呀？"

"没事，好好的！在县里学唱歌跳舞呢。"侯絮她妈说。"絮儿啊，去屋里把你跟你妹照那相片拿来。"

侯絮一直咧着嘴呆笑，不住地左顾右盼，似乎他们的谈论与她无毫不相干。马博礼没再往下听，骑上车子走了。

"大爷"这一称呼像流感一样在他四周人群中迅速传播开来。他坚持认为，侯絮是绝对的始作俑者，之后便不断有人步她的后尘。

一天晚上七八点钟，他正坐屋里看书，忽听有人敲门。他对敲门声十分敏感，因为他从没有客人；敲门的多半是那些上门推销的，偶尔也有走错门的或者不知干什么的。他立时警觉起来，走过去隔门问道："谁呀？"一个女人声音说："是邻居，请开门吧。"他从门镜向外望，门口站着一个姑娘和一个中年妇女；后者他认识，就住他楼上。他打开门，那姑娘张口就说："大爷，咱们居委会换届选举，进行一下选民登记。"他忽地火起："我又不是选民，登什么记！"姑娘说："你怎么不是？凡十八岁以上居民都是。"他说："我十八岁以下！"他摔上门，一边心说："去你大爷的！还叫上门来了！"

再比如他住的五号楼那个开电梯的姑娘（马博礼老把她说成姑娘，其实很不确切；她三十来岁，还带着个三、四岁的孩子），从不叫他大爷；可是有一天晚上下班回来，他刚走进电梯，她就从一个夹子里面拿出一张纸，说道："大爷，这是物业发的业主意见调查表，每户一份……"她还没说完他便打断道："我不填这玩意儿！净蒙人，填也没用。"电梯工没趣地看了看他，收起表格。后来见到他，话也不说了。

类似的伤害事件在他的生活中不断发生；而且伤害他的人群呈现出高龄化趋势。他最害怕的是那些带孩子的妇女，特别是那些小媳妇或中年妇女。要是他准备上电梯时正好碰上一个带孩子的女人在里面，他是不会上的；要是一个女人推着婴儿车挡了他的路，他宁可绕道走，躲得远远的。不知为什么，那些小东西总爱瞪着一双乌溜溜的眼睛死盯着他看，盯得他直发毛；有的甚至会伸出小手来抓他；他只好保持着矜持和冷漠，跟没看见一样；他真怕那些女人此时会叫出"爷爷"来，讨厌的是这些女人还特别爱拿孩子来搭话。一见到这种人他就像躲避瘟疫一般，避之唯恐不及。

不过大爷这一呼声还是伴随着他的脚步，开始越出他所居住的静安里小区的围墙，散布到社会上，散布到京城那黑压压的人群中，散布到大街小巷的每一个角落。他的耳际随时随地会响起一声"大爷"的呼唤，就像是在向世人昭示出他身上的一个隐秘的耻辱，臊得他脸红心悸，浑身躁汗。

让他感到最安全的地方还是单位。在单位里他尽管放心，决不会有人称呼他为大爷。他的单位是学校，学校对这一称呼性"流感"具有一种天然免疫力：因为在这一空间里所有工作人员都被预设为"老师"；而在图书馆，他早被预设为"老马"；他是得到双重保护的。他唯一担心的是，侯絮会突然推开他们办公室的门，扯着嗓子冲他高叫，打破学校现有的秩序；不过显然这种事是不可能发生的，仅仅是他的谵妄而已。他很清楚，受身体状况的限制，她日常的活动范围决超不出小区那四堵墙；她散播的那称呼"流感病毒"效力再强，怕也难以穿透学校预设的那双重免疫，他尽可以放心。

就在这段时间里，容姐又给他介绍了一个对象，姑娘今年二十有八。这天下班之前，容姐神秘兮兮地把他拉到走廊拐角的僻静处对他交代："这姑娘可漂亮，包你满意。人家姑娘说了，不图你钱不图你权，就看你人怎么样。你可得表现好点啊！回去好好捯饬捯饬，别稀里马哈的。要不要老姐陪你上街置办一身？"

"不用不用！"他赶紧脱了身。这女人啊，一上了岁数就婆婆妈妈的，真挺烦！

周末，俩人约好在北海公园见了面。根据马博礼的经验，容姐的话不可全信；她要说姑娘漂亮，你起码要打一半的折扣。但这次却让她说着了，这姑娘真是漂亮，绝对是往大街上一走人群便黯然失色那种。她搞对象还要人介绍？真不可思议！他脑子里一直转着这个念头，又不好问，晃得他都不敢拿正眼看人家。他本来建议找个地方坐坐，她说天这么好，走走就行。于是俩人边走边聊，绕着北海走了一个来小时。星期一一上班，容姐便发布了反馈信息。

"她说，'你怎么给我介绍了一位老大爷呀？'我说，'我们老马可算得上钻五级人物，事先不都跟你说好了？怎么成了老大爷了？'"容姐边说边笑。

她几乎成了马博礼恋爱动向发言人,总是把最新消息在办公室首发。他对她这种做法很反感,可是又堵不住她那张嘴。

"我们老马没这么老吧?"小黄笑着说。"你给介绍的什么人啊?总不会比我们阿媛还小吧?就是阿媛也不能管他叫老大爷啊!"

"说的是呢!她都快三十了,我也觉得挺奇怪的。才差了十几岁,挺正常的呀,哪至于就大爷了!"

"我觉得这是眼光问题。"阿媛说。"人跟人眼光不一样。我一个表姐嫁了一个老公比她大十几岁,她就张口闭口叫他老大爷。"

"那属于夫妻逗趣,跟老马的情况两回事。"容姐说。

"我知道问题在哪儿了,就是他那眼镜。"阿媛转向一旁的马博礼说。"老马,你把眼镜摘了就好了。"

"对了!我看也是眼镜的关系。"黄主任乐滋滋地抖着手。"现在谁还戴这种大黑框眼镜,老气横秋的,谁戴了都得成大爷。"

"老马!把眼镜摘了,让我们瞧瞧!"容姐说。

随他们议论,马博礼一直在专注干活;听容姐这么一说,不耐烦了:"拉倒拉倒!"。他讨厌他们揪住"大爷"不放,让他后脊梁一阵阵发烧。"容姐,你是不是跟人家说我有房有车来着?"他没好气地问。"我有什么车呀!我有自行车!"这话把大家都逗乐了。

"嘻,我不过那么一说!不是想给你增加点杀伤力吗!早晚你不得买一辆?"

"你知道吗?你这么说搞得我很被动。"他真动了气。"这种事实话实说完了,扯那个谎没意思!"

他这么一来,大家谈兴顿消,都埋头干活了。马博礼打定主意,再不让容姐给介绍对象。那天下班回到家,他在穿衣镜跟前照了半天,自我审查:脸部、脖颈、头发、身材、动作,也没发现有什么"大爷"的影子;他又把眼镜摘了戴,戴了摘,两相仔细比对;似乎有那么点差别,不过他不敢肯定,因为一摘下眼镜他眼前一片模糊,得趴到镜子上看,这样一来就看不到自己的全貌。他大爷

北京北

218

的！他把眼镜戴上，仍确信不是自己的问题。凭什么都把"大爷"的标签愣往我身上贴？难道说天下人的眼神都随着一个瘌姑娘瞎菜了？岂有此理！……不过办公室里也响起"大爷"的呼声了，这是最糟糕的，没一块净土了，看来这地方也并非保险箱。这小瘌丫头的"称呼流感病毒"果真这么强力？真他大爷的……

二

经再三考虑，马博礼还是把他鼻梁上架了二十多年的大宽边黑框眼镜换成了隐形眼镜。这一变化似乎并没引人注意，至少没人跟他提起。在侯絮眼里他仍旧是大爷。他终始处于要制止她加给他的这一称呼却又深感无力的状态。他惭恨的是，她这么叫他，他还应声，感觉像是孙悟空跟黑风怪的斗法：黑风怪一叫："悟空！"他不由自主一答应，便被收进了魔袋；那声"大爷"的招呼似乎也具有一定魔力，任他怎么不情愿总能从他嗓子眼里掏出一声"嗯"来；他屡战屡败。我就不能像美猴王似的学乖点，上了几次当后任那妖怪怎么叫就是一声不吭，他的魔法也就不灵了。同样，她叫我大爷我坚决不理，久而久之她自觉没趣，也就不再叫了。对，就这么办！受这一想法鼓舞，他马上实施起来。她再叫他大爷，他硬是把那声不由自主的应和压在嗓子眼里；无论是进出车棚还是在路上，打照面时他有意别过脸去不看她。经过一段时间实验，那声尖利含混的招呼仍不绝于耳；他应不应和、看不看她，对她似乎毫无挂碍。他不由奇怪，禁不住拿余光窥探她。窥探几次后，他发现她喊他时并不看他，只是红红的大嘴片一咧，羞怯似的低下头或侧过脸（脸上现出瞬时狐媚）；与这副样子相配，那叫声便显得心不在焉，很有些机械味道。倒是他，表面上对她毫不理会，实则却在密切关注她的一举一动：她已不像他初见她时那样苍白，那略显凸出的颧骨上浮现出一层红晕，那并非是由于羞涩，完全是青春年少气血丰盈的一种表征；这更增添了她脸上那种狐媚的效果，尽管它只是一闪而过……可耻！想哪儿去了？这说明她这个"黑风怪"仍然占了上风；你完全没有修得孙大圣那种定力。你必须坚决对她不理不睬，把她从头脑中彻底抹掉；坚持下去就会见效。这仿佛是一场耐力和意志的较量，看谁坚持得更长久。

不觉一年过去了。元旦放假的时候，他终于下定决心买了一辆新自行车——一辆变速山地车，作为自己的新年礼物。学时下小年轻那样，把车座起得高高的，骑上去须撅臀翘腚，很累人，但样子很酷。每天上下班打侯师傅车摊前经过，屁股似乎撅得格外地高，侯师傅见了不禁叫道："哟，大哥！弄辆新车！"他也不搭言，嗖地一下就过去了。快放寒假的时候，一天早上他把新车推出车棚去上班，只听侯絮在身后叫道："大爷！"

他本不想理她（他一直都不理她这碴了），可听那动静像是有事，便回过身来问："有事吗？"

"今年的存车费该交了。"她说。

"好，这两天就交。"

他都不想再往这里存车了，也省得每天听她的招呼。可是一辆新车，撂哪儿都不放心（甚至放楼道里自家门口都丢）；再者说，不往车棚里存车，并不是根本杜绝听她招呼的办法；看来躲避和装聋作哑都无济于事。她比他想象的更具耐力和持久力，拖不垮磨不烂。他再沉不住气（这无异于承认自己失败，尽管他不愿意承认）：最根本办法还是得跟她明侃。对！交存车费时就跟她说。

第二天晚上下了班，把车放好，他便来到门房。她正在门房的窗口坐着；他敲了敲玻璃，她拉开窗扇，叫了声"大爷！"

"交存车费。"

她正捧着识字课本练习认字，手边放着一本小学生用《新华字典》；课本和字典都已破烂不堪。没错，他经常看见她坐在门口的椅子上手捧识字课本认读，一个字一个字用那只钩子似的手指点着，大嘴翕动做声；读得很吃力，然而很认真。她拉开抽屉，拿出一本收据，翻开新的一页；用那只钩子手拿起一支笔。

"你会写字！" 马博礼十分惊讶。

"我每天练习，写不好！" 她红着脸说。

"以前就会还是最近才开始写的？"

"最近才开始的。大爷，一百二十块！"

他正盘算着跟她说不要再叫他"大爷"的事，一听这个价钱，刚积聚起来的那点劲头立马给引爆了。"什么？不是九十块吗？涨钱了？"

"没涨！因为你这是新车。"

"新车旧车有什么关系，不都一样吗？" 他不禁提高了嗓门。

"新车旧车不一样。"

"不是新车旧车的问题，" 听见他们争吵，侯絮她妈从车棚里边走过来。"因为你这是山地车；山地车就是比普通车贵。电动车、跑车价钱都不一样，我们这儿有价目表，不会瞎要价。"

马博礼突然产生了推车走人的冲动；可是推出来往哪儿放呢？也许真不该买新车，本来是件高兴的事，倒惹心烦，这些家伙净琢磨赚钱……他站那儿左思右想，进退两难，磨叽了半天，终于酸着脸甩出一百二十块钱。侯絮给他开了收据。他注意到，那只钩子手写起字来并不像他想象的那么费劲，甚至可以说有几分灵巧呢。他记得当初她收车牌的动作都做得很吃力的。难道这真是她每天练习的成效？或许这就叫用进废退吧？或许……那几个字写得歪歪裂裂，简直没法看；她能写出来实属不易。他没再多想，一边签收了单据。单据纸张很粗糙，散发出一股刺鼻的甲醛气味，不知打哪儿淘来的劣等货。他感到一阵硌硬，有种不洁之感，想一扔了事。不行！万一他们翻脸不认账，说我没交车费，我连个证据都拿不出；不能扔，得留着。可放哪儿呢？放家里吧，污染环境；放外边吧，没有妥帖地方。他灵机一动，塞在了家门口脚垫下面。

他开门进了屋。

这一年来，他总有种在家里呆不住的感觉；一进家门，直想扭身出去，可是站门口呆想半天，茫无去处，只好再回身进屋；进屋后又想出去，好像屋里

大爷

有什么东西在拒斥他。从前他可不这样；从前他一进家门就坐下看书，一看老半天不动窝，一根接一根地吸烟。现在不行了；现在他总是先点上一支烟坐下，拿起看了半截的书；不知过了多长时间，他突然猛醒，发现目光仍停留在原来那页，一个字没看进去，而一大截烟灰却弯在烟头上，身体已坐得发僵发冷。有时他上网找人聊聊天，聊着聊着他便陷入极度空虚的无聊中。对他来说，与人交流是件十分困难的事（他总不能很好地理解别人的意思，别人更不能理解他，往往没两句话就岔劈了），更何况是跟人在网上盲人摸象似的交流。

屋里浸淫着一股寒气，尽管暖气烧得很热，也驱之不去。只要他坐那儿不动，不多一会儿那股寒气就袭上身来，他就得起来满屋转悠；就有种动物园里笼中困兽之感。

或许这都是由于马路对面新盖起的那幢高楼给闹的。从去年春天开始，路边那一片小商铺给拆除了，原地盖了新楼。这座楼现在已拔地而起；它占地有一个足球场那么大，分左右双塔；中间带有一个几十层台阶的宏伟门廊。它正好建在了小区的路南；跟它相比，马博礼所住的十八层塔楼不过是个小矮子，只能瑟缩在人家阴影之下。而这位"巨人"仍在继续增高，尚无封顶之意。小区居民曾几次自发地举行过抗议，马博礼也在抗议书上签过名。从他家的窗户望出去，还能隐约看见建筑工地围墙上的"还我采光权"的字样，现在只剩一个孤零零的"又"给甩在白油漆的外面。居民们都抱怨屋里黑得像个洞，大白天也得开着灯。马博礼倒觉得省得太阳晒了；去年一夏天他也没拉过窗帘，屋内比往年凉爽许多。只是他不敢开窗；一开窗，一股阴惨惨的凉风夹带着刺鼻的建筑材料气味和工地噪音便冲进屋来。夏天没经过太阳的暴晒，屋内就寒气滞留？

他在屋里一圈一圈做困兽转；这成了新近的习惯。他在窗口站住，欣赏那建造中的庞然巨物（这成了他的一个消遣），工人们蚂蚁般在上面进行着各种特技操作表演，声、光、电、高难动作无一不有；那弧光映得满屋通亮。看够了便回过身来接着进行困兽转；我要是一只笼中困兽，会是什么兽呢？狼、豹子还是野猪？不，应该是一只大猩猩。只有大猩猩才会抽烟看书，尽管是装模作样。我在网上曾看过一张大猩猩的照片：他叼着烟拿着一张报纸，向铁栅栏外面张望，眼神忧郁而凄楚。谁能知道他在想什么？……天黑下来，他打开灯，屋内立时为一层昏暗的灯光所笼罩：冬日的夜色顺着窗缝渗进来，稀释了灯光的亮度。他转来转去，仍坐不下去。一个陌生的影子忽地打穿衣镜前一闪而过，他心里一惊，走上近前打量着镜中人。这人是我吗？看着怎么这么眼生啊！脸色灰暗无光。额头什么时候添了一道皱纹啊？鱼尾纹也出来了？两腮也略显塌陷；更主要的是……糟糕！白头发不是只有可拔的几根，而几近燎原之势……不，这不是我！怎么会这样，那只能是时间流过刻下的痕迹，就像岩石的断层上的一道道沟痕。可是我生活在时间之中啊！难道时间对我特别优待而加快了脚步吗？他似乎听得，随着侯絮那一声声"大爷"的尖利呼唤，时间也打他耳旁呼啸而过……

他时不时地像这样，对着镜子犯呆，犯嘀咕。

人们常常会遭逢这样一种境遇：一直想做某事，甚或是件急迫必做之事，却因种种原因，一拖再拖，终究未做；或虽做了，但为时已晚。比如，内心爱情的表白，或者某种疾病的治疗，终因一味拖延，铸成大错。马博礼就陷入了这样一种境地。

他始终怀着制止侯絮叫他大爷的念头。他每天总在这样想：下次见了她我一定明明白白告诉她。心里盘算好好的，可真一见了面话就卡在了嗓子眼，他还在挣命，人家已经叫出口了；回过头来他便骂自己无能。他也总能为自己找到开脱的理由：或者是由于当时有旁人在场，碍了事；或者由于是在路上，擦肩而过来不及；或者是由于天气，刮风或下雨；或者仅仅是由于她叫他时的那副笑模样。的确，她叫他时总是笑着的，那张大嘴一咧，或瞄他一眼或羞怯地歪过头，带着面颊的绯红；一瞬间，这张扭歪的脸为狐媚所照亮；他再想去捕捉时，那狐媚却已消失。是不是那瞬时闪现的狐媚夺取了他的意志，他也说不清楚；只有事后自我咒骂之余，痛下决心，下一次我一定……这成了他无法破除的一个魔障。岁月就在这下一次中一再蹉跎。

转眼就过年了。每年他都回沧州老家过年。父亲已去世多年，家中只有老母和一个妹妹；妹妹也早已为人妻为人母。其实他对回老家过年毫无兴趣，之所以还回去不过出于一种习惯；或者确切地说，是出于对独自过年的一种逃避。他一直觉得过年是别人的事情，与他没什么关系；但他忍受不了整个世界散发出的那种过年气味的欺凌，他需要找一个地方把自己藏起来；沧州老家就是他一时的藏身地。离家这么多年，时过境迁，他早已找不到回家的感觉；一切都觉得隔膜和陌生，甚至带着一种羞耻，好像自己是一个没有能力长大一直四处流浪的孩子，终究还得向老妈伸手。然而母亲也是一身病，正一年一年地老去；妹妹虽时常过来照应照应，但毕竟有她自己的家。他跟母亲也没有太多闲话好讲，问问身体怎么样生活怎么样，再就帮她做做饭洗洗衣服，仅此而已；多数时候还是他一个人坐一边去看书。母亲对这个儿子却始终怀着一种骄傲，尽管邻居们对那些话早已听之不闻，她还是逢人便讲：

"我这儿子行！在北京。搁大学里当教授。"

在她的观念里，凡是在大学工作的无疑都是教授。最让她挂念的还是"他都这么老大了也不成个家"。他每次一回去，母亲必定刨根问底："有没有呢？……啥时候领回来瞧瞧……妈这辈子还能不能见儿媳妇的面了……搞个对象咋就这费劲呀……"搅得他很烦。更让他烦的是她还把这些话四处去唠叨；每每在得到对方的艳羡后，她都要来一番哀叹："唉！好是好，就是这么老大不小的了，还打光棍……"

他一般回家待不上三五天；过不了初五总要返京了。

冬去春来，他的生活似乎毫无变化，仍旧在日复一日地重复；他在原地兜圈子。不，不是在兜圈子；你已踏上一列单程快车，有去无回；所谓重复或兜圈子都不过是沿途的景致相同造成的一种错觉罢了；而且这列快车不知不觉在提速……有一天上班，大家都在座位上专心干活，马博礼突然没头没脑地哼道："时间过得真他妈快，又是一年！"听起来这完全是一句感叹光阴的老生常谈。大家谁也没言声，他便问坐他对桌的黄主任："唉，小黄，你发觉没有，时间过得越来越快？"

"这话对！"小黄看他一眼说。"科学家都证实了，地球现在的旋转速度比它形成初期快了几百倍，而且还在逐渐加快；以后一昼夜将缩短到十几个小时甚至几小时，人会因为这种巨大的离心力被甩到太空中去。"

"那是瞎扯！"阿媛说。

"咱们头好抬杠你不知道吗？我说时间过得快，他就得说地球能把人甩到太空里去。"

"你看，这是真话！"小黄瞪起眼，一副认真相。"前两天我刚在一本杂志上看的。"

"我可不是这个意思，跟你没法交流；一说话你就抬杠。"

"我同意老马的意见。"阿媛说。"一晃我都毕业五年了，就好像昨天才毕业似的。我以前从没这种感觉。时间就是过得越来越快。"

"大人说话你别插嘴啊！"黄主任抢白她说。"你哪有时间？你的时间还没开始呢。"

"不信问问容姐。容姐，你说我说得对不对？"

"要我说呀，对这个问题你们都没发言权。你们没孩子呀！等你们有了孩子，眼瞅着小家伙一天天长大，你的头发一天比一天白，到那时候你们再说时间过得快。所以老马，你现在不要空发感慨，时间对你来说也还没开始呢。"

"会不会有这种时候呢，"马博礼说。"由于时间过得太快了，在你感觉它还没开始呢，其实它已经结束了？"

"世上哪有这种事！"容姐惊讶道。

"这就是玄学！"小黄笑嘻嘻地抖着手。"你们还不知道么，我们老马就善于谈玄。"

"我看你们俩都够玄的！"容姐说。

"时间对每个人都是平等的。"阿媛说。

"这是极端错误的观念。"马博礼转向她，一本正经地说。"正相反，时间往往厚此薄彼；在不同的空间中（包括在不同的人身上），在一定的能量作用下，时间的流动会加快或者放慢，甚至会改变方向。"

大爷

"你坐时间机器里了？"小黄笑着说。

"不用！坐上时间列车就足够了。"

这种办公室闲聊常常成为他们的单调工作的一种调剂品。不过马博礼一直密切留意着周围同事对他的反应，无论是在家办公还是出差在外（包括那些与他有业务往来的出版发行界的同仁们）。不，他们毫无反应；至少现在还没看出来。

他在读一本关于语言信息论的书时，里边有一观点使他深受触动；观点认为：语言是一种能量的载体，比如佛教中的咒语"唵"字；语言能量通过发声和念动被传递，从而得到释放……语言能量有些是富于建设性的，有的则极具破坏力；同一个词语，用在不同之处，其能量导向不同，甚至相反……他立刻想到了"大爷"。这个词也同样含有能量吧？他不是一再感受到它的能量在他身上发挥的作用吗？特别是当它由一个畸变了的充满狐媚的口中发出时，那能量就变得格外强大，他时时感受到它在他体内激起的那股热潮，波浪般涌动扩散……他反复思考着这些思想。

有一天晚上他在照镜子的时候，突然发现右太阳穴与眼角之间的位置长了一个黑色凸起物，有绿豆粒那么大；摸上去硬硬的，不疼也不痒。他一下子警觉起来：怎么以前没注意到？难道说是一夜之间长出来的？一个可怕的词——黑色素瘤——闪电般进入他的脑海。他在电视上看过相关介绍。不过也未必……不管怎么说不可掉以轻心。第二天他请了半天假，去了医院。一个戴眼镜的年轻女医生（一看就是刚毕业，说不准还是实习的）接了他；她趴他脸上看了看，就说："脂溢性角化。"便把他打发出来了，连药都没给开，前后不到两分钟，他却排了近两小时的队；回来后越想越不对味。且不说他忘了问这"脂溢性角化"究竟为何物（看来是没啥大不了的），关键是她那诊病态度叫人不堪信任；太过草率了。你一眼就能确诊吗？一个刚毕业的（甚而可能还是实习的）？你的医术有这么高明吗？现在被医院误诊以致贻误治疗的患者有多少！我可不能犯这样的错误。他第二次去了医院，这次他特意挂了一个专家号。这回是个中年男子，有些谢顶，面色光泽丰润。到底是皮肤科专家，就是会保养！他不禁感叹。他戴着塑料手套在他那个黑色凸起物上摸来摸去；又握住他的下巴，把他的脸转来转去地观察，目光十分冷峻；呼吸中带着一股温热酸腐的牙膏味。马博礼耐不住了。

"不是什么不好的东西吧？"

"现在还说不准。有什么感觉吗？"

"没有。不疼也不痒。"

"没有感觉可不一定是好事。这得做病理化验才能知道。"

"是啊！我心理就一直犯嘀咕。"

"既然犯嘀咕还不把它处理掉？"

"怎么处理？"

"当然是做手术了！"

"这么严重！这么小点个东西……有没有简便点的办法？"

专家从病历本的书写中抬起头，目光坚定地看他。"当然有！激光、冷冻……不过我不敢保证去除干净，弄不好还会引生病变。只有手术最安全彻底，最主要的是它不留疤痕……"

"那就手术吧！"马博礼已迫不及待了。"不过一个小手术。"

"你说对了，前后也就十几分钟。"

大夫给他开了一大堆单据：预约的、验血的、做病理的、消炎药的，一交钱一千来块。一个月后，他按约定的时间来到医院；一个瘦高苗条的女医生为他操刀。她让他躺在手术台上，整个头用布蒙住，只露出患部，打上麻药；听着她跟另一位医生闲聊令她头疼的儿子的上学问题；还没听出个眉目，他已经被告知手术做完了。他从手术台上坐起身，伤口已包扎好；女医生递给他一块纱布，上面一块豆粒大的鲜红的肉，顶着一个黑头。

"这是什么东西，能看出来吗？"他担忧地问。

"这可说不好。不是有病理化验么？结果出来后拿给你的主治医看。"

又近一个月过去了；其间换了两次药，伤口基本愈合。他去医院拆了线，同时取回了病理报告。

"没事！"他的主治医接过报告看了看。"脂溢性角化。"

"什么！"他既释然又失落；折腾了这么半天还是个脂溢性角化，真冤得慌；他倒真想化验出点什么了。"这个脂溢性角化，到底是什么东西？"

"脂溢性角化，"他现出很耐心的样子。"就是俗称的老年斑。"

"老年斑！"他不觉惊叫起来；似乎比真查出黑色素瘤来还叫他惊讶。"怎么可能？"

"这有什么不可能的！"医生淡然道，又用手捏住他下巴，把他的头扭来扭去。"你看你这脸上，还不止一个呢；腮上，眼角上，还有额头都是。深浅不一而已。"

"我才……太早了点吧？"

"早？……到时候了！"

那充满狐疑的目光叫他十分胆怯，真担心他会念出那个能量十足的咒语般的词。他赶紧溜出专家诊室。回去坐在办公室里，没敢跟小黄他们说，一个人坐那儿闷琢磨；越琢磨越不对劲儿；猛然醒悟，一拍大腿：这孙子八成当初就知道是脂溢性角化吧？他大爷的！现在这大夫怎么都这样啊！——真应该照着那张光润的脸上来一拳。不过他无心在这种恶劣的情绪里纠缠，转而全力投入到对抗脂溢性角化的斗争中去。脸上那个刀口的确没留下疤痕，却留下一片紫癜；其他几处斑块也有明显长大趋势。他要把这些可恶的东西一个个清理掉。

"弄它干吗呀？这就是一种皮肤老化现象。"处置室的小大夫年轻又漂亮，她从眼镜上边斜视着他。"弄掉也没用，到时候它还长。"

马博礼感到一阵羞惭。他被称为大爷以来，这种羞惭感就伴随着他；特别是面对这样青春美貌的姑娘，尤感这种羞惭的噬啮，像是做了什么不体面的事。他极力拿出那种戏谑的口吻："我脸上就该长这东西是不是？长你脸上试试！"

女医生被他说乐了："我不是那意思，我是说到时候了！"

"到啥时候了？"

又是那种令他惊悚的狐疑目光。"好吧！我不过给你个警告，不能保证效

228

果啊。有时候不但除不掉，反倒比先前扩大了。"

试一试吧！试验中总包含着希望。当大夫的当然把丑话说在头里，给自己留出后路，就像你做手术之前先得签一大堆吓人的协议一样。你退缩了也就断绝了希望……液氮一下一下触在皮肤上，如针扎一般……那几个月的时间里，马博礼的脸上总带着一块一块的痂。容姐注意到了，有一天随口问了一句："老马，你脸怎么了？"

"没事，不小心碰了一下。"

后来就再没人注意这事了；他也落得了个安心。

转眼又是夏天。有一个周末，容姐弄了几张首都剧场演出的票，邀他们几个一起去看，晚上回来很晚。车棚十一点锁门，过了点车就放不进去了。一出剧场，正赶上下雨；容姐提出用车送他，他说他的自行车在地铁站放着呢，便一头钻进了地铁；她便带着小黄和阿媛走了。马博礼出了地铁，雨正下得紧；他也顾不了那许多，骑上车一路狂奔，汗水和着雨水把他浑身上下浸了个透；总算在十一点之前赶了回来。车棚门虚掩着，那把大铁锁已挂在了门上；车棚内一片漆黑。他拉开铁栅栏门，走了进去；气还没喘匀乎，灯忽地亮了。

"大爷！"昏暗中一声尖利招呼。

马博礼吓了一跳，脚下没站稳，车子一歪，顺势把他带了过去。侯絮正斜歪在门口那张破沙发上，怀里抱着一个黑色电脑键盘，冲他龇牙傻笑。他顿时火起，从地上爬起来，车也顾不上扶。事后他躺床上犯寻思，越寻思越觉得不对头：黑灯瞎火的这小瘸丫头抱个键盘坐那儿干吗？她在练习盲打不成（她的手已如此灵巧）？或者仅仅是为了跟我打这声招呼，好锁大门？还是有其他什么目的？或者仅仅是个偶然？他实在是搞不明白。可当时他在气头上，并没想这么多，从地上爬起来就冲她过去。从头到脚往下淌着水，头发湿淋淋地巴在前额上：一贯镇伏他的那股魔道瞬即消失了。

"以后别再叫我大爷行不行！"他瞪眼吼。"看我这张脸让你叫得，成什么样了！"

侯絮在沙发上缩成一团，就像一只受到惊吓的狐狸，满眼惊恐；脸涨得通红，声音怯怯的："行，大爷！"

几乎整个夏天，马博礼都在网上跟一个网名叫水中花的女人交往。他们是偶然相遇的，断断续续聊了几次，彼此感觉都还不错，便建立了联系；关系也日益密切。水中花三十三岁，一家律师事务所的会计，离异，带着一个四岁的女儿；这一点马博礼倒不太在意。关键是她言谈中透出的那种对他细微的体贴和关切吸引着他；他也小心地维护着他们业已建立起的这点情宜。他深知能走到这一步，彼此都很不容易。随着了解和情感的进一步加深，在他暑假期间，水中花先提出见面的请求；马博礼很是犹豫。他担心一见面，已取得这点成果会瞬间土崩瓦解，尽管他们都相互发了不少照片，各方面进行了考查；他经历了太多这类的挫败。现实是把无情的利剑，它要把一切出于虚拟空间的东西拿到阳光下进行检验。他担心仍禁不住这样的检验；他想尽量延长网上交往时间，再彼此多了解了解。水中花很实际，她说我们迟早是要走进现实的。

令他欣慰的是，现实中的她跟照片上差别不是很大，用马博礼的话说长得还比较顺留，并不像一个四岁孩儿的妈，很注意打扮修饰。最让他感动的是她很会体贴人，似乎预示着将来会把他照顾得很妥帖很舒坦；同时她也表现出执拗的一面，只要是她拿定了主意都得顺着她；她也很挑剔，遇事好计较细枝末节。比如有一次他们约会，马博礼迟到了那么二三十分钟，她便磨叨起来没完，揪住他迟到的原因不放，几乎毁了那次约会；她过生日他给她订了一个蛋糕，又是颜色不是她的幸运色啦、又是造型花饰不美观啦，弄得他心情很不爽。他们的相处总免不了这类磕磕绊绊，但他都小心隐忍着，还没遇到过不去的坎。他们的关系一直在不断进展。

恰逢"十一"黄金周，他邀请她到家里来一起过节，她爽快地答应了；这是他第一次向她发出邀请。有多久家里没来过女人了！这方面他比较谨慎；请她们来本身就包含着某种非同寻常的意味。他做了精心准备，去超市买了些吃的喝的；对居室进行了一番大清扫，又擦又洗。放假前一天他根本就没去上班，跟小黄请了假，净在家拾掇了。约定的时刻到了，他到小区门口接她。

水中花显然也进行了刻意修饰。她刚做了头发，肩上披散精心卷过的黑色波浪；眉目嘴唇都细细地描过，面颊上施了淡淡的粉；身上是一套素雅的裙装，黑丝袜勾勒出修长的双腿；身上散发着怡人清香。马博礼禁不住一阵欣悦，这使他猛然意识到自己的生活中没有女人的日子实在是太久了，那种熬人的焦渴立时袭上心头，就好像在烈日下经过了长途跋涉，突然面对了一扎冰醇的挂着露珠的鲜啤。

　　初秋的天气格外地爽朗；天空又高又远，湛蓝地映衬着高耸的楼群；绿柳依依垂着枝条，汽车在路旁排成一留静静歇息，小区中充满了一股安谧的气氛。俩人挎着胳膊往小区里走；快走到楼门口时，只见侯絮一步三扭地迎面走过来。马博礼不觉一阵紧张。

　　"大爷！"她音拉得老高老长，表情动作也很夸张。是有意的？

　　他鬼使神差般"唉"了一声，竟然还"唉"得十分和气顺畅。他有多久没回应她的招呼了？他马上意识到自己犯了傻，仿佛以往的"斗法"中取得的战绩（如果说有些战绩的话）就此一笔勾销。他立时不自在起来。水中花似乎意识到了什么，回头瞅了一眼那颠簸的背影。

　　"这小丫头是谁呀？"

　　"是我们小区里一个修车师傅的女儿。"他显出慌乱。

　　"叫你叫得满亲热的嘛！"

　　"啊，那什么……我常到他爸那儿去修车，混得很熟。"

　　"她叫你什么？"

　　"没……没叫什么……"他想极力遮掩过去。

　　"她叫你大爷？叫得那么亲热……"她巴过头来看他，一脸调皮模样。"你有啥不好意思的？"

　　"别胡闹！"他越发不自在了。

　　"大爷！"她叫了一声，笑弯了腰，引得路人都回过脸来看他们；等直起身，看了一眼他那张绷着的脸，再次迸发出一阵大笑，"大爷！……太逗了，我的妈呀，笑死我了……还真像……"

他看着她兀自发笑，内心里一阵阵羞愤。"有什么好笑的，有病是怎么的！"她仍笑个不停，他甩开她，"你在这儿笑吧，我走了！"

她从后边追上去，仍旧挎住他胳膊。"好了好了，我不笑了！"一手抹着眼泪。"还真生气了！一点没有幽默感。"

"幽默个屌！"

他不理她，直到进了家门。水中花看出他是真动了气，显得很主动，对他又亲又吻又爱抚，好言哄劝。马博礼像是从冰点状态解冻似的，那股寒气慢慢地总算消了。水中花的温柔唤起了他的热情，他抱住她热烈亲吻起来。他们扯掉衣服上了床。

不知怎么搞的，他趴她身上折腾了半天，毫无成效；先前那股强烈欲望倏然从他身体里退去，就像退去的海潮，把他这只带上来的瞎蟹丢在了海滩上，干在那儿，完全失去了方向，只落下一身冷汗。水中花先是喘了一阵，便打了挺，任由他摆布；他反倒不知该拿她怎么办了。她显然意识到了他的处境，却一动不动地毫无反应；过了一会，像谁搔了她的痒似的咯咯地笑。马博礼从她身上爬起来。

"笑！笑！我看你是着了笑魔了。"

她越发笑得厉害，边笑边叫："哦，大爷，我的大爷！"

"你他妈的没完了！"他吼道。"好好的一件事，全叫你搅和了。"

"怎么是我搅和了！"她不服气地坐起身。"我该做的都做了，就说你不行得了，还怨得着别人！"

"不怨你怨谁？在路上拣了那么句破话，翻来覆去磨叨，烦不烦啊！"

"我觉得好玩，我愿意！"她眼皮一翻。"我看你就是老大爷。叫你大爷怎么啦！"

"我不爱听，我烦！知道吗？"

"我就叫！大爷！大爷！大爷！烦死你！"

"成心，是不是！你再叫一句！"

"大爷——！怎么着，我就叫了！"

"去你大爷的！"都快豆腐渣了还矫情什么！他抓起她的衣服朝她扔过去。"给我滚蛋！我吃你这套！"

"好，这是你说的！以后别再给我打电话！"

那天他骑着车在街上漫无目的地转悠了一天，直到大太阳像个腌透的鸭蛋黄低垂在西山头上，他才从外面回来。把车在车棚里放好，刚好看见侯师傅一家三口都在，便敲了敲门房的门。小屋里已开了灯；灯光昏黄。侯絮坐在窗口前的桌子上练习写字；侯师傅半躺在床上看电视，他老婆在收拾饭桌；屋里充满了一股人体的汗馊味、破旧家什的霉味和炸鱼味。小屋里拥挤不堪，东西随处乱堆着，马博礼几乎找不到下脚的地方。见他进来，侯师傅从床上坐起身，明显感到有些意外。

"大爷！"侯絮已叫出口。

"哟，大哥，您来了！"侯师傅的脚在地上摸索着拖鞋；他老婆也停下收拾。

"你们都在啊，有件事跟你们说一下。"他尽量把表情和语气都调整得既温和又郑重。"是这样，你们家侯絮长久以来一直在叫我大爷，刚才你们也听见了；这对我影响很不好，希望她往后不要再这样叫我；你们做家长的要尽到义务，管好自己的孩子，不要再让这种事发生。"

侯絮在傻笑，她爸她妈却一脸茫然，不明白他在说什么。

"大哥！"她爸穿上鞋从床上站起来。"我们小絮不懂事，有做不对的地方您只管说，我们好好管教她。"

"是啊！这孩子您也看到了，跟别的孩子不大一样，"她妈说。"有得罪的地方别跟她一般见识！"

"是这话，她哪儿不好尽管说……"。

"他老叫我大爷，就这事！"他强调说。"明白吗？她一直叫我大爷。"

"是，她叫您大爷，没错！"

"这不行，你明白吧？她不能再叫我大爷！"

"她不能再叫您大爷？"侯师傅愣住了，瞪着小三角眼懵懂地看着他。"她叫您大爷有错？这院里所有人她都叫大爷！"

"别人我管不着，反正我决不允许她再这么叫我！"马博礼有些发急。

"这为啥！"她妈说。"她不叫您大爷叫您啥？您自个说！"

"为啥？你看看我这脸让她叫的！"他指着自己的脸说。他上星期刚去医院又做了一次液氮冷冻，面颊上正结着两块痂。

"你脸咋了？"侯师傅和他老婆都凑近前来细看；一股减带鱼味扑面而来。马博礼忍住让他们瞧，没有退缩。

"我脸上又长斑又起褶；头发也白了不少，你们看。"他揪着自己的头发。"都是她叫的。"

"这哪能呢？"侯师傅说。"纯粹瞎扯！"

"不是不可能，这是事实！这都是她叫我大爷以后才发生的，以前从来没有。"

侯絮一旁看着他们仁人在那儿掰扯，就像在看她亲自导演的一出好戏似的咧着嘴乐，似乎十分有趣。

"谁说的！你从前头发就白。"侯师傅又转向老婆说。"你记得不，他头发从前啥样的？"

"是，你头发从前就白。"

"我自己头发什么样我不知道？"

"有人叫你几声大爷，就把你头发叫白了？"侯师傅说。"我活了一辈子了，还没听说过这种事呢！"

"那我们絮儿成啥人了！"他老婆接碴道。"是鬼呀是神啊？"

侯絮大笑起来，一边扭着脑袋一边拍大腿；脸也涨红起来。

"不用是鬼也不用是神。"马博礼认真起来。"我举个例子啊，比如说现在有人骂你，扬言要杀你，你什么感觉？"

"这跟那两码事！"侯师傅不屑地摆摆手。

"这是一回事。这说明语言是有能量的，它会在你身上发挥作用，对你产生影响，以至，置人于死地。"

侯师傅目光中突然现出恐惧，仿佛跟他对话的是个外星人，或者就是一个疯子。他无奈地摇摇头，像是在对眼前的现实表示接受和认可。"絮儿啊！这位大爷——"他马上收了口，可一时又不知该如何指称他；这时他才发现这个一贯被看做熟人的人，连他姓甚名谁都不知道。他的头脑顿时陷入一片混乱。"这个人，你以后就不要再叫他大爷了，听见没有？"

"以前我都跟她说过了，她是不是没记性啊？你们得反复不断地叮嘱她。"

侯师傅瞪了他一眼。

"絮儿啊！你往后不许再叫人家大爷，听清了没有？"她妈拍着她的肩强调说。"就这个人，你看好喽！记住了吗？"

她把目光集中到马博礼身上，脸涨红起来，痴笑；头朝一边拧歪着，不知是抽搐还是首肯。

"行，记住了！"她含混道。

马博礼从门房中走出来，心中感到少有的轻松畅快。

三

他开始染发。染过的头发黑得发贼，不过也总比白花花地看着心里舒坦。还是容姐眼尖，一眼就看了出来。

"你头发不挺好的么，染它干吗？"

"好什么！"马博礼捋着新染的头发，有些不好意思。"已经不好了。"

"我告诉你吧，头发越染越不好；而且染发还致癌。那个电视节目主持人——叫什么来着，挺有名的，我一时想不起来了——他不就是染发染死的吗！"

"嗜，信那个！"他把手一挥。"抽烟还致癌呢！这致癌那致癌，我看整个世界就是个大癌。信那个你甭活了！"

容姐脸上就有点发讪，"反正还是注意点好呗！"

听他说得豁达，容姐的话还是叫他心里很纠结：咒我是怎么着！每次一染发，那话就冒出头来，搅得他心神不宁。他把这种心绪压下去，想法排解掉：没错，焦虑是人的头号杀手，比什么吸烟和染发都更有害。不过他还是发现，他的白发越染越多。每次染发之前，拨开一看，白发根比上次增多了。这是染发造成的错觉？还是……不管怎么说，就目前这种情况，要是不染的话肯定没法看了。

自从上次他下达了禁"大爷"令，侯絮对他的态度发生了一种微妙变化。看来她似乎还是长了一些记性，再见他面，不再喊大爷了；脸上还是挂笑，但这笑里却增添了一种窃窃的意味，仿佛干了一桩恶作剧，暗地里在偷觑着它的效果。并且他也看出来，那声"大爷"也并非完全被杜绝了，只是给压在了嗓子眼里；只要一有机会，或者她那薄弱的压制力稍有松懈，便立刻会脱口而出。有一天他下班回来，见侯絮正坐车棚门口沙发上学认字，见他便笑；他把车放好，刚往外走就被她叫住。

"唉，你教我认字好吧？"

他走过去。"好吧！认什么字？"

"就这个字。"她那钩子似的手（他突然发现她这只手比从前灵便多了）指着识字课本上的一个"残"字。

"这个字念残。"他还特意读出汉语拼音给她听。

她跟着读了一遍。"啥意思？"

"这是'残疾'的'残'；意思就是……"说到这儿他卡了壳，看着她不知如何解释。"……这么说吧，比如一个人，他身体的某一部分坏了，不能正常发挥作用了，这就是残疾。"

"残，残疾的残。"她若有所思地默念着。

"懂了吗？"

"懂！"她点点头，面颊上升起一层红晕。

身后又追过来"谢谢大爷"的呼声；他脊背不觉爬过一阵寒噤。她为什么偏偏问我这个字？是有意还是偶然？她真的懂还是……他心中画着种种疑问，耳畔响起一阵呼呼的风声，就像正乘坐着一列快车似的。对，是我的时间快车；这列快车不知不觉间在提速，我已被列车绑架，一切都无法挽回……他突然醒悟到，也许这一天并不是从侯絮叫他大爷那一刻开始的，而是更早；就像某种疾病，早在你青少年时期就埋下了致病因，只是你并不觉察；随着你的年龄增长日积月累，最终在一个诱因作用下来了个总爆发；侯絮的招呼只不过是个诱因而已。这个更早要早到什么时候呢？他心头猛地一阵拔凉，惊出一身冷汗：该不会是"老马"吧？我可是一上大学就"老马"了！这一念头便固执在他脑子里，挥之不去。

一天下午，容姐拿着一大沓订书单来到他桌前；他正对着电脑忙着。

"唉！老马——"她用那叠书单在他那本已拥挤的桌上硬挤出了一块地方。"你帮我个忙呗？"

马博礼突然变了脸，说："容姐，往后你别叫我'老马'好不好？"

"怎么了？"她一下子愣在那里。

"你说你比我还年长，一口一个'老马'，合适吗？"

"这……这有什么？这么多年不都这么叫吗？怎么突然不合适了？"

"这不很明显吗？年少的对年长的才以'老'相称，对不对呀？"

"噢，原来在掰扯这个理儿啊！"容姐不觉笑了。"这么说我对你得以'小'相称喽！以后我就叫你"小马"？"

"我可以叫您老马吧？"黄主任说。"我比您小。"

"什么老了小了的！"马博礼说。"我有名字没有？"

"照您的意思就直呼其名？"黄主任说。"那多不尊重啊！"

"老了小的才不尊重呢！"

"马老师！"阿媛突然冒了出来。从没人叫他"老师"的，这一叫法让大家为之一怔。"我可以继续叫您老马吗？我是晚辈。"

"不行！"他冲着电脑，头也不回。"往后谁再叫我'老马'我跟谁急！"

容姐说，"这玩意叫了这么年了真不好改。您这公称大号怎么说改就改了呢？弄得我们一头雾水，能不能给个说法？往后怎么称呼？这都是问题。"

"那还有什么说法！我就是听着别扭。往后就叫我名字。"

"我倒有个建议，以后就叫您马老师得了。您看行吗，马老师？"阿媛说。

马博礼没言声。

"这主意不错，要不就这么定了。"容姐说。"以后他就是咱们的马老师了。"

"依我看，咱们一顺水都改了算了。你也别容姐了，你也别阿媛了，我也别小黄了，咱们一块都老师了吧。这也算是跟我们所处的工作环境和皆一致。再者说了，我好歹也是个部主任，这么多年一直被当成小字辈，我心里也挺别扭的。以后我就是黄老师了，谁再叫我'小黄'我跟谁急。"

阿媛冲他一撇嘴。"人老马改名号，你跟着瞎起什么哄！"

"掌嘴！"小黄一指她。"人家刚改完你就叫错。"

阿媛一吐舌头，"对不起，马老师！"缩了头捂嘴窃笑。

此后，馆里不断有人遭遇马博礼的称呼当面更正，其中包括郑馆长。他很是诧异，便去询问小黄怎么回事；小黄便以马博礼的怪癖作解。又到了一年的年底，单位照例要搞一个迎新年元旦晚会。趁着人员齐全，晚会开始之前，马博礼走到台前，拿起话筒正式向大家发布了他的"禁老令"："……语言是有能量的，正所谓众口铄金；不当的言词，就个人来说可以销蚀他的生命；就一个国家来说，可以摧毁它的体制。正因为如此，自古以来便设有很多文字禁令……"全场一片哑然，大家都面面相觑；有的交头接耳，"这老马怎么了？发的哪门子神经？"最后还是郑馆长站出来打了圆场。他说："马博礼维护的是他个人的称谓权，这是正当要求，应该得到大家的谅解，在以后的工作交往中，对他要格外注意称谓的使用"云云；总之，馆长的话体现了对个人权利的尊重。

果真，人们再跟他交往时，一律直呼其名了（个别也有称他马老师的）；不过背地里他在人们口中依旧是"老马"；只是大家不约而同对他都采取了规避态度，自觉不自觉地疏远他了。渐渐地有这样一种传闻在馆里漫延开来：老马神经不正常了。不过也有人持不同看法:"我看他说话聊天挺正常的呀!"采编部黄主任总会在同事中进行权威发布,他一边嘻嘻笑着一边抖着手:"正常不正常这玩意不好说,反正整天神叨叨的。"

马博礼按时交了新的一年的存车费。他注意到侯絮那只钩子手越来越灵便,无论是捆车牌还是写字(尽管字写得仍旧扭歪)都比从前利落多了。这是她每天练习的结果?还有她喊他大爷时的那种嗓音,仍旧尖利,但却渐趋清亮;特别是她的走路,有时他分明瞥见她走路走得好好的,可是再定睛一看,还是那副瘸相。就像是一个人在你面前假装瘸子,你一疏忽他便正常行走,你一注意他就瘸起来……他有种感觉(而且这种感觉越来越强烈),那就是在她那畸形的身体里,似乎隐藏着另一个人——那个正常完好的她;那个"她"会不时现身。这就是她时而会现出狐媚一面的原因吗?或者只是他自己的一个幻觉?他想不明白。有时就在她喊他大爷那一刻(或者走在路上,或者坐在车棚门口),他瞪大了眼盯住她看,想要证实点什么;就像要看出一个高超的魔术师手法上的破绽。不!他什么也没看出来,只是那脸上更泛起一层红晕,扭歪的头羞怯地侧向一边。他看到的,倒是镜中自己脸上越发显出沧桑痕迹:额头上又添了一条皱纹;面颊深陷;脸上的斑层出不穷……

又是一年春节,他照例回老家沧州过年。这年冬天母亲身体一直不好,他到家第二天,她就住院了;他陪她在医院过的年;他和妹妹轮流照看。过了年,她身体刚有些起色,便死活要回家,嫌住院花钱。他也只好由她。料定母亲病情基本稳定,他便返京了。

年后,侯絮对他发出的第一声呼唤听起来格外亲切,完全没有了从前那种机械性质,真有点久别重逢的亲人之感,叫他不由自主地爽快地应了一声。从此,这种亲切感就成为她对他的呼唤的一部分,再没有离开过他;他想拒绝想不答应都不成:那是亲人的呼唤,那是爱的呼唤,因为随着那声声呼唤,呈现给他的那狐媚的倩影越来越清晰,简直呼之欲出了。每天要把这影像看上两眼,这一天才算没有白过……在那畸形外表下真的潜藏着一个狐媚亮丽的姑娘吗?

或者说她真的能从残疾中复原吗？——代价就是我的迅速衰老？作为报答，她最终嫁给了我……呵，一个多么优美的神话传说啊！既令人神往，又令人惊恐。

无聊！想到哪儿去了！每当脑子冒出这种怪念头，他便极力刹住。

眨眼又到了一年的四月，空气中日益弥散出温暖的令人不安的气息；万物萌发，春花盛开；路边的树木枝头都吐出鲜绿的嫩叶。

侯絮要嫁人了。

马博礼在第一时间就获取了这一信息。有人告诉他吗？当然没有：他跟小区里任何人都没有来往。这一信息是他自己捕获到的。他是从空气散出的独特气味中捕获到的；他是从那些大妈大婶们腋下夹着大包小裹进出于侯家塑钢板房的匆匆身影上捕获到的；他是从侯师傅两口子那喜气洋洋的脸上捕获到的；他是从侯絮喊他大爷时两眼的异样闪烁中捕获到的……这一切都明白无误地表明，侯絮要结婚了。

我他妈的干吗这么敏感？这跟我有什么关系？马博礼竟品出了一股酸溜溜的味道；就这模样还结婚啊！法律上倒也没规定残疾人不能结婚，可是……我操这心干吗？无聊。打住打住……她跟谁结婚？爱谁谁！……这么想着，却不由得一直留心观察，出来进去的左顾右盼，是他？是他？也没见有什么新郎官的影子；总不会是那小伙计吧？每次从侯师傅的车摊前经过，马博礼都看见他仰在那把低矮的破转椅上，把细长的身子挺得板直；一条腿不停地颤悠着；圆溜溜的小脑袋枕着双手；脸上的一块块油污与一脸的呆钝闲适相得益彰。她要嫁的就是这傻小子？……我操这份心干吗？真他妈无聊！

北京的"五一"应该算是一年当中最好时节之一，气候宜人，碧空如洗，柳绿花红。静安里小区隔壁那座宏丽大厦（直到现在人们才知道其名头——京发展科技贸易大厦）终于竣工剪彩，这意味着居民们近两年的饱受建筑施工之苦的生活的结束，也意味着不见天光的生活的开始。这天早上，一阵持续不断的鞭炮声惊动了整个小区；接着是喧天的锣鼓和大秧歌调；只见巨型红色条幅从高耸入云的楼顶直贯下来；无数的花篮几乎添满了那高大宽阔的大理石阶砌门廊；大厦门前的广场上停满了各色豪华汽车；人们身着西装礼服，胳膊上挎着优雅漂亮的女人热情地互相致意问候；新搭起的高台上歌星献出一曲曲欢歌，台下秧歌队则舞起一条条长龙……大群行人（包括小区里不少居民）被这盛大典礼吸引过去，驻足观看（据说后来在发放礼品时，人群蜂拥而上，发生了踩踏，还伤了两个人）。

侯絮的婚礼与京发展科贸大厦的落成典礼恰好选在了同一天。

前一天，收费车棚大门的两边就各贴上了一个金边的大红喜字，宣告了婚事的发生。就在整个静安里被一墙之隔的鞭炮声所震撼的时候，似乎是为了与之相呼应，侯师傅也在自己门前点响了一挂鞭，接着便是婚宴了。为此他特地从老家请来了一位本家兄弟——县里一家酒楼的大厨——来给他撑勺；婚宴就摆在他负责管理的车棚里（这是经过小区物业批准同意的）。来参加婚宴的有物业和居委会的领导；也有左邻右舍这些年来给他帮助的大爷大妈大审们，借嫁女之机都一并谢了；还有一些娘家婆家代表。

这天早上马博礼是给鞭炮声从床上叫起来了；其实他早醒了，赖在床上不想动；抽了支烟，看了会儿书，又躺下了。听到鞭炮声，他下了床，扒着窗户伸头往外瞧，正瞧见落成典礼红火的一角。

"真没劲！"他缩回头。

穿衣洗漱，随便吃了一口东西，又坐那儿抽烟看书。屋里黢黑，灯光惨淡，窗外那个巨大的黑色建筑就好像是一个黑洞，把世上所有的光都吸去了。坐了一会，便觉得浑身僵硬，一阵阵发冷，寒气逼得他不得不站起身来走动。抬头一看表，已经快十二点了；"五一"的三天假期在眼前呈现出一片空茫。他再次把头伸出窗外，向路的两头一望；这次他看的是天。五月的蓝天白云，格外温暖明丽。马博礼决定走出他的鼠洞，到外面逛逛。

自行车棚里充满了酒味、菜味、烟味和一片吵闹；自行车被移到了两旁，四张大圆桌沿中央一字排开，全坐满了人；每把椅背上都挂着一个印有"北京发展科技贸易大厦"字样的无纺布口袋。马博礼虽然知道侯絮的结婚，但还是给眼前的景象吃了一惊。酒席怎么都办到这儿来了？嗜！管它呢，人家的事，与我何干！不过他找自行车费了点劲；自行车一挪地方全乱了，他两边来回折腾好几趟，加上身后乱哄哄一片，心气就有些不顺。最终推上车，还没走到门口，侯师傅就迎上来。他满脸通红，嘴里喷着酒气；两眼迷迷瞪瞪，嘴巴咧到了耳朵根子。

"哟，大哥！今天小女大喜，您赶上了，不能走，坐下喝酒！"说着就推他入席。"絮儿啊，给你大爷拿套餐具来。"

马博礼阴着脸抗拒。"谢谢！谢谢！我还有事，得马上出去。"

"大晌午的能有啥事？也该吃饭了；吃了再走。"

"不了！不了！我真的有事！"

"那你喝杯酒总可以吧？"说着他接过侯絮递过来的杯子，倒满酒。

这杯喜酒和着侯絮那声亲热招呼一同递送过来。她经过了的经心的梳妆打扮，头上发髻高挽，插了一朵大红花；描眉画眼擦粉；身上是一件猩红的旗袍，下摆几乎拖在地上；脚上是一双红色球鞋；那条残腿从旗袍的分衩处时隐时现。也不知是旗袍的掩饰作用还是怎么的，她走路似乎并不像以前那么瘸。她站在他爸身旁冲着马博礼咧嘴痴笑；那狐媚的影像在他眼前晃了两晃，凝固在吊眼梢的秀眼上。他的目光从她脸上移到她爸手里的那杯酒上。酒杯里外都油腻腻的。

"我不喝酒，"他笑笑说。"要不我抽支烟吧！"

"絮儿啊，给你大爷拿烟！"说着一扬脖，那杯酒下了他自己的肚。

那只钩子手明显又取得了进步，摆弄起打火机来只一下就打着了火。他瞪大了眼，跟看魔术表演似的，凑过去把烟点着。

"侯师傅，给你道喜了！"马博礼喷出一口烟，一手仍然扶着车。

"豁子！"他朝尽里边那桌喊道。"过来见见你大爷！"

应着喊声，跑过一个人来。他五短的身材，看上去很壮实；黑面皮上长满了疙瘩，胡子拉碴，两只兔齿支在唇外；一头花白的乱发；一身松松垮垮的西服，衣袖裤管都挽着，胸兜里插了一朵红花；两手粗大得跟他的身体有些不相称，布满老茧和污黑的裂口。

"这是我女婿，"侯师傅脚下有些踉跄。"往后请大哥多多关照。"

"大爷！"

耳畔响起了一嗓子粗声大气的招呼，脊背爬过一串寒噤，冒出冷汗来。他不知道自己是怎么推着车走出车棚的，也不知道自己是怎么骑上车的，更不知道自己在往哪里走。他只觉得这明媚的五月天空就在他走出车棚那一刻已是乌云密布。

"去你大爷的！"

他脑子又禁不住意识流起来，幻出侯絮和她的新郎洞房花烛的种种情景和细节……我想这干吗！呸，恶心！无聊！……明显她在慢慢复原不是么？我们在悄悄进行着能量交换……没错，是我在供给她能量，她最终将脱胎换骨，出落成一个充满狐媚的小美女，然后……一部现代城市童话，你就尽情编吧……

过了五月，容姐便随她老公去了美国，一是陪他长驻，二是跟儿子团聚。容姐一走，办公室里一下子显得冷清了不少，大家都在埋头干活，即使闲聊也聊不出那种快活气氛了。特别是马博礼下达了"禁老令"后，人们不知该如何与他交往，一不留神顺了嘴，便遭他更正，于是便免去了无谓的闲谈。再者，"马老师"就像是在他周围筑起的一道无形围墙，没事的话谁也不愿穿越这道围墙走近他；他倒也乐得置身于那围墙中安然独处。近来他发现自己脸上的毛发渐盛，比如眉毛、鼻毛；甚至耳朵眼里都长出了一丛浓浓的黑毛。眉毛长得挡了眼，鼻毛长出鼻孔与唇髭相连；他不时地用剪刀清理。有时坐在办公桌前，看着不顺眼了，他也禁不住动手。有一次他正在剪鼻毛，阿媛正好推门进来，两人一时都很尴尬。

马博礼认为，他这种毛发的突发性浓重，无疑跟豁子有关。豁子跟他媳妇一样，对他的招呼抱有一种执着和坚韧，见面必喊他大爷：先把那对黄眼珠直直地对住他，启开兔齿大喝一嗓，浓重而浑浊，总像是有痰没有咳净。这无异于一门加农炮轰在胸口，好几天缓不过劲儿。豁子很是淡然，有时喊过后一侧头往地上啐一口痰，该干吗干吗。倒插门后，他便立刻顶门立户；每天早上拉着车出摊，每天晚上拉着车收摊，完全融入了静安里小区的生活之流。侯师傅成了真正的甩手掌柜，见天东游西逛，与小区里那些大老爷们扎成一堆，跟这个下下棋，跟那个喝个小酒。正因为豁子的早出晚归，马博礼遭他"炮轰"机率大为减少。

相形之下，侯絮的招呼便显得受用得多；不知不觉中，他竟答应得十分畅快了。有意无意中他开始关注她婚后的变化：她的外貌，她的表情神态举止……不，还跟以前一样，没什么变化；不，有变化，这变化越来越明显，她怀孕了；她的肚子一天天凸现出来。这凸起的肚子在她那瘦削畸形的身体上显得异常突出；或许是由于某种制衡作用，她倒更像一个正常的孕妇，腿脚比往常还利落了。见到他时，她总是双手抱着自己的大肚子，像是在向他显摆她新得到的一件宝贝；叫他那一嗓子也格外尖利而甜美。他马上扭开脸，她——竟然也怀孕了……你酸什么呀！是啊，跟你有什么关系！

她要生了；不！她已经生了。什么时候生的？他又见到小区里那些大妈大婶们夹着大包小包，手里提着口袋进进出出忙碌的身影；于是一个仲春的傍晚，一辆白色面包车停在收费车棚门前，把侯絮和她妈妈接走了……他真的看见了？其实不如说是他在想象中看见了；这一想象如此强劲有力，就像是他亲眼看见她们上了那辆白色面包车似的；他甚至还看见那位司机一边吸着烟，一边帮她们往车上拿东西，还扶了侯絮一把……没错，就在他产生了这一想象之后，好长一段时间他没有见到侯絮。他不安起来；这种不安与日俱增。开始他并没意识到，那只是一种下意识的挂虑和磨叨，就像私下里的嘀咕，声音很小不易被听到；听到之后就会很恼人。她上哪儿去了？对，生孩子去了！她怎么样了？她那身体……孩子不定啥模样呢！这跟你有什么关系？……好久没听她喊我了。那还不好，耳朵根子多清静；清静是清静……你还愿意听她叫啊……好像少点什么……代替她站门口收车牌的是小区里一个胖老太太；她的存在更昭示出那一空缺和挂虑，甚至希望她能代替她对他喊那一嗓子。有时他禁不住想问问：她生了吧？人怎么样？孩子呢？……我操这心干吗？跟我有什么关系？每意识到自己这份挂虑，他便极力压制摆脱；他感觉自己就像一只陷在蛛

244

网上的苍蝇。怎么能说没关系呢？她叫了我这么久，那是只有我们俩心照不宣的默契……

初夏，一个周末的上午，马博礼才又见到她。他去车棚取车，老远就看见她坐在门口的椅子上晒太阳，怀里抱着一个大包袱，他竟禁不住心跳，我得好好看看她。她显然处于产后恢复期，身子还有些臃肿，胸脯异常丰满；脸色光泽红晕，透出强烈的狐媚感……他径直走过去；侯絮对他这种非同往常的注视报以久别重逢的招呼。

"大爷！"

马博礼收住脚，把目光投向她怀里的包袱。那包袱裹得里三层外三层，只在一头露出一张皱巴巴黑不溜秋的小脸，紧闭着眼睛，小嘴巴不停地咕弄。

"这是你的孩子？"他俯下身，像真的喜爱小孩子似的。

"啊！"脸上那层红晕加深起来，她摇动孩子道。"看，这是爷爷！叫爷爷！"

说也怪，那双一直紧闭的小眼睛这时睁开了，一对黑溜溜的眼珠四处撒眸，最后定睛在眼前这张老脸上，突然咧开小嘴一声大哭。这是马博礼没有料到的，一时沮丧，我真是自讨没趣！"不哭不哭，这是爷爷……"身后传来她安慰孩子的声音。真丧气！这是让他非常害怕一件事；这事终于还是发生了。那小东西使他充满了恐惧，他再没理过他，一见他便躲得远远的，就像他身上带着瘟疫。

那小东西长得很快；可以说，马博礼眼瞅着他长大：先是包裹在襁褓里，由侯絮或她妈妈抱着；一转眼那小东西便坐在婴儿车里了；再回过头一看，他已经孪孪巴巴走起来。姥姥用一条宽带子拴在他腰上，从后面拉住。再跟他打招呼时，既不叫大哥也不叫大爷，一律喊他"爷爷"了；这似乎是出于对婴幼儿进行认知启蒙的必要。随着小东西一天天的长大，对"爷爷"的招呼也更加热切，因为这小东西对外界环境的刺激反应越来越敏锐，对他的认知启蒙也显得日益迫切。只要他一出现，便会受到指认："看，爷爷！"小家伙孪巴起来总是刹不住，有时恰恰冲到马博礼的车轱辘前，姥姥便牵住带子吆喝："快溜点，别挡爷爷的道！"直到有一天，小东西满地乱跑了，他撒开小腿追到他车前，仰起头；用一双黑溜溜的小眼瞪着他，又抬起小手朝他指着，叫道："爷爷！"

在场的人全都满意的欢笑起来；特别是孩子的姥姥、姥爷。"唉，我们宝儿真乖！"

一阵强烈的羞愤将马博礼淹没了，就像遭到了那小东西的当众羞辱；他瞪了他一眼，默默推着车走出去，不禁暗自骂道："去你大爷的！"

马博礼只感到时间飞逝：他在迅疾地老去。

有一天他干着活，从电脑上抬起头，呆愣愣地望着对桌的小黄，看了半天突然问道："小黄，你看我是不是老了？"

小黄淡然一笑："你说谁不老？"

后来馆里人议论起马博礼的异常，原来他问过好多人同样的问题；而他们对这一问题的回答竟惊人的一致。这成了小黄后来对马博礼的精神状态发表独家权威论证的一个有力说辞。他总是一边甩着手一边神情严肃地说："一个大老爷们儿，整天对着镜子察看自己是不是变老了，你说这不是有病吗？"

他说的并不完全对；其实马博礼早就不照镜子了。镜中呈现给他的影像越来越让他感到陌生，偶一瞥见足以为之心惊，就像面对了一个宿敌，当然还是不见面的好。他对自己的外貌开始放任起来，头发也不怎么染了，往往是半黑半白，蓬乱一头；脸上的斑也没再去医院做冷冻，由它们长了。更主要的是他的视力衰弱得厉害，看书越来越费劲；每每看不上两页，字迹就变成了一片小黑虫子乌央乌央乱颤；眼睛干涩酸疼；隐形眼镜换了好几副，还是不行；找专家一看，专家说："你眼睛花了！花得还很厉害。"

"花了？"他很诧异。"我是近视眼。不是说近视眼不会花的吗？"

"哪有的事？那都是民间传说。"

"怎么会？"

医生狐疑地看了看他。"这不很正常吗？到时候谁都得花。"

医生给他推荐了那种二合一的镜片：下半片是老花镜，上半片是近视镜；

经济适用。他拒绝了。这种镜子他戴上一定很滑稽。他宁可多花点钱配两副。

就是在这时候，陪丈夫在美国长驻的容姐回来了；她看到马博礼第一眼便发出了那句强有力的惊叹："老马怎么一下老成这样了！真是，男人不结婚也变老啊！"

在马博礼听来，这话无疑是对他的判决。

自从他在单位下了禁"老"令，老马这个人便从大家的视野里消失了，剩下来的这具躯壳不过是他的影子；对这支影子，人们完全视而不见了，即便走个迎面也不必打招呼，更不用躲闪，只管直接撞过去。至于他什么模样，人们都想不起来了。在采编部，他已经不存在了似的，部门搞什么业余活动，比如聚餐、郊游、看演出或去 KTV 唱歌，根本想不起他来；小黄分配给他的工作比从前少多了，出差的活儿也不让他去了。他干活开始磨叽了：几天的活能磨叽好几个礼拜，一个礼拜的活一个月也交不了差。你要是催他，他就跟没听见似的。小黄只好由他。他跟大家的交流越来越少，几乎不说话，老是一个人闷头在电脑前；有时坐那儿好像是干活的样子，可从他表情上看脑子明显在溜号；要不就躲进厕所去吸烟，一吸连续好几根，弄得满楼道都是烟味。他还养成了一个习惯：拿一个铁夹子对着电脑屏幕拔鼻毛；开始给撞见了还十分局促，后来便拔得大方自如了。

黄主任开始抱怨部门人手不够；尽管容姐从美国回来了，但基本处于半退休状态，干活指望不上。他几次三番打报告给馆里，向郑馆长要人。郑馆长便敦促小黄，还是要把马博礼用起来。

"你看他那样，整天神情恍惚，哪是干活的料？老这么下去，影响我们部门的经济效益。对这样的人，我看劝退就完了，给好人腾地方。"

"说得轻巧！人家不到年龄，你怎么劝？这不合法的。"郑馆长说。

这一年春节他回老家走得比往年早，学校一放假他就走了。母亲又犯肺心病住了院，打电话过来说想见儿子。其实她白内障多年，现在几乎半失明，对儿子只闻其声，视而不见了；他早就劝她做手术，她总是说："我还能活几年，受那份罪干啥！"这年春节他又是在医院过的，天天陪伴在母亲病床前。年还

大爷

247

没过完他再也待不下去了，就想走。

"好不容易回来一趟，着急回去干啥？"她摩挲着被针扎得青紫的瘦骨嶙峋的手背说。"回去有事啊？"

"没啥事！"

"就是！回去也是待着。"她说。"哪都是呆，还不抵跟家多待两天。"

同病房的一个老太太跟母亲聊得很投缘；她的女儿时常来看她，跟马博礼见过两面。见他把母亲照顾得很周到，禁不住赞叹："大娘，瞧您老多有福气，老伴对你这么体贴！"

"你说啥？俺老伴？你说他呀？"她朝马博礼一指，笑起来。"他哪是老伴！他是俺儿子。"

那中年妇女一吐舌头，惊奇地盯住马博礼："俺还寻思是您老伴呢！"

马博礼浑身一阵燥热；脸上红一阵白一阵。

"俺这儿子行！"母亲又开始显摆。"搁北京！搁北京大学里当教授，过年回来看俺的。就是四十好几了也不结个婚，单崩一个耍。人家大城市的人都兴这样啊！以事业为重，不像咱小地方人，早早就娶媳妇生孩子……"

"娘，你说这干啥！也不干人啥事！"

"说说怕啥，也不犯王法。"

那母女俩投来艳羡的目光，让他很不自在。

母亲没出院他就回了北京。正月十五他接到妹妹电话，说母亲过世了。他又急急赶回去奔丧。

长期以来马博礼为失眠所困扰，即使睡着了也睡不安稳。近来他连续梦见侯絮。梦中的她跟现实中完全不同：她身上毫无残疾的痕迹，狐媚艳丽；她走到他跟前，清清亮亮地喊了他一声大爷；再看他自己，干瘪皱缩，已老朽不堪。他惊醒过来，惊出一身冷汗。这个梦做过两次后，他对睡眠产生了恐惧。他又照开了镜子自我审察：还好，虽已明显老去（这早已是不争的事实），但远不至于那么朽秽。他盯侯絮也盯得更紧；每天都得见她两三次，生怕一不留神她

北京北

就会化股烟跑掉似的。她也还是老样子，不过那笑里明显掖藏了点东西：嘴角特意向上挑着，在腮上挤出浅浅的酒窝。什么意思？一份相互默契？一个不可告人的秘密？这可是从前没有过的。她身上那种双重影像出现得倒越发频繁和清晰，每次见到总晃得他有些晕，半天醒不过神来。不过从开始他就怀疑，这不过是他个人的视幻觉；他一直想解除这种怀疑（他能向谁去求证呢？他只能求证于自己），可是那个怪梦却又加深了这种疑虑：它似乎向他昭示着什么；他相信，梦确有其含义。他联想起为自己编造的那个神话故事；他发现，这两者之间竟异曲同工，只不过一个产生于白昼，一个产生于夜梦。这是偶然的吗？还是有着不为人知的内在逻辑？这需要进一步印证……

就在这当口，她不见了。

头两天他并没在意。他照常早上去车棚取车；晚上把车放回去。她没有坐门口用招呼迎接他，但他相信明天她就会坐那儿。明天，又一个明天，仍不见她的人影，他心里开始发毛。以往她有什么事，他都是能看出兆头的，比如说她的结婚，比如她的生子；她的去向他都把握得到；此刻，她却不知去向了，只留下一个令他惊悚的梦。每天上下班从东门口那儿经过，他都看见豁子守在他的车摊上；好几次他都想停下问他一句："你老婆去哪儿了？"但他都抑制了这种冲动。要不向她爸她妈打探打探？也不妥。这一来反倒打草惊蛇；最好是神不知鬼不觉地摸出她的行踪。有一次，他恰好撞见她儿子独自在门口瞎跑，他便把车停放在一边，凑上去，和气地俯下身问："唉，小家伙，你妈妈上哪儿去了？"

小东西定睛看了看他，抬起小手指着他鼻尖，笑嘻嘻叫道："老爷爷！"一转身跑了。

"你大爷的！"

他成了个密探，除了取车存车每天两次名正言顺的去车棚，没事他也在车棚周围转悠（或者说"蹲守"更恰当），密切注视着侯师傅家及其周边的动静。有时上着班，也禁不住跑回来一趟察看一番。工作时间，小区里异常清静。又是春夏之交，树木都刚披上一身新绿，杨花挂满枝头；暖烘烘的空气中弥散出一股土腥气。他这时候出现（特别是老在一个地方转悠）很显眼，他便躲到车棚对面小花园里的树丛背后，悄悄往这边窥视。下班后，他随便找个便于观察的地方即可，那熙来攘往的人和车本身对他就是一个很好的掩护。他这样蹲守了一个多星期，也没发现侯絮的蛛丝马迹；她惯常坐的那张破沙发一直空着，只是某个带孩子的妇女或出来买菜的老太太偶尔在上面坐一坐。她就像一滴落到地上的水，消散得无影无踪。有一天晚上天都黑了，他装作等人的样子在车棚前的路上来回溜达，突然看见豁子拉着车收工回来，在他叫出"大爷"那一瞬间，他真想扑上去，掐住他的脖子猛摇："快说，你老婆到底去哪儿了？"就在冲动的同时他压制住了，只让那股气焰打眼睛冒出来。豁子像是见了鬼似的，赶紧侧身溜边，一面不住回头张望。

　　他不甘心总在外围蹲守，兴许就在我跟这儿瞎转悠的时候，她正在门房里那把椅子上坐着呢；或者在她家那间塑钢板房里躺着呢，这都说不准。每次打门房路过，他都往那窗里探一探头，有时恰好跟侯絮她爸或她妈看一个对眼；他看到窗口的那张桌子上仍放着她以往练习写字的本子和那个破烂不堪的小学生用《新华字典》，旁边还放着那个她惯常抱在怀里敲打的黑色电脑键盘，就像她刚刚扔下离开不久；桌前那把椅子也空着；偶尔她妈坐在上面。有一次他正这么探头探脑往里张望，突然侯师傅打身后过来。

　　"大哥，您有事？"

　　"没……没事！"马博礼一时神情慌张。"没事！我来取车。"

　　侯师傅狐疑地看了看他。他只好走进车棚，取了车，骑上走了。还有一次，他存完车没马上出来，而是往尽里边摸去，在侯家的塑钢板房门口往窗里窥探；恰好侯絮她妈开门出来，与他撞个正着。

　　"哎呀，大哥，您有事啊？"

　　"啊！我掉这儿一个东西，找不到了。"

　　"这儿多老黑！要不我回屋去给你拿个手电筒来？"

　　"不用了！找不到算了。"他急急地走了，腿脚磕绊了一下，险些摔倒。

　　马博礼注意到，侯师傅两口子的眼光很有些异样了。他存车取车，打门房窗口前经过，他们都会多看他几眼；他老婆有时还把头伸出窗口，或者坐在门口前的沙发上盯他；做饭时端着盆子出来泼脏水，她也会四下里撒眸，要是瞧见他远远戳在路边，她会盯上他好一阵。这说明他们心里有鬼，已经被我看破，自觉露了马脚，不能打草惊蛇，我得放长线，虽然没发现她的踪迹，这也算收获……他一时放松了对侯家的蹲守，就像什么事都没发生一样，但心里那根线却一直提着。夜里睡不着觉，他便一根接一根抽烟，或者一边看书一边抽，直熬到快天亮了，再无力支撑，便不顾一切地一头倒在床上……

已经进入盛夏，天气闷热难当，特别是到了晚上，马博礼那鼠洞就变成了一个蒸笼。这天晚上，他下了班没回家，骑车出去闲逛，回来得比较晚。走到半路上下起了雨，身上很快都给打湿了；一路紧赶慢赶，算是在车棚锁门之前赶了回来。铁栅门已经掩上，门环上挂了锁。他把门拉开，里边一片漆黑；他推车进去，摸着黑锁了车；灯突然亮了，昏暗的灯光颤抖不止。一抬头，猛地看见侯絮朝他走来……不，不是走来，是飘然而至；或者说是直接脱身于车棚中那片昏暗的虚空。她狐媚艳丽，身上没留下一丝残疾的痕迹，与梦中所见分毫不差。她已脱胎换骨！一瞬间他只觉得浑身皮肉几乎要爆裂开，毛发倒竖：这么说一切都是真的……也许我仍然在梦里？他来不及考虑。他就像一辆慢慢爬上坡道顶峰的过山车，积蓄了足够的势能，不可遏止地向下滑去。或许这仍然不过是个幻象，我定要使它得到证实，这是我最后的机会，得毫不迟疑地将它抓住。就在耳边响起了那声再熟悉不过的招呼时，他朝她扑了过去……

第二天早上，侯师傅在车棚里一张废弃的瓦楞板底下发现了小女儿——侯絮的双胞胎妹妹——侯雪的尸体。

高警官和梁警官在马博礼家门口轮流蹲守了一天一夜，没有发现他的任何行踪；他们对他所在单位核查后，也一直没有得到什么有价值的线索。他们认为，嫌疑人很可能是畏罪潜逃；至于去向，他们一时也拿不准。正犯难时，他们接到马博礼一个邻居的举报，说夜里听到他屋里有动静，好像有人又咳又喘，拖着脚走路；并再三肯定确凿无误。警官们便又来敲门，仍没人应。他们一商量，干脆破门而入，一看究竟。他们请来一位开锁专家，不多时那扇防盗门便打开了。屋里黑漆漆的像个洞，一股浓重的酸腐味混杂着烟味扑鼻而来；他们走了进去。这是一套两居室住房，面积不是很大；一进门是一个小厅，里面有书柜、桌椅、冰箱、电脑等家用器具；东西随处放置，显得十分凌乱；屋子中央的餐桌上堆着吃剩的残食，散发出难闻的气味。果然，从左边的屋子里传来了咳喘声，他们一齐奔过去。卧室里陈设很简单，一个衣柜，一张床；窗帘半掩着；衣物丢得到处都是；床边扔了一地烟头；床头灯开着，散出阴惨惨的光；在这灯光的映照下，床头上坐着一个人。让他们吃惊的是，他们看见的并非是他们预期中的马博礼，而是一个耄耋老人，满头白发稀疏蓬乱，戴着一副老花镜，满脸黑斑和皱纹，像一只干透的大虾米佝偻在床沿上；双手拄着一根棍子，身上是一套脏乎乎的蓝条纹睡衣，显得又肥又大。看到有人进来，他明显是想站起身，可是挣扎了几下，仅欠了欠屁股；不停地咳喘几乎耗尽了他的力气。那镜片朝门口方向闪了闪，算是标明他在打量来人；不过从镜片后面那双极度觑觑的老眼来看，他并没看清什么东西。待他咳喘平定下来，往地上吐了口痰，问道：

“你们找谁呀？”声音干涩嘶哑。

“大爷！”张警官说。“问您一下，马博礼在吗？”

老人偏过头来。“什么？……听不见，我这耳朵不行了。”又是一阵咳嗽。

梁警官跨前一步，伏到他耳朵上高声说：“大爷，我们来找马博礼的。您知道他在哪儿吗？”

“马博礼呀？早就不在了。”

2012 年初稿
2013 年定稿

北京北

252

灰尘

（四幕悲喜剧）

出场人物：

铁国梁，某大学教授，五十多岁。离异。

梅雨花，保姆（小时工），三十岁左右。

一个小精灵。

一个送货工人。

第一幕

　　（场景：铁国梁教授家的客厅。舞台正中，面对观众，是客厅的窗户；窗户很大，十分敞亮。铁教授的家位于一幢二十四层塔楼的最高层，因此视野十分开阔；透过这扇大窗户，观众可以把北京市容的一角尽收眼底：林立的高楼，宽阔的道路以及路上拥挤的车辆，高架桥纵横交错；风景的地平线上呈现出灰蒙蒙的西山。整个风景笼罩在一层雾色中。窗户左侧有两扇门：依次为厕所门和厨房门；在与之形成九十度角的两侧的墙上，也就是舞台的左右两侧，也有几扇门，右侧为卧室门和书房门；左侧为入户门。客厅里有一些简单的家具和电器：沙发、茶几、饮水机、电视机等。一根拖把插在一个水桶里靠在沙发旁边。时间是下午两三点钟。）

　　（幕启，舞台上响起一阵冲水马桶声。铁国梁从卫生间门上。）

铁国梁　（伏下身去往地上看，一边用手扶着眼镜，像是在找掉在地上的东西，而这东西又特别小，不容易看见似的）小梅！厅里的地板擦完了吗？（用手抹一下地板，直起身，把手指拿到眼前细看，提高嗓音）小梅！准是又跑进书房里瞧我那书去了。你说她没什么文化吧，对书倒挺亲；他对我要是有这么亲就好了！（高叫）小梅——！

　　（梅雨花从书房门上。她手拿一块抹布，头上戴一项卫生帽，挽着袖子。）

　　梅雨花　唉，来了！来了！铁教授……

　　铁国梁　（几乎是厉声地）我跟你说过多少次了，不要叫我铁教授！你不觉得别扭？

　　梅雨花　（意识到失言，慌忙一捂嘴）铁老师！

　　铁国梁　铁大哥！我不是跟你说过了吗？这是在家里，叫大哥就行了。

　　梅雨花　（知趣乖觉地）铁大哥！

　　铁国梁　唉，这就对了！

　　梅雨花　铁大哥，你那书上的画真好看！

　　铁国梁　小梅呀，工作时间咱就一心工作，工作做完了爱怎么看怎么看，行吗？

　　梅雨花　对不起，铁大哥，我又溜号了！

　　铁国梁　（把手一挥）好啦！今天我们的任务还是很重的。厅里都打扫干净了吗？

　　梅雨花　基本上打扫干净了。

　　铁国梁　你老说"基本上，基本上"。我就不喜欢"基本上"；在我的词典里就没这个词儿。我的学生绝对不允许用"基本上"。什么"基本上做完了"，"基本上掌握了"，全是废话。掌握了就是掌握了，没掌握就是没掌握。

　　梅雨花　（胆怯地）我的意思是说，按照您的指示，除了沙发底下、电视柜后边等等这些犄角旮旯的地方，面上全都打扫干净了。

　　铁国梁　（不听她的申辩，伸出那根刚摸过地板的指头）好好看看，你这叫打扫干净了？这明显是灰尘和水混合后留下的痕迹。我要求的是一尘不染。

梅雨花　您别生气，我再换点清水，好好擦一遍就是了。

铁国梁　（和气地摇摇头）我没生气，我不过是要你注意方式和方法。擦灰尘一定要仔细、耐心、反复，就跟做任何一项复杂而艰巨的工作一样，马虎不得。我跟灰尘斗争了这么多年，深知灰尘的特性。我从来没敢说过"我打扫干净了"这种话。灰尘充满了整个宇宙空间，充满了整个世界；灰尘无处不在，无时不在。特别是像北京这样一个到处尘土飞扬的城市里，简直可以说：灰尘是不可战胜的！它强大得几乎可以压倒一切人的力量。就在你以为把它们都清除掉了，为你的胜利而欢欣鼓舞时，它们已经回来了；甚至就在你打扫的同时，灰尘就在不停地往下落。你怎么能说你打扫干净了呢？

梅雨花　照您的意思，我得不停地打扫了？

铁国梁　要不，我为什么请你来呀？

梅雨花　（旁白）他给我多少钱哪！

铁国梁　（学究气十足地）当然，这都是从理论上来讲。而实际上，灰尘的下落并不像下雨那样迅疾；灰尘的质量要比水小得多，在下落过程中受到空气浮力的影响，它们在空中会有一个相对较长的悬浮期；人们就是利用了这种特性，从而获得了一种清洁的假象。要不人怎么活呀！（梅雨花呆愣愣地看着他，好像根本不懂他在说什么。他话题一转）说实话，要不是我现在身体不太好，在家歇病假，这点活儿你们谁都用不着，我一个人全干了。你知道我是怎么擦地板的吗？

梅雨花　（茫然地摇头）不知道！

铁国梁　（边说边做动作）我拿一块抹布，蹶着屁股趴在地上一点一点地擦，（梅雨花捂着嘴笑起来）擦得一丝不苟；擦完了你再看，地面就跟镜子似的能照出人来。（骄傲地）你们谁能做到这一点？（烦恼地）可恶的是这种洁净保持不了多久。只要一天，地面上就又是一层灰。一见到灰，别提我心里多别扭了，坐立不安的。我必须把它们清除掉。我几乎一天擦一遍地板。这些年来我一直跟灰尘进行着不懈的斗争；可是随着年龄的增长，我越来越感到力不从心了。

灰尘

梅雨花　（同情地）全您一个人干哪？就没雇个帮手，或者想点别的什么法子？

　　铁国梁　想了！这就是我为什么跟人换了房，搬到这二十四层楼上来的原因。我本以为楼层越高灰尘越少；现在看来，我犯了一个认识上的错误。我现在才真正体会到"风有多高灰有多高"这句话的真正含义。（失魂落魄地似乎在自言自语）人斗不过灰尘的！斗不过！……（猛然醒悟似的）嗨，你瞧，跟你说了这么一大堆废话。干活吧！（无可奈何地挥了挥手）仔细点啊，一定要达到要求！我还有工作要做。（从书房门下。）

　　梅雨花　（冲着他的背影）放心吧，铁大哥，包您满意！

　　（梅雨花拎起沙发旁的墩布和水桶，从卫生间门下。舞台上响起倒水声和水龙头哗哗的放水声。接着梅雨花又拎着墩布和水桶从卫生间门上。把墩布在水桶里洗净、拧干后，开始墩地。）

　　梅雨花　（停下手里的活，现出沉思状）这老头，真是有点怪！你要说这是知识分子的臭毛病吧，我在别人家也干过呀！人家也都是大学教授什么的，也没像他似的。什么宇宙中充满灰尘啦，什么跟灰尘进行斗争啦，这都是哪儿的事啊！我看纯粹是神经病！不就是点灰尘嘛！你说这世上哪能没点灰，要不我们这个世界怎么叫"尘世"呢？还值得这么大惊小怪的。真叫人搞不懂。我看他就是一个大灰尘！（继续墩地。过了一会又停下来）不过他人倒不坏。我来这里干了有一个多月了吧，工钱从来不拖欠，每次还给小费呢。从前的主人从来没给过我小费。他待人也挺热情的，还请我吃过一次饭呢，在一个特漂亮的大饭店里。我本来不想去的，他非拉我去——他就是有点怪脾气。也许正因为有点怪吧，这老头也挺可爱的。（继续墩地。墩到沙发处，伏下身去朝沙发底下看，然后起身）瞧瞧，这沙发底下，没法看了。就这些犄角旮旯儿的地方，简直就是一座灰尘的宝藏。我几次要给他来个大清扫，这老头死活拦着。说什么看不着的地方就算了，眼不见心不烦，还说什么是为我省事。就这，还老自我标榜一尘不染呢！简直是藏污纳垢。也不知道他留着这些灰尘干吗。不成，今天我给他来个彻底的，也算对得住那点工钱。（开始挪动沙发。这时门铃突然响起来，冲书房）铁大哥，有人叫门呢！

（铁国梁从书房门上。）

铁国梁　唉，来啦来啦！（向入户门走去）谁呀？

工　人　（台下音）送货的！

铁国梁　哦！（打开门，冲门外）就放在厅里吧。

（工人从入户门上，怀里抱着两捆木板条。）

工　人　（低头环顾）放哪儿？放这儿？

铁国梁　（指着厨房门口）行，就放这儿吧！

（工人放下板条，从入户门下；马上又抱着板条上，反复几次，往厅里搬入一捆捆的木板条。）

工　人　货齐了，您清点一下。

铁国梁　（数捆数）一、二、三、四……没问题。多少钱来着？

工　人　三百五十八！（铁国梁掏出钱包来拿钱，如数数出递过去；工人接过钱清点）没错！（从入户门下。铁国梁随手关门。）

梅雨花　铁大哥，你家里要装修啊？

铁国梁　（仍在看那堆板条，像是在沉思）啊，你说什么？

梅雨花　我说，你是要装修房子啊？

铁国梁　不装修，都装修过了。

梅雨花　不装修买这些板条干吗呀？

铁国梁　你没看电视吗？电视上不是说这两天要有场强沙尘暴，要市民们做好应对准备吗？

梅雨花　沙尘暴？那跟木板条有什么关系？

铁国梁　呆会儿你就知道了。（茫然四顾，看到了梅雨花挪开的沙发，有些气恼地）我不是跟你说过，这些犄角旮旯的地方就不用打扫了吗？你老是自作主张，自以为是，面上都没擦干净，还老往不该伸手的地方伸手。

梅雨花　（难堪地像是撞见了自己不该看到的事，急忙擦掉沙发下露出来的灰尘）好啦好啦！不擦了不擦了！（将沙发挪回原处。）

铁国梁 小梅呀，我再强调一遍，要一切行动听指挥啊，听见没有？

梅雨花 （讪笑着）听见了！

铁国梁 小梅呀，厅里要是弄完了，该弄哪儿弄哪儿。抓点紧，还有别的活儿等着呢。我去躺一会儿。刚才看了两眼书，就头晕眼花的。

梅雨花 别的活儿？

铁国梁 等你干完再说。（从卧室门下。）

梅雨花 （冲着他的背影一吐舌头）怪老头！

（她迅速把厅里该擦的地方又擦一遍，从厨房门下。铁国梁缓慢地挪着步子，从卧室门上。）

铁国梁 （边说边走）不行，还是得活动活动。小梅——！

梅雨花 （从厨房门上）唉，来了，铁大哥！又什么事啊？

铁国梁 （向她伸出手臂）你先扶着我，在屋里转悠转悠。

梅雨花 你不是要躺着吗？怎么又起来了？

铁国梁 不行啊！大夫不让老躺着。大夫说能站着就别坐着，能坐着就别躺着，能走动就别光站着。我还是得活动。可是话说回来，我这浑身软了巴唧的老想躺着。（两人边说边来回走动）你说也怪了，我从上到下从里到外能检查的地方都查了个遍，一点毛病没查出来。可我就是觉着不舒服，哪儿哪儿都不舒服。看一点书吧，就头晕眼花的；大早上起来，浑身这关节都跟木头似的；就是什么都不干也是腰酸背痛，腿脚都跟灌了铅一样；这不，前两天上课，就在讲台上晕了过去，差点又给全国的人民教师树立一个光辉榜样。胃口也不好，饿也不想吃，吃一点就饱；然后就是大便干燥——（停下脚步，转向她）大哥说这话你不介意吧？

梅雨花 （笑笑）说吧，没关系！我爸也有这毛病。

铁国梁 那就好，那就好！你能来我这儿，我是很高兴的；不光干干活，也想让你陪我说说话。这些话我都憋在肚里，没处说去。好几天都没感觉，好不容易有感觉了，且解不出来呢；还不敢太使劲。大夫说我这个年纪的人了，心血管都很脆弱了，切忌用蛮力……

梅雨花 哎呀，怎么跟我爸一样一样的！我爸就是解大手的时候用力没用好，结果一下子脑溢血了，幸亏抢救及时。

（*两人又走动起来，在屋里来回转。*）

铁国梁 你瞧，是吧！你爸还是幸运的。有多少人是坐着马桶升天的呀！一想就犯怵。我可不想加入他们的行列。身体不好吧，心情就不好……（*站住，现出思索状*）等会儿等会儿，有点乱。我觉得这里边的因果关系应该理理清楚：我一直在想，我很可能是因为心情不好而导致身体问题的。精神状态决定身体状态，这是经过医学证明了的。长期以来，我一直觉着很烦，可以说见什么都烦。出门一见满大街那污漾污漾人和车我就烦；一个人闷在屋子里也烦；在小区里遛弯儿见着狗，烦！跟人凑趣两句话不对付，更烦了。烦得我医院都不去了；去医院看病是最烦人的事。别的不说，现在这大夫病还没看明白呢，先给你开一大堆药；连"对症下药"这句老话都失效了。

梅雨花 铁大哥，你老这样烦，还不如出去旅游旅游，散散心呢。

铁国梁 有的同事也这样劝我，说："铁老师，有空出去玩玩，找个地方旅旅游，散散心。"我说："打住！旅游已经成为世界上最无聊的一件事。哪儿哪儿全是人。那蝗虫一样的人群早已把旅游的最后一点乐趣给吞噬掉了。"

梅雨花 （*同情地*）那你老这样烦，也不是个事啊！你总得想点办法。

铁国梁 （*深深地叹口气*）说的是啊！我就盼着退休了。可是一想还得再熬上十来年，就烦得没着没落的。我一见那些学生整天吊儿郎当半死不活的样我就烦得慌，真不知道那些父母花钱把他们送到这儿干吗来了。我宁肯一个人闷在屋里。可是一个人闷在屋里也烦，不知干什么好，瞧哪儿都不顺眼。就说这灰尘吧。我一看见屋里有灰，就坐立不安的，觉都睡不踏实；就好像它们是某种活物，占据了我的家，要把我赶出门。（*仇恨地*）我必须把它们清除掉，有它们没我，有我没它们；我们不共戴天。

梅雨花 （*愣愣地瞅着他*）铁大哥，怎么又说到灰尘上来了？

铁国梁 （*稍顿，缓和下来*）有点严重了，是吧？好多人都说我有病，小梅，你觉得大哥有病吗？（*她笑笑，不置可否*）我也知道这样不好，是在跟自

灰尘

己较劲，可我就是不由自主。其实我的愿望正好与此相反。你知道这世上我最敬佩的两个人是谁吗？（稍顿）不，可千万别往那些名人上猜，他们都是普通的人：一个是我同学的老公；一个是我的同事，一个老光棍。这两个人是我知道的最能跟灰尘和平共处的了。（他们边说边绕着沙发兜圈子，就像一头转磨的驴）我同学的这位老公自打结婚后——或许他从来就这样，只是我这位同学不了解而已——从没对家里的灰尘动过一个手指头，连口气都没吹过；他可以在地板上留下一串脚印，然后掀开被灰尘严严实实封住的床罩，一头钻进被窝呼呼大睡。我那位老光棍同事的事迹就更加令人感动，在他的住房里，从厨房到卫生间到卧室再到书房形成了一条环形小路，其余的地方全被厚厚一层月久年深的灰尘覆盖着，就像高山之上终年不化的积雪。（停下脚，伸出大拇指由衷地）真乃高人啊！

梅雨花　（不屑地把嘴一撇）啥高人啊，不过是俩大懒蛋！

铁国梁　（不以为然地笑笑）我就知道你会这么说。每当我赞美我这两位偶像时，总会听到类似的反对意见。足见习惯势力多么强大，世俗观念多么深入人心，就像那些伟大的人物常被人们称为傻子或疯子一样。（仿佛忘记身边梅雨花的存在，兀自沉浸在自己的思想中）世俗的眼睛根本看不到，他们的疯傻之处也正是他们的伟大之所在。我这两位偶像高就高在甘于跟灰尘同在的大无畏精神。他们高瞻远瞩，早已彻悟到人作为一粒灰尘的本质：人的一切努力和奋斗终将灰飞烟灭。（稍顿，声音略微颤抖地）认识到这个现实并不难，而接受这个现实却难于上青天。人的历史不就是一部与灰尘搏斗的历史吗？人从来不甘为灰尘所覆盖，一次次从沉积的灰尘底下站起来，想证明自己，却又一次次地归于尘土。这难道不是一道疯狂的永无止境的轮回吗？而只有那些心甘情愿混同于尘土的人才最终获得了永生。我一直在努力向我这两位偶像学习，可是……可是……（告密似的用手捂着嘴小声对梅雨花）说实话，我对灰尘充满一种十分矛盾的情感：我对落在表面的灰尘特别厌恶，而对暗藏着的灰尘却心怀敬畏。这说明我的水平还差得远啊。

梅雨花　（愣愣地）铁大哥，你在说什么呀，我一点都不懂。（伸手摸摸他的前额）你没有发烧吧？

铁国梁 （抓住她的手）我这是在思想。思想你懂吧？说白了，我就是在想我们人干吗每天非得不停地吃喝拉撒……

梅雨花 这肯定是吃饱撑的！

铁国梁 （似乎并没听到她的话）从前我身体好的时候，一边干着活，一边思考着这些问题，总觉得是一种乐趣，似乎每一天都有所进步；现在不行了，一想这些问题就觉着累得慌。你知道，思想是特别消耗体能的……不行，我头晕得厉害，还是得去躺一会儿。

梅雨花 那你就别想了！你再想不也是白搭！（他们手牵手地朝卧室走去。）你是得好好休息休息，看您的脸色特别不好。您是不是觉着特别不舒服啊？要不要去看医生？

铁国梁 你就是医生！你的手摸着可真舒服！摸着它我就能好一半。

（一边摩挲着她手，从卧室门下。梅雨花从卧室门重上。）

梅雨花 我看他是有病，而且病得还不轻。（暗自思忖片刻，叹气）唉，活还没干完，我还是干活去吧！（从厨房门下。）

（这时舞台灯光比先前暗淡下去一些；整个舞台是空着的。空的时间刚好到让人觉得有事情要发生的长度，家庭精灵上。这一人物没有显著的性别和年龄特征，个子小巧玲珑，装束也很奇特，浑身上下似乎包裹在锡铂纸或透明塑料做的衣服中，在暗淡的灯光下闪烁发亮，给人晶莹剔透之感，表现出一种超现实意味。不过在形态和举止上与其主人都颇为相似，仿佛是对他的刻意模仿。）

小精灵 我怎么感觉这么不舒服啊！就像那种大难临头的前兆。没错，我跟他、跟这个家就是同呼吸共命运的一对儿；他的每一点心痛每一次磨难我都感同身受，我都预见得到。分明他又走到了一道关卡上，他自己还迷迷糊糊呢……我可不会像过去每家每户都有的那位灶王爷一样，只会上天言好事，下地降吉祥，做一个甜言蜜语的和事老；人都快断气了还高喊着万寿无疆，反正是享尽了香火，把嘴一抹溜之大吉，管他房倒屋塌家破人亡。唉，我不行啊！我们是一根绳上的蚂蚱，我们……我们是一条船上的难兄难弟……这条船翻了我们一起完蛋……是啊，我没少给他吹风，给他提醒，给他警告，无论他醒着还是在睡梦里，可……可他对我就是听而不闻视而不见，就像根本没我这人似的，我真是一点辙都没有。他现在变得又聋又瞎……（梅雨花急急从厨房门上）我离她远点！（精灵消隐。）

梅雨花　（头上的白色卫生帽不见了，头发也显得有些散乱；满头大汗，戴着一副胶皮手套，一手拿着抹布一手给自己扇着风，袖口高挽。长长吁了一口气）我的老天啊！没见过这么脏的厨房。前几次来，我也只是做表面的打扫，什么灶台啦、墙壁啦、柜门啦。那些柜门我从来没打开过。今天他不是嫌我多事吗，我倒要打开柜门看看，里面到底什么模样。这一看不要紧，我的妈呀，里面那灰有一寸厚，而且混合着油渍；那些瓶瓶罐罐个个遍身油腻，粘在隔板上，都快给灰尘埋住了。这老头把灰尘当宝贝藏着，这是什么意思？说他是藏污纳垢真是再恰当不过了。看上去那么干净利落一个老头，日子怎么过得这么窝囊呢！（现出思考状，醒悟地）哦，我明白了，这个家里缺少一位女主人。凡是光棍汉都只维持一种外表上的体面，其实日子无不过得一塌糊涂。我在这儿干了这么长时间了，别说没见过他老婆的面，连一点女人的痕迹都没有。我一直觉得纳闷：难道他真是个老光棍不成？老想问问他，可又不好意思开口。说起来这老头也怪可怜的，一个人真挺不容易，身体还不好……要是我能当上教授夫人（面露娇羞状）……也许他老了点，可人家毕竟是个大学教授啊！从这一点来说他又不算老，现在不都兴老少配吗！这样一来，我在这诺大的京城里也算是有个家了，而且是教授的太太，那感觉可就完全不同了；我就不用为了糊口每天四处奔波，拿着块破抹布东擦西抹了；再也不用住在那个老鼠洞似的地下室里；也可以像城里的女人那样穿身上档次的时装，再挎着个驴牌的包包……（现出泄气状）唉，算啦！胡琢磨什么呢？净大白天说梦话，你一个抹桌子扫地的，人家能看上你？我看你呀，是癞蛤蟆爬大树，想攀高枝呢！……这也不是不可能。我看他跟我粘粘乎乎的，好像有点意思，我不妨探探他。（从厨房门下。）

铁国梁　（从卧室门上。慢慢地向前挪着步子，像是在黑暗中走路似的；右臂向上抬起，两眼在专注地审视两根指头间捏着的什么东西，边走边叫）头发！一根女人的长头发！我刚躺下想闭一会眼睛，就觉着后脖颈儿一阵骚痒，伸手一摸，竟拽出一根女人的头发来。（在客厅中央站定）小梅！小梅呀！

梅雨花　（应声上，模样跟先前一样）唉，来啦来啦！铁大哥，什么事呀？

铁国梁　小梅呀，我发现了一根头发。

梅雨花　（不解地）头发？什么头发？

铁国梁　当然是女人的头发了。就在我的卧室里。

梅雨花　（旁白，窃笑）嗯，这倒是个好机会。（对铁国梁）一根头发有什么好大惊小怪的，保准是我大嫂的头发了。

铁国梁　（诧异地）大嫂！什么大嫂？

梅雨花　就是您太太呀！

铁国梁　哦，你是说我老婆呀！我们早离婚了，就别提她了。我跟你说过我就讨厌屋子里有头发，特别是女人的长头发，跟灰尘搅和到一起，我一见了就恶心。说不准这也是我跟我前妻离婚的一个原因。她的头发又浓又密，每天一梳头一把一把地掉，掉得满地都是，我跟着屁股后面收拾也收拾不过来，真叫我忍无可忍。我就奇了怪了，她的头发那么掉一点也不见少。（一眼注意到梅雨花没戴帽子）你看，你又没戴帽子。我一再嘱咐你，干活时要戴上帽子，你老是当耳旁风。当初我就问过你，掉不掉头发，你说从来不掉。

梅雨花　（理直气壮地）就是不掉嘛！我的头发长得结实得很，要想拔下来一根都很费劲的。不信你试试！（说着散开盘在头顶的头发，拿起发梢往铁国梁跟前送。）

铁国梁　行啦行啦！掉根头发也没关系，你又不是故意的。你倒是戴上点帽子啊！

梅雨花　（不服气地）铁大哥，你怎么就认定这是我的头发？你在哪儿发现的？

铁国梁　在我的床上。

梅雨花　这不结了！我又没上过你的床，我的头发怎么会跑到你的床上去？

铁国梁　（忽然意识到什么）我……我不是那个意思啊！我是说很可能在

灰
尘

265

你打扫卧室的时候没戴帽子，正好就掉下来一根头发，这也是说不准的事。

　　梅雨花　（不服气地）我一直戴着帽子来着，干活干得出汗了，刚摘了。你凭什么认定了这就是我的头发？

　　铁国梁　（又硬气起来）好吧，你非要我证明给你看是不是？我们比一比就全清楚了。

　　梅雨花　（把脖子一扬）你愿意比就比，我无所谓！（挺直腰板，做好准备。铁国梁抻起手里那根头发在梅雨花的头上比量起来。梅雨花嘟囔着）比也没用，不是我的就不是我的。说不定是哪个女人的头发，硬往我身上懒。

　　铁国梁　瞎说！除了你，我这里根本没有女人来。

　　梅雨花　真的！不会吧？我可不信！

　　铁国梁　来是来过，不是同事就是学生；不是送材料的就是交作业什么的。总之，都是工作上的事。

　　梅雨花　这不结了！

　　铁国梁　结什么结？她们来这儿从不呆很长时间，而且只是呆在客厅里，从没进过卧室。

　　梅雨花　进没进过卧室那谁知道啊！

　　铁国梁　听你这口气，我跟她们之间还非得有点内容？我都这岁数了！

　　梅雨花　哟，铁大哥，您可别听差了。我可不是那个意思。我从来都是规规矩矩地干活，从不嚼主人家的舌头。再说了，您一点都不老。

　　铁国梁　（一直在对她的头发进行比对，受到恭维，情绪高涨起来）我也觉得，自己还没那么老。我身体好的时候，觉着浑身都是劲——小梅呀，你的头发上有一股香味，怪好闻的。你用的什么洗发水呀？（撩起她的头发闻。）

　　梅雨花　就是一般的洗发水。你要是喜欢闻，以后就随你闻。

　　铁国梁　还别说，这味我闻着还真受用，就像是一种灵丹妙药，（又深深地嗅两下）叫我通体舒坦，身上的不适感都一扫而光。

　　梅雨花　（大笑）有这功效，那敢情！我可以当你的保健医生了。

　　铁国梁　好啊！那你就在我这儿长干下去。（凑得更近些，鼻子伸进她脖窝处）越往上味越浓。

梅雨花　（咯咯笑，娇嗔地推开他）哎呀，铁大哥！你到底是闻香味啊还是在比量头发呀？人家还有活呢！

铁国梁　小梅呀，咱们也认识这么长时间了，你觉得大哥这人怎么样啊？

梅雨花　（扬起脸故意拿着架子）这个嘛！怎么说呢！俗话说的好，日久才能见人心！我们刚认识才一个多月，我可不敢说！

铁国梁　还有什么不敢说的！这你还看不出来！大哥待你不好？大哥亏着你了？

梅雨花　铁大哥待我看起来是不错！可是俗话又说了，知人知面难知心。谁知道你对我安的什么心啊！

铁国梁　当然安的是好心啦！安的是一片爱心。不信你伸手摸一摸，你都摸得到。（说着抓住她的手往自己胸口上放。）

梅雨花　（惊慌地把手抽回来，娇嗔地）哎呀，铁大哥！我们在说头发的事，你扯哪儿去了？你到底比量完没有？人家还有活要干呢！

铁国梁　（没趣地）好，我这就公布结果。（清了清嗓子，文绉绉地）经过研究比较，从长度、色泽、粗细和柔韧度上来看，我在卧室中发现的这根头发和你头上长着的头发还是有一定的差异的；不过这并不能断定这根头发就不是你的头发，因为同一个脑袋上不同部位长出来的头发，其长度、色泽、粗细和柔韧度都是有差异的……

梅雨花　铁大哥！（一甩头，把长发撩到他脸上）随你怎么说吧，我可没工夫陪你了。（从厨房门下。）

铁国梁　（仍旧盯着那根头发在沉思默想）一根女人的头发！我的卧室里可是好久没有见到过女人的头发了。（大声地）小梅呀，这根头发是不是你的都无所谓，大哥不是在怪你。干活时你把帽子戴好就行了，听见没有？

梅雨花　（台下音）知道了！

铁国梁　（拎着那根头发）头发的最佳归宿就是马桶。（从卫生间门下。舞台上响起一阵抽水马桶声。）

——幕落。

灰尘

267

第二幕

　　（场景同前。同一天的下午四点钟左右。窗外的景色已不像先前那样明朗，天色灰蒙蒙的，远处的群山已被隐去；高楼大厦都笼罩在一层薄雾中。舞台上，先前成捆的木板料已被拆了包，散乱地堆在地上。幕启时，铁国梁教授正站在板条堆里，一条腿踩在一把凳子上，一只手里拿着锯。舞台上充满了刺棱刺棱锯木头的声音。梅雨花一边擦着手，一边从卫生间的门上。）

　　梅雨花　（关切地）铁大哥，你不是说头晕吗，怎么又锯起木头来了？

　　铁国梁　我躺了一会儿，觉得好多了。（停止锯木，笑嘻嘻地）再说，不是有你嘛！

　　梅雨花　（假装不解）我能管什么用啊！

　　铁国梁　唉，管用！你管的用还不小哩！哎，小梅呀，你晚走一会儿，帮我个忙行吧？把这点活干了！

　　梅雨花　哎呀，今天我还真有点事！我跟一个老乡约好了，一会儿要到他（她）那儿去。

　　铁国梁　（疑惑地）是吗？你这老乡是男的是女的呀？

　　梅雨花　（现出羞赧状）哎呀，铁大哥！你问那么清楚干吗？

　　铁国梁　大哥关心你呗！你看……你能不能把这个约会取销掉？（见她在犹豫）就算大哥求你了，帮我一个忙。

　　梅雨花　（拿定主意似的）好吧，既然铁大哥求我！不过，下不为例；老这样可不行！我也得照顾人家的情绪。

　　铁国梁　（满意地）唉，这还差不多！你给他打个电话；（用手指向电话）现在就打。

268

梅雨花　（含糊地）不用啦！（突然欣喜地）铁大哥，你身体不舒服，要我来帮你锯吧！

铁国梁　欸！我身体再不舒服，这点活还是干得了的。你一个姑娘家，怎么能叫你干这个！一会儿你给我打打下手，帮我递个板条、拿个钉子什么的就行了。

梅雨花　这活我在老家干过。我们家没男孩，从小我爸就把我当男孩用。

铁国梁　没事没事，你先歇着吧，这就锯完了。（又开始锯木板条。锯木声重新响起。）

梅雨花　铁大哥，你到底要钉什么呀？（锯木声戛然而止，木板断裂和落地声。）

铁国梁　（放下锯子直起身，前后左右活动了一下腰板，走近沙发）来，请坐吧！我们坐下说话。现在我来告诉你我要钉什么：我要用木板条把窗户封起来。

梅雨花　（一边落座一边吃惊地）干吗把窗户封起来呀？

铁国梁　你没看电视吧？天气预报说今明两天北京将出现一次强沙尘暴……哟，瞧我！（一拍脑门儿）你忙活了一下午了连口水都没让你喝，真是太不像话了。（起身）我给你倒杯水。

梅雨花　（起身做阻拦状）不用啦，铁大哥，我不渴。要不我自己来吧。

铁国梁　（坚定地）你坐着别动，我给你倒水。（走到饮水机旁，拿杯子接水。梅雨花顺从地坐回到原位。他把水杯放在她面前的茶几上，然后坐回原位）喝吧喝吧，多喝两杯！干了一下午活，又出了那么多汗，哪能不渴呢！在大哥这儿别客气，就跟在自己家一样。

梅雨花　谢谢！（端起杯子喝水）铁大哥，我还是不明白，这沙尘暴跟钉窗户有啥关系？

铁国梁　噢，是这么回事。每次一刮沙尘暴，这屋子里边就充满了尘土，窗台上、桌面上、地板上全是，黄乎乎的一层，收拾起来特别费劲；那股土腥味呛得人喘不过气来。一刮沙尘暴我这气喘的老毛病就犯，十天半个月过不来那股劲，别提多难受了。我就寻思着，这次我可不受这份罪，干脆我用被单把窗户一蒙，用板条一封，看尘土还进得来！我往屋里一呆，哪儿都不去了，它爱怎么刮怎么刮。

　　梅雨花　（怀疑地）这办法管用吗？

　　铁国梁　绝对管用！这招儿可是我们的传家法宝。我清楚记得我小时候，我爸就这么封过窗户。

　　梅雨花　你小时候就有沙尘暴啊？

　　铁国梁　我小时候刮的不是沙尘暴，可比沙尘暴厉害多了。那时候满天飞的是枪子儿。

　　梅雨花　枪子儿？

　　铁国梁　"文化大革命"啊！你总该知道吧？

　　梅雨花　啊，我听说过！

　　铁国梁　（骄傲地）那时候还没你呢，我才十多岁。当时社会上正武斗呢。那满街的枪声就跟炒蹦豆似的，比咱们现在过年放鞭炮还热闹。就是流弹太可怕，你都不敢出门。父母都把孩子圈在家里。有那不听话的，跑到街上看热闹被打死的，是常有的事；不用说在街上，就是坐在家里都不安全。我们邻居的一个老太太，正坐在床上做针线活，一颗子弹从窗户飞进来，正打在脑袋上。这种事在当时一点都不新鲜。为了防御流弹，各家各户都把窗户封了起来。有用石棉板封的，有用木板封的，有的干脆用砖头把窗户砌死了，只留下一个枪眼似的通气孔。你想，枪子儿都挡得住，小小的沙尘还挡不住吗？

　　梅雨花　原来是这么回事啊！那我们赶快动手吧，要不待会儿等沙尘暴刮起来了，就来不及了。

　　铁国梁　来得及！来得及！你先歇着，把水喝了。其实，要不是往屋里进土，要不是我这气喘的毛病，我还真想好好欣赏欣赏这难得一见的自然景观呢。电视上介绍过一次，你看过没有？

　　梅雨花　（手里端着水杯，摇头）没有！

　　铁国梁　（由衷地）那景象，真壮观！真好看！（充满诗情地朗诵一般，

北京北

做着手势）在一片茫茫无际的荒漠上，狂风用黄沙筑起一道巨大的宏伟的墙：像垂天之云，顶天立地，遮天蔽日；又像人间的万里长城，看不到头，看不到尾；狂风推动着这道伟大的墙，在辽阔的大漠上飞奔着向前进，向前进；前进！进！它比大海上掀起的狂涛巨浪更加惊心动魄，它比千军万马的冲锋更加势不可挡。它向着人类的城市迅猛扑来，要把这美丽星球上最辉煌的创造掩埋……（稍顿，让那种饱满的情绪回落下去）我真想看看这道大墙向我们的京城压下来时会是怎样一种情形。

梅雨花　（听得入了神）铁大哥，你说得真好听，就像念诗一样，让我想起了我中学的语文老师，他也戴副眼镜；他朗诵起诗来，那调调和动作跟你像极了。

铁国梁　（哈哈笑起来）是吗，那真是太好了！

梅雨花　铁大哥，听你这么一说我还真有点担心了。沙尘暴虽然好看，可要是真刮到咱们北京来可怎么办啊？

铁国梁　其实也没什么大不了的。那堵墙看起来挺吓人，实际上是虚的，是个纸老虎；也就在沙漠上逞逞威风，我估计一进入城市后，由于受到树木和建筑物的阻碍，它的阵脚也就被打乱了，形态也会跟着发生变化。顶多沙尘浓度高一点，没事！北京刮过的沙尘暴多了去了。

梅雨花　（放下杯子）我们还是马上行动吧。（站起身来。）

铁国梁　（站起身来）水喝好了？休息好了？

梅雨花　我本来也不累！

铁国梁　到底是年轻啊！好，我们干活吧！

（他们俩几乎同时朝窗户走去。梅雨花抻起一条被单，铁国梁拿起一根板条，在被单的一头卷了几卷，然后登上先前踩过的那把凳子。他把卷了被单的板条横在窗框的上方，被单垂下来，完全遮住了窗户，窗外的城市景色从观众眼前消失了。）

铁国梁　把锤子和钉子递给我。

（梅雨花猫下腰在地上拾起锤子和钉子递上去，于是舞台上便响起一阵叮

灰尘

叮咣咣的击锤声。在整个封窗户的过程中，除了在敲击的间歇，铁国梁发出几句简短的要求递送板子或钉子的指令外，没有一句对话。很快，客厅的窗户便被横七竖八的板条封死了。从板条的缝隙间可以透露出被单的颜色。铁国梁从凳子上下来，退后几步，欣赏着自己的作品。梅雨花与他并肩站立。）

铁国梁　钉得有点歪了啊。没有做到横平竖直。

梅雨花　真难看！

铁国梁　无所谓！反正也是临时的。来，帮我把木板条分送到各个房间去。

梅雨花　全封上啊？

铁国梁　那当然！有窗户就得封。沙尘可是无孔不入的。

（他们分别抱起板条往各个房间运送。梅雨花抱起一抱木板从橱房门下，接着又上，又抱起一抱木板从卫生间门下。铁国梁抱起一抱木板从书房门下，接着又上，又抱起一抱木板从卧室门下。梅雨花从卫生间门，铁国梁从卧室门同时上。）

铁国梁　我们从书房开始吧。

梅雨花　好的。

（梅雨花端着钉子盒，铁国梁拎着锤子，从书房门同时下。紧接着从书房门方向传来叮叮咣咣的击锤声。小精灵上，舞台灯光转暗。）

小精灵　（烦躁高声地）吵死啦！吵死啦！（用双手捂住耳朵，敲击声随即弱下去，变为一种背景声）真烦人！躲都没地方躲。（精灵边说边走，在家具的空当间来回兜圈子，颇有其主人的风范）我说什么来着，要出事吧！这不就开始了？我刚才给他吹了那么半天风，吃奶的劲都使出来了，可是全白搭……其实我也多余为他操这份心，说到底不就是个同归于尽吗？有什么了不得的。反正一切都是暂时的：他是暂时的，我也是暂时的，这个家也是暂时的；我们都不过是时间长河中的匆匆过客。我顶多也就是他的个人历史的一个见证人，就算是个史官吧。没错，给自己任命的这个职位倒真符合我的身份。其实每家都暗藏着我这么个小机灵鬼儿，见证着一个家庭由萌芽、诞生到成长壮大乃至衰败解体的全部历史；哪年哪月哪日发生了什么事，都在我们这小脑袋瓜里记着呢。不仅如此，更重要的是我们对这个家庭中每个成员的内心都洞若观火；说白了，（做耳语状，小声地）我们掌握着每个家庭内部的全部秘密。（铁国梁和梅雨花各拿着锤子、端着钉子盒急急地从书房门上，又从卧室门下。很快，从卧室门方向传来锤子的敲击声。冲着声音传来的方向）吵死啦！吵死啦！（用双手捂住耳朵，随即敲击声弱下去，变为一种背景声）真烦！想安安生生地呆会儿都不成。（坐在沙发扶手上，没说两句话又站起来走动）比如说：男主人在动什么脑筋，女主人在打什么如意算盘，孩子对他爹妈有什么想法，我们全都门儿清。我们不仅熟知这个家庭的过去和现在，还洞悉其未来。什么？什么？（用手抚耳做倾听状）哦！这事我们可管不了。有哪位史官能干预历史进程的？该发生的一切都会发生。我们只管用心去听，去看，去记。不过……有时候主人明显是在犯错误，我们也会提醒他们一下；不能眼睁睁瞧着他们往火坑里跳啊！可话说回来，这并不是我分内的事；依我看，往往还费力不讨好，简直多此一举。（铁国梁手拎铁锤，梅雨花手捧钉子盒从卧室门上，又急匆匆从厨房门下。即刻从厨房门方向传来铁锤的敲击声。精灵坐到茶几上，双手捂住耳朵；敲击声随即转弱，变为一种背景声）我发现，这也是我们所有家庭精灵的共识，现在的人真是又聋又瞎；明显的事实，你让他们看，他们就是看不见；你劝他们什么好话，他们都只当是耳旁风。（从茶几上站起身，又来回走动起来）就拿我家主人来说吧，别看他是个大学教授，戴副眼镜，好像挺有学问的——他的确读了不少书，这一点无可否认，你只要看看他的书房就知道了——还带着好几个研究生呢，在学校里也是人五人六的，其实一脑袋浆糊。给别人讲起道理来一套一套的，死人都能叫他说活喽；可事一落到他自己头上，他就糊涂得像一头猪，这就叫……那句话是怎么说的来着,对了！这就叫有学问的无知……（铁国梁拎着锤子，梅雨花手捧钉子盒双双从厨房门上，又急匆匆从卫生间门下。随即从卫生间门的方向传来锤子的敲击声。家庭精灵用双手捂住耳朵，敲击声减弱下去，变为背景声。他们上场时，精灵回过头去看他们，一直目送他们下，直到敲击声变为背景声才转过头来）咱就拿封窗户这事来说吧，但凡有点头脑的人一眼就看出来，这是一个地地道道的蠢行。你能不能动动脑筋，想点别的办法呀？都什么年月了还用这种老掉牙的笨招儿！还有脸说是什么传家法宝？高智商的大学教授就这种水平？……我不是没提醒他，我一直试图让他明白，他对沙尘暴的恐惧并不是来自于沙尘暴本身，而是来自于他内心。沙尘暴是挡不住的，他必须从内心去寻求帮助；从他产生封窗户的念头起我就开始给他吹风，可是瞧瞧他干这事（无奈地向四周摊着手）……

（铁国梁和梅雨花每人拿一条毛巾，一边擦脸一边从卫生间的门上。舞台灯光随即转亮。铁国梁摘掉眼镜，擦完脸又戴上；然后又擦脖子。梅雨花见他动作不利落，忙帮他把衣领翻过来。小精灵呆呆地看了他们一会儿，影子似的悄然从卧室门口消隐。）

铁国梁　干这点活，瞧我这汗出的。

梅雨花　我帮你擦吧。（接过毛巾给他擦汗。擦得很周到，像是当妈的擦一个淘气的孩子）我说我来钉吧，你非要逞能，你身体还不行。

铁国梁　欸！一个姑娘家，怎么也不能叫你干这活呀！

梅雨花　你别瞧不起人！敲敲打打的活我在老家全都干过；比你这把个头大的锤子我都抡过，你信不信？

铁国梁　我信我信！可这不是在北京吗？不比你的老家。（擦完汗，他四仰八叉地坐在沙发上）我可得好好歇歇。（梅雨花拿着毛巾从卫生间门下，又马上空手从卫间门上）小梅呀，给大哥倒杯水。

梅雨花　哎！（从茶几上拿起杯子）要不要给你泡杯茶？

铁国梁　就白水吧。时候不早了，我怕喝完茶晚上睡不好觉。你自己也弄杯水喝。

梅雨花　哎！（倒了两杯水，走过来在铁国梁身旁落座；一杯递到他面前，一杯自己喝。）

铁国梁　（接过杯子，喝了一口）小梅呀，大哥再次郑重地邀请你共进晚餐。

梅雨花　（略显惊讶地）人家不是答应你了吗？

铁国梁　答应了吗？我怎么没听见？

梅雨花　别装傻！刚才就在卫生间里给你递钉子的时候，你还使劲捏人家

274

的手。

　　铁国梁　（一本正经地）有这么回事吗？我怎么不记得？要不就是你的声音太小，我没听见。我要听到你亲口答应才算数。说吧！（略停）说呀！

　　梅雨花　说什么？

　　铁国梁　你看，你还是没往心里去。说你同意留下来陪大哥一起吃晚饭。

　　梅雨花　（不情愿似的嘟哝）我同意！

　　铁国梁　（故意地）什么什么？你大点声，我离这么近都听不见！

　　梅雨花　哎呀！（起身，伏在他耳旁高声地）我同意留下来跟你一起吃晚饭！

　　铁国梁　（哈哈笑着）听见了听见了。我的妈呀！这回声可真够大的，我耳朵都快给震聋了！

　　梅雨花　（娇嗔地在他后背上捶了一拳）震死你！（他一把抱住她，企图亲吻；她将他推开）讨厌你！

　　铁国梁　（大笑）有你陪着，大哥这病就好了一半了。（略停）唉，小梅呀，咱别光在这儿开玩笑，还有一件最重要的事要办呢！

　　梅雨花　瞧你一惊一乍的，又什么事啊？

　　铁国梁　你还得跟我去超市采购一趟，把这几天的吃喝买全了，省得再下楼了。

　　梅雨花　（站起身）那咱们就走吧！

　　铁国梁　不忙，先把这屋地收拾一下。（烦恼地）瞧，刚擦干净了，又弄了满地锯末子。

　　梅雨花　（乖觉地站起身）你坐着，我来收拾吧！

　　　　　　　　　　　　　　　　　　　　　　　　　　——幕落。

第三幕

（场景同前。时间为傍晚六点钟左右。舞台上空无一人，灯光幽暗；在窗户的位置略为明亮些，使那些横七竖八地封死窗户的板条显得惨白，特别醒目刺眼，成为此刻整个舞台的中心。家庭精灵垂头丧气地从书房门上。）

小精灵　好闷啊！（轻轻地捶胸）闷得我胸口疼，上不来气。（长长地吸口气）这该死的老铁头！我看这家里是没法呆了。（拖着软塌塌的身子，从舞台这头走到那头，在家具的空当里乱转；在这幽暗的舞台空间中，形同一只孤魂。转悠到位于舞台中间的窗户处，用两手扳住板条，企图把板条拉开，使足了力气）咿——咿—咿—！（最后整个人都悬了起来。无奈地带着哭腔，用拳头猛捶板条）讨厌！该死的！叫你钉叫你钉，你要憋死我呀！每个窗口都钉死了，钉得这么结实，通气口都不留一个，连监狱都不如。（甩着捶疼了的手又满台游荡起来。从卧室门下，又从书房门上；从厕所门下，又从厨房上。最终坐在茶几上，面对观众喘息）真的要出什么事！可怎么办啊……嗐，我多余操这份心！如果说我的职责就是见证这个家庭的存在，并与之同生死共命运的话，我的职责已尽到了呀！别的事都与我无关。（站起来走动，沉思默想着）可是不行，这个家要是完蛋了，我也就没必要存在下去了。我也是有生命的呀！一条鲜活的生命，就这么完蛋了……不行！（举起双手向天呼吁）我不甘心啊！

（舞台外传来钥匙开防盗门的声音；同时伴着含糊不清的说话声。听到声响，小精灵悄然从卧室门隐去。入户门开，铁国梁和梅雨花双双戴着口罩上。他们一上场，舞台灯光随即亮起来。他们每人手里都拎满了大大小小的塑料手提袋，每只袋子都装得鼓鼓的；铁国梁腋下还夹着东西。他们都是一副不堪重负的样子。）

276

梅雨花 （直接冲到茶几处）赶快把东西放下，我可受不了了，手指头都要给勒断了。

铁国梁 我比你也强不了多少！（顾不上关门，先跑到茶几处，把手里东西放下，才回过身去关防盗门。再折回到沙发处，拉梅雨花同坐）等会儿再收拾，先坐下喘口气。可算回来啦！这超市的人，都快挤破脑袋了，跟不要钱似的。

梅雨花 是啊，大家都在抢购。这天成什么色儿了，看着就瘆人！一喘气都呛得慌。幸亏我们戴了口罩。（两人同时把口罩摘下。）

铁国梁 怎么样，还是我有先见之明吧？

梅雨花 （一摸脑袋）瞧，头发上全是黄土。我真该把脑袋蒙上。

铁国梁 是啊，你没见路上那么多人都蒙着头。我那么劝你，你就是不听。

梅雨花 你这儿又没纱巾。我一想，算啦！

铁国梁 那还不简单！刚才我就要给你买一条，你不要嘛！你没见大家都在那儿抢购？这一刮沙尘暴，连纱巾都成了抢手货。照这个买法，超市不等关门就得给抢购一空。（往窗户上看）唉，你注意到没有，超市的窗户也都封住了。

梅雨花 那可不！超市里要是进了尘土可不得了，那么多东西，怎么打扫啊！相比起来，还是封窗户的成本要低得多。看来，他们跟你是一样的想法。

（家庭精灵从书房门上，站在他们俩中间瞪视着他们。）

铁国梁 （得意地）没错！这说明我的想法是很有代表性的，是具有普世意义和价值的……不过你注意到没有，他们是怎么封的窗户？

梅雨花 哟，这我可没注意看！

铁国梁 他们是用不干胶带封的。那顶什么用啊，风一吹准掉。（骄傲地欣赏着自家的窗户）哪有咱们封得这么牢靠！

小精灵 （大声吼叫）得意什么，快把人憋死了！你们不憋得慌？

梅雨花 应该说哪有你封得这么牢靠！

小精灵 我宁可被尘土埋了，也不想憋死！

梅雨花 （一惊）你听！有风声。（站起身朝窗户走去，把耳朵贴在板条的间隙处）好像风起来了。

　　铁国梁　（竖起耳朵听了一会儿）没有啊！刚才我们在路上风还没起来呢，不会这么快吧……嘁，管它呢！（欣慰地）反正我们一切准备就绪，任它东西南北风！……小梅呀，这里边也有你的一份功劳啊！

　　梅雨花　（回到沙发上）我有什么功劳啊！主意是你自己想出来的，板条是你自己买的，又是你自己抢着锤子钉上去的。我不过给你打了打下手。

　　铁国梁　欸！你可不要小看这打下手。你的工作就好比是建筑工人。设计师设计的房子再好，要是没有建筑工人一砖一瓦的劳动，这房子也建不成。你说我的话有没有道理？

　　梅雨花　（高兴地）铁大哥，你到底是大学教授，说起话来就是跟别人不一样。

　　铁国梁　我说得不错吧？这样看来，你不仅有功劳，功劳还大大的嘞！（抓住她的手，贴到自己脸上，一边亲吻。）

　　小精灵　他在蠢蠢欲动，我的天！这是什么形象！（把脸扭过去）我真看不得他这副样子，又可怜又可笑，就像跪在路边讨小钱的叫花子。

　　梅雨花　（笑嘻嘻地把手抽回来）铁大哥，我这只打下手的手哪禁得起你这么亲吻啊！

　　铁国梁　欸！你这只手不光能打下手，还能掌大勺哩。刚才我想请你在外面吃饭，你不是建议我们回来自己做么？这个主意太好了！自己做，吃得又可口又有一种温馨气氛。这回你可不是打下手，你得掌大勺了，我给你打下手。

　　梅雨花　（兴奋地）真的！（颇有意味地）这个大勺我能一直掌着？

　　铁国梁　没问题啊！只要你愿意。

　　梅雨花　只要……只要你别嫌我做的不好吃！

　　铁国梁　大哥信得过你！

　　梅雨花　好吧！那咱们就动手吧！时候不早了。

　　铁国梁　不再歇一会儿了？

　　梅雨花　我一点都不累！

铁国梁　好，咱们说干就干！你先把东西拎到厨房去，我去换件衣服，马上就来。（站起身，从卧室门下。梅雨花拎起购物袋从厨房门下。）

　　精灵　（现出沉思状）不成，不能就这么善罢甘休！

——幕落。

第四幕

　　（场景同前，只是茶几上的那堆东西不见了。时间大概是晚上八点钟。被板条封着的窗户仍十分醒目。幕启时，铁国梁正坐在沙发上，手拿摇控器。他身着一套家常便服，一副很悠然自得的样子。第一幕中他那副病态几乎一扫而光，完全变了个人似的。）

　　铁国梁　（冲电视举着遥控器）刚才还看得好好的，怎么突然一下子黑屏了？什么信号都没了，全是雪花。（扭头冲厨房）小梅呀，刚吃完饭，先别忙着收拾，歇会儿。（扭回头来继续按遥控器）瞧瞧，一个台都看不了了。这鬼天气！（扭头去看窗户）闹得人电视都看不成了。（又冲厨房喊）小梅，先别收拾了，过来歇会儿！

　　梅雨花　（台下音）这就完了！

　　（少顷，梅雨花和家庭精灵同时上，只是方向不同：梅雨花从左边的厨房门上，精灵从右侧书房门上。梅雨花走向铁国梁所在的沙发处，精灵走向沙发背后窗口的位置，背靠横七竖八的板条，面朝观众，虎视眈眈地注视着沙发上的人；同时发出深长的喘息。）

　　梅雨花　（习惯地把双手在身上来回蹭了蹭）来了！来了！（在铁国梁身旁落座。）

　　铁国梁　瞧这鬼天气，电视都看不成了。肯定是沙尘暴把线路给刮出毛病来了。

  梅雨花 你非得看电视呀？看不成关了吧。还不如咱俩说说话呢。

  铁国梁 （关掉电视）说得对！电视哪有咱小梅好看！

  梅雨花 又说恭维话呢！（笑嘻嘻地）铁大哥，这饭也吃完了，我的手艺到底怎么样啊？

  铁国梁 那还用问吗？你没见我吃饭时头不抬眼不睁的，只顾往嘴里划拉。你只要见我这种吃法，就说明这饭菜没的说。

  小精灵 （发出吼叫）别瞎扯！我就不喜欢你这么油嘴滑舌！你本来不这样。说说，你心里到底怎么想的？

  梅雨花 有那么好吃？

  铁国梁 小梅呀，你的漂亮就是最好的作料。情人嘴里出美餐嘛！

  小精灵 别看他戴副眼镜，斯斯文文的样子，讨起女人的欢心来可相当有一套。

  梅雨花 （扭捏地）瞧你说的！漂亮也不能当饭吃啊。

  铁国梁 怎么不能？你没听说过"秀色可餐"这句话么！这句话用在你身上就很合适。只要是你做的菜，我都觉得好吃。

  梅雨花 听你这么说，我就放心了！

  铁国梁 （温情地拉住她的手）小梅呀，大哥再次请求你，今晚留下来，别走了。这么糟糕的天气，让你一个人回去，我也不放心。

  小精灵 他又来了！我看他今天是过不去这道关了。

  梅雨花 （面露羞涩，抽回手）哎呀，这可不行！

  铁国梁 这有什么不行的？（伸出胳膊企图搂抱她。）

  梅雨花 （立刻跳起来，躲开；现出惊慌神色，不知所措地）哎呀，真的不行！人家……那什么……答应要回去的；再说一点准备都没有。

  小精灵 看看你像什么样子？简直就是一条发情的狗！

  铁国梁 （现出一脸的不屑）这有什么好准备的？……好吧，你要实在想走，大哥也不留你。反正我们来日方长。只是这天气，你一个人走我实在不放心。我送你回去。

　　梅雨花　不用！我又不是小孩子。

　　小精灵　（伴着深长的喘息声）他倒真会关心人！卑鄙——！无耻！下流——！

　　铁国梁　（惊愕地竖起耳朵四处看）嗯，这回可真起来了！你听听这风刮的，一阵比一阵紧。

　　梅雨花　我也觉着。肯定是风声。（起身走到窗户旁，扒着板条缝往外看）什么也看不见，你封得太严实了。（又把耳朵贴在上面听了一会儿）真的起风了！

　　铁国梁　我真担心在明天早上电视新闻中看到这样的报道：一位来京务工的女青年在昨夜的强沙尘暴中被卷走，下落不明；或者一位来京务工的女青年昨夜不幸被狂风吹倒的广告牌砸中，当场……

　　梅雨花　（不禁笑起来，笑中带着忧惧）铁大哥，哪有这样的事！你真会编故事。

　　铁国梁　（严肃地）这可不是编故事。你以为大哥瞎掰哄你呢？就在去年，咱北京下了一场大雨，瞬时间整个京城一片汪洋；有的开车出去了，就再没回来，在桥洞子底下没了顶；有叫大水给带走的；还有掉下水道里没上来的……什么样的都有。电视上报道出来的有名有姓的就百十来号人，失踪的就不知多少了。老天就降点水，人就给冲了个稀里哗啦；刮大风卷走俩人，你觉得奇怪吗？

　　梅雨花　（一时无语；暗笑）是啊，铁大哥！那要是你送我走时，咱俩一起叫大风卷走了那可怎么办啊？

　　铁国梁　那呀……那是我的福分！（站起身，朝她走去。小精灵站到他们俩中间，试图阻挡住他。他穿过精灵，如同无物）我们就永远在一起了。

　　小精灵　你说起瞎话来，连眼睛都不眨。

　　梅雨花　（嘻嘻笑着，一边推搡着他的拉扯）好吧，那你送我走！我们一起叫大风给刮走。

　　铁国梁　（不停地向她靠近，试图搂抱她）好，我们走！我们这就走！

小精灵　（从后面拉住他）够了，你住手！

梅雨花　好，我们走！（停止推搡，站着没动。）

铁国梁　好，我们走！（住了手，站着不动。几乎是朗诵般地）让我们一起在沙尘暴中，混同于尘土。

（舞台上第一次切实地响起一阵狂风呼啸之声。）

梅雨花　听，风真的很大！（扒着窗上的板条缝向外看）你封得太严实了；我真想看看外面现在到底什么样。

铁国梁　是啊，我也觉得挺遗憾，欣赏不到它进入城市时的壮观景象了。这也是不能两全的事。人首先得保证自身安全，才有可能欣赏到自然景观的壮丽；否则，再壮丽的景观也只能是灾难……（口气一转，诚恳地）小梅啊，大哥是舍不得你走。在这样一个夜晚，独自一人，听着窗外呼啸的狂风，我……我真不知道该怎么过……这风好像就刮在我心里，空荡荡没着没落的……

小精灵　这倒是句实话。肚子里有多少苦水，不妨都倒出来！

梅雨花　（颇为惊讶地）真的！想不到，铁大哥……怎么会这样？

铁国梁　我也说不清。我琢磨着，兴许是上了年纪了？我现在就怕一个人呆着。一到我一个人的时候，我这心里就惶惶然不可终日。

（俩人回到沙发上落座。）

梅雨花　我跟你一样！平常在人家里干活，还不怎么觉得，可是累了一天，一个人回到我那住处，心里就冰凉冰凉的；特别是遇到这样的天气，我都害怕。

铁国梁　没错吧？要我怎么不让你走呢！在大哥这儿，你什么都不用怕。

梅雨花　你不知道，我住在一个地下室里，又阴又潮；对门是厕所；窗户外面是个下水道口，屋子里总是臭哄哄的。夏天的蚊子就不用说了，冬天地上总是结一层冰；大白天的老鼠就在屋里大摇大摆地闲逛；窗户扇还关不严实，外面下雨往屋里灌雨，外面刮风往屋里进土；雨下大点，水就会把我给淹了；像今晚这天儿，尘土要不把我埋了才怪呢！

铁国梁　（怜悯地）你怎么不早说啊？那种破房子你还住它干吗？

梅雨花　就这房子，房东还老要给我涨钱呢！

铁国梁　（豪爽地）我看，你干脆搬到大哥这儿来住，也算陪我作个伴。

小精灵　（吼叫道）虚情假义！你这是趁火打劫！

梅雨花　（故做惊讶地）那怎么行！我搬过来住，算怎么回事啊？

铁国梁　（望向窗户）听见没有，这风力可见长啊！（沉默。他们似乎都在静听窗外的风声。不过没有再听到）你尽管搬过来——大哥不收你房费。你给我打扫打扫卫生，做做饭就行了。

小精灵　不光这些吧？还有什么，统统都说出来！

铁国梁　还有就是……（挨近她，一手搂住她的肩。）

小精灵　（大吼）无耻！你把她当什么人了！

梅雨花　（从沙发上跳起来，羞怯地）铁大哥，我们孤男寡女的住一块，那多不方便啊！左邻右舍的见了会怎么想？

铁国梁　（理直气壮地）左邻右舍！这是我个人的事，跟他们有什么相干？再说，我认识他们谁是谁呀？你就不用操这份心啦！

梅雨花　（怯怯地）我是说，你没想找个老伴啊？你看，你年纪越来越大了，身体又不大好……

铁国梁　（诧异地）找老伴？（不耐烦地摆手）这我还没想，等以后再说！

梅雨花　（慌乱地）我觉得，你现在比我刚见到你时精神多了；特别是今天下午这阵，你明显见好。你自己不觉得吗？

铁国梁　没错！你要是不说，我都忘了自己还是个病人。不瞒你说，其实我心里很清楚自己没什么大不了的病，顶多也就是个神经官能综合症之类的。严格地讲，这根本算不上什么病。我感觉我现在全好了。这全得归功于你呀，小梅！那些狗屁大夫十个加一块也不如你一个。

梅雨花　（羞怯地）铁大哥，你又说恭维话呢。我有啥本事能治好你的病啊？

铁国梁　欸，你可不要小瞧了自己！你的本事大着呢，我第一眼看到你的时候我就知道，你准行。你还记得我们第一次见面的情景吗？

梅雨花　怎么不记得？那是在保姆市场。那天我去市场登完记出来。我刚刚丢掉一份活，心里空落落的，特别沮丧。

铁国梁　那天我去保姆市场，一进大门就碰上了你。你在墙根下站着的那排长得球球蛋蛋的女人中间显得特别突出，那么挺拔秀美，简直就是鹤立鸡群；记得当时你站在那儿东张西望的，好像在等什么人。我都没敢相信你也是干保姆的。

　　梅雨花　我就是在等主顾。要不是碰上你，我都想走了。在你前面来了几位大爷大妈，他们连看都不看我一眼，直奔我身边那几个就去了，让我特受打击。

　　铁国梁　那是他们有眼无珠。反正我是谁都没看，第一眼就看中了你。一看到你，我胸口就呼啦一下，心说：这下我可有救了！

　　小精灵　多么温情的谎言！其实他早来来回回看了个一溜够！

　　铁国梁　（旁白，仿佛是回应精灵）这有什么啦？话虽不够实在，但事还是那么个事。只要能哄她高兴，夸张一点又有何妨？对于女人来说，让她们高兴的假话总比让她们丧气的真话更有意义。

　　梅雨花　每换一个主顾，我心里都惴惴不安，生怕自己活干得不好，让主人家不满意。

　　铁国梁　事实证明我没看错人。我一贯看人很准。你干活干得很仔细很认真负责；不仅屋子收拾得干净，饭也做得好，而且还……

　　梅雨花　还怎么样啊？

　　铁国梁　而且人还很性感！

　　梅雨花　（捂住脸笑，做害羞状）哎呀，铁大哥，你怎么说人家这种话！

　　铁国梁　（一本正经地）小梅呀，你不要以为"性感"不是什么好词儿，它已经成为一种世界流行的通用语，是对人的一种，特别是对女人的一种赞美之辞。哪个女人听到这个词用到自己身上都应该感到高兴；对于女人来说，能否接受这个词，也是衡量她的文化和教养水准的一个尺度。你没听现在的电视上整天这个性感那个性感的？就连我的学生都常把这个词儿挂在嘴边上。

　　梅雨花　铁大哥，你不用解释，我明白你的意思。（犹疑地）那你说……我真的性感吗？

　　铁国梁　还什么真的性感！我告诉你，（现出色迷迷的眼神，一字一板地）

你是相当性感。

　　梅雨花　（欣喜地做害羞状）哎呀，真是……铁大哥……还没有人这么说过我……你是第一个……

　　铁国梁　（笑嘻嘻地）那是他们有眼不识金镶玉。——其实有件事大哥一直想跟你说，又担心说了影响你的情绪。

　　梅雨花　说吧，说什么我都挺得住。

　　铁国梁　没那么严重啦！我就是觉得你的条件挺不错的，应该干点更有意义的事。大哥不是看不起保姆这一行啊，但它毕竟是一种简单劳动，你干这个真是大材小用了。

　　小精灵　在他身上也经常会表现出这种庸俗的好心肠。可是这种好心肠就像自由市场里论堆儿撮的烂萝卜，是要回报的。(吼叫道)往你自己心里看看吧！

　　梅雨花　（回到沙发上，在他身边落座）铁大哥，你这话真说到我心里去了。我也经常在想这个问题。我不可能一辈子都干这个呀！可是我文化不高，又没什么技能，你说我该怎么办呢？有时候一想起这事来我就睡不着觉。（凄然地）我已经不年轻了。

　　铁国梁　在大哥面前，你还没有资格说这句话。不就才三十岁吗？多美好的年华啊！干什么都不晚。大哥鼓励你再学些东西，比如外语啦、电脑啦、财会啦什么的。总得有一定的技能，要不你何以立足于社会？你没见电视上说，一个女修鞋匠下功夫学英语，拿到了国家的同声传译资格证书，后来被国外一家大公司给聘去了？

　　梅雨花　（振奋起来）对！应该继续学习！我要通过自己的努力改变自己的命运。铁大哥，到时候你得帮帮我。

　　铁国梁　（信誓旦旦地）那没问题！等你学好了，大哥给你在大学里谋个差事，办公室的打字员啦、财务室的出纳啦什么的，只要你好好学！

　　梅雨花　（兴奋地）哎呀，真的！（仿佛她的前程就此获得了保障，一把抓住他的胳膊）那敢情好！（情不自禁地在他脸颊上吻了一下）铁大哥，那我先谢谢你啦！

灰尘

285

铁国梁　那你就再谢一次吧！（抱住梅雨花亲吻。两人在沙发上开始拥抱接吻。）

小精灵　净瞎吹牛！别看他是个教授，其实他在学校里什么事都办不成。他能做的就是开空头支票；他开起空头支票来，就像撕下一张张过期的日历。（大声吼叫）往你的心里看看吧！求求你，往你自己的心里看！

（两人惊起，同时扭头往窗户上看去；舞台上再次响起一阵呼啸的风声。）

铁国梁　风越刮越大了。看来这真是一场前所未有的强沙尘暴啊！

梅雨花　（再次起身走向窗户，扒着板条缝向外张望；又把耳朵贴在板条缝之间屏息谛听）风一阵一阵地呜呜叫，听起来就让人害怕。铁大哥，幸亏你把我留下，要不在那个破地下室里，今晚我肯定得被活埋了！（回到他身旁坐下，抱住他的胳膊，温柔地靠在他肩上。）

铁国梁　（受到了某种感动）也幸亏你留下来陪我，要不还不知道我今晚一个人怎么过呢！（稍顿。伸出一条手臂来搂住她的肩）小梅呀，不瞒你说，大哥的生活很无聊很空虚。

小精灵　这倒是句实话。他无聊得就像动物园里的大灰狼；空虚得就像被蛀虫掏空了的树干。他们俩一个是无依无靠，一个是空虚无聊，倒真能配成一对儿！

梅雨花　（吃惊地）怎么会呢，铁大哥？你是大学教授啊……

铁国梁　（像没听见她的话似的）你知道我过的是什么日子！我过的是一种机械一般的生活。我是一架机器，一架挣钱的机器，就像一个给上了弦的钟摆一样，没完没了地摆来摆去。从家摆到课堂，从一个课堂摆到另一个课堂；从一个课题摆到另一个课题，从一个项目摆到另一个项目；从一篇论文摆到另一篇论文。身后就像高悬着一条鞭子在催促着你，你得不停地撅着屁股头拱地，干！干！干！跟着了魔一样，似乎没有任何一种力量能够打破这种机械的摆动。我烦透了……

梅雨花　（不解地）那有什么烦的？挣钱还不好啊！

铁国梁　我不想挣！我不想为那几个钱没完没了地干这些。我常常想，那些狗屁课题、狗屁论文跟我有什么关系？非叫我受这分罪！可是我停不下来呀，我非干不可！我心里一边烦着一边干。我烦得要死要活的，我很想马上就停下来，可是我……说心里话，我很害怕。（扭过脸去不瞧她。）

梅雨花　害怕！不想干不干就是了，你怕什么？

铁国梁　（支吾）不行！你不干，你头上那条鞭子就会抽下来……或者说，那架大机器就会把你绞碎，就像绞碎一颗掉下来的锣丝钉；或者说你就会被甩到路边上，就像扔掉的一块破抹布，给千人踩万人踏……唉，我也说不清……总之我就是害怕。

梅雨花　（同情地）等你退休就好了，你就不用这么烦了！

铁国梁　是啊！可眼面前不还得熬着吗？你知道我还讨厌什么？我讨厌给学生上课。你瞧那些学生，往那儿一坐，半死不活心不在焉，光出神发愣；我敢说他们什么都没听进去。我常一边讲课一边想，那些父母们何必花钱叫他们的孩子到课堂上来受罪呢？这种学其实不上也罢！而我自己也常常不理解自己。我站在他们面前在干什么？为什么要站在那儿？我呜啦呜啦说了半天，却忽然发觉自己都不知道在说什么，也不知道说得对不对；再看那些学生，他们一个个只是大眼瞪小眼地发愣，对我的话毫无反应，我直想乐。我还发现最近我落下一个毛病，动不动就坐那儿愣神，好像进入了一种状态，什么也看不见什么也听不见，脑子里一片空白，自己都不知道在想什么，也不知道呆了多长时间。

梅雨花　怎么是这样啊？

铁国梁　就是这样！我心里烦透了。那天烦得我实在受不了了，终于晕倒在课堂上。这下我这只钟摆可以停一停了。不过这只是暂时的，很快就得重新摆动起来。我真是……

梅雨花　怎么会这样啊？你是大学教授……

铁国梁　就是这样，大哥跟你说的都是实话。你不会因为大哥跟你说了实话就对我有什么看法吧？

梅雨花　那怎么会呢？我就是有点吃惊。我总觉得……

铁国梁　大哥的意思也是忠告你，在社会上混，千万不能只从表面现象来看问题。他是什么什么人就应该怎么样怎么样。实际情况往往是相反的。

梅雨花　这个我懂。外表看起来漂亮的人心眼儿不一定就好；长得难看的

灰尘

人也不一定有一副坏心肠；人人敬佩的大教授也不一定就那么风光。

铁国梁　唉，这就对喽！

梅雨花　铁大哥，我给你出一个主意吧：你干脆就在家里泡病号。去年我给干活的那家的大姐就在家泡着呢。我看她能吃能睡的，还参加居委会的舞蹈队呢，整天蹦蹦达达活得挺欢实的，就是在家泡着，都泡了好几年了，她说一提上班就头疼，她要一直泡到退休。

铁国梁　现在可不像从前了！在家泡着，谁给你钱哪？就拿这次来说吧，我才请了不到半个月的假，立马就没钱了。生活立马就受到影响。别说泡病号啊，我现在连生病的权利都没有了；时间一长，你就成了一块破抹布，给扔到一边了。（稍顿）再说了，老在家里泡着也没意思啊，没病也得泡出病来。一天到晚就我一个人在屋里闷着，这心里头空落落的，怎么呆着都不对劲；楼也不愿意下，饭也不想吃，觉也睡不踏实；看点书吧，书上的字就跟一群蚂蚁似的，污漾污漾的乱爬；屋里这灰一层一层地落，我也懒得收拾。我就寻思，干脆这灰就跟漫天大雪似的下个痛快，把我给埋了算了！可是我又不甘心。屋里一见灰，我就觉得呆不下去，老想往外边跑。可是到哪儿去呢？我常常站在这个窗口（手指着被板条封死的窗户），向灯火辉煌的京城夜色里了望，却不知到哪儿去才好。我总是这样想：偌大的京城就没我铁国梁去的地方！我相信肯定有这么个地方。这个地方也在等着我去，可是这个地方在哪儿，怎么去找，我根本不知道。这个地方就像一块磁石一样牢牢地吸引着我。后来，我偶尔伸头向楼下一望，立刻感到一阵头晕和心跳，心说这个地方我找到了，原来它离我近在咫尺，就在我家的窗户底下，我只要两腿迈过这个窗台就到了……

小精灵　他可找到一个倾述对象了。尽情地倾述吧，把你一肚子的苦水吐个干净，腾出地方来好灌一些醉人的美酒。

梅雨花　铁大哥，（惊慌地，双臂搂住他的脖子）你可千万别这么想啊！

铁国梁　（凄然一笑）瞧把你吓得！（充满感动地搂住她）现在只有小梅关心我呀！放心吧，我不过说说而已，表达一下我的心情。

梅雨花　铁大哥，咱不说这个了，好吗？

铁国梁　你听我这么说！其实自打你来了以后，我的心情好多了。你一来，就把屋里给我打扫得干干净净，一尘不染；让我有一种温馨自在之感。我刚要烦的时候，你就来了，于是一切就都变了样。而且你知道，我开始觉得不再怕那个钟摆了，好像我心里有了底气似的，那个钟摆的顽固机械摆动给打破了，因为你构成了第三个点。

梅雨花　（似懂非懂地娇笑）哟，铁大哥，瞧你说的，我哪有这个本事啊！

铁国梁　你有啊！你当然有！我不是说过吗，你比所有给我看过病的大夫加一块都强。你一来，我的病不是好了？每次你给我干完活，我就开始盼着你下次再来的时候。

梅雨花　（依偎在他身边）铁大哥，我真有这么好吗？

铁国梁　是啊！大哥说的都是真话。对女人我好久没有这种感觉了。

梅雨花　那我们就在一起吧！

铁国梁　这正是我求之不得的。

梅雨花　铁大哥，你说我们将来能总在一起吗？

小精灵　（呵呵地尖声笑起来）给装进去了吧！

铁国梁　（像被戳了一下似的，旁白）才有了个序幕，好戏还没开始呢，她倒想到结尾了。想得倒远！（信誓旦旦地）能啊！当然能！只要你愿意！

小精灵　心虚了吧？心一虚准撒慌。往你心里看。现在人们只会往外看而不会往心里看了。往你自己心里看看吧！

（两人同时往窗户上看去。）

铁国梁　风越刮越大了。

梅雨花　我倒真想看看这场沙尘暴到底什么样。

铁国梁　看不到我们就想象一下吧：（绘声绘色地）狂风怒嚎，席卷大地，尘土黄沙驾着风漫天飞舞，扫荡一切阻碍，把它们掩埋……

梅雨花　（竖起耳朵细听的样子）你听，是沙尘打在窗户上的声音。

铁国梁　（同样竖起耳朵）没错！还有一股土腥味。你闻到了吗？

（静场。好一会儿他们呆坐不动，似乎是在倾耳静听，又像是在沉思默想，或是话已说尽。这时，舞台上真切地响起阵阵呼啸的风声。风声若隐若现，当观众想再听时，风声似乎又停止了。）

梅雨花 （突然打了个哈欠，温柔地）铁大哥，我困了，我们休息吧。

铁国梁 （猛然回过神来）去睡吧！这种天气就是为睡觉安排的。

梅雨花 我得先洗个澡。

铁国梁 洗吧！好好洗洗，洗个痛快！

梅雨花 我去了！（在他面颊上吻了一下，从卫生间门下。）

（铁国梁坐在沙发上一直没动，呆呆地发愣。再一次出现静场。不一会儿，从卫生间方向传来哗哗啦啦的流水声。水声渐强，充满整个舞台，成为一种背景声。）

铁国梁 （保持发呆的状态，梦呓般地）将来！将来的事情谁说得清楚？将来不过是孩子嘴里吹出的色彩缤纷的肥皂泡。

小精灵 这是真话，他不相信将来。

铁国梁 只有现在。只有看得见摸得着的现在。过去早已逝去，不复存在；未来只是一片虚空，一无所有；我们只生活在现在。即使现在也是转瞬即逝，就像你手掌中的流水。这就好比一个溺水者，他的过去已经被大水冲走，他的未来是茫茫无尽的水底世界，他只能抓住眼下所能抓住的一切：一只船也好，一棵被冲倒的树也好，一块木板也好，甚或是一根稻草。我们每人都是个溺水者。我们没有办法，只有通过感觉来拯救我们淹淹一息的灵魂。

小精灵 （吼叫着）那你就往心里看看吧！好好看看你自己的灵魂！

（铁国梁猛然一惊，似乎意识到了什么，扭过头去朝身后的精灵看；他的目光穿过精灵落到给封死的窗户上。看了一会儿，扭回身来，又前后左右地看，像是在找什么东西；接着又回到先前那副发呆的姿态，木然不动了。两眼失神地望着前方，像是在专注地看着什么，但又一无所见。）

小精灵 这回行了，他终于往心里看了。（静场。这期间哗啦哗啦的流水声不绝于耳）喂，你看到了什么？

铁国梁 什么也看不见，一片漆黑！

小精灵 再好好看看。那黑的是什么？

铁国梁 好像是灰尘。（伸出一只手去，像要触摸的样子，又缩回来，惊讶地）哎哟，全是灰，厚厚的一层啊！看样子年头可不短了。

小精灵　你用手擦一擦。

铁国梁　（惊恐地）不！

小精灵　为什么？

铁国梁　这里的灰尘比任何地方的都要古老；它们就像满天的星辰一样神秘莫测，我们对它们一无所知。不要搅动它们吧。

小精灵　你这种想法无异于迷信。你擦一擦试试，快点！

铁国梁　没用，擦不净的！你刚擦完，就又是厚厚的一层。

小精灵　那你就像擦你家地板一样，不停地擦。

铁国梁　这里没人看得见，眼不见心不烦，费那个事干吗！

小精灵　你擦一擦，马上就会感觉到心里亮堂堂的。不信你试试！

铁国梁　（惊恐地向后缩着手）不！决不！

小精灵　（怒吼）你把灰尘给我擦干净了！

铁国梁　（双手捂耳，同样吼叫）让沙尘暴来得更猛烈些吧！

　　（流水声戛然而止。卫生间的门开了，梅雨花身穿浴衣上。她完全像变了一个人，仿佛这一洗，洗去了她先前那一身的粗鄙，蜕变成了一个美人。她先前盘在头上的长发散开来，湿漉漉地披在肩上，把她的面容衬托出一种前所未有的光彩；那身浴衣也很合身，完美地展现出她身体的曲线；浴衣没有扣子，只是腰间扎着一条带子，因而使她的酥胸欲露还羞；两条光腿修长而健美。）

梅雨花　铁大哥，你来洗吧，水真好，洗得特舒服。

铁国梁　（吃惊地看着她）哇！哇！

梅雨花　（局促不安地）怎么了，为什么这样看着我？

铁国梁　（站起身，围着她打转，两眼发亮，色迷迷地上下打量）哇，小梅，想不到你原来这么漂亮！你真的很美！不比那些时装模特差！

梅雨花　（兴高采烈地）真的吗，铁大哥？你这么说我太高兴了！我走给你看！

　　（她拿出模特的架式，开始走台步。从舞台左边走到舞台右边，从舞台前边又走到舞台里边，做出各种造型：扭胯、甩头、摆臂等。她走得有模有样，引得他一边笑一边鼓掌。）

铁国梁　太好了！（她又走了两圈，走到卧室门口，做出一个造型，给他一个飞吻，转身从卧室门下。他仍在拍手笑）太好了！真是太美了！（冲她身后送去一个飞吻，然后又蓦然呆住，陷入一种沉思状态。少顷，干巴巴地）真是太美了！（转身缓步向卫生间走去。从卫生间门下。）

（流水声重新响起。舞台灯光随即转暗。精灵依然采取原来的站立姿态，那身装束和其身后那横七竖八的封窗户的木板条在昏暗中发出白惨惨的光，显得分外刺眼，成为舞台的聚焦点。）

小精灵　（沮丧地）他不听我的；我就知道跟他废话，完全是给瞎子点灯呢。没人听我的。我也真没用！我是最无能的人了，只能眼睁睁地看着发生的一切，却无能为力……没人把你当回事……算啦，你这面镜子谁也照不着。该发生的都会发生。（一边喘息一边说，最后大喘粗气）我已经尽力了……我用尽了最后一丝气力，再也支撑不住了……（只见他腿脚瘫软，整个身体在逐渐向下堆去，就像一幢失去根基的楼房在从上向下坍塌一样。不过家庭精灵把这一过程表现得十分缓慢，看起来有些夸张，就像电影中的一个慢镜头；最终四肢着地，趴在了地上，张着大嘴喘气）我该走了……（艰难地爬着，从书房门下。）

（流水声戛然而止。铁国梁身穿浴衣从卫生间门上，一边用毛巾擦着头发。）

铁国梁　（情绪饱满地）洗个热水澡，真舒服！（擦完头，把毛巾搭在肩上，来到窗前查看，然后又把耳朵贴在板条间听了听；接着转回身在家具间转悠了两圈，似乎在欣赏屋内的陈设）嗯，不错！一切都很稳妥，一切都很惬意。其实我对生活的要求不高，这样就很好：一个温馨舒适的家，一个惹人喜爱的女人，一段逍遥自在的时光。不过我知道这都是暂时的，我一想明天……唉，管它呢，爱怎么着怎么着吧！（从卧室门下。）

（此时整个舞台空无一人，灯光仍保持着先前的那种幽暗；但景物还是能够看清楚。被木板条封死的窗户仍显得白惨惨的，成为整个舞台的亮点。舞台上一片寂静，在这寂静中，再次响起呼啸的风声。风声先是若隐若现，逐渐加强为一种背景声；风声虽不是很猛烈，但观众们可以感受到它的广大与浩荡，似乎整个世界都在为之摇动。不过此时风声仍是作为一种背景而存在的，它的存在更衬托出舞台上的寂静。就在这种由风声衬托出的寂静中，一个女人纤细的呻吟声出现了；先是很微弱，若有若无，听起来很遥远；慢慢地渐次加强，

越来越真切，间或还伴着男人粗壮的喘息和含混不清的对话。随着女人呻吟声
的真切和加剧，窗外的风声也在逐步加强，它同女人的呻吟声同步升级。就在
女人的叫声越来越急促，向顶点攀登时，风声也急剧加强，最终将女人的声音
完全淹没了。这时舞台上只能听到狂风大作，给人一种天摇地动之感；其中混
杂着树枝断裂声和风沙吹打玻璃的噼噼啪啪声；窗玻璃在狂风的摇撼下哗啷啷
直响。突然间玻璃碎裂，一股强大的气流破窗而入，板条顷刻间分崩离析，四
处飞散，原先的窗口处呈现出一个方方整整的黑洞，强大的气流裹挟着尘土滚
滚涌入，像一条张牙舞爪的沙尘巨龙。铁国梁和梅雨花赤身裸体从卧室门上，
他们捂着鼻子缩着头，相互拉扯着，惊恐万状，在滚滚尘土中茫然无措。）

梅雨花　铁大哥，到底怎么回事啊？

铁国梁　我也不知道。可能是风太大了。

梅雨花　我跟你说过，这个办法不行吧！

（这时舞台外又响起一阵打碎玻璃和板条断裂的声响，沙尘巨龙同时从厕所
门、厨房门、卧室门和书房门涌入，对俩人形成夹击之势，把他们围在舞台中央。）

梅雨花　（惊恐地）我的天啊！这到底是怎么回事啊？

铁国梁　（不知所措地直跺脚）糟糕……糟糕！

梅雨花　我们怎么办啊！快想个办法呀！

铁国梁　（绝望地）完蛋啦……完蛋啦！

（两个人在舞台上团团乱转。风太大，吹得他们东倒西歪，站立不稳，双
双倒在地上。那几条沙尘巨龙合拢起来，向他们散落下来。）

——剧终

2007 年初稿

2013 年定稿

灰
尘

附录

附录一：

生活在何处

"生活在别处！"这句话说得实在太精彩了，它一语道破了人生的最根本处境。

这句名言之所以广为流传，恐怕还得归功于米兰·昆德拉的那本著名的小说《生活在别处》。不过，这句话并非昆德拉先生的发明，据他在该书的前言里边讲，他引用的是法国现代著名诗人兰波的名句；但他也并非直接引用者，他说他是从安德列·布鲁东的《超现实主义宣言》中引用过来的。据说当年巴黎的学生曾把这句话当作口号写在巴黎大学的墙头，足见它的影响力。我查遍了兰波的诗歌全集也没找到该名句的具体出处；也许笔者眼大漏神，也许它另有出处吧，且不去根究了。有意思的是，诗人道出的这句至理真言，也同样在诗人自己身上应验了，且应验得那么典型那么透彻；甚至不妨这样说，它像一句魔咒一样，他成了他自己道出的这句魔咒的牺牲品。我在获悉了这句名言和诗人的命运后，两者相互一联想，不能不令人感叹。

人们常常这样来形容兰波，说他是一颗耀眼的流星；他从十九世纪末法国诗坛的上空划过，明亮璀璨，转瞬即逝；从1870年在巴黎崭露头角，到1875年彻底从诗坛销声匿迹，其真正的诗人生涯仅仅五六年的时间。他去世了吗？是的，诗人兰波的确死掉了。在经过诗情的短暂燃烧之后，他认为自己"过于将形骸囿于艺术是一种失策"；他在《饥饿》一诗中这样写道："幸福是我的

生
活
在
何
处

命运，我的懊悔，我的蛆虫：我的生命总是过于宽广而不能献身于力与美……"；最终他发出一句绝望的呐喊："艺术是一件愚蠢的事！"就此诗人兰波不复存在了，而作为冒险家的兰波却开始了在世界上的疯狂游荡，开始了寻金者的冒险生涯。他当过马戏团的翻译，食品商的经纪人，荷兰殖民军雇员，英国远东公司的小工头；他到处流浪；他越过海洋，穿越沙漠，混迹于象牙走私犯和军火商之间；在非洲丛林中与匪帮强盗火并周旋……。1891 年 2 月，他的右腿因非洲瘴疠瘀热和关节炎感染而变成毒疽，回到法国马赛，实施了截肢手术；11 月 10 日病逝，终年三十七岁。

诗人短命，这在人类诗歌史上似乎是一种常见的现象；如果兰波在三十七岁甚或二十七岁时作为诗人死去，都并非稀奇；有趣的是从灵光的诗人兰波身上又脱胎出一个鄙俗的冒险家兰波，真就像是一颗划过天空而没有烧尽的流星，最终变成了一块落入荒野的粗陋的石头。正是他这种特别的人生轨迹，为我们考察人的处境提供了一个绝佳的范例。难怪作为诗人的兰波能够说出"生活在别处"这样的至理真言，从诗人到冒险家，正是这一真言的现实人生的诠释。

所谓"生活在别处"，就是指人由此岸世界向着彼岸世界的追寻。人总觉得，你此时此地的生活并非真正的生活，永远都无法令人满意，而真正的生活存在于你所不在的别处；于是你内心中那渴望"幸福的蛆虫"便开始噬啮你的心，怂恿你去别处寻找真正的生活；等你一旦到达了那个别处，那个曾令你魂牵梦萦的"别处"也便成了此时此地，那道曾老远便诱惑着你的瑰丽光晕也消散净尽，你心中那不肯安分的"幸福的蛆虫"又开始噬咬怂恿了，你便开始了新的一轮向别处的生活的追寻……如此循环往复，以至于无穷。人永远处于由此岸向彼岸的追寻中，彼岸向此岸的转换也是没有穷尽的；人永远无法存在于你所不在的彼岸，人永远是此岸的存在物，无法抵达彼岸；换句话说，彼岸世界实则是根本不存在的；它只是人的欲念在头脑中制造出的一个太虚幻境；人却永远向着这个太虚幻境发出追寻。这便是人的最根本的处境。

可以说，在现实生活中，我们每一个人都无法逃脱这一人生处境；只要你向周围随便扫上一眼，便会发现这种境遇比比皆是：对金钱数额增长的无尽贪欲；游览异域风情的强烈渴望；看上去更觉得动人的别人的老婆；某种没有品尝过的食品的新鲜诱惑；对他人的工作和生活的向往；无休止的对自然环境的开发和利用；乃至，说得更大一点，对新知识的追求，向外太空的探索……我们每一个人内心都暗藏着一个"幸福的蛆虫"，无一不受到它的蛀食和唆使，使你一刻不得安宁。这只"幸福的蛆虫"从未给过我们幸福。它是人类进步的驱动力，它是人类不幸的祸根。和动物比较一下，我们会发现，它们从不会受到头脑中幻境的蛊惑而去别处寻找生活，它们总是吃饱喝足后席地而卧；它们的生活永远都在此时此地；也正因为如此，千百年来，它们的生活毫无改变，仍原地不动；但也因此获得了安宁。而人的身上像是含有一种毒素，会毒化他此时此地的生活。人是一种太精巧的生物，他的神经太过敏感；然而太过敏感的神经是易于疲倦的，对任何反复的刺激都会很快变得习以为常，变得迟钝，变得麻木不仁毫无感觉，乃至顿生厌倦。没错，人对他周围的事物，无论多么新鲜有趣，都会很快地习惯起来，熟视无睹浑然不觉，进而便感到厌倦无聊了。人对生活的厌倦不正是我们生存的一种常态吗？这也正是叔本华所指认的"生存空虚"之所在。可幸的是，人不仅会对生活感到厌倦无聊、空虚无助，人还会对此进行反思。当一个人真诚地进行这种反思时，一种全新的感受便会油然而生，那便是荒谬。对此，加缪在他的名作《西西弗斯的神话》中有一断著名的论述："有时，诸种背景崩溃了。起床，乘电车，在办公室或工厂工作四个小时，午饭，又乘电车；四小时工作，吃饭，睡觉；星期一、二、三、四、五、六，总是一个节奏；在绝大部分时间里很容易沿循这条道路。一旦某一天，'为什么'的问题被提出来，一切就从这带点惊奇味道的厌倦开始了。这'开始'是至关重要的；厌倦产生于一种机械麻木的生活之后，但它同时启发了意识的运动。"这便是荒谬意识的开始。

"生活在别处"这一论断与其说是对别处生活的追寻，不如说是对荒谬的逃避。

生活是无聊的，生活是令人厌倦的，生活也是令人压抑和恐惧的；人们无一不在为摆脱生活的这一本质而努力；从这一角度来说，摆脱生活成为人们生活的唯一目的，只是这一目的被纷繁的生活表象所掩饰，就像一棵树的主杆为树枝所掩盖一样，不易为人觉察罢了。每到节假日，公路上便会出现密集的出城的车队，这一壮观景象便是一个最好的例证。乘车出游，表面上看是人们生活富足悠闲的一种表现，实则它是对生活本质的一种逃亡。漫长的假期在人们内心中引爆了被平日的忙碌所压抑的恐慌，拥挤的城市便成了一个炸了群的蚂蚁窝；人们面对即将来临的无聊和厌倦惶惶不安，无计可施，就像即将面对一场灾难，最好的办法就是出逃。这时人们便撞上了"荒谬之墙"。其实人们是无处可逃的：任何你所到之处，都会成为你"此在"的生活。加缪认为，面对"荒谬之墙"，人只有两种选择，"自杀或是恢复旧态"。但他否定了自杀，认为这是一种怯懦无能的表现；他肯定了厌倦的价值，他说："厌倦自身中具有某种令人作呕的东西。在此我应得出这样的结论：厌倦是件好事。因为一切都始于意识，而若不通过意识，则任何东西都毫无价值……这也就足以概括认识荒谬的起源。"

最关键的是，认识到生活的荒谬之后我们所应采取的态度。他说："关键是要与它（荒谬）同呼吸共命运，并且承认从中得到的教训以重新获得其真谛。从这一点上来讲，荒谬是快乐的，它本身就是一种创造。"他引用尼采的话说："艺术，唯有艺术是最高的创造，我们拥有艺术为的是不为事实而死。"他指出，在这荒谬的世界上，逃避和自杀都是毫无意义的，唯有艺术创造才是进行反抗的最有力的武器；而这又是一种"不思未来的创造"，是"无目的的劳动和创造……问题不再是去解释或寻找出路，而是要去经历去描述。……描述，这是荒谬思想最后的一种企望。"在他看来，没有任何一种生活是对人的惩罚，只要竭尽全力去穷尽它，最终就会获取胜利和幸福。艺术创造就是穷尽生活的一种手段。

他以希腊神话中西西弗斯的故事为例来加以形象说明。西西弗斯触犯了众神，把他打入地狱，命他推动一块巨石上山；每当巨石要给推到山顶时，它便会滚下山去，西西弗斯就得下山重新把它推上山来，循环往复永无止境。众神用这种办法作为对他的惩罚。这是所有西腊神话中最令人感动，也是意义最为深远的一则神话。"如果说这则神话是个悲剧的话，那是因为它的主人公是有意识的"。西西弗斯清醒地认识到这就是他的命运，他的生活。他还有别处的生活可以去寻求吗？他无处可逃；他的生活就在此时此地。他毫不退缩，义无返顾地接受了这一生活，并穷尽这种生活：无休止地把滚下山来的石头再推上去。他的生活是痛苦的，也是荒谬和无意义的；但在这不断重复的艰苦劳作中，他却体认到生活的真谛，这种艰苦无效劳作也便成为一种创造。这造就了他的胜利，因为他对这种命运深怀蔑视：他扼住了这命运的喉咙；通过这种蔑视和创造，实现了对命运的自我超越。他知道"他是自己生活的主人，在这微妙时刻，他回归到自己生活之中……"西西弗斯是幸福的。

最后还是让我们回到兰波的案例中来吧。兰波在离开诗坛之时，实际上他已经取得了很高的成就和荣誉；他突然离弃了他的诗人生活，原因究竟何在呢？《兰波诗歌全集》的中文译者葛雷这样认为：是他在经历了艺术认知后的一种番然醒悟，是他那颖慧的触角只在转瞬间便将世代人所没有参悟的真谛一下子参破，就像他在诗中所写的那位拥抱了光明女神的孩子一样，就在他拥抱了她的一刹那间，便从绮丽的精神癫狂中跌落下来，从而他的艺术之梦彻底破灭了；最终他发出了"艺术是件愚蠢之事"的绝望呐喊。他感觉到，生活本身存在着比艺术深广神秘得多的东西和可能性；也就是说，在艺术当中，他并没有找到他生命中的幸福，他要到艺术之外去寻找。因此，他之前便发出"生活在别处"这样的惊世慨叹，就不足为怪了。

无疑，兰波对他的诗人生活厌倦了，他不再相信诗歌具有价值和意义；他感觉到诗歌是荒谬的，只不过他没有采取这种表达方式。这是他的认识和觉醒的开始，就像加缪后来指出的，厌倦是件好事，艺术本身就是荒谬的；关键是觉醒之后所采取的行动，正是在这一点上兰波走上了歧途，他像一个浑然无觉的凡夫俗子一样，选择了逃亡；因此，说他参悟透了人间真谛，实在是太抬举他了。他并没了悟到，天网恢恢，人无处可逃；荒谬是人的绝对命运，而他却天真地对别处的生活抱有希望和幻想，可见，他的绝望是不彻底的；对人的命运的感悟也远不透彻。作为诗人，他的命运本来应该是对他

生活在何处

301

的诗人生活进行穷尽，而他并没有滚动起这块命定的巨石，却选择了逃亡，这无异于自杀——精神上的自杀。如果在他选择逃亡之前，意外身死，倒不能不说是件幸事了。

艺境的高下，往往取决于人境的高下，这在人类艺术史上早已被证明为一个真理。兰波的诗歌在现代法国诗歌史上纵然产生了很大影响，但若说在穷尽诗歌艺术上还差得很远。在对兰波如潮的好评中，唯独加缪发出了不同的声音，这也许是最富有锋芒和见谛的声音。他在《反抗者》一书中说："兰波只是在其作品中才是选择的诗人，他的生活与其激起的神话远不相符；他仅仅是他所赞成的最糟糕的虚无主义的一种注脚，只要客观地读一读他从哈勒尔写的信就足以证明这一点……"。他的这句评语有些晦涩难解。哈勒尔是什么地方？这是埃塞俄比亚的一座城市，当时还是埃及的殖民地，是兰波为寻找人生幸福而进行的疯狂冒险的一个站点；他从那里写回了大量书信，表达了他对他以往的诗人生涯的幻灭和鄙薄。1879 年，他曾因病返回故乡罗什休养，他儿时的好友德拉阿依前往看望；当问起他现在是否还关注文学时，他回答说："我再也不想它了"。可见，加缪所指称兰波的"最糟糕的虚无主义"并非无地放矢。

兰波的生活是他自己名言的最佳诠注者和践行者，也是芸芸众生相的一个典型代表；他就像一个因缺乏定力而没能修成正果的佛徒，最终废于半途。若说生活在别处，不如说生活就在此时此地；穷尽当下的生活，便是生活之所在。生活无需到别处去寻找；康德一生都没走出过他的家乡小镇柯尼斯堡，然而他却洞悉了宇宙万物的真理，这不正是老子所谓"不出户知天下，不窥牖见天道"的境界吗？诚然，我们难以与先哲们比肩，但聆听他们的教诲，却会使人明智，使我们不再盲从。荒谬意识是对生活的一种认知，一种觉悟，更是一种人生的智慧。多一份荒谬意识，便增强了一份人的自我拯救的力量；有多少人在为着别处的生活进行着肉体和精神上的自杀啊！政客和商贾们不会惧怕兰波（这从当年巴黎的大学生们把他的这句名言写在大学校园的墙上这一点就看得出来，那些大学生是充满革命激情的），却会惧怕加缪，因为他轻而易举便戳破了他们蓄意许诺给人们的虚假乌托邦的未来。

就在此时此地，让我们滚动起西西弗斯那块荒谬且沉重的巨石吧，最终我们会获得幸福。

为了阅读的戏剧

　　米兰·昆德拉在1989年写的《关于剧本的作者按》一文中说过这样一句话，特别发人深省；他说："自从我知道了戏剧界人士对戏剧文本的不可动摇的放肆之后，我就希望我的剧本有更多的读者，而不是观众。"这是昆德拉针对他的剧作《雅克和他的主人》在舞台上遭到肆意改编时说这番话的。这句话读来实在令人警醒，给人以强烈的启示。文中他还提到："有一天，一家比利时的剧院对剧本做出了晦涩而雕琢的解释，使我明白我的变奏的原则可以造成多大的误解。有书写癖的导演（今日有谁没有）对自己说：既然昆德拉对狄德罗的小说可以来一个变奏，为什么我们不能对他的变奏来一个自由变奏呢？"

　　我们知道，《雅克和他的主人》是昆德拉根据法国哲学家狄德罗的著名小说《宿命论者雅克》创作的一部戏剧。这种创作绝非我们一般意义上的改编；他是坚决反对对原作进行改编的，包括进行戏剧和电影的改编。他在为该剧作的序《一种变奏的导言》中批评说："伟大小说的电影和戏剧改编不过是特殊的《读者文摘》罢了……改编者越是想偷偷地躲在小说后面，他就越是背叛了小说。在缩写中，他不仅剥夺了小说的魅力，更剥夺了它的意义。……改编因此成为小说原创性的彻底否定。"

　　由此可见，《雅克和他的主人》与《宿命论者雅克》并没有"血缘关系"；它完全是昆德拉独立的创作，用他自己的话说，就是他对狄德罗的一次"变奏"，是他"向狄德罗的致敬"。其实，这种"变奏"式写作，在现代世界文学中可以说屡见不鲜，其中最著名的例子当属博尔赫斯了，他是世上最善于用别人的小说来写自己的小说的作家。同时也表明，昆德拉是在多么坚决地"捍卫艺术品的不可触动的纯洁性"。这种坚定不移的捍卫精神实在令人敬佩。

昆德拉所说的对名著的改编现象（无论是影视的、戏剧的、还是缩写的），在我们的生活中不是已泛滥不堪了吗？它们严重地扰乱和污染了公众的审美趣味，同时也是对原作的一大乏损。单就戏剧来说，由剧本到舞台上的呈现，也都几乎毫无例外地走过一条漫长的改编之路；观众们看到的戏剧舞台上的演出，无论是莎士比亚还是易卜生，已远不是他们自己。那些"有书写癖的导演"，那些自以为高明的导演，无不对戏剧原作大动干戈，有的任意添枝加叶；有的则大肆乱删乱改，以体现出作为导演的思想意志，并美其名曰为"再创造"；如果不这样的话，则被视为无能。这种现象戏剧史上由来已久。进入现代商业社会后，为了获取最大化的商业利益，那些满脑子金钱的导演们更是不惜血本，用尽一切可能的手段，大肆营造舞台效果，以眩人耳目；而真正的戏剧早已被淹没在虚华的服饰、丽俗的布景和震耳欲聋的音响之中。难怪昆德拉只把他的戏剧的演出许可给了那些真正爱好戏剧的剧团，或经济上不富裕的专业剧院。他感叹说："在资金匮乏的情况下，可以保证演出至少是简单的。实际上，在艺术上，没有比一个傻瓜手上有很多钱能够造成更具灾难性的损害了。"

能有几个导演真正地忠实于剧本原作进行舞台创作呢？即使你以为是忠实的，但却难免落入陈腐的窠臼。斯坦尼斯拉夫斯基在他的自传《我的艺术生活》中曾写道："普希金、果戈里、莫里哀，以及其他所有大诗人，永远被人套上了各式各样的传统古老制服；这种古老制服使人想深入他们作品的活生生的精髓几乎成为不可能。莎士比亚、席勒和普希金的作品被演员和戏剧工作者们称为'哥特式'的；莫里哀是因为'莫里哀'这个名字而著称；"他们给这些大诗人贴上固有的标签，对他们进行归纳分类；根据这种分类，演员们的表演和服饰都形成了一套固定的一成不变的程式。"那些演员和戏剧都应该挨骂，因为他们造成了这些偏见，用伪装的传统损害了伟大的作品……他们用一种平凡的、枯燥的、陈腐而乏味的老调子来讲述这些作品的伟大。……那么莫里哀到哪里去了呢？他被藏匿在那种制服的衣袋里了。为了保持传统，他便不能给人看到真面目。……天哪，还有什么东西比舞台上的莫里哀传统更可厌的呢！"斯坦尼斯拉夫斯基这番话，道出了戏剧舞台创作的艰难；或者说存在的弊端。这说明，戏剧在舞台化过程中是很难保持其原貌和纯洁性的。

因此，我们不妨顺着本文开头引述的昆德拉那句发人深省话进一步往下想：戏剧为什么一定要在舞台上表演出来给人看呢？为什么不能像散文和小说一样，是写出来给人读的呢？问题是，在人们的头脑中存在着这样一种根深蒂固的观念：只有在剧场里表演出来给观众看了才能算是戏剧；而仅仅停留在文字上的脚本，是不能算数的，至少只能说是戏剧过程的半途。这种观念应该打破了。实际上，戏剧文本本身就已经是一件完整的艺术品；谁都无法否认的是，戏剧是一种文学形式，文学就是诉诸于人的阅读需要的。它被搬上舞台，不过是其功能的延伸，就像小说被搬上银幕一样，而并非它的最终目的和结果。一部好的戏剧作品，就像一部好小说一样，即使它不被演出，同样可以留传于世；或者不妨这样说，戏剧的千古流传，仍依仗的是其文本，而并非演出。后来人有谁见过《俄底浦斯》在古希腊的演出吗？还是有人看过《哈姆雷特》在十六、十七世纪英国的演出？我们今天看到的以往的戏剧大师们的剧作不都是戏剧文本吗？文本是经久不衰的，而建立在其上的演出却是短命的。其实，我们对某某剧作家的了解，大都是通过对其剧作的阅读来完成实现的；有谁会想通过观看舞台演出来实现呢？一是舞台演出并不随时都有，它受到时间和场地的限制，总不如书本来得直接便捷；再者，舞台演出呈现的剧作往往是变了形的，已非原作的真相，这对于一个想直接品味原作真髓的人决非是一种好的选择。毕竟，戏剧是剧作家的艺术，这是不可动摇的事实。他写出了一部剧作，我们读了，戏剧的价值和过程就得已实现。至于戏剧导演，不过是戏剧的衍生品；把莎士比亚搬上舞台的导演古往今来不计其数，无论他们曾经如何高明和富于创建性，都不过是过眼云烟，而莎士比亚却只有一个。

也许有人会说，戏剧自古希腊开始，就是写出来给人演出用的；它的文本就是演出的脚本，并没有多少可读性。这话其实是很对的，我完全赞成。凡是读过古希腊悲剧的人，都会发现，那时的剧本写作格式或者说形式，与现当代有很大的不同。这就是我想说的，戏剧写作的形式，在千百年的发展过程中，产生了很大的变化：它的文本的文学性和可读性呈逐渐加强趋势；也就是说，戏剧渐渐摆脱了专为舞台演出服务的单一性，朝着可供阅读的丰富的文学性发展的，最终形成了其特有的一种不依舞台而存在的独立的文学形式。

古希腊悲剧时期的剧本形式十分单纯，主要的就是人物的对白，加上最基本的人物上场下场提示；前面有人物表，整体上的幕次的切分，仅此而已；场景的描述十分简洁，只需一词一句即可，比如：王宫前，旷野中之类；有的连这种描述都省掉了。这种剧本形式自它一诞生便固定下来，后来许多个世纪一直都在延用，直到莎士比亚和更晚些的莫里哀都没有什么变化。这种形式有一个好处，就是剧本给导演们留下了很多空白，在他进行舞台呈现时可以尽可能地发挥他的想象力和创造力，比如说场景环境的设置，剧中人物形象的设计，剧情中人物的举动及态度情感的调动等等。这些都是导演必须来完成的作业。这看似不经意的留白，我认为是剧作家刻意为之。因为在他看来，这些工作完全与他无关，不是他的分内之事；他所能做的到此为止，剩下的就该由导演来完成了。由此可见，那个时代的戏剧创作的分工十分明确；剧作家们决不肯越俎代庖。

但这并不影响对文本的阅读。同样，这种剧作形式无疑也给读者留下了巨大空白，要在阅读中自己去填补，这对他们的想象力便构成了一种挑战。只有那些善于发挥想象力的读者，才能体悟出剧作家的用心所在，充分吸取其精髓。从某方面来讲，这更会增加阅读的快感。

然而，戏剧文本形式并未停留在这一阶段，它最终向前迈进了一大步。易卜生之所以被称为现代戏剧之父，不仅仅表现在思想内容上的创新，更表现在戏剧的形式上。他突破了几个世纪以来形成的固有文本格式，使原有的清瘦的构架变得丰满而充盈。他在剧本中加入了较为详尽的场景描写，使人物活动的环境具体而明确。以《玩偶之家》开场时的场景描写为例：

（场景——一间装饰得舒适而有品位的房间，但并不豪华。后面，右侧有一扇门通向门厅；左面的一扇通向海尔默的书房。两扇门之间立着一架钢琴。左侧墙中央有一扇门，它旁边有一扇窗。窗下是一张圆桌、几把靠椅和一张小沙发。在右侧墙的里面，另有一扇门；同一面，有一个炉子，两把椅子和一张摇椅；在门和炉子中间有一张小桌。墙上挂着几幅版画；柜子里摆放着瓷器和其它一些小摆设；一个书架上摆放着许多精装书。地上铺着地毯，炉子里生着火。这是一个冬天。厅里门铃响，紧接着听到门打开了，娜拉哼着曲高高兴兴地进来；她穿着出门的衣服，拿着几包东西。她把东西搁到右边桌子上，让门厅的门敞着。通过门可以看到一个脚夫正把一棵圣诞树和一个篮子递给来开门的女仆。）

　　像这种细致入微的场景描写，在以往的戏剧文本中是根本看不到的。不仅如此，他对剧中人物的情态、举止及其在舞台上的行动都进行了明确的规定。他在人物说话前后都标有这样的提示；比如：

　　娜拉　　（一边笑一边哼着）没什么！没什么！（在屋里来回走动）想起来真有趣，我们——托伐可以管这么多人。（从衣袋里掏出纸袋来）阮克大夫，你要不要吃块杏仁饼干？

　　再比如：

　　娜拉　　（嘴里哼着，脸上露出一副叫人捉摸不透的笑容）哼！特啦——啦——啦。

　　括号中的文字即为对剧中人物的指示。在易卜生的戏剧中充满了此类指示。这种对场景环境及人物的具体而明确的描写和指示，大大增加戏剧的文学色彩。似乎现代的剧作家们对导演变得越来越不信任，他们开始代行导演职责

308

了，要对导演及演员们发布明确的指令，指导他们戏该怎么样排演：舞台该如何布景；演员在台上该如可表现、动作等等。试想导演们对这类指令是什么态度？是言听计从呢？还是置之不理？或仅供参考？我想能做到兼而有之就算不错。想必导演们凭着他们的聪明巧智，对戏该如何排演，大都会有一套自己的构想和设计，决不甘心囿于剧作家的啰嗦。因此，在对易卜生剧作的阅读过程中，我常常生出这样一种念头：他的这些"多余"的描写和提示，与其是写给导演和演员们看的，不如说是写给普通读者们看的；因为只有读者对这些文字才是忠实的，才会信以为真。

在易卜生之后，戏剧文本的写作发生了根本性变化；他给现代戏剧的写作立下了一个范本。现代剧作家，像肖伯纳、契诃夫、奥尼尔、斯特林堡、阿瑟·米勒，乃至荒诞派戏剧，无不受到他的深远影响，纷纷采用了他的戏剧模式，并进行了改进和创新。现代戏剧的文学色彩因而也更加浓重。其中，奥尼尔是最鲜明的一个例证。可以说他把易卜生创立的传统大大地发扬了起来，并且走得更远。他在戏剧文本中加入的描写和提示文字量，是有史以来最丰富的一位剧作家。每一场戏的场景描写之细致和对剧中人物提示的具体详尽且不必说，他还对每一个上场的剧中人物都进行了准确而富有个性的肖像描写；更有甚者，随着剧情的发展，他还对剧中人物进行了心理描写。我们以《进入黑夜的漫长旅程》为例。在戏剧开场的第一幕前，有一段长达三页半的场景和人物描写，描写之细，连书架上摆放着哪些书的书名都一一列出；剧中人物一个一个地进行细腻的描述，从衣着举止、个性特征、过去历史，乃至说话腔调，不一而足。比如，他对剧中男主人公是这样描写的：

（詹姆斯·蒂龙，六十五岁，但看上去却要年轻十岁。他身高五英尺，宽宽的肩膀，厚实的胸膛。由于他习惯于昂首挺胸、收腹直腰的军人姿态，因此看上去比实际身材更显得颀长。他的脸已经显出衰老的迹象，但仍然不减当年英姿——硕大端方的脑袋、轮廓俊美的侧影、一对深陷的浅棕色眼睛，真是一表人材。他头发灰白而稀疏，头顶已秃，很像削发教士模样……）

描写远没有完，但引述到这儿，我想已足以说明问题。我们再看剧中第二幕的一个片段：

埃德蒙　（从游廊进）我到底让爸挪动脚了。他马上就到。（对母亲和哥哥瞧了一眼，母亲避开他的目光——他心中感到不安）出什么事了？到底是怎么回事，妈？

玛丽　（被他的到来弄得更加心烦意乱，又是内疚又是不安，激动得什么似的）你哥哥应该为自己感到羞愧，他一直在那儿指桑骂槐地不知说些什么。

埃德蒙　（转向杰米）你这个混蛋！（他向前跨出一步，好像要揍他的样子。杰米耸耸肩转过身去，只管看着窗外。）

玛丽　（更加不安起来。一把抓住埃德蒙的手臂，紧张地）马上给我闭嘴，听见了吗？你竟敢在我面前说起粗话来了！（忽然她语气和举止又回到原先那种奇特、超然的样子）你错怪了你哥哥。

这只是随意从他的戏剧中抽出的一个片段。尽管是这短短的一个小段落，从中我们也可以看出，奥尼尔对他的剧中人的描写是多么细致。还从没有一位剧作家能做到这一点。这使得他的剧本篇幅大大增加，有的长达三、四百页之巨，完全赶得上一部长篇小说。试想，有哪一位导演会分毫不差地原模原样地把这样的戏剧搬上舞台？我倒觉得这样的戏剧更适合阅读；分明地，奥尼尔是在为他的读者写作，而根本不在乎导演和演员们怎么想，尽管他的戏剧上演大都取得很大成功。

还有一些戏剧中的场景和剧情设计充满想象力，只适合在读者的头脑中完成，而在舞台表现中是根本无法实现的；即使勉强表现出来也是大打折扣。比如在《皮尔·金特》第一幕第一场戏中，皮尔要去黑格镇参加一个婚礼，他母亲也要跟着去，他不让，便把她放到了磨坊屋顶上，让她下不来。再比如，在荒诞剧《阿麦迪或脱身术》中，那个死尸眼瞧着变得越来越大，充满整个舞台。像这样一些剧情细节，更多的是诉诸于人的想象力，而并非人的视觉影像；而一旦把它们在舞台上呈现出来，其魅力也大减。

我们再来看一部更具想象力的戏剧吧，那就是尤内斯库著名的《椅子》。那满舞台的椅子上都坐着并不存在的人须借助想象不说，戏剧开场的场景描述更别具匠心；剧作家不仅进行了语言描述，甚至亲自进行了舞台设计，绘制出了草图，让人一目了然。那是一个抽象的半圆形空间，周围有一些门和窗之类的布景，都编了号，并加以说明。这个舞台是为导演设计的吗？不！他是为他的剧中人在其中活动而设计的，他是为读者设计的。

这部独具非凡想象力的荒诞剧更加激发出昆德拉的那句感叹："我希望我的戏剧有更多的读者，而不是观众！"

其实戏剧和小说一样，从根本上来讲它早已成就了一种阅读文本，脱离舞台而独立了。剧作家通过语言描述，把舞台搭建在读者的想象之中，让他的故事在其中上演。这一文本形式与小说不同点在于，它的空间具有一种严格的规定性；人物的活动被严格限定在这一有限空间乃至时间内，其余一切都被排除掉了；正因为有这种限制存在，戏剧艺术才更突显出它的独特魅力。

为了阅读的戏剧